IRIS JOHANSEN

Goldene Ketten

Buch

Theresa Rubinoff, die ebenso bezaubernde wie eigensinnige Prinzessin des Königreichs Tamrovia, versucht mit allen Mitteln, ihrem Schicksal zu entgehen. Um nicht zu einer Schachfigur im politischen Machtspiel ihres Vaters zu werden, läßt sie sich auf einen riskanten Handel ein. In einem Land, in dem eine Frau nichts zählt, bleibt ihr nur ein Ausweg: Sie verpflichtet sich, zum Schein dem Werben von Galen Ben Raschid, dem märchenhaft reichen Wüstenprinzen, nachzugeben, um so die beiden Königreiche zu vereinen. Dafür verspricht Galen Ben Raschid, die schöne junge Frau nach drei Jahren wieder freizugeben. Insgeheim plant er jedoch, sie zur Sklavin seiner Wünsche zu machen und sie für immer an sich zu binden. Er ahnt nicht, wie schnell es ihr gelingt, sich ihn mit all ihren Mitteln gefügig zu machen, und das er sein Herz schon verloren hat, noch ehe er es selbst merkt ...

Autorin

Iris Johansen wurde für ihre historischen Romane mit zahlreichen Preisen ausgezeichnet. Ihre besondere Spezialität sind farbenprächtige, exotische Schauplätze. Die Romantic-Times-Leserinnen wählten sie zu ihrer beliebtesten Autorin. Für ihre erfolgreiche »Windtänzer«-Trilogie erhielt sie den Romantic-Times-Preis.

Von der Autorin sind im Taschenbuch außerdem erschienen

Das Schweigen der Schwäne. Roman (35042)
Hinter gläsernen Wänden. Roman (35047)
Die Windbraut. Roman (41320)
Abgründe des Herzens. Roman (42643)
Nachtflammen. Roman (43525)
Die Braut des Löwen. Roman (43792)

IRIS JOHANSEN

Goldene Ketten

Roman

Aus dem Amerikanischen
von Dr. Ingrid Rothmann

PORTO BELLO

Die Originalausgabe erschien unter dem Titel
»The Golden Barbarian«
bei Bantam Books, New York

Umwelthinweis:
Alle bedruckten Materialien dieses Taschenbuches
sind chlorfrei und umweltschonend.

Portobello Taschenbücher erscheinen im Goldmann Verlag,
einem Unternehmen der Verlagsgruppe Bertelsmann GmbH

Einmalige Sonderausgabe August 2000

Umschlaggestaltung: Design Team München
Umschlagfoto: Agt. Schlück/Ennis
Druck: Elsnerdruck, Berlin
Verlagsnummer: 55175
KvD · Herstellung: Schröder
Made in Germany
ISBN 3-442-55175-7
www.portobello-verlag.de

1 3 5 7 9 10 8 6 4 2

Prolog

Belajo, Tamrovia
8. April, 1797

Sie war des Todes!

Tess spürte, wie sie mit jeder Sekunde tiefer im Morast versank. Der zähe Schlamm reichte ihr bereits bis zu den Schultern und kroch unaufhaltsam höher. Heilige Muttergottes, sie wollte nicht sterben, sie wollte nicht in dieser ekligen Masse versinken und nie wieder auftauchen.

Alles war so rasch gegangen.

Apollo jaulte und kämpfte wild um sich schlagend gegen den tückischen Sog.

Nein, sie durfte nicht untergehen. Wenn sie starb, dann würde auch Apollo sterben, und alles wäre vergebens gewesen.

Tess zog den Hund näher zu sich heran und strich ihm über seine lange Schnauze. »Pst, schon gut, mein Lieber. Mir wird schon etwas einfallen.«

»Da bin ich aber gespannt, was das wohl sein mag.«

Erleichterung schoß durch Tess' Körper. Ein Blick über die Schulter zeigte ihr, daß ihr Cousin Sascha in einiger Entfernung sein Pferd zügelte. Das Glück war auf ihrer Seite. Sie und Apollo würden nicht ums Leben kommen, und damit nicht genug, die übliche Tracht Prügel würde ihr vielleicht erspart bleiben. Sascha Rubinoff war nicht wie die anderen Erwachsenen um sie herum. Obwohl er mit fünfundzwanzig ihren zwölf Jahren weit voraus war, behandelte er sie nicht wie Luft; zudem pflegte er über ihre Unarten eher zu lachen, als die Stirn zu runzeln. »Sascha, ich kann nicht heraus. Der Zweig ist gebrochen und ...«

»Was zum Teufel ist denn hier los?«

Ein zweiter Reiter kam daher und hielt neben Sascha an. Tess bedachte ihn mit einem Blick voller Ungeduld. Konnte er denn nicht sehen, daß für müßiges Geplauder keine Zeit war? Es war Saschas neuer Freund, der Barbar aus dem fremden Land jenseits der Grenze. »Saschas goldener Barbar« hatte ihr Vater ihn genannt, und sie hatte sich gewundert, denn mit seinem olivfarbenen Teint und den dunklen Haaren und Augen wirkte er eher bronzen denn golden. »Hol uns hier heraus, Sascha«, forderte sie ihren Cousin auf.

Sascha grinste. »Sofort.« Er wandte sich dem Mann zu, der neben ihm sein Pferd gezügelt hatte. »Ich glaube, du bist meiner kleinen Kusine noch nicht vorgestellt worden, Galen. Scheich Galen Ben Raschid, erlaubt mir, Euch Ihre Hoheit Theresa Christina Maria Rubinoff vorzustellen. Seid versichert, daß sie nicht immer so verdreckt ist.« Er zog die Brauen zusammen und fuhr nachdenklich fort: »Das heißt, wenn ich es recht bedenke ...«

»Sascha!« Der Schlamm reichte ihr nun bis zur Kehle, es fiel ihr immer schwerer, Apollos Schnauze aus der zähen Masse herauszuhalten. »Hör auf, mich zu necken!«

»Nun gut.« Er schwang sich von seiner grauen Stute und sah sich nach einem Ast um. »Ich darf nicht vergessen, deine Gouvernante tüchtig zu schelten, Kusinchen.« Dann wandte er sich an Galen. »Tess ist mit ihren zwölf Jahren offenbar nicht imstande, die Aufschrift ›Gefahr‹ auf der Tafel an dem Baum zu lesen.«

»Ich kann lesen«, wehrte Tess sich entrüstet. »Und ich kenne diesen Wald besser als du. Apollo ist schuld! Er lief mir voraus, und als er im Schlamm steckenblieb, fing er an, um sich zu schlagen, versank immer tiefer, und ich hielt mich an dem Zweig fest und ...«

»... und bist dem Hund ins Sumpfloch gefolgt.« Sascha bückte sich seufzend nach einem langen Ast, den er auf seine Festigkeit hin prüfte. »Nicht sehr klug, Tess.«

»Ich konnte ihn doch nicht untergehen lassen.« Der Schlamm reichte ihr nun schon fast bis zum Kinn, Angst schnürte ihr die Kehle zu. »Kannst du ... dich nicht beeilen?«

Sascha schob den Ast über das Schlammloch. Dreißig Zentimeter fehlten bis zu Tess. »Du kannst es schaffen. Laß den Hund los, streck dich tüchtig und pack zu. Ich ziehe dich heraus.«

Der Ast schien stark genug, und daß Sascha kräftig war, wußte sie. Einen Augenblick, und sie hätte sicheren Boden unter den Füßen haben können. Sehnsüchtig hing ihr Blick an dem Ast.

Dann schüttelte sie den Kopf. »Ich kann Apollo nicht zurücklassen. Er würde um sich schlagen und sofort untergehen. Du mußt dir etwas anderes ausdenken.«

Saschas unbekümmertes Grinsen verflüchtigte sich. »Tess,

die Zeit ist knapp. Sei nicht dumm. Er ist ja nur ein Jagdhund. Du wirst in ein paar Minuten untergehen.«

Tess wurde von Panik erfaßt. Heiße Tränen brannten in ihren Augen. Nun würde sie doch sterben. »Ich kann ihn nicht im Stich lassen.«

Sascha stieß eine halblaute Verwünschung aus.

»Du mußt völlig stillhalten.« Nun war es der andere, der zu ihr sprach. Galen Ben Raschid zog seinen eleganten dunkelblauen Brokatrock aus und legte ihn über den Sattelknauf, ehe er sich von seinem Pferd schwang. »Bewege dich nicht, bis ich dir Anweisungen gebe.« Er riß sich die blankpolierten schwarzen Stiefel von den Beinen und warf sie beiseite.

»Du willst dieser eigensinnigen Göre in den Sumpf folgen?« Sascha schüttelte den Kopf. »Das wäre meine Aufgabe, Freund.«

Galen lächelte. »Ein Prinz des Königreiches bis zu den Ohren im Morast? Überlaß es mir. Eine Spur Dreck an einem unzivilisierten Abenteurer ist nicht weiter ungewöhnlich. Halte aber diesen Ast trotzdem bereit.«

Er tat einen Schritt in den Morast. Seine Größe und sein Gewicht bewirkten, daß er sofort bis zu den Knien versank. Als er Tess erreicht hatte, steckte er bis zur Mitte drin.

»Halte dich am Hund fest«, riet Galen ihr, während er unter der Oberfläche des Schlammes ihren Körper suchte und fand. »Versuch nicht, mir zu helfen.« Ihren Kopf anhebend, rief er: »Den Ast, Sascha!«

Tess murmelte Apollo beruhigende Worte zu, ehe sie ihren Griff von seinem Hals auf seinen Bauch verlagerte. »Was ist, wenn seine Schnauze untertaucht? Er wird keine Luft bekommen.«

»Wir werden sofort festen Boden unter den Füßen haben. Mach dir lieber Sorgen um deinen eigenen Atem.«

»Apollo fällt in meine Verantwortung.« Und wie in Gedanken fügte sie hinzu: »Um mich werden Sie sich kümmern.«

»Ach, werde ich das?«

»Ja.« Für sie stand zweifelsfrei fest, daß sie sich schon so gut wie in Sicherheit befand. Von dem Augenblick an, als er seine Arme um ihre Taille gelegt und begonnen hatte, sie zum Rand der Gefahrenzone zu ziehen, hatte sie ein sonderbares Gefühl absoluter Sicherheit empfunden. Furchtlos begegnete sie seinem Blick. »Ich weiß, daß sie mich nicht loslassen.«

Instinktiv festigte sich sein Griff um ihre Mitte. »Nein, ich werde dich nicht loslassen.« Er wandte den Blick ab. »Ich habe schon zu viel Mühe auf mich genommen, um jetzt aufzugeben. Noch ein paar Zentimeter und ich kann den Ast fassen. Dann ist es an Sascha, sich ins Zeug zu legen.«

»Immer noch besser, als sich im Morast schmutzig zu machen«, rief Sascha ihnen unbeschwert zu. »Ich habe für Schlammspielereien nichts übrig. Wenn ich es recht überlege, tue ich dir sogar einen Gefallen, lieber Galen. In Sedikhan hättest du auf ein Erlebnis dieser Art verzichten müssen. Natürlich habt ihr Sanddünen, in denen man versinken kann, aber diese ...«

»Den Ast!«

Sascha schob das Holz ein Stück näher, so daß Galen mit seiner freien Hand danach fassen konnte. Dann trat er einen

Schritt zurück und zog den Ast, Stück für Stück, samt seiner Last durch den Schlamm. Im nächsten Moment streckte er die Hand aus und zog Galen mit einem Ruck aus dem Schlammloch.

»Oh, Gott!« rief Sascha aus. Galen war vom Kinn bis zu den bestrumpften Füßen mit graubraunem Schlamm bedeckt, ein Anblick, den Sascha mit schallendem Gelächter quittierte. »*Merde*! Herrlich ist das! Ich wünschte, deine *chères amies* könnten dich jetzt sehen. Vielleicht hätten sie es dann einmal nicht so eilig, in dein Bett zu kommen.«

»Oder sogar noch eiliger«, lautete Galens trockener Kommentar. Er drehte sich um und hob Tess auf festen Grund. »Nicht mein gutes Aussehen ist schuld, daß alle so willig ihre Schenkel öffnen.«

»Was für ein Zyniker du bist. Dein Vertrauen in das schönere Geschlecht ist nicht sehr groß.«

»Das ist nichts für Kinderohren«, sagte Galen mit einem vielsagenden Blick, der Tess galt.

»Tess?« Sascha schüttelte den Kopf. »Sie mag zwar noch ein Kind sein, aber sie ist nicht unwissend. Sie ist am Hofe aufgewachsen und weiß, wie es auf der Welt zugeht.« Er drehte sich zu Tess um. »Stimmt's, du ungezogenes Gör?«

»Später.« Tess kämpfte darum, Apollo aus dem zähen Schlamm zu befreien. »Hilf mir lieber.«

Galen schob sie beiseite, packte den Jagdhund an den Schultern und hob ihn aus dem Morast auf festen Boden.

Der Hund, ein edler Barsoi, dankte es ihm, indem er seinen schlanken Körper schüttelte, bis der Schlamm nach allen Richtungen spritzte.

»Undankbares Biest.« Galen wischte sich einen Schlammspritzer von der Wange.

»Er kann nichts dafür.« Tess fühlte sich bemüßigt, ihren Liebling zu verteidigen. »Hunde sind so. Ihr könnt nicht erwarten . . .« Sie drehte sich mit einem Ruck zu Sascha um. »Hör auf, ihn auszulachen. Der edle Ben Raschid hat sich sehr tapfer verhalten und würde Besseres von dir verdienen.«

In Saschas blauen Augen funkelte es frech. »Wieder eine Eroberung, Galen. Ein bißchen jung zwar, aber in ein paar Jahren müßte sie erblüht . . .«

»Beachten Sie ihn nicht«, riet Tess Galen entrüstet.

»Keine Angt.« Galen warf Sascha einen vernichtenden Blick zu. »Ich tue es ohnehin nicht.«

»Wo steckt eigentlich Pauline, Tess?« wollte Sascha wissen. »Ich nehme an, du warst nicht allein im Wald unterwegs?«

»Natürlich nicht.« Ohne ihn anzusehen, kniete sie neben Apollo nieder und versuchte vergebens, sein langhaariges Fell zu säubern. »Aber sie ist mit Mandle beschäftigt. Sie blieben zurück, kaum daß wir den Wald erreicht hatten, und werden mich wohl eine ganze Weile nicht vermissen.«

»Sind sie beschäftigt?«

»Sie treiben es unzüchtig miteinander.«

Sascha ließ ein Kichern hören, als er bemerkte, daß Galen sichtlich schockiert war. »Nun, dann sind sie allerdings beschäftigt. Ein einziges Mal genügt Pauline nicht.«

»Wer ist diese Pauline?«

»Pauline Calbren ist Tess' treue und tugendhafte Gouvernante«, erklärte Sascha. »Und Mandle ist einer der Stallburschen meines lieben Onkels.«

»Das nützt ja doch nichts.« Tess gab die Säuberungsversuche an Apollos Fell auf und griff nach Galens Hand. »Kommen Sie mit. Jenseits des Hügels ist ein See, in dem wir uns richtig waschen können.« Als sie sich zu seinem Pferd umdrehte, hielt sie inne und riß die Augen auf.

»Heilige Jungfrau, ist der aber schön.« Sie ließ Galens Hand fallen und trat einen Schritt auf den Hengst zu, der vor ihr zurückscheute. »Wieso ist mir nicht aufgefallen, was für ein Prachtstück er ist?«

»Nur zu verständlich. Du hattest einige Mühe, am Leben zu bleiben«, bemerkte Sascha.

Tess ignorierte ihren Cousin. »Wie heißt er?«

»Telzan«, sagte Galen.

»Telzan, ich tue dir nichts«, flötete sie lockend und tat noch einen Schritt auf ihn zu. Das unruhig tänzelnde Pferd hielt erst still, als sie den weißen diamantförmigen Fleck auf seinen Nüstern berührte.

»Erstaunlich«, murmelte der junge Scheich. »Von Fremden läßt Telzan sich sonst nicht anfassen.«

»Er weiß, daß ich ihn mag.« Sie rieb diese besonders empfindliche Stelle des Pferdes. »Er hätte vor mir nicht gescheut, wäre da nicht dieser abscheuliche Schlammgeruch.«

»Hm, apropos . . .« Sascha rümpfte die Nase. »Ich glaube, ich würde ebenfalls vor dir zurückscheuen.«

Galen lächelte überrascht. »Du verstehst es mit Pferden sehr gut.«

»Wenn Tess nicht in Sümpfe plumpst, verbringt dieser Wildfang die meiste Zeit in den Stallungen des Palastes«, bemerkte Sascha.

»Dieses Pferd hat nicht in den Stallungen gestanden«, sagte Tess überzeugt, als sie sich zu Galen umdrehte. »Er wäre mir aufgefallen.«

»Ich habe ihn in der Nähe meines Quartiers in der Stadt untergebracht. Ich bin erst heute im Palast erschienen.«

»Stammt er aus Sedikhan?«

»Ja.«

»Noch nie habe ich ein Pferd mit so viel Kraft und Anmut gesehen. Gibt es noch andere Pferde seines Schlages in ...«

»Tess!« Sascha rümpfte erneut die Nase. »Sofort!«

Tess nickte. »Zum See laufen wir besser. Sie werden sicher nicht aufsitzen und Ihr Pferd schmutzig machen wollen.«

»Ja, der Himmel möge verhüten, daß du dein Pferd schmutzig machst, Galen«, äußerte Sascha todernst.

»Ich glaube, du genießt die Situation zu ausgiebig«, gab Galen in seidenweichem Ton zurück. »Der Gerechtigkeit halber sollte ich dich vielleicht auch in diesen Sumpf werfen.« Er nahm Tess in die Arme und setzte sie aufs Pferd, ehe er sich hinter ihr in den Sattel schwang. »Aber nicht ehe ich wieder so sauber bin, daß ich mich dir überlegen fühlen kann.«

»Ich mache Ihren Sattel mit diesem komischen grünen Schlick ganz naß«, protestierte Tess. »Ich sagte doch, wir sollten lieber laufen.«

Er stieß dem Pferd die Fersen in die Flanken. Es galoppierte an, in Richtung der kleinen Anhöhe, auf die Tess gedeutet hatte. Apollo rannte mit freudigem Gekläff hinter ihnen her. »Ein bißchen Schmutz am Rücken kann Telzan nichts anhaben. Er ist Schlimmeres gewöhnt.«

Sie warf ihm über die Schulter einen mißbilligenden Blick zu. »Sie benützen keine Sporen?«

»Nein, und es ist nicht meine Gewohnheit, auf die Anweisungen von Kindern zu hören.«

»Ich habe keine Anweisungen gegeben. Ich meinte nur, es sei besser.«

»Das ist dasselbe.« Galen passierte den Hügel und hielt wenig später vor dem kleinen von Kiefern umgebenen See an. »Ist das Wasser hier sehr tief?«

»Nein.«

»Gut.« Er hob sie vom Pferd und ließ sie ins Wasser fallen. Von der jähen Eiseskälte atemlos, kämpfte sie sich an die Oberfläche.

Galen, der noch immer im Sattel saß, beobachtete sie mit der Andeutung eines erwartungsvollen Lächelns.

»Oh, wie wunderbar.« Sie rang nach Atem. »Ich danke Ihnen.«

Sein Lächeln verblaßte, er sah sie forschend an. »Sieht aus, als empfändest du mehr Dankbarkeit als dein Hund. Ich dachte, du würdest außer dir sein.«

Apollo, der ihr nachsprang, spritzte ihr Wasser und Schlamm ins Gesicht. Lachend brachte sie sich in Sicherheit, indem sie den Kopf wieder kurz untertauchte. Dann schüttelte sie das Wasser aus dem Haar und fragte: »Warum?« Sie blickte ihn an, triefendnaß und übers ganze Gesicht strahlend. »Ich war schmutzig, und Sie haben mir zur Sauberkeit verholfen. Warum hätte es mir etwas ausmachen sollen?«

»Sagen wir mal, die Damen am Hofe von Tamrovia sind weit entfernt von deiner Unempfindlichkeit.«

»Aber ich bin keine Dame des Hofes.« Wieder tauchte sie unter, um anschließend ihre braunen Locken tüchtig auszuwringen. »Und ich brauche mir noch mindestens vier Jahre keine Gedanken darüber zu machen. Ich sitze noch im Schulzimmer.«

»Ich verstehe.« Er saß ab. »Dann verletze ich gewiß nicht deine Empfindsamkeit, wenn ich mit dir bade.« Er sprang ins Wasser und watete hinaus, bis ihm das Wasser ans Kinn reichte. »Herr im Himmel, ist das kalt!«

»Wir haben ja erst April.« Sie rieb ihr Haar und tauchte wieder unter. »Sind in Ihrem Land die Seen um diese Zeit auch so kalt?«

»Nicht *so* kalt. Tamrovia liegt auf dem Balkan, während Sedikhan größtenteils ein Land der Wüste ist.« Er tauchte den Kopf ins Wasser und wusch sein Haar so gründlich wie Tess das ihre. »Obwohl die Seen im Hügelland unweit Zalandan auch nicht übermäßig warm sind.«

Sein nasses Haar schimmerte in der Sonne wie Ebenholz, sein Gesicht hatte sich unter der tiefen Bräune von Kälte gerötet. Die grellen Sonnenstrahlen ließen seine Bronzehaut golden erstrahlen, und Tess ertappte sich dabei, daß sie ihn fasziniert anstarrte. Die Gesichtszüge des jungen Scheichs waren nicht so gefällig wie die Saschas. Seine hohen Backenknochen wirkten scharf gemeißelt wie die Granitblöcke am Seeufer, seine dunklen Augen lagen tief unter schweren Lidern. Von den Höflingen unterschied er sich so gewaltig wie Wölfe vom sanftmütigen Apollo, durch Härte, Stärke und Wildheit. Auch Galens Verhalten war ganz anders. Er hatte sich, ohne zu zögern, in den übelriechenden Morast gestürzt, um sie zu retten, ebensowenig wie er gezögert hatte, Apollo herauszuholen. Sascha war lediglich bemüht gewesen, dem Schlamm auszuweichen, obwohl er seine kleine Kusine gern hatte.

Galen riß sie aus ihren Gedanken, indem er unvermittelt fragte: »Warum schaust du mich so eindringlich an, *kilen*?«

»*Kilen*?«

»Das heißt in meiner Sprache ›Kleines‹ oder ›kleines Mädchen‹.«

»Ach.« Sie sah weg. »Ich habe mich nur gefragt, ob man Sie wegen Ihrer Hautfarbe ›golden‹ nennt.«

Er beschränkte sich auf ein spöttisches Lächeln, ehe er nach kurzer Überlegung antwortete: »Ach, tuschelt man auch in den Schulstunden über mich? Nein, man nennt mich wegen der Farbe des Goldes in meiner Tasche so, und vor allem wegen der Menge meines Geldes.«

Sie warf ihm einen Blick zu. »Sind Sie sehr reich?«

»Wie König Midas. Das Hügelland bei Zalandan strotzt vor Gold.« Um seine Lippen zuckte es. »Ich bin so vermögend, daß man hier an eurem großartigen Hof meine barbarische Anwesenheit nicht nur duldet, sondern sie zuweilen auch sucht.«

Er war verletzlich, das spürte sie genau und wollte instinktiv die Kränkung wettmachen. »Barbarisch bedeutet wild, nicht wahr? Mir erscheint Wildheit als nichts Schlechtes. Der Wald steckt voller schöner, wilder Dinge.«

»Doch die läßt man nicht in die eleganten Salons.«

»Das sollte man aber«, sagte sie eigensinnig.

»In fünf Jahren redest du anders.«

»Nein, das werde ich nicht.« Tess watete, gefolgt von Apollo, ans Ufer und ließ sich zu Boden sinken. Sie hatte beide Schuhe verloren, ihr braunes Samtkleid war ruiniert. Ihr Mißgeschick würde ihr gewiß eine Tracht Prügel einbringen. Aber darüber wollte sie sich jetzt keine Sorgen machen. Es war nicht oft der Fall, daß sie mit Erwachsenen reden durfte, und Galen Ben Raschid war der interessanteste, dem sie je begegnet war. »Ich werde mich nicht ändern.«

»Wir werden sehen.« Auch Galen kam uns Ufer und ließ sich neben ihr nieder. »Es würde mich wundern, wenn es nicht der Fall wäre. Deine bezaubernde Mutter gehört nicht gerade zu meinen Gönnerinnen.«

»Sie hat Angst vor meinem Vater, und der mag Sie nicht, glaube ich.«

»Warum hat sie Angst vor deinem Vater?«

Erstaunt sah sie ihn an. »Weil er sie schlägt, wenn ihm etwas mißfällt.«

»Wirklich?« Galen neigte den Kopf, um sie anzusehen. »Und schlägt er dich auch, wenn du sein Mißfallen erregst?«

»Natürlich«, antwortete sie nüchtern. »Meine Mutter sagt, das würden alle Väter mit ihren Kindern machen. Schlagen Sie Ihre Kinder nicht?«

»Ich habe keine«, sagte Galen. »Und es ist nicht die Art der El Zalan, weibliche Familienmitglieder zu schlagen. Es gibt bessere Wege, sie zu züchtigen.«

»Welche denn?«

»Ah, einerlei.«

»Wahrscheinlich schlagen Sie sie und wollen es nicht eingestehen. Meine Mutter sagt, manche Männer möchten nicht, daß es bekannt wird, aber alle schlagen sie ihre Frauen und Kinder.«

»Ich habe auch keine Frau.« Er runzelte die Stirn. »Und ich schlage niemanden, der hilflos ist.«

»Sie dürfen mir nicht böse sein. Ich werde nicht mehr davon sprechen.« Sie streckte die Hand aus, um Apollo über sein triefendes Fell zu streichen. »Ich wollte Sie keinesfalls erzürnen. Genaugenommen, glaube ich sogar, daß ich Sie mag.«

»Ich fühle mich geehrt.« Er lächelte schief und legte den Kopf schräg.

Sie errötete. »Nein, wirklich, es ist mein Ernst. Ich mag nicht sehr viele Menschen, aber Sie mag ich.« Ein wenig verlegen fügte sie hinzu: »Ich möchte Ihnen danken, weil Sie mich nicht im Morast versinken ließen. Es war sehr großmütig von Ihnen, sich diese Mühe zu machen.«

»Das war ganz eigennützig. Heute habe ich eine Audienz beim König, und alle meine Pläne wären über den Haufen geworfen worden, wenn ich hätte zusehen müssen, wie man den Sumpf nach deinem leblosen Körper absucht...«

»Sie scherzen.« Tess lächelte unsicher. »Und Sie haben auch Apollo gerettet.«

»Warum nennst du ihn ›Apollo‹? Weil er so hübsch ist?«

Sie schüttelte den Kopf. »Daphnes wegen.«

»Daphne?«

»Es sind nicht ihre richtigen Namen. Vor einem Jahr hat mein Vater Apollo und Daphne einem russischen Grafen abgekauft, der sie ›Wolf‹ und ›Sheba‹ nannte. Mein Vater wollte mit ihnen eine Zucht anfangen und hat sich eine ganze

Meute von Jagdhunden erhofft.« Sie seufzte. »Aber Daphne will von Apollo nichts wissen.«

Galen brach in schallendes Gelächter aus. »Und du hast sie Daphne nach der Nymphe genannt, die sich in einen Baum verwandelte, um Apollos amourösen Annäherungsversuchen zu entgehen?«

Sie nickte. »Aber Apollo wird sie hoffentlich bald umstimmen.« Sie runzelte besorgt die Stirn. »Mein Vater ist deswegen höchst ungehalten.«

»Noch ungehaltener wird er sein, wenn du nicht bald zu deiner Erzieherin zurückfindest.«

Als Hufschlag hörbar wurde, drehten sich beide um. Sascha näherte sich ihnen in gemächlichem Schritt und ließ Galens Stiefel zu Boden fallen. »Ihr seht etwas besser aus als vorhin.«

»Wir sehen sehr viel besser aus«, protestierte Tess entrüstet. »Wir sind gesäubert, und wir stinken nicht mehr.« Sie raffte sich widerstrebend auf. »Jetzt muß ich aber gehen.« Sie zögerte, weil sie die beiden eigentlich nicht verlassen wollte. Sascha brachte sie immer zum Lachen, und sein Freund ... Sie hätte ihre Gefühle nicht benennen können. Die meisten Menschen waren leicht einzuordnen, der junge Scheich aber gab einem Rätsel auf. Er war ... in seinem Inneren dunkel. Nicht schwarz wie die Sünde. Nein, er war nachtdunkel. Aber Tess hatte immer schon die Nacht lieber gemocht als den Tag. Wenn sich Dunkelheit herabsenkte, wurde das Banale, Offensichtliche köstlich verwandelt, geheimnisvoll und aufregend. Sie versank in einem Knicks und lächelte Galen schüchtern zu. »Lebt wohl, mein Herr.«

Ein blendendweißes Lächeln erhellte sein Gesicht. »Die Begegnung mit dir war ein interessantes Erlebnis, kilen.«

Sie drehte sich um und lief auf den Wald zu.

»Warte«, rief Sascha ihr nach. »Ich nehme dich aufs Pferd, damit wir . . .«

»Nein!« Sie schüttelte energisch den Kopf. »Es ist besser, wenn ich allein gehe. Pauline wird sagen, ich hätte dich gar nicht behelligen sollen. Sie wird ganz aufgebracht sein . . .« Im nächsten Moment war sie, gefolgt von Apollo, im Wald verschwunden.

»Reite ihr nach«, sagte Galen tadelnd. »Man kann ein Kind nicht allein im Wald umherstreifen lassen. Sie wird sich verirren oder wieder in einen Sumpf fallen.«

Sascha schüttelte den Kopf. »Sie kennt sich im Wald zu gut aus, um sich zu verirren. Ihr passiert schon nichts.«

Galens Lippen wurden zu einem dünnen Strich. »Mit einer Erzieherin, die es vor den Augen des Kindes treibt? Wirst du es ihrer Mutter sagen?«

»Nein, sie würde Pauline entlassen.«

»Sehr gut. Es gebührt ihr.«

Sascha schüttelte den Kopf. »Nein, es wäre gar nicht gut. Tess, das arme Kind, genießt viel zu wenig Freiheit. Du hast meinen lieben Onkel Axel kennengelernt. Seine Hoheit kann sich rühmen, zu den arrogantesten und widerlichsten Menschen auf der Welt zu gehören. Er behandelt Tess wenig besser als eine Leibeigene.« Er schnitt eine Grimasse. »Wenn sie seinen Zorn erregt, womöglich noch schlimmer! Mit einer liederlichen Schlampe wie Pauline als Gouvernante kann Tess gelegentlich dem Kerker des Klassenzimmers entfliehen.« Er warf Galen einen neugierigen Blick zu. »Aber wie kommt es, daß du so besorgt bist? Du bist doch sonst nicht derjenige, der sich über die Moral weiblichen Personals Gedanken macht?« Er lachte auf. »Es sei denn, diese Moral stellt sich deinen eigenen Absichten in den Weg.«

Galens Reaktion war sowohl für Sascha als Galen selbst eine Überraschung. Tess Rubinoffs Offenheit und die sachliche Art, mit der sie sich mit ihrer Umgebung abzufinden gelernt hatte, berührten ihn sonderbar. »Deine Kusine hat Mut. Eine Eigenschaft, die ich bewundere.« Er zog sich den linken Stiefel an und zuckte mit den Achseln. »Aber es geht mich nichts an. Ich erwähnte es nur, weil sie mit dir verwandt ist.« Er warf Sascha einen Blick zu. »Obschon du über die mangelnde Tugendhaftigkeit dieser Pauline sehr viel zu wissen scheinst.«

Sascha nickte befriedigt. »Vergangenen Sommer.« Tief Atem holend ließ er die Erinnerungen mit einem seligen Lächeln Revue passieren. »Vier köstliche Wochen lang habe ich mich allnächtlich mit ihr vergnügt, unersättlich wie ich bin, und sie hat jede einzelne Minute genossen. Wenn ich an die Lustschreie denke, die ich ihr entlockte ...«

»Und wo hat sich das abgespielt?«

»In ihrer Kammer.«

Galen zog den zweiten Stiefel an. »Neben dem Kinderzimmer?«

Sascha furchte die Stirn. »Ja, warum?«

»Ach, nur so. Reine Neugierde.« Kein Wunder, daß Sascha sich vor seiner kleinen Kusine so freimütig geäußert hatte.

Seine Anwesenheit im Bett dieser leichtlebigen Person hatte ebenso wie die von Paulines anderen Gespielen zum frühreifen Wissen dieses Kindes beigetragen. Galen stand auf, schlüpfte in seine Seidenjacke und schwang sich auf Telzans Rücken. »Reiten wir zurück zum Palast. Die nassen Kleider bereiten mir Unbehagen. In drei Stunden muß ich für die Audienz bei deinem Vater bereit sein.«

Sascha nickte. »Du weißt ja, daß ich dir mehr helfen würde, wenn es in meiner Macht stünde.« Er schüttelte den Kopf. »Aber ein Zweitgeborener hat in einer Monarchie wenig zu sagen.«

Galen lächelte, als er sein Pferd zum Trab antrieb. »Du hast mehr getan, als ich erhoffte. Du hast mich bei Hof eingeführt und deinen Vater überredet, dem Wilden aus Sedikhan Gehör zu schenken. Das alles hat allein deine Fürsprache möglich gemacht.«

»Damit habe ich dir vielleicht keinen Gefallen getan. Sowohl mein Vater als auch mein älterer Bruder haben für mich wenig Verwendung... ich bin ihrem Geschmack nach zu unseriös und leichtsinnig.«

Galen wußte, daß sich unter Saschas scheinbarem Leichtsinn trotzdem scharfe Intelligenz und ein gutes Herz verbargen. Schon bald, nachdem er die Bekanntschaft Sascha Rubinoffs gemacht hatte, war Galen klar geworden, daß Saschas Eskapaden eine Folge der Langeweile waren, unter der der junge Prinz litt. Die Welt, in die er hineingeboren war, begegnete Saschas unbekümmert lebenslustiger Wesensart mit großem Mißtrauen. Neuerdings hatte Galen sich des öfteren gefragt, was aus Sascha hätte werden könne, wäre er zum

Krieger erzogen und im Kampf zurechtgeschliffen worden. »Du hast mir einen großen Gefallen getan. Dank deiner Hilfe bin ich meinem Ziel um einen Schritt nähergekommen.«

Saschas Lächeln verschwand. »Erhoffe dir nur nicht zuviel von dieser Audienz. In letzter Zeit wird es immer schwieriger, meinen Vater zu Entscheidungen zu bewegen.«

»Ich muß es versuchen. Ich muß deinen Vater zu der Einsicht bringen, daß ein Bündnis zwischen unseren Ländern dem Wohle beider dient.«

Sascha schob den Stuhl zurück und erhob sich, als Galen aus dem Audienzsaal kommend den Vorraum betrat. »Wie ist es...« Galens düstere Miene beantwortete seine Frage. »Also nicht gut.«

»Es wird keine Allianz geben«, erwiderte Galen schroff. »Seine Majestät sieht keinen Vorteil darin, sich mit einem primitiven Stamm zu verbünden, der ihm für seinen Schutz außer Versprechungen nichts zu bieten hat.« Galen schritt den Saal entlang, an einer Reihe Lakaien vorüber. Jeder seiner Schritte schien mit explosiver Energie geladen. »Dieser Narr! Sieht er denn nicht ein, daß ein geeintes Sedikhan Tamrovia mehr bieten könnte als umgekehrt?«

»Du sprichst von meinem erhabenen Vater«, rief Sascha ihm besänftigend in Erinnerung, während er neben seinem Freund in Gleichschritt fiel.

»Er ist ein Narr.«

»Ja, ein sehr eigensinniger obendrein«, gab Sascha ihm recht.

»Ich brauche dieses Bündnis, um die verfeindeten Stämme

meines Landes unter einer einzigen Zentralregierung zusammenzufassen. Mit Tamrovia als Verbündeten könnte mein Stamm – die El-Zalan – sich die Bedrohung einer Invasion von außen zunutze machen und so die Stammesoberhäupter zur Einigung bewegen. Nichts vermag eine Einigung schneller voranzutreiben, als die Bedrohung durch eine fremde Macht.« Galens Stimme wurde von der freskengeschmückten Kuppeldecke hohl zurückgeworfen. »Verdammt, diese Kämpfe dürfen nicht weitergehen. Sie vernichten Sedikhan vollends. Wir können nichts erreichen, solange die Stämme fortfahren, einander zu bekriegen und zu dezimieren.«

Sascha, der das alles schon unzählige Male zu hören bekommen hatte, hüllte sich in mitfühlendes Schweigen.

»Tamrovias Streitmacht nimmt sich im Vergleich zu der unseren lächerlich aus. Dein Vater ist ein Dummkopf, wenn er glaubt, wir könnten zur Verteidigung eurer Grenzen nichts beitragen.«

Sascha störte diese Beleidigung seines Vaters nicht, da er ähnlich dachte. Daß die militärische Schlagkraft seines Landes derart abschätzig beurteilt wurde, ärgerte ihn jedoch. Entschlossen wechselte er daher das Thema. »Und was gedenkst du nun zu unternehmen?«

»Ich mache, daß ich nach Hause komme«, antwortete Galen aufgebracht. »Was gibt es für mich hier noch zu tun? Ich kehre zurück zu Krieg und Töten und zur Verteidigung meines Besitzes. Das ist das Leben in Sedikhan.«

»Du könntest bei uns bleiben.«

»Hier, wo man in mir nur den Barbaren sieht?« Galen schüttelte den Kopf. »Nein, mein Freund, sehr bald hätte ich die Witzeleien, die Anspielungen satt, und würde ihnen zeigen, wie sich ein wirklicher Barbar benimmt.« Er sah Sascha an. »Aber warum kommst du nicht mit mir nach Sedikhan? Das Leben am Hof sagt dir doch ohnehin nicht sonderlich zu.«

»Ich könnte mich dazu verleiten lassen... eure Frauen sollen sehr schön sein und uns armen Männern mit Großzügigkeit begegnen.«

»Komm und sieh selbst.«

In Saschas Augen funkelte es lausbübisch. »Aber man kann nicht seine ganze Zeit mit Bettspielereien verbringen. Und da du ja entschlossen scheinst, Sedikhan in einen öden, friedlichen Ort zu verwandeln...« Er studierte Galen nachdenklich. »Ich habe mich immer gewundert, warum du diesen Weg gewählt hast.«

Galen gab keine Antwort.

»Niemand kann sich im Schwertkampf mit dir messen, du bist ein sicherer Schütze und doch...«

»Was für eine Rolle spielt das schon?«

»Nun, mir geht es so, daß ich alles, was ich gut mache, immer wieder tun möchte.«

»Ich... ich mache es zu gern«, sagte Galen stockend und mit abgewandtem Blick.

Verblüfft starrte Sascha ihn an. Dann erst ging ihm ein Licht auf. Hinter Galen Ben Raschids scheinbar zurückhaltender Fassade brodelten starke Gefühle. Sascha, der manch einen Blick hinter diese Fassade werfen durfte, hatte entdeckt, daß der Freund sich an Kühnheit und Wildheit mit ihm messen konnte.

Wie würde dieses ungezügelte Wesen auf die derzeit in Sedikhan herrschenden Zustände, in denen Gewalttätigkeit an der Tagesordnung war, reagieren?

Galen beobachtete, wie sich diese Gedankengänge in Saschas Miene spiegelten. »Ja«, sagte er leise. »In mir steckt sogar noch mehr von einem Wilden, als man geheimhin glaubt.« Er kniff die Lippen zusammen. »Aber ich muß es nicht sein. Ich verfüge über Intelligenz und Willenskraft. Seine Geburt und seine Instinkte verdammen einen Menschen nicht unbedingt dazu, für immer wild und unzivilisiert zu bleiben.«

Aber zwischen Galens angeborener Wildheit und seinem Verstand würde es einen lebenslangen Kampf geben, ging es Sascha durch den Sinn. »Wann wirst du Tamrovia verlassen?«

»Morgen bei Tagesanbruch.« Galen lächelte ihm zu. »Und schau nicht so finster drein. Noch habe ich nicht aufgegeben. Ich will nur nach Hause, um meine Kräfte neu zu ordnen. Wenn ich Tamrovia zu keinem Bündnis bewegen kann, dann werde ich mich vielleicht an Frankreich und an Napoleon wenden.«

»Frankreich und Sedikhan liegen weit voneinander entfernt.«

»Aber Napoleon kann nie genug bekommen. Er wird sich vielleicht entschließen, mich wegen des Goldes in Zalandan zu beschützen.«

»War deine Mutter nicht Französin?«

»Ja«, sagte er knapp, am Fuß der großen Marmortreppe innehaltend. »Französin und Tamrovianerin.« Er wechselte das Thema. »Ich will zurück in meine Gemächer und Said befehlen, alle Vorbereitungen für die Rückkehr zu treffen.«

»Aber ich sehe dich doch heute noch?«

Galen nickte. In seinem Lächeln lag etwas Freches, als er sagte: »Auf jeden Fall. Wir wollen uns hier in der Halle um acht treffen. Dann suchen wir uns ein paar willige Damen, und ich werde dir zeigen, wie ein Krieger der El Zalan sich amüsiert.«

Ehe Sascha antworten konnte, eilte Galen bereits die Stufen hinauf.

»Ein paar ...?« murmelte Sascha neugierig. Plötzlich war er sicher, daß es ein sehr interessanter Abend werden würde.

Jemand beobachtete ihn.

Galen wurde hellwach.

Mit angespannten, sprungbereiten Muskeln lag er da, reglos und mit halbgeschlossenen Augen. Sein Dolch lag auf dem Tisch neben dem Bett, doch er würde über die links von ihm liegende Frau greifen müssen, um ihn zu erreichen.

»Edler Galen.«

Er riß die Augen auf. Graue Augen sahen ihn aus einem weißen, von einem Schopf brauner Locken umgebenen Gesicht an, aus einem Kindergesicht.

Tess Rubinoffs Hand verkrampfte sich um den kupfernen Kerzenhalter. »Haben Sie auch zu viel vom Wein getrunken?« flüsterte sie.

»Was zum Teufel treibst du hier?« Er fuhr kerzengerade auf und griff instinktiv nach einer Decke, um seine Blöße zu bedecken.

Tess stieß einen Seufzer der Erleichterung aus. »Sie sind doch nicht betrunken. Erst war ich in Saschas Gemach, konnte ihm aber nicht begreiflich machen...« Sie trat einen Schritt zurück. »Ich brauche Hilfe. Allein kann ich es nicht schaffen. Würden Sie...« Sie warf einen Blick auf die nackte Frau, die auf der anderen Seite des Betts zusammengerollt lag. »Zwei? Pauline hatte nie mehr als einen. Warum müssen Sie...«

»Wie bist du hereingekommen? Ich war nicht so betrunken, als daß ich nicht zugesperrt hätte.«

»Durch das Ankleidezimmer. Dort mündet ein Geheimgang, der zu vielen Räumlichkeiten des Palastes führt. Ich habe ihn vor drei Jahren entdeckt«, murmelte Tess in Gedanken. Noch immer ruhte ihr Blick auf der goldhaarigen Frau, die an Galen geschmiegt dalag. »Das ist doch Lady Camilla? Unbekleidet wirkt sie dünner. Wer ist die andere?«

»Das geht dich nichts an.« Er runzelte die Stirn. »Im Ankleidezimmer schläft doch Said.«

»Ihr Diener? Ich war ganz leise. Er ist nicht aufgewacht.« Sie zog abschätzig die Schulter hoch. »Aber das ist unwichtig. Ich brauche Ihre Hilfe.« Ihr Blick fiel auf die Decke, die er über die Hüften gezogen hatte. »Frieren Sie?« Sie drehte sich um und griff nach seinem roten Morgenrock, der auf einem Stuhl neben dem Bett lag. »Hier, ziehen Sie an.«

»Danke«, sagte er trocken, als er seine Arme in die Ärmel steckte. »Du bist sehr fürsorglich, wenn auch nicht sehr umsichtig.«

Camilla drehte sich um und stöhnte im Schlaf auf.

Tess warf ihr einen beiläufigen Blick zu. »Beide schlafen ganz fest. Haben die auch zu tief ins Glas geschaut?«

»Ja, sie haben schon ein paar Gläschen getrunken.«

Tess studierte die schlafenden Frauen nun kritischer. »Das waren mehr als nur ein paar Gläser. Aber ich glaube, wir sollten nicht riskieren, sie aufzuwecken. Ich sollte eigentlich nicht hier sein.«

»Ich glaube, diese Feststellung habe ich bereits getroffen.«

»Ich werde im Ankleidezimmer auf Sie warten.« Sie drehte sich um und lief zur Tür des Ankleidezimmers.

»Wenn Said aufwacht, schneidet er dir die Kehle durch, ehe ich dir helfen kann. Die Männer unseres Stammes haben für mitternächtliche Besuche nicht viel übrig.«

»Ich habe gelernt, ganz lautlos zu schleichen. Ich werde ihn nicht wecken.«

»Dann schleiche gleich weiter in dein Zimmer. Ich habe ohnehin nicht die Absicht...« Der Rücken des weißen Nachthemdes, das Tess anhatte, war mit braunroten Flecken übersät. Blutflecken.

Sie drehte sich um und sah ihn an. »Was?«

»Nichts. Geh jetzt. Ich komme gleich nach.«

Sie öffnete die Tapetentür und verschwand.

Galen stieß einen Fluch aus, als er vorsichtig über Camilla hinwegkletterte und aus dem Bett schlüpfte.

Nach sieben Stunden voller Alkohol und Liebe kam ihm dieses Problem alles andere als gelegen. Sein Kopf war um weniges klarer als der Saschas, und seine Laune nicht die beste. Wenn dieses brutale Vieh von Vater das Kind geschlagen hatte, dann war es Saschas Angelegenheit und nicht die seine. Sie gehörte nicht zu seiner Familie, und es lag kein Grund vor, sich die Blutflecken an ihrem Hemd derart zu

Herzen zu nehmen. Obwohl, immerhin hatte er das arme Ding aus dem Sumpf gezogen. Er würde sich ihre Geschichte anhören und sie dann auf ihr Zimmer schicken, nicht ohne ihr zu versprechen, mit Sascha zu reden.

Er öffnete die Tür des Ankleidezimmers und sah Tess geduldig auf einem Sessel an der gegenüberliegenden Wand sitzen. Oh, Gott, wie schmächtig sie ist, dachte er bei sich. Feinknochig und zart sah sie in ihrem züchtigen, weißen Nachthemd aus. Nicht wie zwölf, sondern wie neun. Die Kerze, die sie auf eine niedrige Konsole neben dem Stuhl gestellt hatte, warf ihren Schein auf den Hauch goldener Sommersprossen auf ihrem Näschen und verlieh ihren ungezügelten Locken seidigen Glanz. Said schlief friedlich auf einer Liegestatt ihr gegenüber, wie Galen verblüfft registrierte. Wie hatte sie es nur geschafft, seinen Diener nicht zu wecken?

Galen trat ein. »Said!«

Said Abdul hob den wirren Kopf. Er war mit einem Schlag wach. »Was ist ...« Er sprach nicht weiter, als er das Kind sah, das ihm gegenüber im Sessel saß. »Wer ...«

»Das ist unwichtig.« Galen konnte ihm seine Verblüffung nicht verdenken. Als Said sich für die Nacht zurückgezogen hatte, waren die weiblichen Wesen, mit denen Galen sich befaßt hatte, den Kinderschuhen entwachsen gewesen. »Laß uns allein. Ich werde rufen, wenn ich dich brauche.«

Said nickte benommen, rollte sich aus dem Bett und wickelte die Decke um seinen nackten Leib. Im nächsten Moment stolperte er an Galen vorüber ins Schlafzimmer.

Tess setzte sich aufrecht hin, als Galen die Tür schloß und sich an sie lehnte. »Ich muß mich beeilen«, drängte sie. »Vater befahl Mutter, sich mehr um meine Erziehung zu kümmern, deswegen wird sie heute vielleicht nach mir sehen.«

»Was macht dein Rücken?«

Sie sah ihn verständnislos an. »Was ... ach, blutet er schon wieder? Gut, daß Sie es mir sagen. Ich muß mein Nachthemd in kaltem Wasser einweichen.« Sie schüttelte den Kopf. »Nein, meine Mutter verdächtigt Pauline, mich nicht genug zu überwachen.«

»Deine Anwesenheit hier ist der beste Beweis für diesen Verdacht.« Er preßte die Lippen aufeinander. »Immerhin erfreulich, daß es Menschen gibt, die es kümmert, ob du um diese Zeit im Bett bist oder nicht.«

»Aber natürlich kümmert es meine Eltern«, erwiderte sie erstaunt. »Ich besitze ja einigen Wert für sie. Sie haben keinen Sohn, und nun erwarten sie, daß ich durch eine vorteilhafte Heirat das Versagen meiner Mutter wettmache. Wenn mir etwas zustößt, dann bleibt ihnen gar nichts.«

»Ich verstehe.« Zweckehen waren auch in seiner Heimat gang und gäbe, aber aus irgendeinem Grund erbitterte es ihn, daß man dieses Kind nur als Figur in einem Spiel betrachtete. »Und wen wirst du heiraten?« fragte er.

»Darüber wird später entschieden. Aber ich sollte eigentlich schon verlobt sein.« Sie rümpfte die Nase. »Mein Vater hofft wohl, daß ich später hübscher aussehen werde und somit bessere Angebote bekomme.« Ihr Blick wanderte zu der Schlafzimmertür. »So wie Lady Camilla. Sie hatte viele Anträge bekommen, ehe sie den Grafen Evaigne ehelichte. Nach diesem Greis im Bett, müssen Sie ja eine große Erleichterung sein.«

Er vollführte eine spöttische Verbeugung. »Ich war bemüht, das Erlebnis denkwürdig zu gestalten. Sie machte keinen enttäusch . . .« Er brach mitten im Wort ab, als ihm einfiel, daß er mit ihr wie mit einer erfahrenen Dame der Hofgesellschaft sprach. »Wir sollten nicht über die Untreue der Dame sprechen.«

Sie sah ihn aus kristallgrauen Augen an. »Warum nicht? Ich wollte niemanden beleidigen. Ich weiß, daß es so gemacht wird. Erst die Ehe, und dann einen jungen, starken Mann fürs Bett. Pauline sagt, jede Frau hätte einen Liebhaber, manchmal zwei oder . . .«

»Was Pauline sagt, interessiert mich nicht«, warf er gereizt ein. »Warum bist du gekommen?«

Sie atmete tief durch. »Es geht um Apollo.«

Was immer er erwartet hatte, das jedenfalls nicht. »Um den Hund?«

Tess nickte, die Armlehnen des Sessels umklammernd. »Ich war dumm. Pauline geriet außer sich, weil mein Kleid schmutzig war, und da erzählte ich ihr von Apollo und dem Sumpf. Sie verriet es meiner Mutter, und die wiederum meinem Vater und . . .«

»Er hat dich geschlagen?«

Sie sah ihn erstaunt an. »Ja, aber das ist mir gleichgültig. Ich habe nichts anderes erwartet. Nein, es geht um Apollo. Mein Vater geriet dermaßen in Wut, daß er zu toben anfing, seine Geduld sei zu Ende, dieses Hundsvieh bekäme keine Jungen und Apollo hätte ihn ein Vermögen gekostet.« Ihre riesengroßen Augen standen voller Tränen, in denen sich das Kerzenlicht spiegelte. »Er hat befohlen, die beiden Hunde zu töten.«

Galen wurde von einer Anwandlung von Zärtlichkeit übermannt, als er sie so vor sich sah. Er wußte, wie schmerzlich es war, wenn man einen geliebten Vierbeiner durch den Tod verlor. »Das tut mir leid.«

»Ich bin nicht gekommen, um getröstet zu werden. Ich brauche Hilfe.« Sie fuhr sich mit dem Handrücken über die Augen. »Es ist noch nicht soweit, und ich kann es nicht zulassen. Kaum hatten sie mich in meinem Zimmer eingesperrt, als ich auch schon durch den Geheimgang und über den Hof zu den Zwingern lief. Ich habe mit Simon, dem Aufseher, gesprochen. Er ist ein guter Mensch. Er sagte, er könne es hinauszögern, aber die Hunde müßten tot sein, ehe mein Vater am Morgen käme, um Nachschau zu halten.«

»Und du möchtest, daß ich sie fortschaffe?«

»Nein, ich wollte, daß es Sascha tut, aber er war...«

»Er war stockbetrunken«, beendete Galen den Satz an ihrer Stelle. »Also bin ich deine zweite Wahl.«

»Verstehen Sie denn nicht? Ich weiß keine sichere Zuflucht für die Hunde, und Sie sind ehrlich gesagt die geeignetere Wahl als Sascha«, erklärte sie zutraulich. »Selbst wenn Sascha die Hunde auf eines seiner Güter bringen ließe, könnte es meinem Vater zu Ohren kommen, und er würde ein Machtwort sprechen. Aber nach Sedikhan kommt er nie im Leben.«

»Wie wahr. Wer würde sich auch in eine öde Wüstenei begeben?«

Sie ließ die Ironie in seinem Ton unbeachtet. »Sie haben Apollo gesehen. Er ist ein sehr sanftmütiges Tier, nur wenig über ein Jahr alt, so daß er vielleicht für die Jagd oder zum Wachhund ausgebildet werden könnte. Und Daphne...«

»Bekommt keine Jungen.«

»Man könnte sie anderweitig verwenden.« Sie sagte es mit zitternder Stimme. »Auch sie ist von sanfter Wesensart. Wenn ich sie rufe, kommt sie gelaufen und schmiegt ihren Kopf unter meine Hand. Ihr Fell ist so weich...« Ihre Stimme gehorchte ihr nicht mehr, so daß sie einen Moment innehalten mußte. Als sie wieder zum Sprechen ansetzte, kamen ihre Worte fast unhörbar. »Ich habe sie so lieb... ich kann sie nicht sterben lassen. Bitte, werden Sie die beiden fortschaffen?«

Da er beabsichtigte, auf dem Landwege zu reisen, würden die Tiere ihm auf dem langen Heimweg nur zur Last fallen. Eine Torheit, sich mit zwei Hunden zu belasten, die sich bereits als nutzlos erwiesen hatten... Doch Galen war von Tess' flehentlicher Bitte unendlich gerührt. Sie war ein unsagbar einsames Kind, dessen Liebe allein den beiden Hunden galt. Und nun war sie gezwungen, ihn zu bitten, er solle die Tiere mitnehmen. Galen ließ ein resigniertes Seufzen hören. »Wo sind sie jetzt?«

Sofort erstrahlte ihr Gesicht vor Freude. »Sie werden es tun?«

Er nickte zögernd. »Obwohl ich keine Ahnung habe, wie ich mit ihnen die Rückreise nach Sedikhan schaffen werde. Said und ich reisen nicht mit Pomp und Fanfaren wie die Edlen eures Hofes.«

Sie ließ sich erleichtert im Sessel zurücksinken. Alle Anspannung schien von ihr gewichen. »Gott sei Dank.«

»Ich möchte nicht gotteslästerlich erscheinen, aber sollte dein Dank nicht auch mir gelten? Ich bin derjenige, der in den nächsten Wochen große Mühsal und Plage auf sich nimmt.«

»Ich danke auch Ihnen.« In ihren Worten schwangen Inbrunst und Aufrichtigkeit mit. »Und ich verspreche, daß ich einen Weg finden werde, mich erkenntlich zu zeigen.«

Er sah sie fragend an. »So? Und was würdest du tun, um deiner Dankbarkeit Ausdruck zu verleihen?«

»Alles«, sagte sie einfach. »Buchstäblich alles.«

Es war ihr ernst. Fast glaubte er, den Gefühlsüberschwang des jungen Mädchens zu spüren. »Ohne Vorbehalte?« Ein Ausdruck eigenartiger Spannung huschte über sein Gesicht, als ihm ein Gedanke kam. »Eines Tages werde ich mir dein großzügiges Angebot vielleicht zunutze machen.« Er ging durch den Raum auf sie zu und zog sie auf die Beine. »Aber nicht jetzt. Wo ist dieser Geheimgang?«

Sie deutete auf einen an der Wand angebrachten Kerzenleuchter. »Man muß den Leuchter nach links schwenken.«

Galen tat es, und ein Teil der Täfelung schwang auf. »Rasch zurück in dein Zimmer. Ich ziehe mich an und gehe hinunter zum Aufseher des Zwingers. Er soll die Hunde in den Wald schaffen und dort warten, bis ich mit Said komme.«

»Und wenn er nicht will?«

»Er wird wollen, Gold verfügt über eine eindringliche Überredungskunst.«

»Sie werden ihn bestechen?«

»Deine Schuld wächst ins Unermeßliche...« Er reichte ihr den kupfernen Kerzenhalter und drängte sie in den dunklen Gang. »Falls ich dereinst eine Gegenleistung fordern sollte, halte dir vor Augen, wie tief du in meiner Schuld stehst.«

»Das werde ich.« Sie warf ihm noch einen Blick über die Schulter zu. »Die Hunde werden in Sicherheit sein? Wirklich?«

»Wirklich.« Er lächelte. »Mein Wort darauf.«

Im nächsten Moment war sie in der Dunkelheit verschwunden. Die Öffnung in der Täfelung schwang zu, und Galen stand da, den Blick auf die Geheimtür gerichtet, während ein stilles Lächeln seine Lippen umspielte.

Fast sah es aus, als hätte das Schicksal zu seinen Gunsten eingegriffen, und er wäre ein Narr gewesen, diese glückliche Fügung nicht zu nutzen. Es würde Geduld, Entschlossenheit und eines gewissen Aufwands an Planung bedürfen, ehe er sein Ziel erreichte, doch die Einheit von Sedikhan war von so eminenter Bedeutung, daß sich die Mühe lohnen würde.

Er machte kehrt und suchte sein Schlafgemach auf. Er mußte sich ankleiden und Said mitteilen, daß sie unverzüglich nach Sedikhan aufbrechen würden.

Nein, nicht unverzüglich.

Erst mußte er Sascha wecken und ihn so weit nüchtern bekommen, daß ein längeres Gespräch möglich war.

1. Kapitel

Dinar, Hafenstadt in Tamrovia
3. Mai, 1803

Die Barkasse hatte die Anlegestelle fast erreicht, als Tess Saschas hochgewachsene, elegante Gestalt erblickte. Ihr Cousin lehnte mit betonter Lässigkeit an einem Stapel von Holzkisten.

Sascha hat sich kein bißchen verändert, stellte Tess erleichtert fest. Sein brünettes Haar, das dem ihren so ähnelte, schimmerte in der Sonne. Als ihr Schiff sich dem Ufer näherte, sah sie, daß sein schlanker, muskulöser Körper mit jener untadeligen Eleganz gekleidet war, die man an ihm gewohnt war. Heute trug er enge, helle Rehlederhosen und ein Jackett aus Goldbrokat. Eine kunstvoll gebundene Krawatte zierte sein makellos weißes Hemd.

»Sascha!« rief Tess ihm mit hektischem Winken zu, wobei sie sich weit über die Reling beugte. »Sascha, ich bin es!«

Sie hörte, wie der Kapitän am Heck etwas murmelte, doch sie achtete nicht darauf und hörte nicht auf zu winken. »Sascha!«

Er blickte in ihre Richtung und stieß sich vom Kistenstapel ab. Ein Lächeln ließ sein Gesicht aufleuchten.

»Ich warne dich, wenn du ins Wasser fällst, lasse ich dich ertrinken«, rief er ihr zu. »Ich trage diese Jacke heute zum erstenmal und liebe sie über alles.«

»Wie ein Pfau siehst du aus!« antwortete sie ihm. »In Paris kleidet man sich mit viel dezenterer Eleganz.«

»Frechdachs! Woher willst du das wissen? Du warst sechs Jahre in einer Klosterschule.«

»Ich habe doch Augen im Kopf.« Als die Barkasse anlegte, ergriff sie die Hand, die Sascha ihr entgegenstreckte, und richtete sich vorsichtig auf. »Außerdem hat Pauline es mir gesagt.«

»Ach ja, wie konnte ich Pauline nur vergessen.« Sascha legte die Hände um ihre schmale Taille und hob sie aufs Dock. Mit einem Stöhnen taumelte er rücklings. »*Merde*, du wiegst ja eine Tonne. Das muß die Gelehrsamkeit und Frömmigkeit ausmachen, mit der man dich vollgestopft hat...« Aus seinen blauen Augen funkelte Spottlust, als er sie von Kopf bis Fuß musterte. »Gottlob sieht man es dir nicht an, sonst würdest du nämlich nie einen Mann bekommen.«

Tess' Glücksgefühl erhielt durch die Erwähnung einer Ehe einen gehörigen Dämpfer, doch dann schob sie den Gedanken entschlossen von sich. Sie konnte sich zwar keinen anderen Grund vorstellen, weshalb ihr Vater sie nach Hause beordert hatte, doch war es nicht ihre Art, sich über ferne Gewitterwolken den Kopf zu zerbrechen, solange die Sonne am Himmel strahlte und die Welt sich ihr heiter und unbeschwert präsentierte. »Ich wiege keine Tonne!« Wie oft hatte sie sich gewünscht, mehr zu wiegen. Aber soviel sie auch essen mochte, ihre Größe war nicht sehr eindrucksvoll – sie reichte knapp bis zum mittleren Knopf an Saschas feinem Batisthemd und war außerdem viel zu dünn. Tess reckte ihr Kinn mit gespielter Überlegenheit: »Du bist es, der vor Müßiggang und Ausschweifungen schwach und kraftlos geworden ist . . . Ein wahres Wunder, daß mein Vater dir zutraut, mich nach Belajo zu begleiten«, sagte sie spöttisch.

Sein Lächeln verschwand, er wich verlegen ihrem Blick aus. »Wir müssen jetzt in unser Quartier. Die Kutsche wartet um die Ecke.«

»Einen Augenblick.« Sie wandte sich zu dem Kapitän um, der eben der Barkasse entstieg, und streckte ihm die Hand entgegen. »Leben Sie wohl, Kapitän. Und vielen Dank, daß Sie so nett zu mir waren. Es war eine sehr interessante Fahrt. Sie müssen bald einmal nach Belajo kommen.«

Der grauhaarige Kapitän führte ihre behandschuhte Hand an die Lippen. »Euer Hoheit, auch für uns war es interessant«, sagte er trocken. »Trotzdem hätte ich nichts dagegen, wieder einmal mit Ihnen auf Fahrt zu gehen.« Er hielt inne. »In ein oder zwei Jahren.«

Sie nickte. »Ich verstehe.« Dann drehte sie sich wieder zu Sascha um und nahm seinen Arm. »Ich bin bereit.«

Sascha blickte sich neugierig nach dem Kapitän um, als sie langsam zur Straße gingen. »Der Kapitän scheint von dir nicht allzu begeistert. Was hast du dem Ärmsten angetan?«

»Nichts.« Erst auf seinen skeptischen Blick hin ließ sie sich zu einer Erklärung bewegen: »Na ja, es war meine erste Schiffsreise, ohne daß mich ständig jemand beaufsichtigte und mir sagte, was ich zu tun und zu lassen hätte. Vor sechs Jahren, als ich nach Frankreich fuhr, hat Pauline, die mich begleitete, mir nicht einmal erlaubt, das Schiff richtig zu erkunden.« Nachdem sie ihren Schützling in der Klosterschule St. Marguérite abgeliefert hatte, war Pauline in Paris nur wenige Wochen darauf mit einem jungen Bäckermeister in den Stand der Ehe getreten. »Pauline ließ sich am Pier nicht blicken, als dieses Schiff auslaufen sollte, und den frommen Schwestern blieb keine Zeit, eine andere Anstandsdame für mich aufzutreiben.«

»Und welche Teile des Schiffes hast du erkundet?«

»Warst du jemals ganz oben im Krähennest?«

»Im Ausguck, dem Korb an der Mastspitze? Allmächtiger, nein. Ich bin doch nicht schwindelfrei.«

»Von dort hat man den schönsten Ausblick«, schwärmte Tess verträumt. »Der Wind fährt einem durchs Haar, und der Geruch von Salz und Meer übertrifft alle Düfte der Welt.«

»Darf ich fragen, wie du in den Ausguck gelangt bist?«

»Ich bin die Masten hinaufgeklettert. Die Schuhe mußte ich ausziehen, aber es war nicht viel anders als zu Hause, wenn ich im Wald auf Bäume kletterte.« Sie runzelte die Stirn. »Das Gebrüll des Kapitäns hat mich allerdings sehr gestört.«

»Kann ich mir denken, daß er besorgt war«, bemerkte Sascha trocken.

»Er hätte mit seinem Geschrei warten sollen, bis ich ganz oben war.«

»Sicher hast du ihm das zu verstehen gegeben.«

Sie nickte. »Aber er war zu erbost, als daß er auf mich gehört hätte.« Sie sah Sascha eindringlich an. »Ist unsere Eskorte in der Herberge?«

»Nein, die trifft morgen ein. Ich bin vorausgefahren.« Ein

junger Stallbursche sprang vom Wagen und öffnete den Schlag. »Ich dachte mir, du würdest ein paar ruhige Tage zu schätzen wissen, ehe wir über Land fahren. Wir werden vier Tage unterwegs sein.«

»Ich habe mich an Bord zwangsweise ausgeruht. Als ich den Seeleuten an die Hand gehen wollte, haben sie abgelehnt.« Wenn das drohende Schicksal der Ehe sie in Belajo erwartete, dann hatte sie es mit der Weiterfahrt tatsächlich nicht eilig. »Könnten wir in dem Café dort drüben zu Abend essen?« Sie deutete mit einer Kopfbewegung auf ein Lokal, auf dessen Schild sich eine Nixe auf einer Klippe räkelte. »Sascha, ich habe noch nie in einem Café gegessen. Bitte, könnten wir...?

Er nickte nachsichtig. »Meinetwegen in einem Café, aber nicht hier im Hafen.«

Tess hätte nicht enttäuschter sein können. »Warum nicht? Seeleute sind ungeheuer interessant. Sie haben immer so herrliche und abenteuerliche Geschichten auf Lager.«

Sascha half ihr in den Wagen. »Mehr abenteuerlich als wahrhaftig.«

»Das alles möchte ich gern einmal selbst erleben...« Sie beugte sich vor, ihr Gesicht glühte vor Begeisterung. »Eines Tages möchte ich in den Osten fahren, der Spur Marco Polos folgend. Wäre das nicht ein herrliches Abenteuer?«

Saschas Miene wurde weich, als er sie ansah. »Ein ganz großes Abenteuer.« Er stieg ein und setzte sich ihr gegenüber. »Aber im Nixen-Café wirst du keine Marco Polos antreffen, zudem haben Seemannskneipen immer einen zweifelhaften Ruf.«

»Was macht das schon aus? Du bist ja bei mir.« Sie zog die Nase kraus. »Falls du um meine Tugend fürchtest, kann ich dir versichern, daß mich niemand beachten wird. Ich bin zu klein. Die Seeleute auf dem Schiff haben mich wie ein beschränktes Kind behandelt.« Sie lehnte sich in die Polsterung zurück, als der Wagen zu seiner Holperfahrt über die Pflastersteine ansetzte. »Wenn der mir von meinem Vater zugedachte Bräutigam mich sieht, wird er sehr wahrscheinlich versuchen, vom Vertrag zurückzutreten.« Sie grinste, als ihr ein Gedanke kam. »Was für eine wunderbare Idee. Wenn ich mich mit Absicht noch häßlicher mache, kann es Jahre dauern, bis Vater eine neue Verbindung aushandelt.«

Saschas Lider senkten sich und verbargen seinen Blick. »Du hast kein Verlangen nach einer Ehe?«

»Warum sollte ich mich nach einer Ehe sehnen? Die Klosterschule war schon schlimm genug, aber wenigstens waren die Schwestern nett. Ein Ehemann ...« Sie wandte den Blick plötzlich ab und sah aus dem Fenster. »Nein, der Gedanke ist nicht sehr verlockend.«

»Nicht alle Männer sind wie dein Vater«, meinte er besänftigend.

»Nein, aber alle versuchen sie, die Frauen für ihre eigenen Zwecke einzuspannen.« Sie straffte die Schultern und zwang sich zu einem Lächeln. »Ich möchte nicht davon sprechen. Erzähl mir, was du während meiner langen Abwesenheit getrieben hast. Seit ich Tamrovia verließ, habe ich nur wenige Briefe von meiner Mutter bekommen, und in jedem war nur davon die Rede, daß ich Fügsamkeit und Gehorsam lernen müßte. Du hast dich nicht vermählt?«

»Heilige Maria, nein«, entfuhr es ihm entsetzt.

»Wie konntest du diesem Schicksal entgehen? Du mußt doch schon mindestens dreißig sein.«

»Indem ich den Hof mied und dort jede Frau vergessen ließ, daß ich existiere. Außerdem ist dreißig alles andere als alt.«

Sie kicherte, aus ihren Augen blitzte der Schalk. »Aber wir haben doch schon diskutiert, wie schwächlich du geworden bist.«

»Und wie unverschämt du bist.« Er lächelte. »Es freut mich, daß die Nonnen dir deinen Mutterwitz nicht ausgetrieben haben.«

Als er sie aus zusammengekniffenen Augen ansah, sprach aus seinem Blick erstaunliche Schärfe, und Tess bemerkte, daß ihr erster Eindruck sie betrogen hatte. Mit Sascha waren Veränderungen vorgegangen.

Als sie ihre Heimat verlassen hatte, war er weicher, nachgiebiger, ja sogar ein wenig affektiert gewesen. Trotz seiner lässigen Art, die er an den Tag legte, spürte sie jetzt an ihm eine undefinierbare Härte und ein gesteigertes Selbstvertrauen, so als sei seine Weichheit durch die Erfahrungen der letzten Jahre abgeschliffen worden. »Du hast mir nicht geantwortet. Was hast du inzwischen getrieben?«

»Ach, dies und das. Ich bin gereist, habe mir neue Fertigkeiten zugelegt.«

»Was für neue Fertigkeiten?«

Er lehnte sich in die Polsterung zurück. »Du bist aber ein Naseweis. Vielleicht sollte ich dieselbe Frage dir stellen. Was hat man dir in deiner Klosterschule beigebracht?«

»Daß das Schicksal mich in Zukunft vor solchen Schulen bewahren möge.«

Er lachte auf. »Was sonst?«

»Nähen, weben, Kerzen ziehen. Nichts wirklich Wichtiges. Bis auf die religiöse Unterweisung natürlich.«

Sie legte den Kopf schräg und unterzog ihn einer kritischen Musterung. »Warum möchtest du mir nicht antworten?«

»Alles zu seiner Zeit.« Er sah zum Fenster hinaus. »Wir sind gleich am Ziel. Ich habe veranlaßt, daß die Tochter des Gastwirtes dich als Zofe bedient, und dein Gepäck müßte angekommen ...«

»Warum hast du eine Zofe für mich besorgt? Du konntest ja nicht wissen, daß Pauline nicht mitreisen würde?«

Er zögerte, ehe er ein neckisches Lächeln sehen ließ. »Vielleicht war ich der Meinung, du bedürftest der Hilfe einer jüngeren, vitaleren Frauensperson. Unsere reizende Pauline muß doch inzwischen schon zweiunddreißig sein.« Er seufzte bekümmert. »Sogar noch älter als meine arme Wenigkeit.«

Sie lachte. »Ihr Mann würde sich wünschen, daß sie weniger vital wäre. Wenig mehr als fünf Jahre ist er nun mit ihr verheiratet und wirkt kraftlos und erschöpft.«

»Pauline ist eine Frau, die sich nur mit vollstem Einsatz des Partners zufriedengibt ... auch wenn sie selbst das Tempo vorgeben muß.«

Der Wagen hielt an, der Bedienstete riß beflissen den Schlag auf. Sascha sprang hinunter, um Tess beim Aussteigen zu helfen. »Geh hinein ins Gasthaus. Der Wirt wird dich auf dein Zimmer führen. Ich bleibe indessen hier, bis der zweite Wagen mit deinem Gepäck ankommt.«

»Gewiß könnte der Wirt...«

Aber Sascha war schon auf dem Weg zu den Stallungen, so daß Tess sich nach kurzem Zögern umwandte und das Gasthaus betrat.

»Alles in Ordnung?« fragte Galen, als Sascha den Stall betrat.

Sascha blieb an der Tür stehen, bis seine Augen sich an das Halbdunkel gewöhnt hatten. Der Stall war leer bis auf Galen, der in einer der Boxen links von der Tür neben seinem Hengst kniete. Er hatte seine Jacke abgelegt, seine Hemdsärmel waren aufgerollt. Unter einem großen Wasserkessel prasselte im hinteren Bereich des Stalles ein Feuer. Zwischen den Kräuterduft, der in der Luft hing, mischte sich der Geruch von Heu und Pferdemist.

»Nein«, sagte Sascha knapp. »Nichts ist in Ordnung. Ich komme mir vor wie Judas persönlich.«

»Es gibt keinen Grund, sich als Verräter zu fühlen.« Galen umwickelte die linke, vordere Fessel seines Hengstes mit einem warmen, feuchten Tuch. »Das Gift wird gut herausgezogen. Ein Tag oder zwei, und er kann sich wieder bewegen.«

»Warum überläßt du das nicht Said?«

»Weil Selik mir gehört und ich mich um mein Eigentum selbst kümmere.« Er hob den Kopf und sagte mit leisem Nachdruck: »Um alles, was mir gehört.«

Sascha wußte, daß es stimmte. Es war der einzige Umstand, der die Situation erträglich machte. »Sie ist doch kaum den Kinderschuhen entwachsen.«

»Sie ist alt genug. Ich habe lange genug gewartet.«

»Ich weiß, aber...«

»Gewalt werde ich nicht anwenden.«

Aber er würde bekommen, was er wollte. Sascha hatte in den vergangenen sechs Jahren erfahren müssen, wie stark Galens Willen sein konnte. »Ich hänge an der Kleinen«, sagte er. »Immer schon habe ich sie gern gemocht. Sie hat es nicht verdient, auf diese Weise benutzt zu werden.«

»Es sei denn, sie willigt ein, benutzt zu werden.« Galen erhob sich und tätschelte die schwarzen Nüstern des Pferdes. »Sind wir denn nicht alle nur wie Schachfiguren, die von einer höheren Macht bewegt werden?«

Sascha starrte ihn finster an. »Was würdest du tun, wenn ich dich bäte, von deinem Plan Abstand zu nehmen?«

Galen hielt mitten im Streicheln des Pferdes inne. »Ich würde es mir überlegen. Du bist mein Freund, und das Mädchen ist deine Kusine.«

»Du würdest es dir überlegen, aber du würdest nicht auf meine Bitte eingehen.«

»Du weißt, wie wichtig Tess für mich ist. Du warst in Sedikhan.«

Ja, Sascha wußte, welch wichtige Rolle Tess in Galens Plan zukam. Das Gefühl, zwischen zwei Verpflichtungen hin- und hergerissen zu werden, wurde in ihm übermächtig. Er lächelte schief.

»Ich habe oft überlegt, ob dies der Grund war, weshalb du mich überredet hast, nach Sedikhan zu kommen. Bin auch ich nur eine Schachfigur?«

Galen lächelte. »Natürlich wollte ich dich deshalb in meinem Heimatland haben. Erwartest du, daß ich es leugne? Aber du warst für mich in all den Jahren mehr als eine Figur im Spiel.« Leise setzte er hinzu: »Ich habe keinen besseren Freund auf der Welt.«

Ja, Freunde waren sie, Waffengefährten, einander oft näher als Brüder. Sascha schüttelte nachdenklich den Kopf. »Ach, verdammt, ich weiß nicht, was ich tun soll.«

»Tu gar nichts.« Galen ließ das Pferd los. Er drehte sich um und griff zu seiner schwarzen Jacke. »Es ist ihre Entscheidung allein.« Er zog sich an und ging zur Tür. »Ich gehe jetzt und stelle fest, was sie dazu sagt.«

»Jetzt?«

»Ich dachte zunächst, wir warten bis nach dem Essen, aber ich glaube, ich muß dir aus deinem jämmerlichen Dilemma heraushelfen. Du wirst dich besser fühlen, wenn die Entscheidung gefallen ist.« Er schnitt eine Grimasse. »Und da ich nach Pferd und Kräutersalbe stinke, kannst du sicher sein, daß es allenfalls Vernunftsargumente sein werden, die Tess für mich gewinnen.« Er schritt zur Stalltür. »Wenn die Kompresse auskühlt, dann tunke sie ins heiße Wasser und lege sie von neuem an. Sobald ich mit Tess gesprochen habe, komme ich wieder.«

Das Zimmer war nicht übertrieben luxuriös, dafür aber sauber. Tess, die sich zur Probe aufs Bett fallen ließ, verzog sofort das Gesicht. Hart wie die Bettstatt in ihrer Zelle im Internat. Nun, das sollte ihr einerlei sein. Sie wollte sich ihre letzten Tage in Freiheit nicht von Bagatellen verderben lassen.

Mit befriedigendem Lächeln löste sie die Bänder ihres Hutes, nahm ihn ab und ließ ihn durchs Zimmer segeln. Schon besser. Sie hatte Hüte immer gehaßt, aber Pauline hatte darauf bestanden, sie mit einer Auswahl dieser dummen Dinge auszustaffieren, als sie mit ihr vor der Abreise aus Paris ihre Garderobe zusammenstellte.

Sie streifte die langen weißen Handschuhe ab und fuhr sich durchs Haar, wobei sämtliche Nadeln und Klammern herausfielen. Dann ging sie zum Waschtisch und goß aus dem mit einem Blumenmuster verzierten Krug Wasser ins Waschbekken.

Es erklang ein Klopfen an der Tür.

»Entrez«, rief sie, während sie sich Wasser ins Gesicht spritzte.

»Du warst lange genug aus, Sascha. Es wird bald dunkel, und ich bin hungrig.« Tess griff nach dem Handtuch und drehte sich um. »Und ich möchte zurück in den Hafen...« Erschrocken riß sie die Augen auf.

In der Tür stand Galen Ben Raschid. »Darf ich eintreten?«

Eine Antwort wartete er nicht ab. Er betrat ohne weitere Förmlichkeiten den Raum und schloß die Tür. »Es ist lange her«, sagte er mit einer kleinen Verbeugung. »Wie ich sehe, bist du zu einer jungen Dame herangewachsen.«

»Ich bin nur knapp acht Zentimeter größer geworden.« Was für eine dumme Antwort, mit der ich herausplatzte, dachte sie verächtlich, aber etwas Intelligenteres wollte ihr einfach nicht einfallen.

Sein Blick blieb an dem knapp sitzenden Oberteil ihres Kleides hängen. »Mitunter können ein paar Zentimeter einen enormen Unterschied machen.«

Sie spürte, wie eine sonderbare heiße Aufwallung sie erfaßte, und sie wußte, daß ihre Wangen sich röteten. »Ich warte auf Sascha. Ich bin eben aus Frankreich zurückgekommen und . . .« Genug von diesem Geschwätz. »Aber das müssen Sie ja wissen. Sind Sie mit Sascha gekommen? Ich hätte nicht erwartet, Sie wiederzusehen, nachdem Sie Tamrovia verließen.«

»Ich hatte die feste Absicht, dich wiederzusehen.« Als er durch den Raum langsam auf sie zuging, nahm sie wahr, daß er sich mit tierhafter Anmut bewegte. Galen war größer, als sie ihn in Erinnerung hatte, ein wahrer Hüne von Mann, und sie ertappte sich dabei, daß sie wie hypnotisiert das Muskelspiel seiner kraftvollen Beine unter den knappen, schwarzen Hosen beobachtete. Er trug ein schwarzes Seidenjackett, aber keine Krawatte, der oberste Knopf seines weißen Hemdes stand offen und gab den Blick auf den kräftigen, gebräunten Hals frei. Seine in ihrer Stärke geradezu schockierend wirkende männliche Ausstrahlung war ihr nur allzu deutlich bewußt. Obschon er aussah wie früher, mußte er sich irgendwie verändert haben. Seinerzeit hatte sie in seiner Nähe auch nicht die Andeutung von Nervosität verspürt.

»Tatsächlich habe ich einige Mühe aufgewendet, dich wiederzusehen.« Er nahm ihr das Handtuch ab. »Dein Gesicht ist ja noch naß.« Er tupfte sanft ihre Wangen ab.

Es war eine fast unterwürfige Handlung, und doch war nichts Unterwürfiges an Galen Ben Raschid. Er trocknete ihr Gesicht ab, als wäre es sein gutes Recht, sie so vertraulich zu berühren. Tess hielt ganz still und blickte zu ihm auf, nicht imstande, den Blick abzuwenden. Sein schimmerndes, schwarzes Haar war zu einem Zopf zusammengebunden, sein Gesicht war schmäler und gebräunter als sechs Jahre zuvor.

Doch die Kraft, die sie schon damals gespürt hatte, war unter seiner gleichmütigen Fassade noch immer zu ahnen. Plötzlich hatte sie gegen Atemnot anzukämpfen und wandte den Blick ab. »Ich war eben dabei, mein Gesicht zu waschen.« Wieder eine dieser hirnverbrannten Antworten. Was war nur mit ihr los?

»Ja.« Er tupfte ihr Kinn ab. »Du hast noch immer eine herrliche Haut. Die meisten Frauen büßen diesen seidigen Schimmer ein, wenn sie den Kinderschuhen entwachsen sind«, sagte er nun mit einem Anflug von Vertraulichkeit.

»Ach?« Sie stand so nahe bei ihm, daß sie den Duft nach Pferd, Kräutern und Seife spürte, der von ihm ausging, ja daß sie sogar seine Körperwärme zu spüren vermeinte. Sie nahm ihm das Handtuch ab und legte es auf den Waschtisch. Daß ihre Hand zitterte, registrierte sie, ohne sich darüber zu wundern. »Wie geht es Apollo und Daphne?«

»Sie erfreuen sich bester Gesundheit.«

»Oh, wie schön. Ich habe oft an sie gedacht.« Einen Schritt zurücktretend fragte sie wieder: »Sind Sie mit Sascha gekommen?«

»Nein.« Er lächelte fast unmerklich. »Sascha ist mit mir gekommen. Nicht sehr willig, wie ich bemerken muß. Er steckt voller Zweifel und Widerstände.« Er ging durch das Zimmer zu dem Sessel neben der Tür. »Darf ich mich setzen?«

»Ich erwarte Sascha jeden Augenblick.«

Er warf ihr einen sonderbaren Blick zu. »Du hast Angst vor mir. Wie sonderbar. So habe ich dich nicht in Erinnerung.«

»Unsinn. Ich habe keine Angst vor Ihnen. Ich bin nur

erstaunt. Ich hatte Sie nicht erwartet und fühle mich überrumpelt.«

»Überrumpelt?« Er wiederholte nachdenklich den Ausdruck. »Ja, bist du denn sonst ständig auf der Hut?« Sein Blick suchte ihr Gesicht. »Ja, ich glaube, das bist du wirklich. Wenn man bedenkt, was für ein Leben du geführt hast, eigentlich kein Wunder.« Er deutete auf den Stuhl am Fenster. »Bitte, setz dich. Ich bin nicht gefährlich.«

»Sascha wird . . .«

»Sascha wird erst erscheinen, wenn unser Gespräch beendet ist.«

Zunächst zögerte Tess, dann aber ging sie durchs Zimmer und ließ sich, die Hände im Schoß gefaltet, auf der Stuhlkante nieder.

Er setzte sich ebenfalls, lächelte und schwieg zunächst. Dann bemerkte er den federgeschmückten Hut auf dem Boden und bückte sich danach. »Deiner?«

In seinen gebräunten, zupackenden Händen nahm sich der Hut unbeschreiblich töricht und frivol aus. Schöne Hände, registrierte sie zerstreut. Lange, anmutige Finger, die sich in einem gewissen Rhythmus zu bewegen schienen, als sie das mit Samt und Federn geschmückte Prachtstück hin und her drehten, damit er es von allen Seiten betrachten konnte.

»Er sieht aber nicht aus, als würde er zu dir passen.«

»Pauline hat ihn ausgesucht. Sie sagte, es sei der letzte Schrei.«

»Und du hast ihr geglaubt?«

Tess zog achtlos die Schultern hoch. »Es hat mich nicht gekümmert.«

»Nein.« Er legte den Hut auf einen Tisch neben dem Sessel.

»Du bist keine Frau für Federn und Tand. Ich würde für dich etwas ganz anderes auswählen.« Er setzte sich und legte die Hände auf die Armlehnen. »Wenn du mein wärest.«

Ihr Blick flog zu seinem Gesicht, ihre Muskeln verkrampften sich.

»Nun bist du wieder erschrocken.« Er lächelte. »Es ist mir nur so entschlüpft ... wir Barbaren legen bedauerliche Primitivität an den Tag. Dieses ausgeprägte Besitzdenken gehört zu unseren unzivilisierten Eigenschaften.« Er beugte sich vor. »Aber es liegt kein Grund zur Beunruhigung vor. Ich habe gelernt, mich zu beherrschen, so daß meine Wildheit sich nur zeigt, wenn ich es zulasse.«

»Ich verstehe nicht, was Sie meinen«, sagte sie mit nachdenklich gerunzelter Stirn.

»Das wirst du gleich. Es ist ganz einfach. Ich möchte dir einen Vorschlag unterbreiten.« Sein Blick hielt den ihren fest. »Ich muß mit dir die Ehe eingehen.«

Ihr Augen weiteten sich, und sie spürte, wie sich in ihr alles verspannte, so als müsse sie einen Schlag abwehren. »Wie bitte?«

»Ich brauche ein festes Band zwischen Tamrovia und den El Zalan, ein Band, das sich nicht wieder lösen läßt. König Lionel hat sich einem Bündnis zwischen unseren Ländern widersetzt. Für ihn sind die El Zalan nichts weiter als einer von vielen wilden Beduinenstämmen. In meinem Land aber ist eine Ehe so bindend wie ein politisches Übereinkommen. Bruder kämpft niemals gegen Bruder. Die Stämme würden davon ausgehen, daß die Ehe mit einem Mitglied des Königshauses von Tamrovia für mich auch militärischen Schutz bedeutet.« Er umfaßte die gepolsterten Armlehnen des Sessels so fest, daß seine Knöchel weiß hervortraten. »Es muß mir gelingen, die Stämme von Sedikhan unter einer Herrschaft zu vereinen. Die einzige Möglichkeit, die mir zu Gebote steht, ist der Beweis, daß meine Kräfte den ihren überlegen sind. In Sedikhan bedeutet Macht alles. Ein Bündnis mit Tamrovia würde . . .«

»Einen Moment.« Sie schüttelte wie benommen den Kopf. »Warum kommen Sie zu mir? Ich habe in diesem Punkt nichts zu sagen. Mein Vater wird einen Gemahl für mich auswählen und . . .«

»Und seine Wahl wird nicht auf einen wilden Scheich aus Sedikhan fallen«, beendete er den Satz an ihrer Stelle.

Sie nickte langsam. »Ich wollte Sie nicht kränken.«

»Das hast du auch nicht. Ich weiß, was der Hof von Tamrovia von mir hält, und deswegen wende ich mich an dich. Wir werden uns morgen trauen lassen.« Er lächelte. »Und wir werden deinen Vater erst einweihen, wenn er nicht mehr einschreiten kann.«

Sie lachte ungläubig. »Dieser Zeitpunkt wird nie kommen. Ist Ihnen nicht klar, daß ich sein Eigentum bin? Heirate ich ohne seine Einwilligung, dann wird er beim Papst um eine Annullierung der Ehe ansuchen.«

»Möchtest du denn sein Eigentum bleiben?«

»Eine andere Wahl habe ich nicht.«

»Ich gebe dir die Möglichkeit, dich zu entscheiden, eine Gelegenheit, die sich einer Frau deines Standes nur selten bietet.«

Galens Stimme senke sich zu einem Verschwörerton. »Ich biete dir die Freiheit.«

Tess spürte, wie tief in ihrem Inneren Hoffnung aufkeimte. »Eine Ehe bedeutet nicht Freiheit.«

»Es könnte aber so sein. Es wird so sein.« Er lächelte. »Hast du denn je daran gedacht, wie die Freiheit schmecken könnte? Tun zu können, was man will, wann man will?«

»Nein.« Sie hatte sich nie erlaubt, in diese Richtung zu denken, weil es zu schmerzlich war. »Es ist nicht möglich.«

»Ich kann es durchsetzen.«

Sie sprang auf und ging ans Fenster, wo sie geistesabwesend in den Hof hinunterstarrte. »Sie sind nicht anders als die anderen Männer. Das sagten Sie selbst. Ihr Besitz geht Ihnen über alles.«

»Ebenso sagte ich, daß ich mich beherrschen könne. Heirate mich morgen, und in drei Jahren schicke ich dich nach Paris oder London, wo immer du hin möchtest. Ich verschaffe dir ein schönes Haus und sorge für alle deine Bedürfnisse. Du kannst große Dame spielen und einen eleganten Salon führen. Du kannst das Leben leben, das du dir immer gewünscht hast.« Er machte eine Pause, ehe er hinzufügte: »Ohne einen lästigen Ehemann. Ich würde natürlich in Sedikhan bleiben.«

»Einer Tradition folgend, die nicht natürlich ist.«

»Ich kann mir nicht denken, daß du für Tradition viel übrig hast.«

Er nickte.

Es wäre zu schön, um wahr zu sein. Sie würde nie nach Belajo zurückkehren müssen. Sie würde sich nicht in alle

Ewigkeit fügen und das willenlose Dummchen spielen müssen wie ihre Mutter.

Sie begann auf und ab zu laufen, die Hände auf dem Rücken verschränkt. »Es würde nie klappen. Mein Vater hielte uns auf, ehe wir die Grenze erreichten.«

Galen schüttelte den Kopf. »Die Grenze ist nur einen Tagesritt entfernt.«

»Er würde uns bis nach Zalandan folgen.«

»Das wäre möglich«, gab Galen ihr recht. »Aber sobald wir uns in Sedikhan befinden, sehe ich kein Problem. Wir sind ein wehrhaftes Volk, im Vergleich dazu seid ihr Tamrovianer Weichlinge.«

Sie reckte trotzig das Kinn. »Warum brauchen Sie uns dann als angebliche Schutzmacht?«

»Ein unsichtbares Schwert ist so gut wie ein echtes, wenn der Feind glaubt, es sei auf sein Herz gerichtet.«

»Wäre denn dieses Zurschaustellen von Macht nicht völlig nutzlos, wenn die anderen Scheichs merken, daß Tamrovia eigentlich gegen diese Ehe ist?«

Seine Miene verriet Überraschung. »Sehr vorausblickend. Aber dazu wird es nicht kommen. Ich benötige nur sechs Monate, um den Zorn deines Vaters zu besänftigen und ihn dazu zu bringen, daß er mich als Schwiegersohn akzeptiert.«

»So lange werden Sie nicht Zeit haben.«

»Doch, das werde ich. Vielleicht sogar länger.« Er hielt inne. »Es hängt davon ab, wann er sich entschließt, dich aus der Klosterschule nach Hause kommen zu lassen.«

»Aber er hat bereits...« Da ging ihr ein Licht auf. »Sascha?«

»Er hat seinem Onkel einen Besuch abgestattet und die Gelegenheit genutzt, der Mutter Oberin zu schreiben und das Siegel deines Vaters unter den Brief zu setzen.«

Sie dachte an Paulines plötzliches Verschwinden im letzten Moment. »Und Pauline?«

»Auf der Reise nach Zalandan wäre sie uns nur im Weg gewesen. Ich kann dir versichern, daß sie mit dem Entgelt, das wir ihr zukommen ließen, mehr als zufrieden war.«

»Ich verstehe. Sie waren mit großer Gründlichkeit am Werk.«

»Und sehr zivilisiert«, antwortete er spöttisch. »Mein Vater hat meine Mutter entführt und sie nach meiner Geburt zur Ehe gezwungen. Aber ich bin nicht mein Vater – Ich war immer der Meinung, freie Entscheidung ist der Gewalt vorzuziehen.«

Sie sah ihn frech an. »Solange die Entscheidung zu Ihren Gunsten ausfällt.«

»Warum sollte eine Ehe nicht uns beiden zum Vorteil gereichen?«

Sie nagte an ihrer Unterlippe. »Wieso ausgerechnet ich?«

»Du bist die einzige Tochter des Bruders des Königs von Tamrovia.« Er begegnete ihrem Blick. »Und du hast mich beeindruckt, weil du über eine gewisse Kühnheit und Zielstrebigkeit verfügst, die für meinen Plan ungeheuer wichtig ist.«

»Und nach drei Jahren wäre ich frei?«

Er nickte. »Du wirst feststellen, daß das Leben in Zalandan nicht unerträglich ist. Wir verfügen über gewisse Annehmlichkeiten.«

»Könnte ich ein Pferd bekommen? Ein herrliches, schönes Pferd wie Telzan?«

Ein leises Lächeln umspielte seine Lippen. »Wie gut, daß ich nicht unter Eitelkeit leide, sonst könnte ich es als Beleidigung auffassen, daß du eine vierfüßige Bestechung forderst, um mich zu heiraten.«

»Also ... bekomme ich eins?« drängte sie.

Er nickte ernst. »Ein schönes Pferd. Ich besitze eine Stute, die fabelhaft zu dir passen würde.«

Erregung und Angst kämpften in ihr. »Ich weiß nicht ...«

»Noch etwas ...«

Sie sah ihn wachsam an.

»Ich muß so rasch als möglich ein Kind haben.«

Sie starrte ihn fassungslos an: »Ein Kind?«

»Du bist erstaunt? Ich glaube nicht, daß es ein unvernünftiges Verlangen ist.«

»Nein, jeder Mann wünscht sich einen Sohn.«

»Ein Sohn muß es nicht sein. Einfach ein Kind, das die Verbindung festigt. Dein Vater würde nur unter großen Schwierigkeiten einen Mann für dich finden, wenn du das Kind eines anderen trägst.« Er stand auf. »Und in den Augen meines Volkes wäre ein Kind der Beweis für das Bündnis.«

Von Kindheit an hatte man sie gelehrt, daß es ihre Pflicht sei, ihrem künftigen Mann so viele Kinder zu gebären, wie es in ihren Kräften stand, doch diese Möglichkeit war ihr so schemenhaft erschienen wie der Mann, der ihr zu den Kindern verhelfen würde. »Ein Kind ...«

»Das Kleine würde dir nicht zur Last fallen. Wenn du fortgehst, behalte ich es in Sedikhan.«

Aus irgendeinem Grund bereitete ihr dieser Gedanke einen durchdringenden Schmerz.

Galens Blick ruhte auf ihrem Gesicht. »Was ist?«

»Ich weiß nicht.« Sie sagte es stockend. »Aber es hat weh getan, als Sie Apollo und Daphne mit sich nahmen. Was ist, wenn, wenn ich vielleicht . . .«

»Ich schlage vor, wir besprechen, was mit dem Kind geschehen soll, wenn es Realität ist.« Er lächelte. »Mit ›so rasch als möglich‹ habe ich nicht morgen gemeint. Du sollst dich an mich gewöhnen, bevor die eheliche Pflicht vollzogen wird. Ich habe lange gewartet, und ich kann noch ein wenig länger warten. Jetzt lasse ich dich allein, damit du über mein Angebot nachdenken kannst.« Er drehte sich noch einmal um, als er zur Tür ging. »Es ist ein vernünftiges Übereinkommen. Es bietet dir alles, was du möchtest. Wäre es dir denn lieber, wenn Sascha dich nach Belajo brächte?« Er las die Antwort in ihrer Miene. »Dann zeige dich beherzt, *kilen*.«

Die Tür fiel hinter ihm ins Schloß.

Sie drehte sich um und blickte erneut aus dem Fenster.

An Kühnheit hatte es ihr nie gemangelt, doch die Umstände lagen hier anders, und der Schritt, den er von ihr forderte, würde ihre ganze Zukunft bestimmen. Sie würde sich gegen den Willen ihres Vaters in ein wildes Land begeben, mit einem Mann, der so fremdartig und barbarisch war wie das ganze Sedikhan.

Doch Galen hatte sich völlig vernünftig und gesittet gezeigt, als er ihr seinen Vorschlag unterbreitete. Er hatte seine Überredungskunst aufgeboten und keinerlei Gewalt angedroht. Warum dachte sie von ihm noch immer als Barbaren?

Sie sah ihn unten über den Hof zum Stall gehen, ohne Eile, fast gemächlich, doch jeder Schritt ließ eine enorme Kraft ahnen, die er ganz in seiner Gewalt hatte.

Und plötzlich ging ihr auf, daß diese eiserne Beherrschung der eigentliche Grund der Faszination war, die er auf sie ausübte. Während er ihr seinen Vorschlag darlegte, hatte sie in ihm eine versteckte, geradezu explosive Gewalttätigkeit gespürt, und sie hatte erwartet, daß diese durchbrechen würde.

Wie töricht sie war! Falls er über eine gewalttätige Natur verfügte, würde sie diese vielleicht nie erleben. Er hatte ihr die Wahl gelassen. Aber was, wenn sie seinen Vorschlag ablehnte? Würde er dann auch so ruhig und vernünftig sein?

Galen verschwand im Stall, und Tess empfand jäh Erleichterung, als hätte man sie von einer Fessel befreit. Fessel? Was für ein sonderbarer Gedanke, wenn er ihr doch die Freiheit geboten hatte?

Sie kehrte sich vom Fenster ab und ließ sich auf dem Sessel nieder. Das Kinn in die Hand gestützt, starrte sie verträumt und nachdenklich vor sich hin.

Freiheit. Die Vorstellung war zu süß, und die Versuchung nahezu unwiderstehlich. Drei Jahre, und sie konnte für den Rest ihres Lebens frei sein. Drei Jahre waren nicht sehr lang. Sie hatte sechs Jahre in der Klosterschule verlebt, und Zalandan mußte besser sein als das trostlose Internat.

Freiheit.

»Nun?« fragte Sascha, als Galen den Stall betrat.

»Ich habe ihr Zeit gelassen, sich meinen Vorschlag durch den Kopf gehen zu lassen.« Galen entledigte sich seines Jacketts und hängte es über die Seitenwand der Box, ehe er neben Sascha niederkniete. »Ich mache hier weiter.«

»Braucht sie mich?«

Galen zog die Brauen hoch, als er Sascha mit einem Seitenblick bedachte. »Ich weiß nicht, wieso du dich nicht von der Meinung abbringen läßt, ich hätte bei deiner süßen Kusine Gewalt angewendet. Im Gegenteil, ich habe mich wie ein Gentleman betragen, höflich und zuvorkommend.«

»Sie ist noch ein Kind. Ich hatte gehofft, sie würde in ihrer Abwesenheit...«

»Klosterschulen fördern weltliches Wissen nicht eben.« Galen tauchte den Lappen in das heiße Wasser. »Das war auch der Grund, weshalb es dir gelang, ihren Vater zu überreden, sie fortzuschicken.« Er trug Salbe auf und umwickelte die Fessel des Pferdes. »Sie ist kein Kind mehr. An Erfahrung mag es ihr mangeln, aber wir beide wissen, daß sie alles andere als ahnungslos und naiv ist.«

Sascha dachte an das Leuchten in ihren Augen, als Sie davon gesprochen hatte, den Spuren Marco Polos zu folgen. »Sie hat ihre Träume.«

»Ich auch.« Galen wartete einen Moment, dann lockerte er die Kompresse und nahm sie ab. »Sedikhan.«

Sascha warf einen von Stirnrunzeln begleiteten Blick auf die Kompresse. »Wie lange wirst du so weitermachen?«

Galen tauchte das Stück Stoff in das heiße Wasser. »So lange, bis ich die gewünschten Resultate sehe.«

»Die ganze Nacht?«

»Wenn nötig.« Galen drückte das Wasser aus dem Lappen, strich Salbe darauf und verrieb sie.

In Sascha regte sich plötzlich Unbehagen. Er erkannte, daß Galens Entschlossenheit in diesem verhältnismäßig geringfügigen Punkt auf ähnliche Hingabe bei seiner großen Vision schließen ließ.

»Warum warnst du sie nicht?« schlug Galen vor, ohne ihn anzusehen. »Das ist es doch, was du eigentlich möchtest.«

»Und du würdest nicht versuchen, mich daran zu hindern?«

»Warum sollte ich? Du wirst dich anschließend besser fühlen.« Er wickelte die Bandage eng um die Pferdefessel. »Und es wird nichts an ihrem Entschluß ändern.«

»Du glaubst, sie überzeugt zu haben?«

»Nein«, sagte Galen leise. »Ich weiß, daß ich sie überzeugt habe.«

»Du mußt es nicht tun.« Sascha hielt den Blick unverwandt auf den geraden Rücken seiner Kusine gerichtet, die aus dem Fenster sah. »Du brauchst nur zu sagen, daß du Galen nicht heiraten möchtest, und wir brechen am Morgen nach Belajo auf.«

»Du warst es, nicht wahr?« fragte Tess leise. »Ich habe nicht schlecht gestaunt, als mein Vater mir damals eröffnete, ich solle nach Frankreich zur Schule. Du warst es, der ihn auf diese Idee brachte und sie ihm plausibel machte. Warum?«

»Galen gelangte zu dem Entschluß, daß du Schutz brauchst, und war überzeugt, die frommen Schwestern würden ihn dir bieten.«

»Und du tust immer, was Scheich Ben Raschid dir sagt?«

»Er hat mich überzeugt, daß es zu deinem Besten geschieht.«

»Ja, er kann sehr überzeugend sein.« Sie drehte sich zu ihm

um. »Trotzdem erstaunt es mich, wie leicht er dich seinen Wünschen gefügig macht.«

»Nein, so ist es nicht...« Er sprach nicht weiter und ließ eine reuige Grimasse sehen. »Es stimmt, daß er seinerzeit keine Mühe hatte, mich nach Belieben zu formen. Ich war ein gedankenloser Geck, dem der modische Schnitt seines Jacketts wichtiger war als die Ereignisse um ihn herum.«

Sie sah ihn prüfend an. »Aber du hast dich geändert.«

»Sedikhan hat mich verändert. Galen hat mich verändert.« Sascha sah an seinem Goldbrokat-Jackett herunter. »Obschon ich zugeben muß, daß ich ab und zu einem Hauch von Glanz und Flitter nicht abgeneigt bin.«

»An Glanz und Flitter ist ja nichts Schlechtes.« Sie lächelte liebevoll. »Und der eitle Geck von damals war immer sehr lieb zu mir.«

»Nein, war ich nicht. Ich hätte mehr tun sollen, um dir zu helfen. Es genügt nicht, daß man mitfühlt, man muß etwas tun.«

»Hast du das in Sedikhan gelernt?«

»Ja, dies und andere Dinge.«

»Dann muß es ein sehr interessantes Land sein. Warum versuchst du mich zu überreden, ich solle nicht gehen?«

»Weil ich mich verantwortlich fühle.«

»Und?«

»Die Situation ist für mich nicht einfach. Ich möchte niemandem weh tun.«

»Und doch warst du einverstanden, mich in diese Lage zu bringen?«

»Galen hat dich gebraucht. Sedikhan hat dich gebraucht.

Und ich dachte mir, für dich wäre es eigentlich gar kein schlechter Handel.«

»Und jetzt bist du anderer Meinung?«

Er zog die Schultern hoch. »Ich weiß nicht. Galen ist ... Er ist nicht immer ...« Nach einer längeren Pause sagte er leise: »In Zalandan ist Galen übermächtig, und sein Volk liebt ihn. Seine Macht ist sogar noch größer als die meines Vaters.«

»Wenn sein Volk ihn liebt, kann das nicht so schlimm sein.«

»Du verstehst nicht ... Galens Bestreben, Sedikhan zu einen, ist eine Leidenschaft, die alles andere hinwegfegt.« Er sah sie ernst an. »Ich möchte nicht, daß du hinweggefegt wirst, Tess.«

Sie lachte. »Warum sollte mich das alles überhaupt berühren? Ich würde drei Jahre lang, vielleicht auch kürzer, Gast in Sedikhan sein.«

Er sah, wie die Erregung ihre Wangen rötete, und spürte mit Unbehagen, daß seine Worte sie in ihrem Entschluß nicht wankend gemacht hatten. »Drei Jahre können sehr lang sein.«

Ich habe nur eine Frage: Glaubst du, Galen wird sein Wort halten? Kann man ihm trauen?«

»Ja.«

Sie trat zu ihm und gab ihm einen flüchtigen Kuß auf die Wange. »Ich danke dir für deine Besorgnis, Sascha, aber alles wird gut.« Ein Hauch von Verlorenheit schwang in ihrer Stimme mit, als sie fortfuhr: »Ich weiß, daß ich für deinen Freund nur eine kleine Figur im großen Spiel bin, aber wann war ich jemals etwas anderes? Wenn ich auf seine Bedingungen eingehe, winkt mir wenigstens die Chance der Unabhängigkeit. Kein anderer würde mir auch nur die Möglichkeit bieten. Du hast recht, er hat recht: es ist kein schlechter Handel.«

»Dein Entschluß steht fest?«

Sie nickte und trat einen Schritt zurück. »Und ich möchte ihm meinen Entschluß mitteilen. Wo ist er?«

»Im Stall. Ich komme mit dir.«

»Ich gehe allein.« Sie schenkte ihm ein lausbübisches Lächeln. »Mach kein so finsteres Gesicht. Alles wird sich zum Besten wenden.«

2. Kapitel

»Was machen Sie da?« fragte Tess vom Stalleingang her.

Galen drehte sich um. Das Licht der untergehenden Sonne zeichnete ihre schlanke Silhouette nach und ließ ihr Haar als dunkle Flamme leuchten. »Mein Pferd wurde auf dem Weg nach Dinar von einer Schlange gebissen, und die Wunde hat sich entzündet«, erklärte er ruhig.

»Es wird schon dunkel. Sie brauchen eine Laterne.«

»Ich wollte eben eine anzünden.«

»Das mache ich. Kümmern Sie sich um das Pferd.« Sie ging rasch zu einer an einem Pfosten in Türnähe hängenden Laterne. Auf einem Mauervorsprung darunter lagen Feuerstein und Stein, die sie aneinanderschlug. Eine Flamme zuckte auf, im nächsten Moment trug sie die leuchtende Laterne zu Galen.

Die Umrisse ihrer Glieder zeichneten sich durch den dünnen, blauen Batist ihres hochtaillierten Kleides ab, das sie noch immer trug.

Sie stellte die Laterne auf den Boden neben dem Eimer und blieb stehen, den Blick bewundernd auf das Pferd richtend. Sanft strich sie dem Tier über die Nüstern. »Wie schön er ist. Wie heißt er?«

»Selik.«

»Was ist aus Telzan geworden?«

»Ich benutze ihn zur Zucht. Selik ist eines seiner Fohlen.«

»Er ist sehr sanftmütig. Eine Eigenschaft, die man bei einem Hengst nicht erwarten würde.«

Er sah sie sonderbar an. »Und was weißt du von Hengsten?«

»Nicht genug. Ich muß mir mehr Wissen aneignen.« Sie kniete neben ihm hin. »War die Schlange giftig?«

»Ja, aber der Biß ging nicht tief.«

»Was für eine Salbe benutzen Sie?«

»Eine Kräuterpaste aus Senfgras und Raigras.«

»Haben Sie versucht, Minze darunter zu mischen?«

»Nein.«

»Es kühlt das Fleisch, dadurch kann das Tier eine größere Hitze der Kompresse ertragen.«

»Woher weißt du das?«

»Ich habe mit Kräutern experimentiert, als eine der Stuten des Comte eine Verstauchung hatte.« Sie griff an ihm vorüber nach dem Lappen, wickelte ihn auf und legte Seliks Fessel frei, die sie sanft streichelte. »Schauen Sie... haben Sie schon einmal so feine Knochen gesehen?«

Deine Knochen sind noch viel zarter, dachte er. Er hatte das Gefühl, eine einzige unbedachte Berührung könne sie verletzen. An der Innenseite ihres Handgelenks sah man zartblau die Adern schimmern, an ihrer Schläfe pochte der Puls, nur eine Handweit von ihm entfernt.

»Außergewöhnlich.«

»Man kann sich nur wundern, daß derart zarte Fesseln ein so großes Gewicht tragen können.« Sie tauchte den Lappen in den Eimer und drückte die überschüssige Flüssigkeit aus. »Wir werden mehr heißes Wasser brauchen.«

»Ich werde es holen.« Er stand auf, ging mit dem Eimer zur Tür, goß das Wasser aus, um sodann am Feuer den Eimer von neuem zu füllen. »Welcher Comte?«

»Hm?« Ihre Brauen waren voller Konzentration zusammengezogen, als sie die Fessel umwickelte. »Ach, der Comte de Sanvene. Ihm gehörte das Gut neben dem Internat. Er hatte einen ganzen Stall edler Pferde, aber keines konnte sich mit diesem hier messen.« Sie ließ sich zurück auf die Fersen sinken und blickte bewundernd zu dem Hengst auf. »Haben Sie viele Pferde wie Selik?«

»Kein Pferd ist wie das andere.«

»Das stimmt.«

»Die Schwestern haben zugelassen, daß du den Comte besuchst?«

»Anfangs nicht. Zuerst mußte ich mich davonschleichen.« Sie verzog das Gesicht zu einer Grimasse. »Ich weiß gar nicht, wie oft ich erwischt wurde und mich von der Ehrwürdigen Mutter maßregeln lassen mußte.«

»Wie alt war der Mann?«

»Keine Ahnung.« Sie ließ ein Achselzucken folgen. »Ich habe ihn nie gefragt.«

»Schätzungsweise.« Galen entging die Schärfe des eigenen Tones nicht, und er versuchte sich zu zügeln, als sie ihn erstaunt ansah. »Jung?«

Sie schüttelte den Kopf.

Galen war erleichtert. Er stellte den Eimer mit dampfendheißem Wasser neben sie. »Hat er dir gefallen?«

»Seine Pferde haben mir gefallen.« Sie nickte. »Erst war er gar nicht erbaut, aber als er merkte, daß ich mich im Stall nützlich machen konnte, wurde er fast nett.«

»Fast?«

»Nun ja, er brüllte nicht mehr mit mir, und er stattete der Mutter Oberin einen Besuch ab und überredete sie, daß sie mich zweimal in der Woche kommen ließe.«

»Wie hat er das gemacht?«

»Er hat ihr versichert, er würde über mich wachen, und dann sagte er noch zu ihr, ich hätte die Gabe, Tiere zu heilen. Der heilige Franz von Assisi hätte es gewiß gebilligt, daß ich den stummen Kreaturen helfe.« Sie kicherte. »Es war das erste Mal, daß man mich mit einem Heiligen verglich. Die Ehrwürdige Mutter war sehr erstaunt.«

»Auf diese Weise kam der gute Comte zu einem neuen Stallburschen?«

»Das machte mir nichts aus. Ich war zu gern bei den Pferden. Sie haben mir die Zeit im Internat erträglich gemacht.« Sie wandte sich ihm mit begeisterter Miene zu. »Eines Tages werde ich einen eigenen schönen Stall besitzen und Pferde wie Selik und Telzan züchten.«

Er ertappte sich dabei, daß sein Blick der anmutigen Linie ihres Halses folgte, hinunter zu der oberen Wölbung ihrer kleinen Brüste, die der tiefe Ausschnitt ihres Kleides freigab. Ihre helle Haut besaß einen bezaubernden Schimmer ... ein Anblick, der in ihm die Frage wachrief, wie weich sie sich unter seiner Berührung anfühlen würde.

»Ich werde auch Hunde halten und vielleicht sogar Brieftauben.« Sie entfernte die Kompresse von Seliks Fessel. »Ein sehr glückliches Leben müßte das sein, meinen Sie nicht auch?«

»Also keinen eleganten Salon?«

Sie lachte lauthals. »Was sollte ich wohl mit einem Salon? Ich kann mir nichts Langweiligeres vorstellen, als dazusitzen, Gedichte zu lesen und über Voltaire und Rousseau zu diskutieren.«

Der intensive Kräuterduft mischte sich mit dem Geruch von Lavendel und Seife, den sie verströmte. Er beugte sich näher zu ihr hin, nahm den Duft in sich auf und spürte eine sofortige Reaktion in seinen Lenden. Er hatte dies nicht so rasch erwartet. Verdammt, er wollte nicht, daß es jetzt schon passierte. Sein Körper war bereit, sie in Besitz zu nehmen – und sie hatte mehr Augen für sein Pferd als für ihn.

Sie blickte zu ihm auf. »Morgen können wir nicht nach Sedikhan aufbrechen. Selik wird noch nicht bereit sein.«

Er überlegte einen Moment. »Der Tag darauf genügt.« Dann fragte er beiläufig: »Ich nehme an, dies bedeutet, daß du mit der Vereinbarung einverstanden bist?«

»Natürlich.« Aus ihrem Blick sprach Erstaunen. »Sie haben doch gewußt, daß ich einverstanden sein würde.«

»Sagen wir mal, ich hielt die Chance für ziemlich groß.«

»Nennen Sie es, wie Sie wollen. Sie haben gewußt, ich würde Ihrem Angebot nicht widerstehen können.« Sie tauchte den Lappen ins heiße Wasser. »Ich glaube, das Gift wird nicht ausreichend herausgezogen. Wir müssen die ganze Nacht frische Kompressen machen. Ich übernehme die erste Wache. Sie schlafen sich erst aus.«

»Ich schaffe das allein.«

»Warum sollten Sie? Zu zweit ist es besser.«

Er widersprach ihr nicht. Er wollte, daß ihre Verbindung sich festigte, und diese gemeinsame Erfahrung konnte ein wichtiger Anfang sein. Lächelnd stand er auf. »Du hast recht, zu zweit läßt sich vieles besser machen.« Er ging ein paar Schritte und ließ sich auf dem frischen Heu nieder, das in der leeren Box gegenüber lag. »Du übernimmst die ersten zwei Stunden. Ich die nächsten zwei.« Sein Blick ließ Tess Rubinoff nicht los. Ihre Bewegungen waren knapp und dabei voller Anmut in ihrer Gezieltheit und Vitalität. Die kurzen gebauschten Ärmel ihres Kleides enthüllten vollendet geformte nackte Arme mit kleinen, geschickten Händen, die das Pferd mit großer Zärtlichkeit berührten. Was für eine seltene Mischung aus Kraft und Feuer unter diesem zarten Äußeren lag! Kleine Frauen waren nie sein Fall gewesen, und doch spürte er, wie sich in ihm alles zusammenkrampfte, wenn er daran dachte, wie eng sie ihn bei jedem Eindringen umspannen würde...

Er versuchte, diese Gedanken auszuschalten, als er sich in die Dunkelheit zurückzog und den Kopf an die rohe Wand lehnte. Er wollte nicht, daß Tess schon jetzt die Reaktion seines Körpers auf ihre Nähe wahrnahm. Sie war voller Hoffnungen und Pläne für die Zukunft... es waren genau jene Gefühle, die er in ihr zu erwecken gehofft hatte.

Sie wurde vom Stroh hochgehoben und hinausgetragen.

»Sascha?« murmelte sie verschlafen.

»Nein, pst, schlaf weiter. Ich bringe dich nur auf dein Zimmer.«

Galen. Ihre Lider waren so schwer, daß sie sie nicht öffnen konnte. »Selik?«

»Der kommt wieder auf die Beine. Es ist fast Morgen.«

Kühle Nachtluft berührte ihr Gesicht, als Galen sie aus dem Stall über den Hof trug. Sie wurde munterer. »Sie müssen jetzt zu kalten Kompressen übergehen, um die Schwellung zu lindern.«

»Ich habe mit kaltem Wasser angefangen, während du geschlafen hast.«

»Ich wollte nicht einschlafen.«

»Du hast schwer gearbeitet und dir den Schlaf verdient.«

Langsam hob sie die Lider. Galens Gesicht war dicht über ihr. Verträumt starrte sie seine scharfgeschnittenen Backenknochen an, die wohlgeformten Lippen. Seine Lippen waren ihr zuvor noch nie aufgefallen, da seine großen, dunklen Augen das Gesicht beherrschten und alles andere vergessen ließen.

Er mußte ihren prüfenden Blick gespürt haben, da er sie nun ansah.

»Schlaf, *kilen*«, sagte er lächelnd. »Alles wird gut, das verspreche ich dir. Du kannst mir vertrauen.«

Sie dachte an seine unbeugsame Entschlossenheit, an die ruhige Zärtlichkeit, die er während der letzten Stunden Selik gegenüber an den Tag gelegt hatte. Ja, sie konnte ihm vertrauen.

Sie schloß die Augen und zwang sich, wieder einzuschlafen, in Sicherheit, in Galens Armen.

Die Trauung von Tess und Galen wurde am folgenden Tag um drei Uhr von Pater Francis Desleps in der Kathedrale des Heiligen Erlösers vorgenommen. Galen lebte nach den Sitten der Muslime, war aber Christ... und ein Mann, der Pater Desleps mächtig imponierte. Er hatte es geschafft, eine Sondergenehmigung für die Heirat zu bekommen, so daß sie ohne dreimaliges Aufgebot und andere Formalitäten vor den Traualtar treten konnten.

Tess fühlte sich sonderbar, als sie an Galens Seite vor dem Altar kniete. Aber sicher würde ich mir hier mit jedem Mann sonderbar vorkommen, versuchte sie sich zu beruhigen. Da man nur einmal im Leben heiratet, war es unwahrscheinlich, daß man sich je an diese Zeremonie gewöhnte. Sie lächelte.

»Du lächelst schon eine ganze Weile«, bemerkte Galen, nachdem sie sich beim Priester bedankt hatten und den langen Mittelgang entlang zum Portal schritten. »Darf ich fragen, was so amüsant ist?«

»Ach, ich dachte mir eben, daß es eigentlich ganz normal ist, wenn man sich so komisch fühlt. Schließlich passiert eine Ehe nur einmal im Leben.«

»Passiert? Das klingt ja, als wäre die Ehe ein Naturereignis.« Er nahm ihren Arm und half ihr die Stufen zur Straße hinunter. »Es ist nicht ausgeschlossen, daß du wieder heiraten wirst. Das Leben in Sedikhan ist nicht das sicherste, und reiche Witwen sind heiß begehrt.«

»Ich werde niemals wieder heiraten«, erklärte sie mit Bestimmtheit. »Warum sollte ich mich freiwillig in diese Falle begeben? Mein Leben wird sehr angenehm sein ohne Ehemann, der mir im Weg steht.«

»Ehemänner können sehr nützlich sein.«

»Du meinst, weil sie einem Schutz gewähren? Ich kann Bedienstete anwerben, die mich beschützen.«

Er half ihr in die vor der Kirche wartende Kalesche. »An Schutz dachte ich weniger. Ich dachte eher an... Gemeinsamkeit.«

»Die meisten Ehemänner haben mit Gemeinsamkeit nichts im Sinn. Sie sind so sehr damit beschäftigt, anderen Frauen nachzustellen, daß für Gemeinsamkeit mit der Ehefrau keine Zeit bleibt.« Sie lehnte sich zurück. »Nein, eine Frau hat es ohne lästigen Ehemann, der ihr Kummer bereitet, viel besser.«

Er lehnte sich zurück und sah sie mit der Andeutung eines Lächelns an, als der Wagen sich mit einem jähen Ruck in Bewegung setzte. »Wir werden ja sehen, ob du dieser Meinung auch weiterhin anhängst. Es muß doch einen Grund geben, weshalb die Menschen den Ehestand anstreben.«

Ihr erstaunter Blick traf ihn. »Es sind praktische Gründe. Ein Mann muß sich seiner Erben sicher sein können, und eine Frau kann nicht zulassen, daß der Vater ihrer Kinder sie verläßt, wenn die erste Leidenschaft verflogen ist.«

Seine dunklen Augen sahen sie ohne Gemütsbewegung an. »So ist das also?«

Sie nickte bestätigend. »Natürlich. Das weißt du selbst am besten. Ich möchte wetten, daß du an Lady Camilla und die anderen keinen Gedanken mehr verschwendet hast, nachdem du bei ihnen erreicht hattest, was du wolltest.«

»Aber ja, ich dachte sehr wohl an sie.«

Sie runzelte die Stirn. »Ach so? Wann denn?«

»Immer wenn mein Körper nach einer Frau verlangte.«

Ihre Wangen wurden heiß, und sie wich hastig seinem Blick aus. »Das nenne ich nicht an jemanden denken, das ist Lüsternheit.« Sie beugte sich vor und blickte aus dem Fenster. Zum Glück bot sich ihr ein vertrauter Anblick. »Ach, das ist ja das interessante Café... Ich habe Sascha gebeten, mich dorthin zu führen, er hat aber abgelehnt.« Sie wandte sich an Galen. »Wirst du mit mir hingehen... heute abend?« Sie beeilte sich hinzuzusetzen: »Vorausgesetzt, daß es Selik bessergeht.«

»Natürlich, jede hochzeitliche Lustbarkeit muß warten, bis Selik wieder wohlauf ist.«

»Warum lächelst du, Galen? Wir beide wissen, daß die Zeremonie bedeutungslos ist.«

»Sie ist von größter Bedeutung.«

Sie reagierte mit einer ungeduldigen Geste. »Du weißt, was ich meine... nur das Bündnis ist wichtig. Wirst du mich ins Café ausführen?«

»Warum nicht? Ich bin dir ein Abendessen für deine Mühe mit Selik schuldig, und es könnte sich als sehr interessante Erfahrung für dich herausstellen.«

»Es gefällt mir«, verkündete Tess, deren Blick durch das lärmige Café wanderte. Die Dielenbretter waren verzogen und durchgetreten, die Wandleuchten verströmten einen Qualm, der in den Augen brannte und die Luft blau färbte.

»Ist das nicht aufregend, Sascha?«

»Du solltest nicht hier sein.«

»Natürlich sollte ich hier sein.« Sie warf Galen, der ihr den

Stuhl zurechtschob, einen spitzbübischen Blick zu. »Ich bin eine verheiratete Frau und daher berechtigt, hinzugehen, wo ich möchte. Ist das richtig, mein Herr?«

»In gewissen Grenzen.« Galens Miene blieb ausdruckslos, als er sich im Raum umsah. »Aber ich sehe nur wenig, was eine Empfehlung für dieses Lokal darstellt.«

»Wie kannst du so etwas sagen?« Tess faltete die behandschuhten Hände auf dem zerschrammten Tisch. »Es ist einfach himmlisch, und das Essen wird sicher köstlich sein.«

»Vorausgesetzt, es befinden sich keine Küchenschaben darin.« Sascha setzte sich neben Galen und winkte eine stämmige Kellnerin heran.

»An Bord gab es auch keine Küchenschaben im Essen. Es war zwar ziemlich eintönig, aber der Koch war sauber, und ich bin sicher, daß ... ach, ist das eine Dirne?« Tess starrte die hellhaarige Frau im verschlossenen grünen Kleid an, die auf dem Schoß eines Matrosen saß ... »Sie ist recht hübsch, findet ihr nicht?«

»Hübscher als die meisten ihrer Gattung«, sagte Sascha, während die Kellnerin ohne weitere Umstände drei Gläser vor sie hinstellte und sie mit Rotwein aus einem großen Lederschlauch füllte, den sie an einem Gurt um den Hals trug.

»Gattung?« fragte Tess mit gefurchter Stirn. »Das Wort gefällt mir nicht. Es klingt, als wäre sie ein Pferd oder eine Kuh.«

Sascha verscheuchte die Kellnerin mit einer Handbewegung, während er die aus dem Ausschnitt quellenden, gewaltigen Brüste der Frau begutachtete. »Du mußt zugeben, daß bestimmte Ähnlichkeiten bestehen.«

»Ich gebe nichts dergleichen zu. Sie ist eine Frau und kein

Tier. Sie läßt sich benutzen, weil sie keine andere Möglichkeit hat, sich den Lebensunterhalt zu verdienen.«

»Und was ist mit Pauline?« fragte Galen leise. »Warum läßt sie sich benutzen?«

»Pauline ist keine Dirne, sie ist ...« Tess hielt inne und überlegte. »Sie ist nicht sehr klug und hat wenig Interessen. Vielleicht tut sie es, damit sie sich nicht langweilt.«

Sascha verschluckte sich an seinem Wein. »Schon möglich. Gewiß ist es für sie ein angenehmer Zeitvertreib.«

Tess wußte, daß die beiden sie auslachten, doch es kümmerte sie nicht. Das Thema der körperlichen Lust war für sie nicht wichtig, sondern nur Gegenstand ihrer Neugierde. Dieser Ort aber war viel zu interessant, um Zeit mit Trivialitäten zu verschwenden. »Ich habe Hunger. Können wir jetzt essen?«

»Aber natürlich.« Um Galens Lippen zuckte es. »Es ist die Pflicht eines Ehemannes, den ... Appetit seiner Frau zu befriedigen.«

»Hör auf, Sascha!« Tess kicherte hilflos, als Sascha sie im Kreis wirbelte, während er über den Hof auf das Gasthaus zuging. »Du hast zuviel getrunken. Wir beide werden noch zusammen als klägliches Häufchen auf dem Boden landen.«

»Das ist eine Beleidigung«, erwiderte Sascha mit gekränkter Miene. »Du glaubst wohl, ich vertrage keinen Wein. Wir haben einen frohen Anlaß zu feiern, und ich bin nur außerordentlich glücklich.«

»Du bist außerordentlich betrunken.« Tess lächelte nachsichtig, als sie ihn an den Türstock lehnte. »So wie du feierst, möchte man meinen, es sei dein Hochzeitstag.«

»Ich feiere, weil es nicht mein Hochzeitstag ist.« Saschas Lächeln war wie weggeblasen, in seine Augen traten Tränen, als er ihr liebevoll über die Wange strich. »Armes, kleines Ding.«

»Im Moment hält sie sich besser als du«, sagte Galen, der sie inzwischen eingeholt hatte. Er stieß die Tür auf. »Komm, ich helfe dir die Treppe hinauf.«

»Nicht nötig.« Sascha tat durch die Tür einen Satz auf die Treppe zu. »Ich bin sehr wohl imstande...« Er rutschte auf der zweiten Stufe aus und fiel hin.

»Sehr wohl imstande, auf die Nase zu fallen.«

»Ich bin gestolpert«, erklärte Sascha würdevoll. »Wie soll man auch die Stufen sehen können, wenn nur eine einzige Kerze brennt?«

»Um so merkwürdiger, daß ich keine Schwierigkeiten mit dem Sehvermögen habe.« Galen half Sascha auf die Beine und legte ihm den Arm um die Mitte. »Seliks Pflege liegt hinter mir, und ich habe nicht die Absicht, mir noch einen Patienten aufzuhalsen.«

»Vergleichst du mich mit einem Pferd?«

»Nur, wenn du nüchtern bist. Im betrunkenen Zustand erinnert mich dein Intellekt eher an den eines von der Sonne verwirrten Kamels.«

»Du häufst eine Beleidigung auf die andere.«

»Was ist von einem Barbaren anderes zu erwarten?« Galen fing an, die Stufen hinaufzusteigen, wobei mindestens die Hälfte von Saschas Gewicht auf ihm lastete.

Sascha stimmte leise eine Melodie an.

»Soll ich seinen Diener rufen?« fragte Tess.

»Sascha reist nicht mehr mit Dienerschaft.« Galen hielt inne, um seinen Griff zu verschieben und sich Saschas Arm um den Hals zu legen. »Wenn wir auf Reisen sind, kümmert Said sich um uns beide.«

»Tatsächlich?« Tess schloß die Eingangstür und sah ihnen beim Treppensteigen zu. »Wie merkwürdig.« Der Sascha, den sie gekannt hatte, war immer mit großem Gefolge, bestehend aus Köchen, Kammerdienern und Pferdeburschen gereist.

»Gar nicht so merkwürdig. Diener können einem bei Wüstendurchquerungen sehr hinderlich sein.« Galen hatte den oberen Treppenabsatz erreicht und blickte zu ihr herunter. »Geh auf dein Zimmer. Ich komme gleich nach.«

Sie spürte, wie ihr das Lächeln auf den Lippen gerann, wie ein eisiger Schock sie durchfuhr. »Du kommst?«

»Natürlich.«

»Natürlich«, murmelte Tess. Was hatte sie auch anderes erwartet? Es war ihre Hochzeitsnacht, oder nicht? Ein Kind war Teil der Abmachung, und sie war ja keine unwissende Idiotin, ohne Ahnung, wie eine Empfängnis vonstatten ging. Doch er hatte gesagt, er wolle ihr Zeit lassen, und sie hatte gedacht...

»Tess«, sagte Galen leise über seine Schulter hinweg. »Geh auf dein Zimmer.«

Tess nickte verlegen und flog die Stufen praktisch hinauf, knapp an Galen und Sascha vorüber, um in ihr Zimmer zu gelangen. Sie durfte die Enttäuschung über Galen erst gar nicht richtig hochkommen lassen. Sie wußte ja, daß nur wenige Männer Frauen gegenüber ihr Wort hielten. Tess schlug die Tür hinter sich zu und lehnte sich mit Herzklopfen dagegen. Ihre Wangen glühten fieberheiß. Wenn sie sich daran gewöhnt haben würde, dann würde es sicher auch nicht mehr so schrecklich sein. Pauline hatte es immer sehr genossen, wenn sie es mit einem Mann trieb. Tess hatte oft gehört, wie sie flehentlich darum gebeten hatte.

Aber Tess war nicht Pauline.

Trotzdem, sie hatte sich auf eine Vereinbarung eingelassen und mußte ihren Teil einhalten.

Ausziehen. Sie wußte, daß es dazugehörte. Um sich für den Akt bereitzumachen, mußte sie sich ihrer Kleidung entledigen. Wenn Galen kam, sollte sie unbekleidet sein.

Mit einem tiefen Atemzug stieß Tess sich von der Tür ab. Ihre Finger machten sich an den zarten Perlenknöpfen zu schaffen, die sich über den ganzen Rücken ihres maigrünen Kleides zogen.

Fünf Minuten später war sie völlig nackt und lag unter der Decke. Im Raum war es warm. Es gab also keinen Grund zu frösteln. Alles würde wunderbar sein. Pauline hatte es gemocht, und die Frau im Café hatte offenbar nichts dagegen gehabt, als der Seemann ihre Brüste ...

Die Tür ging auf. Galen, der im Eingang innehielt, hob die Laterne, die er in der Hand hielt. Als er sah, daß Tess verängstigt an den Kopfteil des Eichenholzbettes gedrückt dasaß, preßte er die Lippen mißbilligend zusammen. »Wie schön, wenn man eine so entgegenkommende Braut hat. Ich gebe zu, daß ich nicht erwartet hätte, dich so willig zu finden.«

»Ich bin nicht willig.« Ihre Stimme bebte so sehr, daß sie

sich zu einer ruhigen Sprechweise zwingen mußte. »Das alles gefällt mir gar nicht.«

Seine unwillige Miene verflüchtigte sich. »Warum bist du dann so gefügig?«

»Das ist nicht Gefügigkeit. Es geht um eine Ehrensache. Wir können kein Kind haben, wenn ich dich nicht in meinem Körper aufnehme.«

»Ich verstehe.« Er schloß hinter sich die Tür. »Aber ich glaube, ich sagte dir, daß ich mit dem Vollzug der Ehe warten würde.«

»Aber du hast gesagt ...« Erleichterung durchflutete sie. »Ich dachte, du hättest deine Absicht geändert.«

»Ich halte mein Versprechen. Du bist die erste, die erfahren soll, wenn ich meine Absicht ändere.« Er stellte den Kerzenhalter aus Zinn auf den Tisch, zog seine Jacke aus und legte sie über einen Stuhl. »Ich habe nicht die Absicht, Zwang anzuwenden.«

»Von Zwang kann keine Rede sein. Abkommen ist Abkommen.«

»Es muß wohl eine Schrulle von mir sein, daß ich Leidenschaft der bloßen Duldung vorziehe.« Er lockerte seine gestreifte Krawatte und warf sie von sich. »Mir mißfällt die Vorstellung, daß du jede Berührung mit zusammengebissenen Zähnen über dich ergehen läßt.«

»Leidenschaft kann ich dir nicht versprechen.« Ihre Hand umklammerte die Decke fester. »Ich glaube nicht, daß ich Gefallen daran finden werde. Obwohl ich zugeben muß, daß mich alles ein wenig verwirrt. Pauline mag es zwar, aber ich habe Stuten gesehen, die von Hengsten bestiegen wurden und nicht so aussahen, als ...« Sie hielt inne und suchte nach dem richtigen Wort. »... als würde es ihnen genehm sein.«

»Genehm?« Er lächelte. »Nun ja, genehm würde ich es nicht eben nennen. Und ich kann auch nicht versprechen, daß es ohne Schmerzen abgeht, aber ich glaube, du wirst es interessant finden.« Er knöpfte sein Hemd auf und zog es aus. »Wenn ich dir zeige, wie es geht.«

Ihr Blick wurde von seinen mächtig hervortretenden Muskeln auf Schultern, Oberarmen und Brust angezogen, um dann weiterzuwandern, zu dem schwarzen Haardreieck auf seiner Brust, das im Bund seiner schwarzen Hose verschwand. Seine Haut war wie schimmernde Bronze. Sie spürte ein sonderbares Flattern in der Magengrube. »Wenn du mit mir nicht schlafen willst, warum ziehst du dich dann aus?«

»Ich will ins Bett.«

»Mit mir? Warum? Du hast ein eigenes Zimmer.«

Seine Lippen zuckten. »Anders als unter Angehörigen des Adels von Tamrovia üblich, schlafen in Zalandan Eheleute nicht nur im selben Gemach, sondern im selben Bett.«

»Wie sonderbar. Man möchte meinen, dieser Verlust an Privatleben müsse als Zumutung empfunden werden.« Sie zog die Schultern hoch. »Nun ja, ich glaube, daß ich mich daran gewöhnen werde.«

»Ganz gewiß. Zieh die Decke herunter.«

Sie erstarrte und machte große Augen. »Was?«

»Setz dich auf und laß die Decke fallen. Ich möchte dich ansehen.«

Ihre Wangen brannten. »Ich sehe nicht ein, wozu das Angucken gut sein soll, wenn du nichts tun willst.«

»Es hat einen bestimmten Zweck. Tu die Decke herunter.«

Sie zwang sich, die Hand zu öffnen und die Decke bis zu ihrer Hüfte fallenzulassen. Als sie trotzig ihr Kinn reckte und ihm ins Gesicht sah, glaubte sie, ihr Fleisch stünde in Flammen. »Was für Sinn und Zweck soll das haben, wenn ich mich entblöße? Ich bin keine Schönheit wie Lady Camilla. Mich anzustarren, wird dir kein Vergnügen bereiten!«

»Nein, Camilla bist du nicht.« Sein Blick blieb an ihren Schultern hängen, ehe er zu ihren Brüsten wanderte. »Aber manchmal besitzt das kleinere Juwel die schönsten Facetten.«

»Und manchmal sind die Facetten so klein, daß man nicht unterscheiden kann, ob sie schön sind oder nicht.« Sie bekam kaum noch Luft. Ihre Brüste fühlten sich fest an, und doch wurden sie unter seinem Blick noch praller. »Darf ich die Decke hochziehen, mein Herr?«

Er schüttelte ganz langsam den Kopf, ohne den Blick von ihren Brüsten zu wenden. »Ich glaube nicht. Ich glaube, wir machen Fortschritte.«

»Auf welches Ziel hin?«

Er lächelte. »Nun, auf das Ziel, sich aneinander zu gewöhnen. Von nun an wirst du nackt in meinem Bett schlafen, und ich werde dich liebkosen und anfassen, wann es mir beliebt.« Er ließ sich in dem Sessel an der Tür nieder, zog seinen linken Stiefel aus und ließ ihn zu Boden fallen. »Knie dich aufs Bett, mit dem Gesicht zu mir.«

Sie sah ihn nicht an, als sie die Decke beiseite stieß und sich in kniender Position aufrichtete, ihm zugewandt. »Du kannst keinen Genuß daran finden.« Sie hörte, wie sein zweiter Stiefel zu Boden polterte. »Ich glaube, das tust du nur, damit ich mich schäme.«

»Magst du es denn nicht, wenn ich dich ansehe?«

»Es ist mir sehr unangenehm.«

»Es soll dir nicht unangenehm sein. Du bist reizvoll.«

Sie ließ ein verächtliches Schnauben hören. »Ich habe gräßliches, rotes Haar, meine Augen sind zu groß für mein Gesicht und ...«

»Die herrlichsten Brüste und Gliedmaßen, die ich je gesehen habe.«

Sie sog hörbar die Luft ein und hielt ihren Blick weiter auf die Wand hinter seiner Schulter gerichtet.

»Du glaubst mir nicht?«

Sie schluckte. »Nein.«

»Dann muß ich dir wohl einen Beweis liefern. Sieh mich an.«

Ihr Blick löste sich widerstrebend von der Wand. Nackt und völlig unbefangen stand er mit leicht gegrätschten Beinen da, eine sehnige Studie in glänzenden Bronze- und Schwarztönen.

Ihre Augen wurden groß, als ihr Blick an seinem Körper hinunterwanderte und seine erigierte Männlichkeit erfaßte.

Sein Blick folgte dem ihren. »Der Beweis«, wiederholte er leise.

»Du siehst anders aus.«

»Anders als ... wann?«

»Anders als damals, als ich dich nackt sah.«

»Du warst noch ein Kind.« Er lachte verhalten auf. »Außerdem hast du mich nachher und nicht vorher oder währenddessen gesehen. Der Beweis ist nicht immer sichtbar.« Er hielt inne. »Obwohl ich mich heute verdammt schwertat, ihn nicht sichtbar werden zu lassen.« Er nahm die Kerze und trat auf Tess zu.

Instinktiv verkrampfte sie sich, seinen Blick festhaltend.

»Hör gut zu«, sagte er leise. »Ich finde dich wahrlich begehrenswert, so begehrenswert, daß es schmerzt.« Er blieb vor ihr stehen und stellte die Kerze auf den Nachttisch. »Kannst du jetzt noch daran zweifeln?«

Sie brachte kein Wort über die Lippen.

Er streckte die Hand aus und berührte ihr Haar mit ausgesuchter Sanftheit.

»Du bist so zierlich«, flüsterte er. »Als ich dich letzte Nacht ansah, mußte ich ständig daran denken, wie eng du dich anfühlen würdest. Immer wenn ich an dich denke, werde ich hart und frage mich...«

Sie hatte das Gefühl zu ertrinken. Er berührte sie kaum. Dennoch fühlte sie ein tiefes Prickeln in ihren Handflächen, in den Brustspitzen, sogar in der Fußwölbung. Sie riß ihren Blick von seinem Gesicht los. »Ich bezweifle, daß wir zusammenpassen.«

»Du weißt es besser. Eine Frau ist dazu geschaffen, einen Mann aufzunehmen.« Seine Hand glitt von ihrem Haar hinunter zu ihrer Kehle. »Sie ist geschaffen, einen Mann zu begehren. Es mag aussehen, als könne eine Stute dem Paarungsakt nichts abgewinnen, aber hast du nie gesehen, wie sie sich dem Hengst entgegendrängt, wie sie den Kopf zurückwendet, ihren Schweif bewegt?« Sein Daumen drückte gegen die Wölbung ihres Halses, und sie wußte, daß er ihren Puls fühlen konnte. »Weißt du, wie sehr ich mir dies von dir wünsche?«

Sie war so schockiert, daß sie zurückzuckte. »Ich bin kein Tier.«

»Ich wollte dich nicht kränken. Manchmal sind meine Worte ohne Anmut.« Seine Hand ließ ihre Kehle los, er ließ beide Arme hängen. »Ich bin noch nicht ganz ausgezogen. Hilf mir.«

Verwirrt starrte sie ihn an. Wovon redete er da? Er war doch schon nackt.

Er wandte ihr seinen Rücken zu. »Das Band, das meinen Zopf zusammenhält. Löse es für mich.«

Sie richtete sich auf die Knie und versuchte mit zitternden Fingern, das schwarze Samtband zu lösen. Ihre Brüste streiften das warme Fleisch seines Rückens, und sie spürte, wie ein Schauer ihn durchlief. Während sie den Knoten zu lösen begann, versuchte sie ihm auszuweichen, sie berührte ihn erneut. Diesmal durchlief der Schauer nicht nur ihn, sondern auch sie. Ihre Brüste schmerzten, die Spitzen waren kieselhart, dazu spürte sie ein merkwürdiges Pulsieren zwischen den Beinen. Was ging mir ihr vor? »Ich schaffe es nicht... vielleicht machst du es selbst.«

»Nein.« Seine Stimme klang heiser. »In Zalandan ist es Tradition, daß eine Ehefrau das tut. Es ist ein Symbol dafür, daß nur sie allein das Vorrecht hat, ihren Mann freizugeben.«

Doch diese Handreichung setzte Tess nicht frei. Mit jedem Augenblick, der verging, steigerte sich in ihr das Gefühl, von Galen festgehalten und in Besitz genommen zu werden. Schließlich schaffte sie es, das Band zu lösen und es aus seinem Haar zu ziehen. Sie warf es auf den Nachttisch und ließ sich mit einem Seufzer der Erleichterung zurück auf ihre Fersen sinken. »Geschafft.«

Er schüttelte den Kopf, während er ihr noch immer den Rücken zuwendete. Das Kerzenlicht fing den schweren Glanz seines schwarzen Haares ein, das ihm über die Schultern floß, und beschien das Muskelspiel seines Rückens. Plötzlich verspürte sie ein wildes Verlangen, die Hand auszustrecken und diese Muskeln zu berühren, ihre Finger in seiner Haarflut zu begraben und ihn zu sich zu ziehen.

Er drehte sich um und blickte sie an, groß, wild, ungezähmt. Seine Augen glitzerten, eine dunkle Strähne des offenen Haares, das locker sein Gesicht umrahmte, fiel ihm in die Stirn. Seine Nasenflügel blähten sich, betont langsam strich er mit beiden Handflächen in unverhüllter Einladung seine Schenkel entlang. Tess schnappte nach Luft, ihre Bauchmuskeln verkrampften sich. Er hatte sie nicht berührt, und doch hatte sie das Gefühl, als hätte er sie mit dieser einen sinnlichen Geste an sich gezogen.

»Die Lust kann das Tier in uns wecken, *kilen*, wie du hoffentlich bald entdecken wirst.« Er holte tief und bebend Luft und schloß die Augen. »Lieber Gott, sehr bald.«

Er öffnete die Augen und trat zurück. Dann beugte er sich vor und blies die Kerze auf.

Tess hätte Erleichterung verspüren sollen, doch die Dunkelheit verlieh ihr ein Gefühl noch größerer Verletzlichkeit.

Sie konnte Galens dunkle Umrisse vor sich sehen, seinen Geruch spüren.

»Leg dich hin.« Galens leise Stimme bebte vor Erregung. »Ich halte es nicht mehr aus. Für heute ist es genug.«

Aber es hat ja noch gar nicht angefangen, dachte Tess in ihrer Verwirrung. Er hatte nur ihr Haar und ihre Kehle berührt, er hatte nur ihren Körper angesehen und ein paar Worte von Verlangen und Sehnsucht gemurmelt. Warum hatte sie dann dieses Gefühl des Gefesseltseins?

»Jetzt!«

Sie kroch unter die Decke und rückte an die andere Seite des Bettes.

Im nächsten Moment spürte sie, wie die Matratze unter Galens Gewicht nachgab.

Er lag neben ihr, ohne sie zu berühren, angespannt und erregt.

Sie lag neben ihm, mit pochendem Herzen und einem merkwürdigen Pulsieren in den Lenden.

»Ich begreife nicht, was das soll«, sagte sie stockend. »Warum?«

Seine Stimme war belegt, sein Atem kam rauh aus der Dunkelheit. »Ich werde dich so nehmen, wie ich es will, oder gar nicht.«

»Es geht doch nur um das Kind. Welchen Unterschied macht das schon aus?«

»Einen großen.« Er schwieg lange. »Wir sind zwei zivilisierte Menschen. Ich will nicht Hengst für dich als Stute spielen.« Wieder schwieg er still, und als er zum Sprechen ansetzte, war sein Ton hitzig und verzweifelt. »Weil ich bei Gott kein Barbar bin.«

3. Kapitel

Als Tess am nächsten Morgen erwachte und entdeckte, daß Galen fort war, spürte sie Erleichterung und Enttäuschung zugleich. Seine Gegenwart wirkte aufregend, er reizte ihren Verstand, während gleichzeitig eine merkwürdige Vitalität von ihrem Körper Besitz ergriff. Sie war sich nicht sicher, ob sie seine Wirkung auf sie auch nur annähernd richtig einschätzte. Der vorangegangene Abend hatte für sie eine sehr beunruhigende Erfahrung bedeutet. Er hatte ihr eine leise Ahnung davon vermittelt, was für ein ungewöhnlicher und unberechenbarer Mann Galen Ben Raschid sein würde.

Eilig schlüpfte sie in ihr altes, dunkelbraunes Reitkostüm, das sie ungeachtet der flehentlichen Bitten Paulines nicht weggeworfen hatte, ging aus dem Zimmer und lief hinunter. Auf dem Treppenabsatz begegnete sie einem jungen Mann in einem dunkelrot-weiß gestreiften Übergewand. Seine weißen Pluderhosen steckten in den Schäften seiner braunen Wildlederstiefel. Irgendwie kam ihr sein Gesicht bekannt vor.

»Ich wollte eben in Euer Gemach, *Majira*«, sagte er mit einer höflichen Verbeugung. »Der *Majiron* möchte in einer Stunde aufbrechen. Ist es Euch genehm, wenn ich jetzt Euer Gepäck fertigmache?«

»Viel zu packen gibt es nicht. Ich hielt es für sinnlos, meine Sachen für einen so kurzen Aufenthalt auszupacken.« Sie runzelte nachdenklich die Stirn. »Du bist doch Said, wenn ich nicht irre?«

Wieder verbeugte er sich. »Said Abdul, *Majira*.«

»Auf den ersten Blick habe ich dich gar nicht erkannt.« Sie zwinkerte. »Diesmal bist du angezogen.«

Er blinzelte sichtlich verlegen. »Darf ich für Euch packen, *Majira*?«

Du liebe Güte, er war ja mindestens so steif und trocken wie die Mutter Oberin. »Selbstverständlich«, erwiderte sie feierlich. »Wo ist der Scheich?«

»Im Stall. Soll ich ihm melden, daß Ihr ihn zu sprechen wünscht?«

»Nein, mach dich nur an deine Arbeit.« Sie nahm die nächste Stufe. »Ich werde ihn schon finden.«

»Unbegleitet?« Er schien indigniert. »Im Stall sind Männer, *Majira*!«

Sie warf ihm einen ungeduldigen Blick über die Schulter zu. »Na und?«

»Es ziemt sich nicht. Ihr seid die *Majira*. Es wäre sehr unklug, wenn Ihr ...«

»Ich werde sie begleiten, Said.« Sascha stand plötzlich am Fuße der Treppe. »Mach dich ans Packen.«

Said stieß einen erleichterten Seufzer aus. »Wie Ihr wünscht, mein Herr.«

Tess blickte dem Davoneilenden kopfschüttelnd nach. »Er besitzt keinen Funken Humor.«

»Said ist ein guter Mann«, erklärte Sascha. »Aber sein Sinn

für Etikette ist übertrieben. In Sedikhan lebt man in einer anderen Welt.«

»Allmählich dämmert es mir.« Sie brachte die letzten zwei Stufen hinter sich. »Was ist eine *Majira*?«

Er grinste. »Das bist du. Die Gemahlin des *Majiron*. In Tamrovia würde das ›Ihre Majestät‹ heißen.«

»Dann ist Galen der *Majiron*.«

Er nickte. »Das ist einer seiner Titel.« Sein Lächeln erlosch, als sein Blick ihr Gesicht traf. »Geht es dir... gut?«

Errötend wich sie seinem Blick aus. »Vermutlich besser als dir. Du hast gestern dem Alkohol zu kräftig zugesprochen.« Sie ging an ihm vorüber zur Tür. »Ich muß nach Selik sehen.«

»Nicht nach deinem Mann?«

Sie sah ihn mit lausbübischem Lächeln an. »Als ich meinen Mann zuletzt sah, war er gesund an Leib und Seele. Nicht aber Selik.«

»Selik geht es viel besser.«

Tess drehte sich erschrocken um, und sah Galen im Eingang stehen. In seinem Blick lag Gelassenheit, nur um seine Lippen zuckte es verräterisch. »Und es freut mich, daß du mich für... gesund befunden hast.«

Tess hörte hinter sich einen Laut Saschas, der sich verdächtig nach einem unterdrückten Lachen anhörte.

Sie errötete, als die Erinnerung sie überfiel... Galen in nackter Pracht vor ihr stehend, mit loderndem Blick und offenem Haar, das ihm auf die Schultern fiel. Ihr Blick flog zu seinem Haar. Es war säuberlich zu einem Zopf zusammengefaßt. Zu seinem schwarzen Jackett aus edlem Material trug er passende Hosen, seine Krawatte war so kunstvoll gebunden wie jene, die Saschas Hals zierte. Irgendwie trug diese zivilisierte Aufmachung dazu bei, daß sie ihre Fassung sogleich wiederfand. »Selik ist reisefähig?«

Er nickte. »Er darf aber keine Last tragen und wird ein paar Tage am Zügel gehen.«

»Sehr vernünftig«, bemerkte sie dazu.

»Freut mich, daß du es billigst.« Er vollführte eine kleine Verbeugung. »Ich habe dem Wirt eine Stute abgekauft, auf der du bis nach Zalandan reiten kannst. Sie ist zwar schon etwas bejahrt, aber diese Strecke wird sie schaffen. Wenn es dir genehm ist, könnten wir jetzt unser Frühstück einnehmen und anschließend aufbrechen. Unsere Eskorte wartet jenseits der Grenze in der Oase El Dabal.«

Die Reise nach Sedikhan. Wer hätte gedacht, daß es sie jemals in dieses barbarische Land verschlagen würde? Plötzlich konnte sie es kaum erwarten. »Laß uns sofort aufbrechen! Ich habe keinen Hunger.«

»Trotzdem wirst du zuerst etwas essen«, sagte Galen. »Wir legen bis zum Sonnenuntergang keine Rast ein, und du mußt bei Kräften bleiben.«

Sie zog die Brauen zusammen. »Befehle mag ich nicht, mein Herr.«

Sein Lächeln verschwand nun gänzlich. »Besser meine Befehle, als die deines Vaters.«

»Wie wahr.« Sie warf ihm unter gesenkten Wimpern einen verschleierten Blick zu. »Aber wie du sehr wohl weißt, fand ich meist eine Möglichkeit, dessen Anordnungen zu umgehen.«

»In Zalandan werden dir diese Möglichkeiten nicht zu Gebote stehen.« Er sah, wie sie abrupt erstarrte und zurückwich, und seine Miene wurde weicher. »Was nicht heißen soll, daß ich dich tyrannisieren werde. Es geschieht alles nur deiner eigenen Sicherheit zuliebe.«

»Auch mein Vater hat nur Vorkehrungen getroffen, meine Sicherheit zu gewährleisten. Eine dieser Vorkehrungen war der Versuch, Apollo zu töten, der mich liebte.« Sie begegnete seinem Blick. »Würdest du so etwas Ähnliches tun?«

Er sah sie schweigend an, ehe er langsam und gemessen zur Antwort gab: »Falls es sich als nötig erweisen sollte.«

Sie erschrak. Dies war nicht die Antwort, die sie erwartet hatte. Er hatte Apollo gerettet. Und doch sah er sie jetzt mit einem Blick an, aus dem unerbittliche Entschlossenheit sprach. Keine Frage, was er sagte, war sein Ernst. Sie holte tief und zitternd Luft. »Dann ist es gut, wenn wir uns auf etwas einigen.« Sie gebot ihm mit einer ungeduldigen Geste Einhalt, als er etwas einwerfen wollte: »Ich weiß, daß ich für dich einen gewissen Wert besitze. Ich werde diesen Wert nicht gefährden, indem ich zu Schaden komme.«

»Ich habe damit nicht gemeint...«

»Natürlich hast du. Ich bin keine Närrin. Ich weiß, welchen Wert ich für dich habe.« Sie ging auf die Gaststube zu. »Ich werde jetzt essen. Solche Kleinigkeiten spielen keine Rolle, und ich weiß, daß du für mein Wohlbefinden sorgen mußt.« Sie warf ihm einen herausfordernden Blick zu. »Aber du hast mir die Freiheit versprochen, und ich werde nicht zulassen, daß alles nach deinem Willen geht.«

»Die Freiheit wird kommen, wenn du mich verläßt.« Er

lächelte. »In Zalandan geht alles nach meinem Willen. So bin ich es gewöhnt.«

»Ich habe einen Bärenhunger.« Sascha trat vor und griff nach dem Ellbogen seiner Kusine. Geschickt schob er sich zwischen die beiden. »Da ihr euch beide den Fehdehandschuh zugeworfen habt, könnten wir jetzt wohl essen. Komm, Tess. Du weißt, wie sehr meine zarte Natur unter Konflikten leidet.« Er vernahm ein ungläubiges Schnauben von Galen und warf ihm noch einen gekränkten Blick zu. »Du gefühlloser Tropf, du hast für mein zartbesaitetes Wesen noch nie Verständnis gehabt.« Er schob Tess weiter. »Außerdem schenkt ihr beide mir zu wenig Beachtung. Allmählich meldet sich bei mir große Langeweile.«

Die Anzahl der Zelte gab Tess beinahe den Eindruck, eine kleine Armee hätte die von Palmen beschattete Oase El Dabal eingenommen. Als sie, Galen, Sascha und Said näherkamen, donnerten ihnen mindestens siebzig Reiter in rotweiß gestreiften Gewändern, ähnlich jenem, wie Said es trug, entgegen.

»Heilige Muttergottes!« Tess zügelte ihre Stute und starrte fassungslos zur Kavalkade hin. »Nicht einmal Seine Majestät ist mit einem so großen Gefolge auf Reisen.«

»König Lionel muß auch nicht ein von Stammesfehden zerrissenes Land durchqueren«, erklärte Galen. »In Sedikhan ist eine bewaffnete Eskorte nicht nur reine Schau.«

»Zumindest solange Tamar das Grenzland für sich beansprucht«, setzte Sascha mit einer Grimasse hinzu.

»Tamar?« fragte Tess.

»Scheich Tamar Hassan«, erklärte Galen geistesabwesend, während er sein maßgeschneidertes Jackett auszog, es vor sich über den Sattel legte, sich seiner Krawatte entledigte und schließlich die drei obersten Knöpfe seines Hemdes öffnete.

»Was machst du da?« wollte Tess wissen.

»Ich lege diese albernen Fesseln ab. Ich bin in meiner Heimat angelangt.«

Sein kühnes Lächeln ließ in seinem bronzegetönten, dunklen Gesicht weiße Zähne aufblitzen. Tess sah es und war wie gebannt. Er sah wilder und ungezügelter aus als je zuvor. Die heiße Brise wehte ihm die Haare aus der Stirn, und in seinen Augen leuchtete kaum unterdrückte Erregung. Sie wußte, daß es von Herzen kam, wenn er den unfruchtbaren, goldenen Sand, der unter einem unerbittlich blauen Himmel schimmerte, »Heimat« nannte. Galen schien mit diesem erbarmungslosen Land voller exotischer Schönheit eins.

»Bleib bei ihr, Sascha. Ich muß nach vorne zu Kalim.« Galen sprengte, gefolgt von Said, davon.

Tess, die ihr Pferd zügelte, sah aus der Entfernung, welch freudiger Empfang Galen zuteil wurde, als er inmitten der Truppe anlangte. Erst verharrten die Männer in Reglosigkeit und gaben nur schrille, laute Töne von sich. Dann aber umringten sie Galen, und Tess sah trotz der beträchtlichen Entfernung, daß sich in ihren Mienen Zuneigung und an Verehrung grenzender Respekt abzeichneten.

»Sie lieben und achten ihn«, sagte Tess nachdenklich.

Sascha nickte. »Kein Wunder... er hält die El Zalan am Leben und sorgt dafür, daß es ihnen wohl ergeht.«

»Nein, es ist mehr.«

Sascha warf ihr einen nachdenklichen Blickzu. »Du bist sehr klarsichtig, Kleines. Galen ist ein Chamäleon. Er besitzt die Fähigkeit, alles das zu sein, was er sein muß, sich jeder Situation anzupassen und zu geben, was gefordert wird. Er gibt den El Zalan was sie brauchen, und als Gegenleistung bringen sie ihm unbestritten Liebe und Treue entgegen. Ich sagte schon, daß er hier über große Macht verfügt.«

Zum erstenmal seit Antritt der Reise überkam Tess ein Gefühl leisen Unbehagens. Wenn Galen wirklich das Chamäleon war, das Sascha eben beschrieben hatte, dann gab es den Mann, von dem sie geglaubt hatte, sie verstünde ihn allmählich, gar nicht. Plötzlich kam sie sich in diesem wilden Land allein und verlassen vor.

»Für Gewissensbisse ist es zu spät«, sagte Sascha, der ihre Gedanken offenbar gelesen hatte.

Sie hob den Kopf. »Ich habe keine Gewissensbisse. Nun ja ... höchstens ganz kleine.« Sie gab ihrem Pferd die Sporen. »Komm, laß uns weiterreiten. Ich habe Hunger.«

Die Stammeskrieger verstummten, als Tess bei der Gruppe ankam. Ihr war die ganze Situation nicht geheuer, so daß sie froh war, Sascha an ihrer Seite zu haben. Galen sprach mit einem auffallend gutaussehenden, jungen Mann, der einen prachtvollen Fuchswallach ritt. Die beiden waren so in ihr Gespräch vertieft, daß Tess sich ausgeschlossen vorkam ... und schrecklich einsam.

»Gibt es Nachricht von Tamar?« rief Sascha, als sie auf Rufweite herangekommen waren.

»Keine Spur von ihm«, erwiderte Galen grimmig. »Aber

das bedeutet nicht, daß er nicht in der Nähe irgendwo auf der Lauer liegt.«

Der hübsche junge Mann neben Galen errötete und beeilte sich zu sagen: »Ich habe sehr gewissenhaft nach ihm gesucht, *Majiron*.«

»Das will nichts heißen. Tamar ist listenreich wie ein Wolf.« Galen drehte den Kopf und sagte leise etwas zu dem Mann neben ihm.

Daß Galen sie einfach ignorierte, verdroß Tess, dann aber schalt sie sich selbst töricht und mahnte sich zur Vernunft. Ihr Abkommen sah nicht vor, daß Galen jede Minute in ihrer Gesellschaft verbringen mußte, deshalb hatte sie für ihre Bedürfnisse selbst zu sorgen. Frech ritt sie näher heran und zügelte ihr Pferd direkt vor Galen. »Ich bin müde und möchte essen und trinken, mein Gebieter.«

Er blickte auf und deutete beiläufig auf den Mann neben ihm. »Kalim, darf ich dir meine Frau vorstellen? Tess, das ist mein Stellvertreter, Kalim Ranmir.«

Erstaunen und Zurückhaltung huschten über Kalims klassische Züge, ehe er mit einer höflichen Verbeugung sagte: »*Majira*.«

»Edler Kalim.« Sie nickte ihm zu, um sofort wieder ihren Blick auf Galen zu richten. »Wie ich schon sagte, mein Gebieter, habe ich Hunger.«

Der Anflug von Trotz, der aus ihren Worten herauszuhören war, bewirkte, daß er die Augen zusammenkniff. Er betrachtete die Linien der Anspannung um ihren Mund und die kerzengerade Starre, mit der sie ihren zarten Körper aufrechthielt. Er lächelte. »Dann muß ich dich natürlich mit

Nahrung versorgen, um dich zufriedenzustellen. Meine Pflichten in dieser Hinsicht haben wir bereits diskutiert.« Er wandte sich an Said. »Führe meine Gemahlin zu meinem Zelt, Said, und bringe ihr, was ihr Herz begehrt.«

»Wirst du mir später Gesellschaft leisten?« fragte Tess.

Er schien erstaunt. »Ist das dein Wunsch?«

»Wie du willst.« Sie hoffte, daß ihr Achzelzucken überzeugend beiläufig wirkte. »Ich wollte nur wissen, ob ich dich erwarten soll.« Ehe er antworten konnte, drehte sie sich um und ließ sich von ihrer Stute den Weg durch die Schar der Stammeskrieger bahnen, in aufrechter Haltung, hocherhobenen Hauptes.

»Wer ist dieser Kalim?« fragte Tess, als sie neben Said auf ein Zelt zutritt, das in Galens Farben prangte. Es stand neben einer Wasserstelle, deren blauschimmernde Fläche den Mittelpunkt der Oase zu bilden schien.

»Er ist der Stellvertreter des *Majiron*. Kalim ist ein tapferer Kämpfer, der große Achtung genießt.«

»Und ich dachte, Sascha wäre Galens Stellvertreter.«

»Oh, nein.« Said schüttelte den Kopf. »Das wäre nicht möglich. Der edle Sascha ist ein Fremdling. Er ist kein El Zalan.«

Sie verzog den Mund. »So fremd kann er nicht sein, wenn er mit eurem *Majiron* befreundet ist und für eure Sache kämpft.«

Said nickte. »Es liegt mir fern, seine Verdienste herabzuwürdigen. Er ist ein wahrer Freund der El Zalan. Alle lieben den edlen Sascha.«

Aber auch nach Jahren treuer Gefolgschaft hatten sie ihn

nicht als einen der Ihren akzeptiert. Ihr Gefühl der Fremdheit wuchs. »Wie schön für Sascha.«

»Ihm scheint es zu gefallen.« Said gestattete sich ein ganz kurzes und kaum merkliches Lächeln. »Unsere Frauen hegen eine besondere Vorliebe für ihn.« Sein Lächeln erlosch sofort wieder, als wäre er über seine eigene Offenheit erschrocken. »Verzeiht, es war nicht respektlos gemeint, *Majira*.«

»Natürlich nicht. Da wir offenbar viel Zeit zusammen verbringen werden, möchte ich ein Mißverständnis aus der Welt schaffen: Ich bin nicht wie die Frauen der El Zalan und habe auch nicht die Absicht, mich so zu benehmen. Mit Pferden weiß ich mehr anzufangen als mit Weibertratsch. Und ich werde nicht empört sein, wenn du Bemerkungen machst, die dir indiskret erscheinen.« Sie machte eine Pause. »Im Gegenteil, Gespräche dieser Art bewirken vielleicht, daß ich mich weniger ...« Sie suchte nach einem Wort, das ihre Verletzlichkeit nicht enthüllen würde, und sagte schließlich schlicht: »... weniger einsam fühle.«

Saids Miene ließ so etwas wie Mitgefühl erkennen, als er vor dem Zelt absaß und ihr aus dem Sattel half. »Ihr werdet nicht allein sein. Die Damen des Hofes werden es sich als Ehre anrechnen, Freundinnen der *Majira* zu werden. Etwas anderes würde der *Majiron* auch gar nicht zulassen.«

»Wir werden sehen.« Tess, die Saids Hand erfaßte, schwang ein Bein über den Sattelknauf und glitt aus dem Damensattel. »Ich glaube freilich, daß ich meine eigenen Schlachten kämpfen werde, ohne mich stets auf deinen Gebieter zu verlassen.«

Damit dreht sie sich um und verschwand im Zelt.

Nachdem Said ihr Wasser zum Waschen gebracht hatte und Tess sich erfrischen konnte, machte er sich daran, ihr das Essen zu servieren. Auf einem vielfarbig gemusterten Perserteppich wurde ein Gedeck aufgelegt, dann wurde ihr ein köstlich gewürztes Hasenragout vorgesetzt, das viel besser schmeckte, als das Essen, das sie am Vorabend im Café zu sich genommen hatten.

»Werden der *Majiron* und mein Vetter mir nicht Gesellschaft leisten?«

Said schüttelte den Kopf. »Sie essen mit den Männern am Feuer.«

»Ach?« Da sie sich ein wenig erquickt hatte, verschwand das Unbehagen über die ungewöhnliche Situation, in die sie geraten war. »Vielleicht werde ich mich zu ihnen setzen.« Sie griff nach ihrer Schüssel und wollte aufstehen, aber Said schüttelte sichtlich entsetzt den Kopf. Seine Miene sprach Bände. »Nein?« fragte sie.

»Der *Majiron* wäre äußerst ungehalten, wenn ich Euch aus dem Zelt ließe. Es ist nicht...«

»Es ist unpassend«, beendete Tess den Satz an seiner Stelle. »Für ein barbarisches Land sind eure Sitten allerdings sehr streng.«

»Barbarisch?« Der Mann war gekränkt. »Die El Zalan sind nicht barbarisch. Andere Stämme sind barbarisch, aber wir leben unter den Gesetzen des Majiron.« Er zog die Brauen zusammen. »Ihr werdet nicht ans Lagerfeuer gehen?«

»Nein.« Sie war schon zu müde, um es mit der Mißbilligung aufzunehmen, auf die sie stoßen würde, wenn sie gegen die Sitten und Gebräuche des Stammes verstieße. Außerdem regten sich bei ihr Sympathien für Said, so daß sie ihn nicht Galens Zorn aussetzen wollte. »Aber um im Zelt zu bleiben, ist es zu heiß.«

Er überlegte.

»Ich werde vor dem Zelteingang einen Teppich ausbreiten. Dort könnt Ihr sitzen und die nächtliche Brise genießen. Wir werden die Laterne löschen, damit Ihr sehen könnt, ohne selbst gesehen zu werden.«

»Ist das nötig...« Sie seufzte. »Meinetwegen. Wie du willst. Bitte, hole den Teppich.«

Der Abendwind kühlte in der Tat angenehm ihr Gesicht, als sie sich vor dem Zelt niederließ, bewacht von Said, der in respektvollem Abstand auf seinem eigenen Teppich hockend dasaß. Aber an der Kühle lag ihr eigentlich nicht. Die Hitze des Zeltes wäre durchaus auszuhalten gewesen, hingegen war es ihr unerträglich, von den Vorgängen um das Lagerfeuer auf der anderen Seite der Wasserstelle ausgeschlossen zu sein. Die Luft war erfüllt von Gelächter und angeregtem Geplauder, so daß sie vermeinte, die Kameradschaft der Männer zu spüren, die hier in der Wüste ein hartes Leben teilten. Ihre Schüchternheit hatte sich gelegt, Tess hätte nichts lieber getan, als sich zu den Männern zu setzen.

Sie erspähte Galen auf der ihr entgegengesetzten Seite des Feuers. Als sie sah, daß er mit zurückgeworfenem Kopf herzhaft über eine Bemerkung Kalims lachte, wurden ihre Augen groß vor Staunen. Sie sah auch, daß Kalim lächelte und daß die anderen, ringsum im Kreis Sitzenden unmerklich näher zu Galen heranrückten, so als würden sie von ihm magnetisch angezogen. Diese Seite Galens war ihr bislang verborgen geblieben. Zeigte er seine Wärme und Offenheit nur im Kreis seiner Stammesgenossen? Nein, Sascha mußte ihn auch gut kennen, da er Galen seit sechs Jahren folgte und unter dessen Banner gekämpft hatte.

Ein bittersüßer Klageton, fast menschlich klingend, veranlaßte Tess, sich erstaunt umzudrehen. Said war es, der diese sanften Töne einer Rohrpfeife entlockte, eine unaussprechlich süße, mit der Nacht, mit Sand und Feuer in harmonischem Einklang stehende Melodie, für Zeit und Ort wie geschaffen. Als er schließlich das Instrument von den Lippen nahm, sagte sie: »Said, das war wunderschön.«

Voller Verlegenheit antwortete er barsch: »Der *Majiron* hat nichts dagegen. Es vertreibt die Zeit, obwohl es sich für den Beschützer des *Majiron* eigentlich nicht . . .«

»Nicht geziemt«, schloß Tess an seiner Stelle. Langsam war sie dieses Wort satt. »Dann sollte es sich eben ziemen. Alles Schöne sollte geziemend und passend sein. Spiel noch etwas.«

»Ihr wollt nicht ins Zelt?«

»Nein, ich möchte noch eine Zeitlang hier sitzen.« Sie beeilte sich hinzuzusetzen: »Du hast recht, die Luft ist sehr angenehm.« Und sie wollte Galens Miene beim Gespräch mit seinen Männern am Lagerfeuer beobachten. Würde sie ihn verstehen lernen, wenn sie ihn studierte, während er sich unbeobachtet glaubte?

Said führte wieder seine Flöte an die Lippen, und sie setzte sich bequemer auf dem Teppich zurecht, während ihr Blick fasziniert an ihrem Mann haftete. Als Galen sich vom Lagerfeuer erhob und um die Wasserstelle herum zum Zelt ging, war es fast zehn Uhr. Erstaunt blieb er vor Tess stehen. »Ich dachte, du wärest inzwischen zu Bett gegangen.«

Sie stand ein wenig mühsam auf. »Ich war müde, aber nicht schläfrig.«

»Hat Said dich mit allem versorgt, was du brauchst?«

»Mit allem, außer angenehmer Gesellschaft.« In spitzem Ton fügte sie hinzu: »Die Ihr Euch offenbar nicht versagt habt.«

Galan hielt die Zeltklappe hoch, und sie ging ihm voraus ins Innere. Er zog seinen Burnus aus und warf ihn auf die Kissen eines niedrigen Diwans. »Ich war fast zwei Wochen fort. Kalim hatte mir viel zu berichten.«

»Es hatte nicht den Anschein, als wäre eure Unterhaltung um Staatsgeschäfte gegangen.«

Er drehte sich um und sah sie mit hochgezogenen Brauen an. »Das hört sich aber verdächtig tadelnd und ehefraulich an.«

Sie errötete. »Keine Rede ... ich war nur neugierig ... und ich habe mich gelangweilt.« Sie furchte die Stirn. »Ich hätte mich zu euch gesetzt, aber allein die Erwähnung einer solchen Absicht versetzte Said in Panik.«

»Zu Recht.«

»Warum? Wenn der Hof von Tamrovia auf Reisen geht, werden die Frauen nicht in ein heißes, stickiges Zelt verbannt.«

»Das Zelt hat dir nicht zugesagt?«

»Darum geht es nicht.« Sie blickte um sich. Ein dicker, herrlich gemusterter Teppich bedeckte den Boden, eine Vielzahl bunter Seidenkissen, kunstvoll verzierter Messingleuchten und juwelengeschmückter, silberner Kerzenleuchter sorgten für Behaglichkeit. »Ich kenne Räume im Palast, die nicht so luxuriös ausgestattet sind.« Sie kam wieder auf ihr Anliegen zurück. »Aber ich mag es nicht, hier gefangengehalten zu werden.«

»Ich will mir überlegen, wie ich dir die Sache schmackhafter machen könnte.«

»Ich möchte nicht ständig im Zelt bleiben. Kann ich abends nicht mit dir am Lagerfeuer sitzen? Wenn der Hof nicht . . .«

»Die Männer an eurem Hof mußten nicht wochenlang ohne Frauen leben«, unterbrach er sie schroff. »Und im Vergleich zu meinen Stammeskriegern sind eure Höflinge zahm wie Hündchen.«

Tess machte große Augen. »Man würde mich belästigen?«

»Nein. Du gehörst mir. Niemand würde dich belästigen. Aber sie würden dich ansehen und hart werden und leiden.

Ihre Haut brannte. »Deine Wort sind roh.«

»Die Tatsache ist roh, und du solltest endlich begreifen. Ich möchte nicht, daß meine Leute unnötig leiden.«

»Du läßt lieber mich leiden.« Sie sah ihn finster an. »Ich hätte gedacht, du würdest deinen Leuten beibringen, ihre Reaktionen zu beherrschen. Außerdem bin ich nicht besonders ansehnlich.«

Er lächelte fast unmerklich. »Ich dachte, wir hätten die Frage deiner Ansehnlichkeit gestern geklärt.«

Tess, die geglaubt hatte, ihre Wangen könnten nicht mehr heißer werden, entdeckte nun, daß sie sich geirrt hatte. »Ich bin wirklich nicht jedermanns Geschmack. Ich glaube, du mußt ein bißchen verdreht sein.«

Er lachte auf, und sein Gesicht wirkte so jungenhaft wie im Kreis seiner Getreuen, als er gescherzt und gelacht hatte. »Ich kann dir versichern, daß mein Geschmack nicht außergewöhnlich ist. Du besitzt eine Eigenschaft, die ich bei nur wenigen Frauen angetroffen habe.« Sie sah in wachsam an. »Welche?«

»Lebendigkeit.« Sein Blick hielt den ihren fest. Plötzlich wurde sein Ausdruck ganz ernst. »Noch nie bin ich einer Frau begegnet, die so lebendig ist wie du, *kilen*.«

Sie spürte in ihrer Magengrube ein Flattern, als sie ihn ansah, so heftig, daß sie ihren Blick von seinem losriß und das Muster des Teppichs anstarrte. »Sind eure Frauen denn ohne Lebenslust und Geist?«

»Sie verfügen über beides«, sagte er leise. »Aber keine ist darunter, die ein Zelt erhellt, wenn sie es betritt.«

Wieder meldete sich das eigenartige Flattern und mit ihm eine merkwürdige Atemlosigkeit. »Schöne Worte. Aber was du damit sagen möchtest, ist, daß ich im Zelt bleiben muß.«

»Was ich sagen möchte, ist, daß du dein Licht für mich aufsparen sollst.«

Freude flammte mit verwirrender Intensität in ihr auf. Ich darf nicht zulassen, daß er meine Gefühle dermaßen aus dem Gleichgewicht bringt, dachte sie verzweifelt. Sascha hatte gesagt, Galen würde jeweils das bieten, was von ihm gefordert würde, womöglich glaubt er, sie wollte diese Schmeicheleien von ihm hören. »Wie ich schon sagte, hübsche Worte.« Ein Wechsel des Themas schien angebracht. »Du siehst in diesem Gewand so fremd aus«, sagte sie und blickte ihn dabei direkt an.

»Einem Barbaren ähnlicher?«

»Das habe ich nicht gesagt«, beeilte sie sich zu sagen.

»Aber gedacht hast du es.« Er lächelte voller Bitterkeit. »Ich habe manche eurer zivilisierten westlichen Sitten angenommen, aber ich weigere mich, alles aufzugeben. Der Stoff unserer Gewänder ist dünn, angenehm und er reflektiert die Sonne.« Galen trat zu einem Reisebeutel in der Ecke. »Ich erinnere mich, daß du in deinem Reitkostüm aus Samt sehr unbehaglich ausgesehen hast. Ich glaube, in diesem Punkt müssen wir etwas unternehmen.« Er suchte, bis er das Richtige gefunden hatte, ein Gewand, das dem seinen glich. »Hier, zieh das an.« Er drehte sich um und warf ihr das Kleidungsstück zu.

»Du wirst finden, das es um vieles bequemer ist.«

»Mein Kostüm ist sehr bequem.«

»Und so unattraktiv, daß es eigentlich in meinem Sinn wäre, wenn du es außerhalb des Zeltes in Gegenwart meiner Männer trägst.« Er begegnete ihrem Blick. »Aber nicht, wenn wir alleine sind. »Zieh dieses Gewand an.«

Sie sollte sich ihm zu Gefallen kleiden. Sie wußte, daß dies für Frauen selbstverständlich war, doch die Vorstellung war ... so intim. Die Luft zwischen ihnen veränderte sich, verdichtete sich. Plötzlich war sie sich allzu deutlich des weichen Materials des Baumwollgewandes in ihrer Hand bewußt, der süßen Töne von Saids Flöte, die schmelzend aus der Dunkelheit erklangen. »Nun gut.« Sie nestelte am Halsverschluß ihres braunen Reitkostüms.

Er sah ihr eine Weile zu, ehe er sich umdrehte und auf den Zelteingang zutrat.

»Du gehst?« fragte sie erstaunt. »Ich dachte . . . .« Sie sprach nicht weiter und benetzte ihre Unterlippe.

»Du dachtest wohl, ich würde dich wieder ansehen wollen.« Er lächelte. »Das möchte ich. Doch es war gestern im Wirtshaus einfacher, umgeben von allen Errungenschaften der Zivilisation. Hier bin ich freier und muß noch mehr auf der Hut sein.« Er hob die Zeltklappe, und im nächsten Moment stand er draußen, vom Mondlicht als Silhouette vor den dunklen Nachthimmel gezeichnet.

Er wollte sie nicht allein lassen. Die Erleichterung, die sie deshalb spürte, erfüllte sie mit Verwirrung und Angst. Der einzige Grund, weshalb sie seine Nähe suchte, war das Gefühl der Einsamkeit in der Fremde, versuchte sie sich einzureden. Ob er nun zu seinen Stammesgenossen am Feuer zurückging, durfte sie nicht berühren.

»Dépêches-toi«, sagte er leise, ohne sie anzusehen.

Ihre Hände flogen, als sie die Verschlüsse ihres Kostüms öffnete, und sofort hüllte sie sich nackt in das weiche Material des Gewandes.

Es war viel zu groß für sie, der Saum schleifte über den Boden, die Ärmel hingen ihr über die Hände. An ihrer zierlichen Gestalt wirkt diese Aufmachung lächerlich und alles andere als verführerisch. Sie ging zu dem Lederbeutel, wühlte darin und fand schließlich eine schwarze Seidenschärpe, die sie dreimal um ihre Mitte schlang und vorne zu einem Knoten band. Dann rollte sie die Ärmel bis zu den Ellenbogen auf. Die Stoffülle war enorm, so daß sie befürchtete, man könne sich darin nicht wohl fühlen, doch war das Baumwollmaterial im Gegensatz zu ihrem Kostüm federleicht. Sie fuhr sich durchs Haar, ehe sie angriffslustig auf die Zeltöffnung zuschritt. »Ich sehe albern aus. Versprich mir, daß du mich nicht auslachst.«

»Muß ich das?« Er blickte zu dem Lagerfeuer auf der anderen Seite des Wassers hin. »In dieser Welt ist das Lachen selten.«

»Ich habe nicht die Absicht, dir Grund dafür zu liefern.« Sie trat neben ihn hin und sah ihn grollend an. »Gewiß sehe ich ganz anders aus, als es deine Absicht war. Aber es ist deine Schuld! Ich sagte schon, daß ich nicht ansehnlich bin.«

»Ja, das hast du gesagt.« Er wandte sich um. Sein Blick glitt von ihrem Gesicht auf ihrem stoffumhüllten Körper. Seine Mundwinkel zuckten. »Du siehst ein wenig ... überwältigt aus.« Er wurde wieder ernst. »Aber du irrst dich, es entspricht genau meiner Absicht.«

»Wirklich?« Sie runzelte zweifelnd die Stirn. Wie würde sie diesen Menschen jemals verstehen können, wenn er sich von einem Moment zum nächsten ändert? Am Abend zuvor hatte er sie unbekleidet sehen wollen, und jetzt legte er Wert darauf, sie von Kopf bis Fuß zu verhüllen. Sie zog die Schultern hoch. »Aber du hast recht, dieses Gewand ist viel angenehmer als mein Reitkostüm.«

»Es freut mich, daß du mir beipflichtest.« Er lächelte. »Ich mag es nämlich gar nicht, wenn ich nicht recht behalte.«

»Du würdest es ja doch nie zugeben. Das tun Männer nie. Mein Vater ...«

Er runzelte die Stirn. »Ich habe es satt, mit deinem Vater verglichen zu werden.«

Diese Abneigung war nicht unverständlich. »Es tut mir

leid«, sagte sie ernst. »Ich kenne nur wenige Männer, und bin deshalb vielleicht unfair. Ich verstehe, daß du mit meinem Vater nicht in einen Topf geworfen werden möchtest, da er alles andere als ein angenehmer Mensch ist.«

Er ließ den Ansatz eines Lächelns sehen, wurde aber gleich wieder ernst. »Ja, alles andere als angenehm.« Er streckte die Hand aus und berührte sacht ihr Haar. »Aber du brauchst dir seinetwegen keine Sorgen zu machen, *kilen*.«

»Die mache ich mir auch nicht.« Sie ließ ein Achselzucken folgen. »Es wäre Zeitverschwendung, wenn ich mir über Dinge den Kopf zerbräche, die ich ohnehin nicht ändern kann. Da ist es viel vernünftiger, das Schlechte hinzunehmen und das Gute im Leben zu genießen.«

»Sehr viel vernünftiger.« Seine Finger wanderten von ihrem Haar zu ihren Augen und zeichneten die Ringe darunter. »Wir sind von Dinar her sehr flott geritten. War der Tag für dich zu strapaziös?«

Ihre Haut prickelte unter seiner Berührung, sie empfand Erregung und Panik wie am vorangegangenen Abend, so sehr, daß sie sich zwingen mußte, nicht zurückzuweichen. »Nein, so verweichlicht bin ich nicht. Aber ich habe letzte Nacht nicht so gut geschlafen.«

Die Worte entschlüpfen ihr wider Willen. Sofort fügte sie etwas hinzu: »Ich meine ...«

»Ich weiß, was du meinst. Auch ich habe nicht gut geschlafen.« Galan drehte sie um und schob sie zum Zelt hin. »Deshalb habe ich das Tempo heute so forciert. Ich wollte müde sein und abends schlafen können. Gute Nacht, *kilen*.«

»Kommst du nicht?«

»Sofort. Geh ins Bett.«

Tess wollte aufbegehren, aber die Spannung seines ihr zugewandten Rückens verriet ihr, daß es besser war, wenn sie schwieg. Trotzdem zögerte sie aus irgendeinem Grund, und wollte das Gespräch ausdehnen. »Wann brechen wir morgen auf?«

»Bei Tagesanbruch.«

»Und wann werden wir Zalandan erreichen?«

»In fünf Tagen.«

»Werden wir . . .«

»Geh zu Bett Tess.«

Die unterdrückte Leidenschaft in seinem Ton bewirkte, daß sie erschrak und zum Zelteingang eilte.

»Sehr wohl.« Erst im Zeltinneren verlangsamte sie ihren Schritt, als sie in den durch einen Vorhang abgeteilten Schlafbereich trat. Schließlich gab es nichts, wovor sie davonlaufen mußte, wenn Galen gar nicht daran dachte, ihr zu folgen.

Sie zog den dünnen Vorhang zu und ließ sich im nächsten Moment auf die Kissen fallen, die auf dem niedrigen, breiten Diwan aufgehäuft waren. Der barbarische Lebensstil bietet mancherlei Annehmlichkeiten, dachte sie, als sie sich in den Seidenkissen vergrub. Dieser Diwan war viel bequemer als das Bett im Gasthaus . . .

Tess' dunkle Locken hoben sich vom hellen Stoff des Kissens unter ihrem Kopf wie eine granatdunkle Flamme ab. Ihr weites Gewand klaffte auseinander und ließ eine zerbrechliche Schulter erkennen, deren Haut samtweich war und mehr Glanz hatte als der Satin des Kissens darunter.

Unter Galens Blick bewegte sie sich und drehte sich halb um, so daß aus den Falten des Gewandes ein wohlgeformtes Bein glitt. Kein üppiger Schenkel, sondern ein kräftiger, muskulös-schlanker.

Verlockend. Während er so dastand und sie betrachtete, spürte er ein schweres Gefühl in den Lenden. Er hatte ihr mit Bedacht das übergroße Gewand gegeben, um sie nicht wie am Abend zuvor nackt zu sehen, aber irgendwie wirkte diese Halbnacktheit noch erregender.

Das kommt nur davon, weil ich wieder in Sedikhan bin, sagte er sich. Den Aufruhr seines Körpers konnte unmöglich dieses Geschöpf, halb Kind, halb Frau, alleine verursachen. Auf heimatlichem Boden verspürte er immer brodelnde Unruhe und Wildheit. Die Erinnerung an seine vergangenen Ausschweifungen war allgegenwärtig, wenn er sich wieder in der Wüste befand. Doch die Wildheit in ihm war noch nie so heftig gewesen, das Verlangen, eine Frau zu nehmen, nie so stark...

Doch er konnte sich beherrschen – Er mußte sich beherrschen.

Warum? Sie war nur eine Frau wie jede andere auch.

Nein, nicht wie jede andere. Sie besaß ein geradezu männliches Ehrgefühl. Sie hatte sich mit ihm auf einen Handel eingelassen und würde sich daran halten. Er konnte sie in Besitz nehmen, indem er einfach die Hand nach ihr ausstreckte. Er konnte diese weichen, gelockten Haare um ihre Weiblichkeit berühren und sie streicheln, so wie er Selik streichelte. Er konnte ihre geheimste, köstlichste Stelle liebkosen, bis sie nach Befriedigung flehte. Er konnte sie auf die

Knie ziehen und sie zwingen... zwingen. Das Wort kühlte seine Hitze ab. Nur ein richtiger Barbar würde bei einer Frau Zwang anwenden.

Er zog sich eilig aus, löschte die Kerze in der Kupferlaterne, und ließ sich auf den Kissen neben Tess nieder, bemüht, sie nicht zu berühren. Der Druck in seinen Lenden wurde stärker. Er wandte ihr den Rücken zu, sein Herz pochte so heftig, daß er glaubte, seine Brust müßte zerspringen.

Er konnte sich beherrschen. Er war kein Wilder, der sich... Er spürte, wie die Kissen sich verschoben. Ein Duft nach Lavendel und Weiblichkeit stieg ihm in die Nase, so daß er ganz flach zu atmen versuchte, um die Wirkung zu mindern.

Dann spürte er ihre Finger in seinem Haar.

Er spannte jeden einzelnen Muskel an. »Tess?«

Sie ließ ein schläfriges Gemurmel hören, während ihre Finger im Halbschlaf seinen Nacken liebkosten.

»Was...« – ein Schauer durchlief ihn, als ihre Fingerspitzen seine Schultern streiften – »...machst du da?«

Sie zog das Band aus seinem Zopf und warf es fort. »Die Pflicht der Ehefrau...«

Dann rückte sie von ihm ab, und ihre gleichmäßigen Atemzüge verrieten ihm, daß sie wieder fest schlief.

Die Pflicht der Ehefrau? Galen hätte laut aufgelacht, wäre er nicht voll von heißer Enttäuschung gewesen. Wie gern hätte er ihr gezeigt, was die Pflicht der Ehefrau war. Wie gern hätte er sich zwischen ihre Schenkel gezwängt und wäre tief in sie eingedrungen. Wie gern hätte er sie zu einem Wüstenritt verführt, ihre Gesäßbacken umfassend, sie jeden Zoll fühlen lassend. Wie gern hätte er ... Er zwang sich, solche Gedanken zu verdrängen, und öffnete die geballten Fäuste.

Seine wilden Tage lagen hinter ihm. Ungestüm und Zügellosigkeit waren für ihn Vergangenheit. Er mußte überlegen, bedenken, warten. Gott im Himmel, wie sehr er litt!

»Ein einziger Schrei, und ich schneide dir deine hübsche Kehle von einem Ohr zum anderen durch.«

Die kehlige Stimme riß Tess aus dem Schlaf. Sie schlug die Augen auf, konnte aber in der Dunkelheit des Zeltes nur ein schattenhaftes Gesicht über sich ausmachen.

... und das Blitzen von Stahl, als ein Dolch an ihre Kehle gehalten wurde!

Sie mußte sterben. Das war nicht fair. Sie wollte nicht sterben, ausgerechnet jetzt, wo das Leben aufregend zu werden versprach.

»Wo ist er?«

Gemeint war Galen, wie sie sofort merkte. Erleichterung überkam sie. Das bedeutete, daß Galen noch nicht tot war. Das Messer bohrte sich in ihre Haut, sie spürte etwas Warmes die Kehle hinunterlaufen.

»Wo?«

»Hier.« Ganz plötzlich tauchte ein weiterer dunkler Schatten hinter ihrem Peiniger auf, und wieder sah sie Stahl aufblitzen, als dem Mann ein Dolch an den Hals gehalten wurde. »Laß sie los, Tamar!«

Der Mann, der über Tess kauerte, erstarrte. »Galen, ich kann ihr die Kehle durchschneiden, ehe du noch einen Atemzug tust.«

»Na und? Du würdest so kurz leben, daß du deinen Triumph gar nicht genießen könntest.«

Der Mann zögerte erst, dann legte er unglaublicherweise seinen Kopf in den Nacken und brach in schallendes Gelächter aus. »Ach, Galen, du warst immer schon ein Überredungskünstler.« Er zog den Dolch langsam von Tess' Kehle. »Steck deine Klinge weg, damit wir reden können. Es ist vorbei.«

»Ich halte mehr von der Überredungskunst des Stahls als jener der Zunge«, sagte Galen trocken. »Wirf deinen Dolch weg.«

Der Mann warf den Dolch achtlos beiseite.

»Und jetzt laß sie los ... langsam.«

»Mit großem Bedauern. Ich habe immer schon den Geschmack bewundert, mit dem du deine *kadines* ausgesucht hast.« Der Mann gab sie frei. »Warum machst du nicht Licht, damit ich sie besser betrachten kann?«

»Du wirst Licht machen. Ich will beide Hände frei haben.«

»Argwöhnischer Halunke.« Der Mann, den Galen Tamar genannt hatte, bewegte sich auf die schimmernde Kupferlaterne zu, die in einiger Entfernung von der Zeltstange hing. »Ich sagte schon, es ist vorbei.« Das Klicken von Feuerstein, und eine Flamme flackerte in der Laterne auf.

Jetzt erst konnte Tess Tamars Gesicht sehen. Er war jung, nicht älter als Galen, mittelgroß, und besaß einen kurzgeschnittenen Bart, langes, schwarzes Haar und dunkle Augen. Seine ebenmäßigen Züge wurden von einem blitzenden Lächeln erhellt, als er sich zu Galen umdrehte. »Sehr gut, Galen. Als ich hörte, du hättest heute eine Frau bei dir, war ich sicher, du würdest wie ein Toter schlafen.«

Galen schlüpfte in sein weißes Gewand und bedeckte seine Blöße, ohne den Dolch aus der Rechten zu legen. »Tamar, beim Durchschneiden der Zeltplane hast du so viel Lärm gemacht, daß ein Toter erwacht wäre.«

Tamar schnitt eine Grimasse. »Du warst immer der Pantherfüßige, nicht ich.« Er lachte auf. »Weißt du noch, als du eines Nachts in den Harem dieses alten ...«

»Das ist Vergangenheit.«

Tamar schüttelte betrübt den Kopf. »Ach, wie ich diese Zeit vermisse! Wie wild haben wir es damals getrieben!«

»Warum bist du hier?«

Tamar zog verwundert die Brauen hoch. »Nun, ich bin gekommen, um meinen alten Freund Galen Ben Raschid zu besuchen.«

»Warum?« wiederholte Galen.

»Ach, ich war neugierig«, antwortete Tamar mit einem Achselzucken.

»Hast du jemanden von meinen Männern getötet, als du durchs Lager geschlichen bist, um deine Neugierde zu befriedigen?«

Tamar schüttelte den Kopf. »Es stellte sich mir niemand in den Weg.«

»Wenn das eine Lüge sein sollte ...»

»Würde ich dich denn belügen?«

»Wenn es dir in deine Pläne paßt.«

»Gewiß, aber in diesem Fall war es nicht nötig. Ich habe niemanden getötet.« Sein Blick kehrte zu Tess zurück. »Meine Späher meldeten mir, sie hätte rotes Haar.« Er begutachtete sie kritisch. »Wunderbare Haut, aber sie ist nicht wie deine sonstigen *kadines*. Ich glaube, ich muß sie näher begutachten, um zu sehen, was dich an ihr angezogen hat.«

Tess raffte sich zu sitzender Position auf. »Galen, darf ich fragen, wer dieser Mensch ist?«

»Ihr Akzent ist fremd«, bemerkte Tamar. »Warst du außerhalb der Grenzen Sedikhans auf Beutezug?«

»Die Frau ist soeben aus Frankreich gekommen. Ich entdeckte sie in einem Café in Dinar.«

Dies war eine Antwort, die Galen einen fassungslosen Blick von Tess eintrug.

»Hm, hätte ich mir denken können. Du hattest immer schon eine Schwäche für Französinnen.« Tamar kam langsam auf Tess zu.

»Ist sie gut?«

»Es geht.« Galen, der erst jetzt Tess genauer ansah, erstarrte sichtlich, als sein Blick auf ihren Hals fiel. »Du Hundesohn, du hast sie geschnitten!« Er durchmaß das Zelt und fiel neben Tess auf die Knie. »Ist alles in Ordnung?«

Tamar runzelte die Stirn. »Was soll schon sein? Es ist ja nur ein Kratzer.«

Galen würdigte ihn keines Blickes. »Tamar, deine Besuchszeit ist abgelaufen.« Er berührte den winzigen Schnitt an ihrer Kehle mit dem Finger. »Hab keine Angst.«

»Ich habe keine Angst.« Sie sah Tamar mit einem wütenden Blick an. »Warum sollte ich einen Mann fürchten, der sich wie eine Schlange in der Dunkelheit anschleicht, um eine schlafende Frau anzugreifen?«

Tamar lief rot an, seine Lippen verzerrten sich häßlich. »Soll ich es dir zeigen, du Hure?« Ein Blick in ihr trotziges

Gesicht, und er setzte tonlos hinzu: »Sie muß erzogen werden. Galen, ich glaube, diese da mußt du mir überlassen.«

»Wann habe ich dir je etwas überlassen, was mir gehörte?«

Aus Tamars Blick sprach Verwunderung. »Sie ist doch nur eine Frau. Wir haben uns schon des öfteren Frauen geteilt.«

»Ich habe sie noch nicht lange. Sie bereitet mir noch Vergnügen.«

»Dann wollen wir ein Abkommen treffen. Überlaß sie mir für zwei Nächte, und ich gestatte dir freies Passieren durch mein Gebiet.«

»Es ist nicht dein Gebiet.«

»Wenn ich es sage, dann ist es das.«

»Nicht, wenn ich das Gegenteil sage. Worte bedeuten nichts.«

»Aber Blut bedeutet alles«, sagte Tamar leise. »Und du weißt, wie ich den Geschmack des Blutes liebe.«

»Ja, das weiß ich. Du läufst Amok, wenn dich das Schlachtenfieber erfaßt«, erwiderte Galen matt.

Tamar blickte ihn an. Eine Vielzahl von Gefühlen zeichnete sich in seinen Zügen ab. »Forderst du mich heraus, mein Freund?«

»Ich warne dich, Tamar.«

Tamars Blick huschte zu seinem auf dem Teppich liegenden Dolch.

Galens Schenkelmuskeln spannten sich an, und Tess spürte, daß er jeden Moment mit einem Satz losspringen würde.

Da entblößte Tamar in einem Grinsen seine Zähne. »Heute nicht, Galen. In zwei Tagen ist ein Überfall auf die El Kabbar geplant.« Er vollführte eine spottgeladene Verbeugung. »Also behalte getrost dein Frauenzimmer. Im Lager der El Kabbar werde ich viele finden, die mich ergötzen.« Er blickte sich im Zelt um. »Jetzt biete mir einen Becher Wein, und ich werde gehen.«

Galen hielt den Blick auf den Schnitt an Tess' Hals gerichtet. Seine Lippen bildeten eine schmale Linie. »Tamar, keinen Wein unter meinem Dach.«

Tamars Blick verfinsterte sich, dann tat er die Sache mit einem Achselzucken ab. »Auch gut. Dann gib mir nur meinen Dolch.«

»Er wird in der großen Palme am Wasserloch stecken. Hole ihn dir, nachdem wir morgen aufgebrochen sind. Ich werde doch nicht riskieren, daß du einem meiner Wachposten die Kehle durchschneidest, nur weil du dir heute eine Schlappe eingehandelt hast.«

»Wie gut du mich kennst.« Tamar ließ ein kehliges Lachen hören, um im nächsten Moment wieder todernst zu werden. »Aber du kennst dich selbst nicht, mein alter Freund. Komm mit mir in mein Lager, und ich verspreche dir, daß du dich kennenlernen wirst.«

»Lebwohl, Tamar.«

»Bis zum nächstenmal.« Tamar neigte den Kopf gegen Tess. »Sie ist zu knochig, aber ich habe es gern, wenn sie klein sind. Ein Mann fühlt sich mächtig wie ein Bulle, wenn er es mit Kleinen treibt.« Er verbeugte sich vor ihr. »Bei unserer nächsten Begegnung werde ich deiner Dame mit Vergnügen beibringen, was eine fügsame Zunge ist.« Er verließ das Zelt.

Tess, die gar nicht bemerkt hatte, daß sie die Luft anhielt, atmete auf. »Das war ... interessant.«

»Interessant? Mir fällt auf, daß du für dieses Wort eine große Vorliebe entwickelt hast.« Das Erstaunen in Galens Miene wich der Achtung. »Aber ja, man könnte Tamar tatsächlich interessant nennen.«

»Wie würdest du ihn nennen?«

»Einen Mörder, Frauenschänder und Banditen. In ganz Sedikhan gibt es keinen grausameren Scheich als Tamar.«

»Er hat getan, als würdet ihr euch gut kennen.«

»Wir wuchsen in Zalandan gemeinsam auf. Eine Zeitlang waren der Stamm seines Vaters und die El Zalan durch ein Bündnis geeint. Als Tamar an die Macht kam, wurde das Bündnis gebrochen, und er kehrte in den Norden zurück.« Er stand auf, trat zur Zeltstange und blies die Kerze aus. »Du kannst weiterschlafen. Er wird nicht wiederkommen.«

»Warum ist er gekommen? Ich konnte keinen Sinn darin erkennen.«

Galan entledigte sich seines Gewandes und ging zurück zum Diwan. »Wer kann wissen, weshalb Tamar etwas tut? Er läßt sich von Launen leiten.« Er ließ sich auf den Kissen nieder und streckte die Glieder von sich. »Er ist ein gesetzloser Räuber, ein primitiver Wilder.«

»Aber ihr wart früher Freunde.«

»Früher.«

Dann schwieg er, und Tess spürte die Spannung, die von ihm ausging.

»Warum hast du ihm über mich eine Lüge aufgetischt?«

»Es war am besten so. Tamar liegt nichts an einer Einigung

Sedikhans. Er will sein gewohntes Leben weiterführen. Vielleicht hätte er sich entschlossener deinen Besitz gesichert, wenn er gewußt hätte, daß du Teil meines Plans bist.«

Da fiel ihr das Wort ein, mit dem Tamar sie bezeichnet hatte. »Was heißt *kadine*?«

»Ein Freudenmädchen.«

»Hättest du mich nicht als deine Frau vorstellen und dennoch meine Identität geheimhalten können?«

»Schon möglich, aber damit hätte ich seinen Argwohn geweckt. Tamar weiß, daß ich kein Verlangen nach dem Ehestand hege.«

Diese Worte riefen in ihr einen sonderbaren Schmerz wach. Sie schluckte. »Natürlich, das verstehe ich.« Sie lag reglos da und ließ die außergewöhnlichen Ereignisse der letzten Augenblicke Revue passieren. Nach einer Weile fügte sie hinzu: »Du sagst, niemand wüßte, warum Tamar etwas täte, aber ich glaube, du weißt es.«

»Ja, ich konnte mir immer schon ausrechnen, was Tamar als nächstes vorhat.«

»Wie denn?«

Er schwieg so lange, daß sie schon glaubte, er würde überhaupt nicht antworten. »Weil er mein Spiegelbild ist.«

»Wie?«

»Er ist, was ich war. Er ist, was ich wieder werden könnte.«

»Aber du hat gesagt, er sei ein skrupelloser Bandit und Mörder«, platzte sie erschrocken heraus.

»Ja.«

»Ein Abenteurer und Frauenschänder.«

»Ja.«

Sie spürte die heftigen Gefühle, die von seinem kraftvollen Körper ausgingen. Sie spürte die Gewalttätigkeit, die nur mit Mühe gezügelt wurde, aber keine Spur der Bösartigkeit, die von Tamar ausgegangen war. »Du irrst dich. Du könntest nie sein wie er.«

»Ich irre mich nicht«, murmelte er fast unhörbar. »Aber es wird nicht geschehen. Nicht, wenn ich fest bleibe. Nicht, wenn ich dagegen ankämpfe. Nicht, wenn ich auf der Hut bin...«

4. Kapitel

»Galen berichtete mir, ihr hättet einen nächtlichen Besucher gehabt«, sagte Sascha, als er Tess im Morgengrauen des nächsten Tages auf ihr Pferd half. »Keine Angst, es wird nicht wieder vorkommen. Kalim war entsetzt, daß es Tamar gelungen ist, an den Wachposten vorbeizuschlüpfen.«

»Hat Galen ihn gescholten?«

»Das tut Galen selten. Er hat Kalim nur gesagt, daß er von ihm enttäuscht sei.«

»Eine sonderbare Methode, die Sache zu handhaben.«

»Es ist Galens Methode und war immer wirksam. Die ›Enttäuschung‹ des *Majiron* ist ernster als jede Strafpredigt eines anderen Stammesführers.«

Sie rümpfte die Nase. »Kalim wünschte sich vermutlich, Tamar hätte mir die Kehle durchgeschnitten. Es ist nicht zu übersehen, daß er mir keine Sympathien entgegenbringt.«

»Das bildest du dir ein. Wie könnte er dir Abneigung entgegenbringen, wenn er dich doch nicht kennt?«

Tess dachte an den kurzen, ablehnenden Blick, mit dem Kalim sie angesehen hatte, als sie einander vorgestellt worden waren. Sie schüttelte den Kopf. »Das ist keine Einbildung.« Sie erblickte Galen, der an Kalims Seite aus dem Lager ritt. »Was weißt du über diesen Tamar?«

»Nicht viel. Zwischen seinem Stamm und den El Zalan hat es in den letzten Jahren etliche Scharmützel gegeben, aber Galen ist bemüht, ihm aus dem Weg zu gehen.«

»Warum?«

Sascha zog die Schultern hoch. »Keine Ahnung. Galen spricht nicht über ihn.«

»Sie sind zusammen erzogen worden. Vielleicht hegt er noch immer Zuneigung für ihn.«

Sascha schüttelte den Kopf. »Galen würde nicht zulassen, daß eine Freundschaft dem Wohl der El Zalan im Wege stünde. Es liegt wahrscheinlich an der großen Entfernung der beiden Stämme, daß sie so selten aufeinandertreffen.«

Eine Erklärung, wie sie unwahrscheinlicher nicht hätte sein können. »Ja, so muß es wohl sein.« Sie griff zu den Zügeln. »Laß uns losreiten. Galen ist uns schon voraus.«

»Wir haben keine Eile.« Sascha schwang sich in den Sattel. »Du sollst mit mir als Nachhut reiten, bis wir Zalandan erreichen.«

»Ich kann Schritt halten«, sagte sie gekränkt. »Ich reite besser als du.«

»Darum geht es nicht. Galen muß mit Kalim vorausreiten und die Eskorte anführen. Er will dich vom Haupttrupp fernhalten.«

»Heilige Muttergottes!« Sie umfaßte die Zügel fester. »Erst werde ich in ein Zelt gesperrt, und jetzt muß ich Staub fressen. Ich habe es satt, behandelt zu werden wie...«

»Ich sollte gekränkt sein«, unterbrach Sascha sie und zog ein Gesicht. »Du hast mich jahrelang nicht gesehen, und jetzt hast du meine Gesellschaft bereits satt.«

»Du weißt, das ist es nicht, was ...«

»Noch fünf Tage«, beruhigte er sie. »In Zalandan wird alles anders.«

Sie sah ihn finster an. »Freiheit?«

»Zu einem gewissen Grad.«

Sie trieb ihr Pferd an. »Hoffentlich«, stieß sie zähneknirschend hervor. »Mir behagt diese Gängelei nicht. Wenn wir in Zalandan ankommen, werde ich es nicht mehr dulden.«

»*Majira*, wartet!«

Beide drehten sich um. Ein junger Mann kam auf sie zugaloppiert. Als er sein Pferd vor ihnen zügelte, tat er es mit einem breiten Lächeln und einer tiefen Verbeugung. »Ich begrüße Euch, *Majira*. Da ihr nicht mit dem Haupttrupp reitet, hat Kalim mich zu Eurem Schutz und Eurer Bedienung abkommandiert. Mein Name ist Yusef Benardon.«

»Ich glaube, ich kann meiner Cousine selbst jeden benötigten Schutz bieten, Yusef«, entgegnete Sascha trocken.

Yusef, dessen schwarze Augen wie funkelnde Knöpfe in seinem runden Gesicht standen, sah ihn unschuldig an. »Sehr gut, dann werde ich Euch beschützen, Sascha. Mir soll es recht sein.«

»Mich beschützen?« äußerte Sascha verständnislos.

Yusef senkte die Lider, um die Spottlust, die aus seinen Augen blitzte, zu verschleiern. »Ihr glaubt, die Euch erwiesene Ehre sei zu groß? Ich gebe zu, den größten Krieger von Sedikhan zum Beschützer zu haben, ist Grund genug, die meisten Menschen zu blenden und zu beschämen.«

Sascha schloß die Augen. »Ich glaube, mir wird übel.«

Yusef vollführte eine gezierte Handbewegung. »Seht Ihr?

Die *Majira* braucht mich dringend, da Ihr offensichtlich von empfindlicher Natur seid.«

Tess unterdrückte ein Lachen, als sie sah, daß Sascha wütend die Augen aufriß. Mochte ihr Cousin über seine Empfindsamkeit auch noch so viele Witze reißen, er duldete nicht, wenn andere ihn damit aufzogen.

Yusef erhaschte aus dem Augenwinkel die Andeutung ihres Lächelns und wandte sich ihr sofort mit einschmeichelnder Miene zu. »Ihr dürft mich nicht zu Kalim zurückschikken. Für mich ist es bei der Eskorte öde und einsam, da mir alle meine Kraft neiden. Als Nachhut aber werden wir miteinander wunderbar auskommen.«

»Wirklich?«

Er lächelte höflich. »Ich werde mich der überwältigenden Wonne Eurer Gesellschaft hingeben und möchte Euch als Gegenleistung manch eine Geschichte erzählen, die Euch belehrt und belustigt. Die Stunden unserer Reise werden nur so verfliegen, das verspreche ich Euch.«

»Ein höchst wünschenswertes Ziel«, bemerkte Tess.

»Dann sind wir uns also einig.« Yusef bedachte sie erneut mit einem strahlenden Lächeln. »Ich reite voraus, um sicherzustellen, daß man die Strecke für Euch abgesichert hat, aber keine Angst, ich lasse Euch in dieser abgrundtiefen Langenweile nicht länger als nötig allein.« Damit galoppierte Yusef los, dem Trupp nach.

Saschas halblaut geäußerte Verwünschungen quittierte Tess mit einem hilflosen Auflachen.

»Ich finde nichts Amüsantes an . . .« Sascha, der ein zögerndes Lächeln sehen ließ, sprach nicht weiter. »Kein Wunder, daß Kalim ihn zu uns schickte, dorthin wo er keinen Schaden anrichten kann. Dieser Bursche durchschaut Yusef genau. Vor Ablauf der fünf Tage hätte Yusef es wahrscheinlich geschafft, Galens Leute gegeneinander aufzubringen und die Eskorte zu spalten.«

«Ist er kein großer Krieger?«

»Das habe ich nicht gesagt. Er gehört zu den besten Kriegern, über die Galen verfügt. Leider besitzt Yusef aber ein hochentwickeltes Talent für Unfug.«

»Ich glaube, er gefällt mir.«

»Das wundert mich nicht, die meisten Frauen haben für Yusef eine Schwäche. Ein weiterer Grund, weshalb er bei Männern nicht übermäßig beliebt ist.«

»Ach, er ist ein Schürzenjäger?« Sie fand es verwunderlich, da Yusefs Aussehen alles andere als umwerfend war. Er konnte sich weder mit Kalim noch mit Sascha messen, ganz zu schweigen von der Anziehungskraft Galens. Nur knapp über mittelgroß, wirkte er eher drahtig und agil als kraftvoll. Tatsächlich erinnerte er mit seinen funkelnden Augen und dem runden, fröhlichen Gesicht an ein drolliges Äffchen.

»Sagen wir mal, er hat eine Schwäche, was das weibliche Geschlecht betrifft. Lächelt ihm eine Frau zu, vergißt er solche Nebensächlichkeiten wie Ehemänner und Väter.« Er ließ ein Achselzucken folgen. »Aber keine Angst – ist er auch tollkühn, so ist er nicht verückt. Er wird die *Majira* nicht beleidigen und wird dich vielleicht sogar amüsieren.« Sein Blick verfinsterte sich. »Trotzdem, nicht daß wir diesen Nichtsnutz gebraucht hätten.«

Tess verkniff sich ein Lächeln. »Nein, natürlich nicht.«

Aber als sie ihre Stute zu einem Trab anspornte, spürte sie bereits, wie sich ihre Lebensgeister hoben. Sie war überzeugt, daß es nicht Kalims Absicht gewesen war, für ihre Unterhaltung zu sorgen, aber Yusefs immer zu Scherzen aufgelegte Natur würde die fünf Tage im Sattel vielleicht erträglicher machen.

»Dort liegt die Stadt!« rief Yusef freudig erregt aus und deutete nach vorne. »Zalandan!« Er trieb sein Pferd zu einem Galopp an, um die eine Viertelmeile vor ihnen reitende Gruppe einzuholen.

»Das habe ich nicht erwartet.« Tess hielt auf der Anhöhe neben Sascha an und blickte voller Staunen auf die große, mauerbewehrte Stadt im Tal unter ihnen hinunter. Die Spätnachmittagssonne färbte die türkisfarbenen Dächer und weißen Mauern der Häuser von Zalandan mit goldenen Pinselstrichen und brachte sie zum Leuchten. Die Schönheit der Stadt rührte Tess' Herz und Seele an. »Wie eindrucksvoll... die Stadt ist fast so groß wie Belajo.«

»Und damit endet die Ähnlichkeit«, meinte Sascha trokken.

»Belajo neigt dem Westen zu, während Zalandan eindeutig östlicher Prägung ist.«

»Und doch hast du es vorgezogen, die vergangenen sechs Jahre hier zu verbringen.«

»Weil ich den Ruf verspürte.«

»Den Ruf?» fragte sie erstaunt.

»Du wirst schon sehen.«

Sie ritten hügelabwärts auf die Stadt zu.

»Zalandan hat ein ganz eigenes Gesicht«, erklärte Sascha, als sie die Stadttore passierten.

Auf ihrem Ritt durch die belebten Straßen Zalandans begann sie zu verstehen, was er meinte. Gewürz-, und Seidenkrämer, Händler, die große, mit Tauben und weißen Kakadus bevölkerte Käfige mit sich schleppten, sie alle hielten in ihrem Geschrei und Gezänk inne, um ehrfürchtig dem Reitertrupp nachzusehen, der den großen Marktplatz überquerte.

Yusef ritt zurück zu Tess und Sascha, als sie den Markt erreichten. »Ach, es tut wohl, wieder zu Hause zu sein«, stellte er mit einem zufriedenen Seufzer fest und setzte eilig hinzu: »Nicht, daß ich nicht jeden Moment in Ihrer Gesellschaft genossen hätte, *Majira*. Die vergangenen Tage werden in meiner Erinnerung eine Ewigkeit . . .«

»Genug, Yusef«, unterbrach ihn Tess zerstreut, da ihre Aufmerksamkeit den Läden und Marktständen zu beiden Seiten galt. Plötzlich deutete sie auf einen Laden, in dem eine Vielzahl farbenfroher Tongefäße mit sonderbaren langen Griffen ausgestellt war. »Was ist denn das? Vasen dieser Form habe ich noch nie gesehen, und alle sind von gleicher Größe!«

Yusef widmete dem Laden, auf den sie gezeigt hatte, einen beiläufigen Blick. »Das sind keine Vasen, das sind *Carobels*. Camar hat den schönsten *Carobel*-Laden in ganz Zalandan.« Er grinste. »Und eine der schönsten Töchter.« Er warf einen wehmütigen Blick zurück. »Mit Herz, so großmütig, wie ihr Gesicht schön ist. Ich kann mir nicht denken, daß Ihr mir nicht gestattet, da wir nun in Zalandan sind . . .«

Tess antwortete mit einem resignierten Kopfschütteln. Es war anzunehmen, daß Yusef sie augenblicklich vergaß, sobald er die großmütige und ansehnliche Tochter des Ladenbesitzers zu Gesicht bekäme, sie aber würde diesen liebenswerten Burschen sehr vermissen. Sie dankte allen Heiligen, daß Sascha und Yusef ihr so angenehme Begleiter gewesen waren, zumal Galen sich seit jener ersten Nacht sehr rar gemacht hatte. Nicht, daß dies für sie von Bedeutung war, versicherte sie sich sofort selbst. »Geh nur zu deiner Krämerstochter, Yusef.«

Er lächelte. »Ich freue mich auf den Augenblick, an dem ich wieder Eure Gegenwart genießen darf, *Majira*.« Er wendete sein Pferd und ritt rasch zurück zum Laden.

»Na, wenigstens hat er die Stadttore hinter sich gebracht, ehe er der Versuchung nachgab«, bemerkte Sascha dazu. »Meist ist er nicht so enthaltsam. Ich befürchtete schon, er würde unterwegs einen Abstecher unternehmen und es bei den Schönen der Bergstämme versuchen.«

Der Basar lag nun hinter ihnen, und Tess erwartete, Anzeichen von Armut zu sehen, wie man sie in Belajo oder Paris antraf, doch die kleinen Häuser Zalandans waren von makelloser Sauberkeit und die Menschen gutgenährt und sichtlich zufrieden. Galens Ankunft wurde mit Lächeln und Hochrufen begrüßt, und alles machte beim Herannahen der Kolonne respektvoll Platz.

»Der Palast liegt dort vor uns«, sagte Sascha, auf das große von einer Mauer umgebene Gelände am Ende der Straße deutend.

Er ist auch kaum zu übersehen, dachte Tess hingerissen. Der nur zweigeschossige Bau war traumhaft schön, ein Märchenpalast mit Bogenfenstern und kunstvollen Balkongittern, die an feines Spitzenmuster denken ließen. Das helle Mauerwerk fing die Sonne ein und ließ den Bau wie ein großes Juwel in der Mitte des umfriedeten Hofes glänzen.

»Er ist... zauberhaft.«

Sascha, dem ihre entzückte und hingerissene Miene nicht entgangen war, nickte wissend. »Ich sagte ja... es ruft einen...«

»Willkommen in Zalandan.« Galen war aus dem Sattel gesprungen und kam auf sie zu.

Sie zuckte zusammen, jäh aus ihrer Bewunderung gerissen.

Er zog die Brauen hoch, als er ihre wachsame Miene bemerkte.

»Hoffentlich gefällt dir mein Zuhause.«

»Natürlich gefällt es mir. Warum auch nicht. Es ist sehr schön.«

»Und eine Überraschung.« Er lächelte, als er sie aus dem Sattel hob und sie auf dem Mosaikboden des Palasthofes absetzte. »Ich sagte ja, daß wir Wilden uns gewisser Annehmlichkeiten rühmen können. Gold vermag fast alles auf der Welt zu kaufen.« Als sie ihm erstaunt in die Augen sah, schüttelte er den Kopf. »Nein, ich weiß, daß ich dich nicht gekauft habe. Dein Preis war viel höher. Aber Gold kann deinen Aufenthalt hier angenehm gestalten.« Er wandte sich an Said. »Bring sie in ihre Räumlichkeiten und sorge dafür, daß Viane sich um sie kümmert.«

»Ich bringe sie hin«, warf Sascha hastig ein. »Ich habe nichts Besseres zu tun.«

Galen drehte sich zu ihm um und sah ihn an. Tess glaubte

kurz Beorgnis in seiner Miene aufflammen zu sehen, ehe er gleichmütig antwortete: »Wie du willst.« An Tess gerichtet fügte er hinzu: »Sag Viane, daß ich mit dir speisen werde, sobald es dunkel ist.«

»Falls du nicht zu beschäftigt bist...«

Der ironische Ton ihrer Worte entging ihm nicht. »Ich werde nicht zu beschäftigt sein.« Er begab sich zu den Stallungen, wo er von Kalim erwartet wurde.

Erregung, in die sich ein Gutteil Bedauern mischte, erfaßte Tess, als sie sah, wie Galen zu Kalim trat und im Stall verschwand. Seit ihrem Hochzeitstag hatte er nicht mehr mit ihr zu Abend gegessen. Auf dem Ritt nach Zalandan hatte sie ihn überhaupt kaum zu Gesicht bekommen. Er war am Lagerfeuer bei seinen Leuten geblieben und war erst in ihrem Zelt erschienen, als sie sich zur Ruhe begeben hatte.

»Tess?«

Sie drehte sich um und sah, daß Sascha sie mit einem amüsierten Lächeln betrachtete.

Er überließ ihr mit einer übertrieben schwungvollen Geste den Vortritt in den Palast.

Rasch lief sie die Freitreppe hinauf, an deren Ende die Türen von zwei Wachen geöffnet wurden. »Wer ist Viane?«

»Galens Halbschwester.«

»Ich wußte gar nicht, daß er eine Schwester hat.« Diese Unwissenheit war nicht verwunderlich. Sie mußte feststellen, daß sie insgesamt sehr wenig über ihren Gemahl wußte.

»Galens Mutter starb, als er zwölf war. Bald darauf vermählte sich sein Vater wieder. Viane war das einzige Kind aus dieser Verbindung.« Sascha führte sie rasch den schimmernden Korridor entlang, mit einer für ihn untypischen Eile, wie ihr auffiel. »Du wirst Viane liebgewinnen.«

Tess schnitt eine Grimasse. »Mit Frauen schließe ich nicht leicht Freundschaft. Sie finden mich meist zu keck.«

»Nicht unverständlich.« Sascha grinste. »Es gibt nicht viele weibliche Wesen, die Pferdeställe den Ballsälen vorziehen, aber mit Viane wirst du kaum in Konflikt geraten.«

»Sie reitet gern?«

»Nein, vor Pferden hat sie Angst, aber das wird nicht viel ausmachen.«

Sie sah ihn skeptisch an. Tess konnte sich nicht vorstellen, mit jemandem befreundet zu sein, der für Tiere nichts übrig hatte. Sascha lachte auf, als er ihre Miene sah. »Wirklich!«

Er blieb vor einer reichgeschnitzten Teakholztür stehen, öffnete diese und trat beiseite, um Tess den Vortritt zu lassen.

Eine dunkelhaarige, junge Frau in einem fließenden, hellblauen Kleid kam auf beide zu. Als sie sich höflich vor Sascha verneigte, stieg ihr Röte in die olivgetönten Wangen. »Herzlich willkommen, edler Herr.« Sie wandte sich mit sanftem Lächeln an Tess. »Seit Galen Nachricht von deinem Kommen sandte, warte ich voller Vorfreude. Willkommmen, *Majira*.«

Viane Ben Raschid verströmte Wärme. Aus ihren weit auseinanderstehenden dunklen Augen blitzte Humor, ihre ebenmäßigen Züge schienen von innen her zu leuchten.

«Man ruft mich Tess.« Tess lächelte ihr zu. Man konnte gar nicht anders, als Viane zu mögen. »Und ich bin sicher, ich hätte dieser Begegnung auch mit Freuden entgegengesehen, hätte ich von deiner Existenz eine Ahnung gehabt. Niemand besaß soviel Anstand, mir etwas zu sagen.«

Vianes Lächeln vertiefte sich. »Du bist sehr offen. Aufrichtigkeit ist eine wunderbare Tugend. Ich bin viel zu förmlich erzogen worden, als daß ich so ehrlich sprechen könnte wie du.«

Tess lachte schallend. »Manche nennen es Grobheit, nicht Aufrichtigkeit!«

»Aber nein«, Viane schien betrübt, »ich bin diejenige, die unhöflich war. Ich wollte nichts Taktloses sagen. Ich meinte ...«

»Ich weiß.« Tess gebot Vianes Worten mit einer Handbewegung Einhalt. Der erste Eindruck von Vianes sanfter Würde hatte sie blind für die Tatsache gemacht, daß Galens Schwester kaum älter war als sie selbst. Sie bezweifelte, daß das junge Mädchen die wahre Bedeutung des Wortes Grobheit überhaupt kannte. »Ich habe nur gescherzt. Das ist so meine Art.« Sie warf Sascha, der Viane noch immer gedankenvoll anstarrte, einen Blick zu. »Ist es nicht so, Sascha?«

»Wie bitte?« Er riß den Blick von Vianes Antlitz los. »Ja, du warst immer schon vorwitzig und frech.«

Tess' Augen wurden groß vor Staunen. Noch nie hatte sie einen Ausdruck wie diesen an Sascha beobachtet, und Viane war wieder tief errötet.

»Laß mich für dich sorgen.« Viane senkte die Wimpern und wandte sich von Sascha. »Wenn der edle Sascha uns nun allein lassen würde?«

Sascha runzelte die Stirn und nickte kurz. »Wir sehen uns am Morgen, Tess.« Damit drehte er sich um und verließ das Gemach.

Viane seufzte erleichtert auf, als die Tür sich hinter ihm

schloß. »So, und jetzt mußt du ein Bad nehmen, während ich dir etwas zum Anziehen suche.«

»In meinem Gepäck führe ich meine gesamte Garderobe mit.«

Viane aber schüttelte den Kopf, rief mit einem Händeklatschen eine Dienerin herbei und trat entschlossen zu einem großen, mit Perlmutt-Intarsien geschmückten Schrank. »Galen hat angeordnet, daß ich dich für heute mit meinen Sachen ausstatten soll. Später wird er dann deine Garderobe selbst auswählen.

Das hochgeschlossene Kleid, das Viane für Tess aussuchte, bestand aus weißem, mit Silberfäden durchzogenen Chiffon. Es schmiegte sich locker an ihre zierliche Gestalt, ohne etwas zu enthüllen.

Galen registrierte es mit einem anerkennenden Blick, als er am Abend das Gemach betrat. »Besser als mein Gewand, das ich dir gab«, bemerkt er kurzangebunden. »Um den Rest deiner Garderobe wollen wir uns morgen kümmern.«

»Mich wundert, daß du dich mit diesen Kleinigkeiten abgibst. Damenmode kann für dich doch kaum von Interesse sein.«

»Ich mußte immer feststellen, daß selbst unwichtige Einzelheiten zum großen Ärgernis werden können, wenn man sich ihrer nicht gebührend annimmt.« Er ließ ein kleines Lächeln erkennen. »Und die Ausstattung meiner Frau ist für mich von größter Wichtigkeit.«

»Auch wenn du die Frau versteckt hältst?« fragte Tess schnippisch.

»Ich behüte, was mir gehört.« Er trat zum Diwan. »Und die Umstände haben sich geändert.«

»In welcher Hinsicht?«

»Wir sind nicht mehr von meinen Männern umgeben.« Er ließ sich auf den Kissen vor dem niedrigen Tischchen nieder, das von den Dienern mit feinem Porzellan und edelsteinbesetzten Trinkgefäßen gedeckt worden war. »Wir sind jetzt nicht von einer dünnen Zeltplane, sondern von festem Mauerwerk umgeben.« Er sah ihr unverwandt in die Augen. »Ich bin sehr selbstsüchtig«, fügte er leise hinzu. »Ich möchte nicht, daß ein anderer deine Schreie hört.«

Das Blut stieg ihr in die Wangen. Sie war nicht imstande, den Blick von ihm abzuwenden. »Ich verstehe«, brachte sie leise heraus. Sie wußte, welche Schreie er meinte. Von frühester Kindheit an hatte sie Frauen auf dem Gipfel der Lust Wonneschreie ausstoßen gehört. »Du wirst vielleicht enttäuscht sein. Ich war immer der Meinung . . . es ist würdelos.«

Er brach in schallendes Gelächter aus. »Und du bist so sehr bedacht auf Äußerlichkeiten?«

Sie errötete. »Mag ja sein, daß ich zuweilen nicht sehr weiblich bin, aber an Würde mangelt es mir nicht.«

Sein Lachen verstummte, doch es blieb ein Hauch von Zärtlichkeit haften. »Ja, du hast Würde, und zwar von allerbester Art. Nicht auf Stolz gründend, sondern auf dem Vertrauen in die eigene Persönlichkeit.«

Erstaunt fragte sie: »Wirklich?«

Er nickte. »Das ist mir schon aufgefallen, als du noch ein Kind warst. Würde und Ehre. Ich wußte, aus dir würde eine Frau werden, der man trauen kann.«

Sie spürte in ihrem Inneren ein süßes, schmelzendes Gefühl. Eine Frau, der man vertrauen kann. Ihr war, als habe sie ein Geschenk von großer Kostbarkeit bekommen. »Ich dachte, Viane würde mit uns speisen.«

Er schüttelte den Kopf. »Viane speist mit den Frauen.«

»Warum?« Tess fragte es mit gerunzelter Stirn.

Galen, dem die Andeutung von Angriffslust in ihrem Ton nicht entging, lächelte. »Nicht auf meinen Wunsch hin. Viane wurde von ihrer Mutter im Sinne der alten Sitten und Traditionen erzogen. Sie fühlt sich wohler, wenn sie in ihrem Bereich des Hauses die Mahlzeiten einnimmt.«

»Dann wäre es deine Aufgabe gewesen, sie mit den neuen Sitten und Gebräuchen vertraut zu machen.«

»Das ist ein Kampf, den ich täglich von neuem führe.«

»Aber nicht in deinem eigenen Palast.«

»Nein, das wohl nicht.« Aus seiner Miene sprach eine gewisse Mattigkeit. »Ich kann nicht Tag für Tag und Minute für Minute immer nur kämpfen.«

Eine Aufwallung von Mitgefühl verdrängte ihre Angriffslust. Sie ging durch den Raum auf ihn zu. »Kümmere dich nicht mehr darum. Jetzt bin ich da und werde mich der Sache annehmen.«

Er lächelte. »Das bezweifle ich nicht. Aber ich bitte dich, Viane nicht in ein Schlammloch zu stoßen.«

»Das würde ich nie tun. Sie gefällt mir sehr gut.« Tess ließ sich ihm gegenüber auf den Kissen nieder. »Im Palast gibt es nur wenige Einrichtungsstücke westlichen Stils. Da du soviel Zeit in Tamrovia verbracht hast, hätte ich gedacht, daß du einiges importiert...«

»In Tamrovia verbrachte ich nur so viel Zeit, wie ich unbedingt mußte. Ich gehöre hierher.« Er sprach mit großer Überzeugung. »Was die El Zalan und ich von anderen Ländern benötigten, das nehme ich und nicht mehr.«

»Und Eßtische brauchst du nicht?«

»Der Boden ist zum Speisen besser geeignet.«

»Warum?«

»Essen ist eine natürliche Tätigkeit. Nichts ist natürlicher und zwangloser, als auf der Erde zu sitzen, wenn man speist. Fühlst du dich nicht hier auf den Seidenkissen wohler als auf den steifen, gepolsterten Stühlen deiner Heimat?«

Sie nickte, als ihr klar wurde, daß er recht hatte. »Du glaubst daran, daß das Leben einfach und natürlich sein sollte?«

»Nach Möglichkeit schon. Wir haben genug unter Konflikten und Tragödien zu leiden, ohne uns die täglichen Lebensfunktionen noch erschweren zu müssen.« Er lächelte. »Und jetzt iß. Du hast genug geforscht.«

»Du hast etwas gegen Fragen?«

»Nein, Fragen zu stellen ist dein gutes Recht.« Er goß Wein in einen edelsteinbesetzten Pokal und reichte ihn ihr hinüber. »So wie es mein gutes Recht ist, die Antwort zu verweigern.«

Sie nahm den Wein und starrte in seine roten Tiefen. »Ich habe noch eine Frage.«

»Ja?«

»Damals, als du Apollo und Daphne gerettet hast, versprach ich dir, was immer du wolltest.« Sie sah auf und begegnete seinem Blick über den Tisch hinweg. »Als du mir in Dinar deinen Vorschlag unterbreitet hast, blieb mein Versprechen unerwähnt. Warum?«

»Aus zwei Gründen. Erstens wollte ich dein Vertrauen. Ich wollte, daß du freiwillig mit mir kommst.«

»Und der zweite Grund?«

Er lächelte. »Ich wollte mir dieses Versprechen für einen günstigeren Zeitpunkt aufbewahren. Ich wollte, daß du an mich gebunden wirst.«

Die Atmosphäre zwischen ihnen war plötzlich mit Sinnlichkeit geladen. Tess war der Duft des Gardeniensraußes in der Ecke deutlich bewußt, ebenso der Chiffonstoff, der sich an ihre Brüste schmiegte, und Galens eindringlich auf ihr ruhender Blick.

Hastig führte sie den Pokal an die Lippen und ließ den Wein durch ihre Kehle rinnen, erwärmend und betäubend. »Du bis sehr offen zu mir.»

»Immer.« Er sah sie prüfend an. »Möchtest du Apollo sehen?«

»Noch heute?«

Er schüttelte den Kopf. »Morgen. Ich komme nach den Morgenaudienzen zu dir.«

Er wollte kommen? Dann beabsichtigte er nicht, über Nacht zu bleiben?

»Nein.« Er deutete ihren Gesichtsausdruck richtig. »Das alles dient nur dem Zweck, daß du dich im Bett an mich gewöhnst. Jetzt aber ist es für uns Zeit, wieder eine Weile getrennt zu leben.«

»Ich verstehe das nicht.« Sie furchte die Stirn. »Und ich bin nicht sicher, ob mir dieses Hin und Her zusagt.«

In seinen Augen blitzte es.

»Mir sagt es auch nicht sonderlich zu, glaube mir. Dieses ›Hin und Her‹ wird so bald als möglich ein Ende finden.« Er lächelte träge. »Und dann werde ich jede Nacht in deinem Bett verbringen, und möglicherweise auch viele Stunden untertags.«

Wieder verspürte sie das merkwürdige Prickeln und ein Gefühl der Atemlosigkeit. Sie nahm einen Schluck Wein und nickte kurz. »Damit ich schwanger werde ...«

Seine Miene war wachsam, als er den Wein nachschenkte. »Aber natürlich. Ist das nicht der Grund deines Hierseins?«

»Ich dachte, Apollo sei in den Stallungen des Palastes untergebracht.« Tess sah stirnrunzelnd zu dem hübschen weißen Steinhaus hinüber, vor dem Galen und sie nach einem langen Ritt durch die engen Straßen von Zalandan gehalten hatten. »Hättest du ihn nicht in deiner Nähe behalten können?«

»Das hätte ich tun können.« Galen stieg aus Seliks Sattel und hob Tess von ihrer Stute. Er warf Said die Zügel zu und nahm Tess' Arm. »Aber ich entschied mich dagegen.«

»Warum? Ich weiß, daß er dir unterwegs viel Ärger gemacht haben muß, aber du ...«

»Er machte mir die Strecke von Tamrovia nach Sedikhan zur Hölle«, unterbrach Galen sie tonlos. »Aber das ist nicht der Grund, weshalb ich ihn hier und nicht im Palast unterbrachte.« Er öffnete das kunstvolle Eisentor und ließ ihr den Vortritt in den Garten. »Indem ich Daphne und Apollo hier unterbrachte, löste ich etliche Probleme. Ich bin viel auf Reisen und kann ihnen nicht dieselben Aufmerksamkeiten widmen wie du, und in einem Zwinger unterbringen wollte ich sie auch nicht.« Er blickte auf Tess nieder. »Ich glaube, du hättest nicht gewollt, daß sie einen Käfig gegen den anderen eintauschen.«

»Nein.« Der nachdenkliche Ausdruck blieb in ihrem Gesicht haften. »Aber ich finde es dennoch beunruhigend. Immer wenn ich an Apollo dachte, sah ich ihn in deiner Gesellschaft.«

»Du hast mir die Hunde anvertraut. Ich mußte die Entscheidung so treffen, daß ihr Wohlergehen gesichert war.« Er führte sie den um das Haus verlaufenden Weg entlang. »Bei meiner Rückkehr nach Zalandan mußte ich entdecken, daß es im Hügelland zu Stammesfehden gekommen war. Einer der Stammesführer und seine Frau waren getötet worden. Sie hinterließen einen fünfzehnjährigen Sohn. Den Jungen, der ganz allein und von Kummer gezeichnet war, brachte ich her und übertrug ihm die Aufgabe, mir bei der Abrichtung von Apollo und Daphne zu helfen.«

»Abrichtung?« Sie sah ihn verblüfft an. »Du hast versucht, Apollo und Daphne zu dressieren?«

Er nickte. »Und wir haben es tatsächlich geschafft.«

»Für die Jagd?«

»Nein, das hätte Apollos Natur nicht entsprochen. In diesem Punkt hat dein Vater sich geirrt. Apollo verfügt nicht über Killerinstinkte, dafür aber besitzt er die Fähigkeit zur Fährtensuche.« Er lächelte. »Jetzt kann Apollo sogar Mensch und Tier durch die Wüste verfolgen.«

Tess konnte es nicht fassen. »Apollo?«

Sein Lächeln verflüchtigte sich. »Er konnte ja nicht ewig

ein verspieltes Hündchen bleiben. Wir haben ihn nicht grausamem Zwang unterworfen, aber auch er muß eine Aufgabe im Leben erfüllen.«

All die Jahre hatte sie Apollo als tapsigen, verspielten Kameraden in Erinnerung gehabt. Sie rang sich ein Lächeln ab. »Und was ist mit Daphne? Hast du auch ihr Problem gelöst?«

Er nickte. »Sie ist kein guter Spürhund wie Apollo, aber auch sie liebt die Fährtensuche.« Er hielt inne. »Und Apollo ist inzwischen vielfacher Großvater.«

»Ach ... hat Daphne ihn schließlich akzeptiert?«

»Als es nicht mehr Zwang, sondern freie Entscheidung war. Ich habe feststellen müssen, daß Gelegenheit und freie Entscheidung meist den Sieg davontragen.«

Gelegenheit und Entscheidungsfreiheit. Plötzlich sah sie die Beziehung zwischen seinem Verhalten ihr gegenüber und seiner Geduld mit den Hunden. »Ich ... verstehe ... «

»Nein, du verstehst nicht. Du verstehst gar nichts. Neben Gelegenheit und Entscheidungsfreiheit muß die Hündin auch heiß sein!«

Die Unverblümtheit seiner Worte traf sie. »Mich wundert nur, daß du dieses Element nicht steuern konntest«, bemerkte sie schnippisch.

Er lächelte. »Wenigstens das muß man der Natur überlassen.«

Die Sinnlichkeit, die aus seinem Lächeln sprach, ließ sie eilig den Blick abwenden. Ihr fiel der obere Teil eines Hauses auf, das ein paar Straßen weiter die benachbarten Häuser hoch überragte.

»Was für ein schönes Haus. Wer wohnt dort?«

»Yusef Benardon.«

»Yusef?« Sie sah Galen erstaunt an. »Ist er denn so reich?«

Er nickte. »Sein Vater war einer der wohlhabendsten Seidenhändler von Zalandan.«

»Warum wurde Yusef dann Mitglied deiner Eskorte?«

Er zog die Schultern hoch. »Das Stadtleben kann sehr eintönig werden. Junge Männer ziehen oft den Kampf dem Handel vor.« Er ließ eine Pause eintreten, ehe er beiläufig fragte: »Du scheinst ja an Yusef ein sehr reges Interesse zu hegen. Gefällt er dir?«

»Natürlich.« Sie sagte es in Gedanken, während sie noch immer zum Haus hinsah. »Wem würde er nicht gefallen? Er bringt mich zum Lachen.«

»Und findest du, daß er gut aussieht?«

»Ich denke schon.« Sie überlegte. »Je mehr man mit ihm zusammen ist, desto mehr gewinnt er.«

Galens Lippen wurden zu einem schmalen Strich. »Vielleicht war es ein Fehler, zuzulassen, daß du dich an seine Nähe so gewöhnst.« Ehe sie antworten konnte, stieß er einen gellenden Pfiff aus, worauf augenblicklich unter ohrenbetäubendem Gekläff zwei weiße Blitze um das Haus herum auf sie zugeschossen kamen.

Tess wurde von Wiedersehensfreude übermannt. Sechs Jahre ...

»Apollo!« Sie fiel auf die Knie, doch die zwei Barsoihunde schenkten ihr keine Beachtung. Sie jagten an ihr vorüber auf Galen zu, um ihn stürmisch zu begrüßen.

»Sitz!« Galen streckte die Hand aus, und die Hunde erstarrten, bis auf ihre Schwänze, die freudig weiterwedelten.

Galen entging Tess' enttäuschte Miene nicht, und er stieß eine leise Verwünschung aus. »Mach kein solches Gesicht. Es sind ja nur Hunde.«

»Ich weiß.« Sie lächelte unsicher und unterdrückte ihre Tränen. »Ich hätte nicht erwarten dürfen, daß sie mich erkennen, aber auf der Klosterschule, da dachte ich immerzu an sie... Sie werden mich mit der Zeit wiedererkennen.«

»Die Zeit bleibt nicht stehen, Tess«, sagte er beschwichtigend. »Nichts bleibt so, wie es mal war.«

Sie stand auf und schüttelte den Staub aus ihrem Kleid. »Sie scheinen mit großer Zuneigung an dir zu hängen, Galen. Du mußt sie sehr gut behandelt haben.«

»Um Himmels willen, ich habe es nicht darauf angelegt, dich ihrer Zuneigung zu berauben!«

»Nein, natürlich nicht. Als ganz junge Hunde waren sie mein. Die Jahre des Heranwachsens habe ich versäumt.« Sie lächelte ihn an. »Ich verstehe.«

Er murmelte etwas vor sich hin. »Aber es kränkt dich«, sagte er rauh. »Das hätte ich mir denken können.«

»Du bist kein Hellseher. Wie hättest du wissen können, wie gefühllos die Tiere reagieren würden.« Sie streckte die Hand aus und strich liebevoll über Daphnes seidiges Fell. »Ich war damals dumm, daß ich...« Sie sprach nicht weiter, als die Hunde plötzlich aufsprangen und dem Mann entgegenstürmten, der vom Haus her auf sie zukam. »Wer...?«

Es war Kalim... aber nicht der abweisende, ernste Kalim, als den sie ihn kannte. Er lachte ausgelassen, als die zwei Hunde sich im Freudentaumel auf ihn stürzten.

Tess erstarrte. »Was macht er hier?«

»Er wohnt hier. Dies ist das Haus, das ich ihm vor sechs Jahren überließ, als ich ihn nach dem Tod seiner Eltern aus den Bergen hierherbrachte.«

»Der Junge war Kalim?« Sie staunte, wie liebevoll er mit den Hunden umging. »Das hätte ich nie gedacht.«

»Er ist sehr verantwortungsbewußt. Kalim war gezwungen, ein Mann zu sein, noch ehe er das Knabenalter hinter sich hatte.«

»Du magst ihn?«

Er nickte. »Und ich verstehe ihn. Als mein Vater starb und ich Scheich der El Zalan wurde, war ich auch erst siebzehn.« Er ging auf Kalim zu. »Es war ein Fehler herzukommen. Wir wollen Kalim begrüßen und wieder gehen.«

Kalims Lächeln blieb unverändert, als er den Kopf hob und Galen ansah. »Ich dachte mir, daß Ihr es sein müßt. Apollo stürzte aus dem Haus wie . . .« Er brach mitten im Satz ab, als er Tess erblickte. Sein Lächeln verlor sich, er verbeugte sich förmlich. »*Majira*.«

Ein Frösteln überlief sie. »Nun, Kalim, wie geht es? Ich muß mich bedanken, daß Ihr zu Apollo und Daphne so gut gewesen seid.«

»Güte war nicht nötig, *Majira*. Ich habe die beiden sehr lieb.« Er wandte sich wieder an Galen. »Werdet Ihr mich in den nächsten Tagen brauchen? Wenn nicht, möchte ich in die Berge reiten und meinen Großonkel besuchen.«

»Geh nur, aber sei vorsichtig. Heute kam ein Bote mit der Nachricht, daß es im Gebiet der Said Ababa weitere Überfälle gegeben haben soll.«

»Ich bin immer sehr vorsichtig.« Ein warmes Lächeln erhellte sein Gesicht, als er den Hunden einen letzten Klaps versetzte. »So wie Ihr es mich gelehrt habt, *Majiron*. Wenn die Woche um ist, bringe ich Euch einen wahrheitsgetreuen Bericht über die Lage.« Er verbeugte sich vor beiden und lief den Weg entlang zum Haus.

Galen blickte ihm besorgt nach. »Hm, mir gefällt nicht, daß er allein reiten will.«

»Du hängst ja richtig an ihm«, stellte Tess verwundert fest.

»Auch ich habe Gefühle«, sagte er spöttisch, als er ihren Arm nahm und sie durch den Garten zur Pforte geleitete. »Ich hege Zuneigung für Viane und Kalim und Sascha und viele andere, von denen du nichts weißt.«

»Aber Kalim wirkt so...« Sie ersetzte das beabsichtigte unfreundliche Wort durch ein anderes »...kalt.«

»Er ist nicht kalt. Dir fehlt nur jegliches Verständnis für ihn.«

»Es ist auch nicht wahrscheinlich, daß ich ihn je verstehen werde. Er lehnt mich ab.«

»Ja.«

Sie hatte erwartet, er würde diese Anschuldigung abstreiten, so wie Sascha es getan hatte. »Warum? Weil du mich zur Frau genommen hast?«

»Zum Teil.« Er öffnete die Pforte. »Aber hauptsächlich, weil du aus dem Westen kommst.«

»Das verstehe ich nicht.«

»Er war schon öfter außerhalb von Sedikhan und weiß, welche Anziehungskraft der Westen ausübt.«

Sie sah ihn verblüfft an. »Auf dich?«

»Nein, nicht auf mich.« Er hob sie in den Damensattel.

»Bevor meine Stiefmutter starb, hat sie eine Heirat zwischen Kalim und Viane arrangiert. Die Hochzeit soll nächsten Sommer stattfinden.«

»Mit Vianes Einverständnis?«

Er preßte die Lippen zusammen, als er in Seliks Sattel stieg. »Anders hätte ich meine Einwilligung nicht gegeben. Du glaubst immer noch, ich sei ein Tyrann. Manche der alten Gepflogenheiten sind gut, aber ich würde Viane ebensowenig in einen Käfig sperren wie Apollo oder Daphne.«

»Wohin reiten wir jetzt?« fragte sie, während sie sich bemühte, mit ihm Schritt zu halten.

»Zurück in den Palast«, antwortete er kurz angebunden. »Ich habe einen Fehler gemacht, aber das heißt nicht, daß ich ihn nicht korrigieren könnte.«

Die goldene Palomino-Stute war fünfzehn Handbreit hoch, ihr Fell schimmerte hell in der Sonne.

»Sie heißt Pavda.« Galen tätschelte die Nüstern des Pferdes. »Bislang wurde sie nur von den Stallburschen geritten, damit sie sich an den Sattel gewöhnt. Eigentlich wollte ich sie Viane geben, aber die hat Angst vor ihr.«

»Sie hat Angst vor diesem Engel?« Tess trat vor und stand nun neben Galen. »Aber warum denn? Sieh dir ihre Augen an – sanft wie ein Lamm, das erkenne ich auf den ersten Blick.«

»Sag das dem Burschen, der sie allmorgendlich reitet.«

»Sie mag es nicht, wenn sie eingesperrt ist.« Tess warf ihm einen Blick zu. »Das kann ich verstehen.«

»Höre ich da Kritik in deinen Worten?« Er verzog das Gesicht. »Wenn du soviel Verständnis für sie aufbringst, dann gehört ihr offensichtlich zusammen. Ich gehe davon aus, daß du Pavda annimmst?«

Tess streichelte das Pferd mit wehmütigem Blick. »Viane ist so nett... ich kann ihr dieses herrliche Tier nicht wegnehmen.«

»Du kannst ihr nicht nehmen, was sie nie bekommen hat.«

»Ich kann es nicht glauben. Du wirst sie mir schenken?« Tess' Wangen röteten sich vor Erregung, während sie liebevoll Pavdas Maul liebkoste. »Sie wird mir gehören?«

»War das nicht Teil unserer Abmachung?«

»Ja, aber mein Vater...« Sie unterbrach sich. »Ich vergesse immer wieder, daß du nicht gern mit ihm verglichen wirst.« Sie ließ eine Geste der Ungeduld folgen. »Du weißt so gut wie ich, daß viele Männer ihr Ehrenwort bei Frauen nicht halten.«

»Weil wir gegen einige eurer Waffen machtlos sind.«

»Unsinn, die Männer sind es, die alle Macht der Welt in den Händen halten.« Sie sprach geistesabwesend, noch immer den Anblick Pavdas vertieft. »Sie gehört mir? Du wirst sie mir nicht wegnehmen?«

»Sie ist dein.« Und ganz leise fügte er hinzu: »Du mußt um ihre Zuneigung nicht erst kämpfen, sie hat keine andere Herrin und wird nie eine andere haben.«

Wärme durchströmte sie. »Du gehörst jetzt mir«, raunte sie dem Pferd zu. »Darf ich sie gleich jetzt reiten?«

»Nicht jetzt. Morgen ist früh genug.«

»Aber ich möchte...«

»Morgen«, sagte Galen mit Bestimmtheit. »Den Rest des Tages werde ich sehr beschäftigt sein und habe keine Zeit für Reitstunden.«

»Reitstunden?« fragte sie indigniert. »Ich reite sehr gut! Besser als viele Männer.«

»Im Damensattel.« Er nahm ihren Arm und führte sie sanft zur Stalltür. »Von nun an wirst du rittlings im Sattel sitzen.«

Sie sah ihn erschrocken an. »Wie ein Mann?«

»Meine Mutter kam ums Leben, als sie Damensattel ritt. Ihr Pferd stürzte und erdrückte sie«, sagte Galen voller Ingrimm. »Ich werde nicht zulassen, daß du eine dieser Todesfallen benutzt, wenn ich es verhindern kann.« Er lachte auf, als er ihre Miene sah. »Warum siehst du mich so an? Ich hätte gedacht, die neue Freiheit würde dir gefallen!«

»Ich hätte nie... immer hat es geheißen, eine Frau müßte...« In ihren Augen blitzte es auf, als sie die Möglichkeiten erwog. »Ich hätte es gar nicht für möglich gehalten.«

»In Zalandan ist vieles möglich, das anderswo auf der Welt undenkbar ist.« Er lächelte in ihr strahlendes Gesicht. »Du mußt nur deine alten Denkweisen ablegen.«

»Aber du hältst an vielen alten Gepflogenheiten fest.«

»Aus freien Stücken. Nur weil eine Möglichkeit existiert, heißt das noch lange nicht, daß man auch danach handeln muß.«

»Aber du hast mir nicht die Wahl gelassen, als es um den Sattel ging.«

»Das war etwas anderes.«

»Die Antwort eines Mannes. Keine Logik.« Tess lächelte trotzdem hochbeglückt.« »Aber da du mir Pavda geschenkt hast, verzeihe ich dir alles.«

»Ich danke dir.« Er verbeugte sich leicht. »Dann hoffe ich, deine Nachgiebigkeit erstreckt sich auch darauf, daß du mir die Auswahl deiner Garderobe überläßt. Um zwei Uhr nachmittags werden der Tuchhändler und der Schneider bei dir erscheinen.«

»Ach ja ...« Sie runzelte die Stirn. »Viel lieber würde ich wieder in den Stall gehen und mich mit Pavda näher bekannt machen.«

»Tu mir den Gefallen«, wiederholte er.

Sie zog die Schultern hoch. »Also gut. Tatsächlich brauche ich etwas fürs Reiten.«

Er wandte sich ab, dennoch erhaschte sie noch die Andeutung seines Lächelns. »Ja, Reiten ist von allergrößter Wichtigkeit.«

Nachdem sie den Stall verlassen hatten, begab Tess sich unverzüglich in den Palast, um Viane aufzusuchen. Deren Räumlichkeiten waren den ihren sehr ähnlich, mit einer Ausnahme: Auf Vianes Terrasse stand ein großes Vogelhaus mit weißem, durchbrochenem Mauerwerk, mit Bäumen und Sträuchern, und einer Vielzahl von Vögeln verschiedenster Gattungen und Farbtönungen.

Die Tür des Vogelhauses stand offen. Tess blieb davor stehen. »Viane!«

»Tritt ein, Tess!« rief Viane von drinnen. »Ich füttere gerade die Vögel.«

»Ich warte lieber.« Tess spähte vorsichtig durch den Türrahmen. Ein großer Papagei balancierte auf Vianes schlankem Arm. »Du liebst Vögel?«

»Oh, ja.« Viane hob den Arm, und der Vogel flatterte auf einen Zweig. »Sind sie nicht wunderschön?«

»Sehr hübsch.«

Viane sah Tess erstaunt an, als sie zur Tür ging. »Hast du Angst?«

»Keine Spur.«

Viane sah sie verwundert an. »Du hast gesagt, daß du Pferde liebst. Wie kannst du dich vor diesen sanften gefiederten Geschöpfen fürchten, wenn du keine Angst vor jenen riesigen Ungeheuern hast?«

»Pferde beglücken einen nicht ohne Vorwarnung mit ihren herabfallenden Segnungen.«

Viane lachte lauthals. »Das stimmt, aber dennoch beobachte ich lieber einen Vogel im Flug, als daß ich auf dem Rücken eines feurigen Hengstes sitze.«

Tess nahm ihren ganzen Mut zusammen und platzte heraus: »Galen hat mir Pavda geschenkt. Ich dachte, das solltest du wissen.«

»Warum?« Viane zog erstaunt die Brauen hoch. »Ich bin nicht daran interessiert, Pavda zu reiten.«

Nun war es an Tess, erstaunt zu sein. »Das hat Galen schon gesagt, aber ich konnte es nicht glauben.«

Viane, der Tess' Verwirrung nicht entging, lächelte sanft. »Du mußt versuchen, mich zu verstehen. Ich bin nicht wie du. Meine Natur und meine Erziehung sind anders. Ich bin nicht kühn und furchtlos und habe auch kein Verlangen, meine Grenzen zu überschreiten.«

»Wie kannst du wissen, wo deine Grenzen liegen, wenn du nicht versuchst, sie zu überschreiten?«

»Nun, ich . . .« Viane fing zu lachen an. »Du siehst, wir sind nicht alle gleich.« Sie schloß die Tür zum Vogelhaus und schritt anmutig über die Terrasse. »Du bist heute sehr früh aus dem Palast gegangen. Darf ich dir Tee bringen lassen?«

»Woher weißt du das?«

Viane errötete schuldbewußt. »Glaube bitte nicht, daß ich dir nachspioniere. Aber seit dem Tod meiner Mutter erwartet die Dienerschaft, daß ich den Palasthaushalt leite, und Galen hat keine Einwände.« Sie fuhr hastig fort: »Aber da du nun die *Majira* bist, willst du vielleicht...«

»Ich?« Tess blickte sie verständnislos an. »Das soll wohl ein Scherz sein. Um Himmels willen, nein! Ich beabsichtige, während der Zeit meines Aufenthalts in Zalandan mehr Zeit im Stall als im Palast zu verbringen.«

»Während der Zeit deines Aufenthalts in Zalandan?« Viane sah sie verwirrt an. »Was willst du...«

»Sind das Tauben?«

Viane nickte.

»Der Comte besaß auch Tauben. Er dressierte sie so, daß sie Nachrichten an seinen Vetter in Paris überbringen konnten. Das war sehr interessant.«

»Die Tauben haben Nachrichten überbracht?«

Tess nickte. »Der Comte sagte, man hätte bereits vor zweitausend Jahren Tauben für Botendienste benutzt, manchmal über Entfernungen von vielen hunderten, ja tausenden Meilen.« Sie drehte sich zu Viane um. Aus ihrem Gesicht leuchtete Feuereifer. »Weißt du was? Wir werden diese Tauben auch dazu abrichten.«

Viane runzelte die Stirn. »Ich glaube nicht...«

»Natürlich werden wir das«, unterbrach Tess sie. Ihre Augen blitzten unternehmungslustig. »Warum nicht? Es ist eine großartige Idee. Du wirst mir alles über Vögel beibringen, und ich werde dich alles über Pferde lehren.« Sie verschränkte die Arme hinter dem Rücken und fing an, begeistert auf und ab zu laufen. »Vom Comte habe ich einiges gelernt. Es scheint, daß die meisten Tauben über diesen Instinkt verfügen, man muß ihnen nur die Gelegenheit geben, ihn auszuleben. Wenn der Comte es schaffte, werden wir es noch besser schaffen, denn klug war er nicht besonders. Und wenn ich Zalandan verlasse, werde ich alles wissen, was...«

»Du willst fort? Warum denn? Hier ist die Heimat deines Gemahls.«

Tess hatte sich nicht von ihrer Begeisterung hinreißen lassen wollen. »Das heißt doch nicht, daß ich für immer hier bleiben muß. So eine Ehe ist die unsere nicht.«

»Es gibt nur eine Art von Ehe. Du darfst dich diesen Gedanken erst gar nicht hingeben.« Tonlos setzte sie hinzu: »Galen wird nicht zulassen, daß du ihn verläßt.«

»Du wirst schon sehen.« Tess hielt mitten im Schritt inne und wandte sich um. »Ich hörte, daß du kommenden Sommer heiraten willst.«

»Ja.« Ein sanftes Rot färbte Vianes Wangen, als sie einen Blick zu den Tauben warf, die nun auf Ästen eines Pfefferbaumes saßen. »Die Verlobung wurde von meiner Mutter arrangiert. Kalim ist ein guter Mann und sehr lieb zu mir.«

»Und du bist mit deinem Schicksal zufrieden?«

»So zufrieden, wie ich es nur sein kann«, sagte Viane stokkend. »Ich glaube aber, manche Frauen sind für die Ehe nicht geeignet. Mich überkommt Schüchternheit, wenn ich an Kalim denke.«

»Dann denke nicht an ihn«, riet Tess ihr. »Wer weiß, was bis zum nächsten Sommer passiert!« Sie lächelte. »Bis dahin werden wir aber auf jeden Fall eine herrliche Zeit verbringen und Tauben dressieren. Haben sie Namen?«

»Alexander der Große und Roxanne.«

Tess lachte auf. »Siehst du? Alexander der Große war weitgereist. Du mußt bei der Wahl des Namens an sein Schicksal gedacht haben.«

Viane lächelte wehmütig. »Ich versichere dir, daß ich nicht in meinen kühnsten Träumen geglaubt hätte, ich würde meine Tauben für Botendienste verwenden.«

»Aber wäre das nicht herrlich?«

Vianes sanftes Lächeln gewann an Herzlichkeit, als sie in Tess' leuchtendes Gesicht sah. »Ja, ich glaube, es wird herrlich und aufregend, Tess.«

5. Kapitel

»Triff du die Auswahl. Mir ist es einerlei«, sagte Tess voller Ungeduld. Ihr Blick glitt ohne sichtbares Interesse über die Ballen herrlicher Stoffe, welche über Stühle, Tisch und Diwan ihres Gemachs gebreitet waren. »Ich bin es überdrüssig, diese Stoffe anzusehen.«

»Du wirst einer Sache sehr bald überdrüssig.« Galen lehnte sich zurück, streckte die langen Beine aus und überkreuzte die in Stiefeln steckenden Füße. »Du hast die Stoffe kaum angesehen.«

»Das ist unwichtig. Es dauert zu lange.« Sie hatte bermerkt, daß die Sonne sich bereits tief gesenkt hatte. »Ich dachte, ich würde vor dem Abendessen Pavda noch einen Apfel bringen können.«

»Der mitternachtsblaue Brokat ist außergewöhnlich, *Majira*«, versuchte es der bärtige Tuchhändler in schmeichelndem Ton.

Sie warf einen gleichgültigen Blick auf die schimmernde Pracht, die ausgebreitet vor ihr auf dem Boden lag. »Ja, sehr hübsch.« An Galen gewandt fragte sie: »Habe ich dir von den Täubchen erzählt?«

»Zweimal«, antwortete er ernst.

»Hübsch?« murmelte der Händler matt. »Der Brokat

stammt aus China, und die Ausführung der Perlenstickerei dauerte sieben Monate.«

»Sehr nett«, äußerte Tess voller Ungeduld. »Ich habe wirklich nichts gegen Ihre Waren einzuwenden.«

»Sie wird den Brokat nehmen!« Galen erhob sich. »Und den grünen und den goldenen Chiffon.« Er schlenderte im Raum auf und ab, wählte diesen und verwarf jenen Stoff, und bewies dabei Geschmack und Sachkenntnis. »Du hast die Maße der *Majira* und kennst meine Wünsche, was den Schnitt der Kleider betrifft. Das erste soll nächste Woche zur Anprobe bereit sein!«

»Gewiß, *Majiron*.« Der Verkäufer war sichtlich erleichtert und schnalzte mit den Fingern, worauf sein junger Assistent die Stoffballen einzusammeln begann. »Die Gewänder, die Ihr mir bereits in Auftrag gegeben habt, werden morgen früh um acht geliefert.«

Tess drehte sich um und blickte Galen an. »Was für Gewänder sollen das sein?«

»Unter anderem dein neuer Reitanzug.« Galen winkte den Händler und den jungen Helfer hinaus und setzte sich wieder. Um seine Lippen zuckte es, als er Tess' begeisterten Ausdruck sah. »Ach, habe ich also endlich dein Interesse geweckt?«

»Wie wird der Anzug aussehen? Werde ich Hosen tragen?«

»So etwas Ähnliches.« Er schnitt eine Grimasse. »Ich habe allerdings kein Verlangen, dich als Mann verkleidet zu sehen. Das Kleidungsstück ähnelt eher einem geteilten Kleid.«

»Aus Samt?«

»In diesem Klima? Ich habe es aus demselben Material wie meine Gewänder anfertigen lassen.«

Tess lächelte befriedigt, als sie an den Stoff dachte. »Wie angenehm.«

»Das war meine Absicht.« Er ließ ein träges Lächeln sehen. »Um dir Behagen und Wonne zu bereiten. Natürlich wirst du unter diesen Gewändern sonst nichts tragen.«

»Nein?« Sie runzelte die Stirn. »Ich weiß nicht, ob mir das zusagen wird. Pauline sagt, in Paris würde gemunkelt, daß Kaiserin Josephine unter ihren Roben nichts trüge. Das muß doch sehr zugig sein!«

Seine Mundwinkel zuckten. »Das Klima in Sedikhan ist viel angenehmer als das in Frankreich.«

Dies war ein Argument, das Tess vernünftig erschien. »Ich glaube, wir sollten abwarten und sehen.«

Er sah sie einen Moment an, dann nickte er mit Nachdruck. »Ganz recht. Dann laß uns sehen.«

»Wie bitte?«

»Du hast gesagt, wir müßten sehen.« Er löste den Knoten der schwarzen Schärpe, die er um seine Taille trug, und legte sie ab. »Warum nicht gleich, ehe das Kleid fertig ist? Zieh dich aus.«

Dieser plötzliche Wechsel von launiger Stimmung zu unverhüllter Sinnlichkeit überrumpelte sie. »Jetzt?«

»Ja, jetzt.« Er hielt seine Schärpe locker in der Rechten und ließ sie durch die Linke gleiten. »Schließlich haben wir nichts Besseres zu tun.«

Fasziniert beobachtete sie, wie seine Hände mit der Schärpe spielten, wie die schönen Finger mit träger Sinnlichkeit über die Falten des Stoffes strichen. Ihr Herz schlug schneller, als sie sah, wie sein Zeigefinger in eine der Falten fuhr und sich hin und herbewegte.

»Du hast vor dem Abendessen keine Zeit, Pavda zu besuchen.«

Sie riß ihren Blick von seinen Händen los. Pavda hatte sie völlig vergessen, wie sie überrascht feststellte.

»Du scheinst dich nicht entschließen zu können, ob du mich bekleidet oder unbekleidet sehen möchtest«, sagte Tess spitz.

»Das ist ziemlich beunruhigend.«

»Nun, vielleicht ist es meine Absicht, dich zu beunruhigen.«

Sie holte tief und bebend Atem und begann langsam, ihr Kleid aufzuknöpfen. »Mir ist klar, was du tust...«

»Wirklich?«

Sie nickte, als das Kleid zu Boden glitt. »Du versuchst mich zu dressieren, wie du Apollo und Daphne dressiert hast.« Sie sah ihn finster an. »Und ich gehorche dir, weil ich unser Abkommen erfüllen muß. Aber ich bin kein Tier und finde keinen Gefallen daran.«

»Und doch glaube ich, daß du Gefallen daran finden wirst. Dann, wenn dir klar wird, daß du Herrin der Lage bist, egal, welche Forderungen ich auch stellen mag.«

»Ähnliches hast du schon einmal gesagt.« Sie trat aus ihrem zu Boden gleitenden Unterrock. »Ich gebe dir nicht recht.«

»Und wenn du in deinem Herzen Einkehr hältst, glaube ich, daß du einen weiteren Grund finden wirst, mir zu Willen zu sein.«

»Und das wäre?«

»Neugierde. Sie liegt in der Natur einer lebenssprühenden Frau wie dir.« Sein Blick erfaßt sie von oben bis unten. »Übrigens, du hast herrliche Brüste. Klein, aber vollkommen.«

Versengende Hitze durchfuhr sie, als sie die heiße Sinnlichkeit bemerkte, die aus seinem Blick sprach. Sie räusperte sich, was nicht verhindern konnte, daß ihre Worte fast wie ein Krächzen klangen. »Hast du das Hin und Her also satt?«

Er lächelte. »Das gehört zu den Dingen, die wir sehen werden. Freudige Erwartung verleiht einer Situation eine gewisse ›Glut‹, meinst du nicht auch?«

Die leichte, aber unmißverständliche Betonung des Wortes entging ihr nicht, als das letzte Stück ihrer Unterwäsche zu Boden glitt.

»Ich sagte schon, daß ich keine Hündin wie Daphne bin.«

»Wenn du eine wärst, würdest du auch nicht dastehen. Du würdest auf allen vieren knien, und ich würde in dich eindringen, immer wieder.« Er lächelte schief, als er ihren schockierten Ausdruck sah. »Ich bin recht zurückhaltend ... für meine Verhältnisse.«

»Was willst du von mir?«

»Glut«, sagte er mit belegter Stimme. »Ich möchte, daß du zu mir kommst, weil du es ohne mich nicht mehr aushältst.«

Sie spürte, wie sich in ihrem Inneren alles zusammenkrampfte, und sie spürte auch ein feuchtes Prickeln zwischen den Beinen. »Dann tu es lieber gleich jetzt, ansonsten wird es womöglich nie dazu kommen. Ich bin nicht wie Pauline.«

»Das möchte ich auch nicht. Komm her.«

Erst zögerte sie, doch dann holte sie tief Atem und ging auf den Sessel zu, in dem er saß. Sie blieb vor ihm stehen. »Da bin ich.«

»Ja.« Er rührte sich nicht. Er saß nur da und hielt den Blick auf ihre Brüste gerichtet, die sich im schneller werdenden Rhythmus ihres Atems bewegten.

»Was nun?«

»Kannst du dich nicht mehr erinnern? Wir wollen sehen, ob das Material für dich angenehm ist.« Er holte die schwarze Schärpe hervor und schlang sie über Tess' Brüste. Das seidige Material war wie einen kühle Liebkosung auf ihrem Fleisch. »Fühlt es sich gut an?«

»Ja.«

Er ließ die Schärpe unter ihre Brüste gleiten und zog sie mit einer Drehung fest, so daß ihre Brüste hochgehoben wurden. »Und da?«

Ihre Brüste wurden prall, die Spitzen verhärteten sich schmerzhaft. »Nicht... unangenehm.«

Er ließ sie so schwellend, verlockend, ehe er den Knoten öffnete und die schwarze Seidenschärpe mit schmerzhaft langsamer Bewegung von ihrem Körper zog.

Es brachte keine Veränderung. Ihre Brüste blieben prall, gespannt und schmerzten.

»Ist... das alles?« fragte sie ratlos.

»Nicht ganz.« Seine Augen blitzten, seine Wangen röteten sich, als er langsam aufstand. »Es gibt noch eine Stelle, die überprüft werden muß.« Sie hielt den Atem an, als sie seine Finger in der Innenseite ihres Schenkels spürte.

Tess schnappte nach Luft und starrte ihn bestürzt an. »Was ...«

»Zuweilen wird der Ritt sanft und ruhig sein.« Er ließ die Schärpe hin und her gleiten, ließ Tess die weichen Falten des Materials wie ein sinnliches Flüstern an ihrer empfindlichsten Stelle fühlen. »Aber da deine Natur nicht die zahmste ist, wird der Rhythmus viel öfter hart und schnell sein.« Er straffte die Schärpe und vollführte eine heftigere, reibende Bewegung.

Sie schrie auf und wölbte den Rücken, als Woge um Woge intensivster Gefühle sie überfluteten. Sie spürte sehr wohl, daß er bedacht war, ihr keinen Schmerz zuzufügen, doch die seidige Reibung bewirkte in ihr einen erotischen Schock. Sie faßte blindlings nach Galens Schultern, während die Schärpe sich hin und her bewegte, sie reizte und anstachelte. Es war etwas, das sie noch nie gespürt hatte. Sie glaubte, in einem Fieber sterben zu müssen, anzuschwellen, zu verhungern ...

»Galen!« Sie biß sich auf die Unterlippe, als die Heftigkeit der Bewegung zwischen ihren Schenkeln zunahm und schneller wurde. »Es ist zu ...«

Die Schärpe verschwand ruckartig, und statt dessen umfaßte seine Hand sie, liebkosend, streichelnd. »Schon gut.« Er drückte sie sanft in die Kissen des Diwans. »Du sollst es wissen.«

Was soll ich wissen? fragte sie sich benommen, während sie zu ihm aufblickte. Daß ein Gefühl einen in den Wahnsinn treiben konnte, daß es einen versklaven und verschlingen konnte? Sie schnappte nach Luft. »Warum?«

Er ließ die schwarze Schärpe neben ihr auf das Seidenkissen

fallen. »Weil ich möchte, daß du immer an mich denkst, wenn ein Stoff dich berührt. Dann sollst du dich hieran erinnern.« Er lächelte dunkel. »Das gehört zu meinen besitzergreifenden und weniger zivilisierten Impulsen.« Er lächelte sinnlich. »Aber du wirst daran denken, nicht wahr, Tess?«

Könnte sie das verhindern? Sie bebte noch immer, das sinnliche Prickeln war noch spürbar, ihr Atem kam stoßweise. »Ja«, flüsterte sie.

»Und wenn wir zusammen reiten und ich dich ansehe, dann wirst du wissen, daß ich an das denke, was ich eben getan habe.« Seine Atemzüge kamen rasch und rauh in der Stille des Raumes. »Und du wirst dich erinnern, wie es ist, wenn man in Glut gerät.« Seine bronzenen Wangen hatten sich gerötet, seine dunklen Augen blitzten erregt. »Ich glaube, heute abend werden wir nicht zusammen speisen«, sagte er heiser. »Ich brauche Zeit, um zu ...« Er ging zur Tür. »Wir treffen uns morgen um neun im Hof.«

Die Tür schloß sich hinter ihm.

Tess mußte sich zusammennehmen, als sie mit gestrafften Schultern die Stufen der Freitreppe hinunter zu Galen schritt. »Guten Morgen.« Sie war um einen betont gleichmütigen Ton bemüht, als sie über den Hof auf den Springbrunnen zuging, wo Said die Pferde am Zügel hielt. »Wie geht es Pavda heute morgen?«

»Pavda geht es gut.« Galen zog die Brauen hoch. »Selik ebenso. Und Apollo und Daphne sind in ähnlich guter Verfassung.« Er hielt inne. »Und ich selbst erfreue mich auch recht guter Gesundheit.«

»Darauf wollte ich noch kommen.« Tess blieb vor der Stute stehen und streichelte die Nüstern des Pferdes. »Obwohl ich in diesem Punkt nicht besorgt war. Du scheinst sehr wohl imstande, dich um dich selbst zu kümmern.«

»Du bist mir böse.« Er trat einen Schritt näher und raunte ihr zu: »Ich habe dich gestern in ein Gefühl der Hilflosigkeit versetzt, und das widerstrebt dir.«

»Ja.«

»Nicht ich war es, der diese Gefühle erweckte. Es war deine eigene Natur. Du hättest dich gegen mich zur Wehr setzen können. Du hättest nur ›nein‹ zu sagen brauchen, und ich hätte aufgehört.«

Sie errötete. »Du hast mich überrumpelt. Ich habe nicht erwartet, daß du...«

»Du hast erwartet, ich würde mir etwas nehmen, aber nicht, daß ich mich einem Spiel hingeben würde?« Er schüttelte den Kopf.

»Das ist nicht meine Art.« Er trat einen Schritt zurück und ließ seinen Blick langsam über Tess gleiten, von den gestiefelten Beinen bis zu der Kapuze, die locker ihr Haar umgab. »Dein neues Reitkleid steht dir ausgezeichnet.«

Sie wich seinem Blick aus. »Das Material glänzt zu stark. Ich dachte, es würde einfacher ausfallen.«

»Es ist einfach.« Er studierte prüfend ihre Miene. »Und ich glaube, daß du es sehr schätzen lernen wirst.«

Es gefiel ihr, doch sie war zu keinem Eingeständnis bereit, solange sie sich noch verletzlich fühlte. Der weite Hosenrock des Gewandes umfloß sie locker bei jedem Schritt und verlieh ihr ein Gefühl von Freiheit, wie sie es vorher nie gekannt hatte. Das lose, hüftlange Kapuzencape, das ihr Reitkostüm vervollständigte, prangte mit reicher Goldstickerei und schwang anmutig bei jeder Bewegung mit. »Es wird gehen.« Sie griff an ihren Hals und berührte den goldenen Anhänger der Halskette, die sie heute trug. »Viane gab mir eine große Schmuckkassette, in der sich das befand. Sie sagte, du würdest darauf bestehen, daß ich es immer trage, wenn ich ausgehe.« Sie kniff die Lippen zusammen. »Ich habe für Schmuck nicht viel übrig.«.

»Du wirst ihn trotzdem tragen.«

»Ich lasse mich nicht ...«

»Es ist kein Schmuckstück im gewöhnlichen Sinn. Nur die Angehörigen meines Hauses dürfen diesen Anhänger tragen.«

Plötzlich kam sie sich gebrandmarkt vor, in Besitz genommen wie am vorangegangenen Abend, als sie nackt vor ihm auf den Kissen gelegen hatte. »Viane soll ihn tragen«, sagte sie abwehrend.

»Sie besitzt einen, den sie immer trägt, wenn sie sich in die Stadt begibt.« Sein Blick erfaßte ihre widerspenstige Miene. »Warum widersprichst du? Er wird dir als Schutz dienen.«

»Ich will es mir überlegen.« Sie ging auf Pavdas linke Seite, vorüber an einem verzweifelt in die Luft starrenden Said, der sich am liebsten in Luft aufgelöst hätte.

»Du wirst ihn tragen, andernfalls bleibst du in deinen Räumen.« Auf seine Strenge reagierte sie mit Trotz. »Ich sagte, daß ich es mir überlegen will.«

Er vollführte eine Kopfbewegung zum Palast hin. »Said, laß uns allein.«

Erleichtert drückte der junge Mann Galen die Zügel in die Hand. »Sehr wohl, *Majiron*.« Im nächsten Moment lief er schon die Treppen zum Palast hinauf.

»Tess, in diesem Punkt wird es keine Diskussion geben«, sagte Galen leise. »Ich weiß, du suchst nach einem Streitthema, bei dem du den Sieg über mich davontragen kannst, aber in diesem Fall gibt es keinen Zweifel. Der Anhänger sorgt für deine Sicherheit, und du wirst ihn tragen.«

»Was?« Tess war nicht bei der Sache. Ihr Blick hing an Saids Rücken, als dieser in den Palast eilte. Dann erst wandte sie ihre Aufmerksamkeit wieder Galen zu. »Warum hast du ihn fortgeschickt?«

Dieser plötzliche Themawechsel entlockte ihm ein erstauntes Blinzeln. »Ich sagte schon, daß ich diese Schlacht zu gewinnen gedenke.«

»Und du wolltest nicht, daß er Zeuge meiner Niederlage wird?« Aus ihrem Blick sprach Verwunderung. »Wie sonderbar. Meinen Vater kümmerte es nicht, wenn die Diener die Demütigungen meiner Mutter mitansahen.« Sie hob ihre Hand, als er etwas sagen wollte. »Ich weiß. Es ist mir wieder passiert. Ich will versuchen, meine Zunge im Zaum zu halten. Jetzt aber hilf mir in den Sattel zu gelangen. Ich bin nicht sicher, ob ich mein Bein über Pavdas Rücken schwingen kann. Glaubst du, daß es einen körperlichen Grund dafür gibt, daß Frauen im Damensitz reiten?«

Er runzelte die Stirn. »Wir haben unsere Diskussion noch nicht beendet.«

»Natürlich haben wir sie beendet.« Sie sah ihn unwirsch an. »Wie du siehst, trage ich dieses protzige Stück immer noch!«

»Wirst du es auch weiterhin tragen?«

Ihr Blick erhellte sich. »Hilf mir in den Sattel.« Er trat näher, hob sie hoch, und sie schwang linkisch ihr Bein über Pavdas Rücken. »Ich fühle mich … höchst sonderbar.«

»Das wird vergehen.« Er stand da und sah aus zusammengekniffenen Augen zu ihr hoch. »Warum bist du nicht mehr ungehalten?«

»Ich war nicht un …« Sie unterbrach sich, als sie seinem Blick begegnete, und sagte dann schlicht: »Du hast recht, ich mag es nicht, wenn ich mich hilflos fühle, aber ich kann es durchstehen, solange du zuläßt, daß ich meinen Stolz behalte.«

Er wandte den Blick ab und sah zum Stall. »Auch ein Mann fühlt sich hilflos, wenn der Trieb ihn packt. Er leidet, er kann nicht schlafen und wünscht sich nichts sehnlicher, als tief in eine Frau einzudringen. Nachdem ich dich gestern verließ, wollte ich zu einer anderen gehen, zu irgendeiner.«

Sie erstarrte. »Und … hast du es getan?«

»Nein.«

»Warum nicht?«

»Wir sind jungvermählt.«

»Ich verstehe nicht.«

»Mein Tun und Lassen wird genau beobachtet. Ich möchte nicht, daß jemand den Eindruck gewinnt, ich fände dich nicht mehr anziehend.«

Sie errötete. »Ich bin nicht auf den Kopf gefallen. Ich weiß, daß alle Männer untreu sind. Es würde mich nicht kümmern.«

»Aber mich würde es kümmern.«

»Wirklich?« Sie furchte die Stirn. »Ihr seid ein merkwürdiger Mensch, mein Gebieter.«

»Zugegeben.« Sein Lächeln wurde unsicher. »Seit ich dir begegnet bin, fällt mir auf, daß meine Handlungsweise immer merkwürdiger wird.«

»Ich zöge es vor, wenn unsere Beziehung... klarer würde. Mir gefällt es nicht, wie du mit mir Katz und Maus spielst.«

»Auch nicht ein bißchen? Sag mir, Tess, findest du die Situation nicht ›interessant‹? Schlägt dein Herz nicht eine Spur schneller, weil du nicht weißt, was du von mir zu erwarten hast?«

»Vielleicht, das heißt aber noch lange nicht, daß mir dieses Gefühl sehr behagt.«

Er ließ ein schallendes Lachen hören. »Es wird mit der Zeit leichter. Lust kann nicht vierundzwanzig Stunden am Tag währen. Sie ist wie Ebbe und Flut.«

»Das klingt wie ein mühsamer, langwieriger Vorgang, und du scheinst mir kein geduldiger Mensch zu sein.«

»Das bin ich, wenn der Preis sich lohnt.« Er streckte unvermittelt die Hand aus und berührte ihren Schenkel.

Ihr Atem stockte, ihr Blick suchte sein Gesicht. Sie spürte die warme Schwere seiner Handfläche durch das dünne Material, und die Erinnerung an die Intimität seiner gestrigen Berührungen überfiel sie. Sie benetzte die Lippen mit der Zunge. »Die Wachen...«

»Die können uns nicht sehen.« Er blockierte mit seinem Körper die Sicht der Wachen am Palasttor, während er Tess langsam massierte, ohne mit seinem Blick den ihren loszulassen. »Ich kann Geduld zeigen, bin aber kein Mönch«, sagte er heiser. »Deshalb wird es immer wieder Momente wie diese geben, in denen ich dich berühren muß.«

Seine Hand schien sie durch den Stoff hindurch zu versengen, und sie spürte, wie ihre Brüste anschwollen und sich gegen ihr Mieder drängten, während sie auf ihn hinuntersah.

Dann ließ er sie los und trat zurück. »Aber ich habe mich zum Warten erzogen.« Er schwang sich in Seliks Sattel. »Ich habe sogar gelernt, die Vorfreude zu genießen, wenn sie sich nicht zu lange hinzieht.«

»Und wenn sie sich hinzieht?« fragte sie unsicher.

Einen Sekundenbruchteil nahm sie ein Aufflammen von Kühnheit unter seiner beherrschten Fassade wahr. »Dann würde die Natur vermutlich über den Willen triumphieren. Hoffen wir, daß es nicht passiert.« Er wandte sich zu Selik um und griff nach Pavdas Zügeln. »Drück deine Knie fest an und halte den Rücken gerade. Ich führe dich am Zügel, bis du dich an den neuen Rhythmus gewöhnt hast.«

»Halte an, verdammt!« Seliks Hufschlag war knapp hinter ihr, dann hatte er Pavda überholt. »Zügle sie, Tess.«

Galens Ton war scharf, vermutlich hätte sie ihm gehorchen sollen, aber, verdammt noch mal, sie hatte keine Lust anzuhalten. An diesem Morgen war der Himmel blau und die Sonne warm, der Wind fuhr durch ihr Haar und nahm ihr den Atem. Das Blut pulsierte in ihrem Körper, und Pavdas Trab weitete sich zum Galopp, so als glitte man auf Seide dahin. Sie trieb das Pferd noch stärker an.

Dann war Selik neben ihr, und Galen griff nach ihren Zügeln.

»Nein!« rief sie protestierend. »Noch nicht!«

Sie hörte sein tiefes, kehliges Lachen, als er Pavda zum Schrittempo verlangsamte. »Noch zwei Meilen, und wir wären auf halbem Weg nach Said Ababa.« Sein Lächeln verschwand. »Du hast mir nicht gehorcht!«

Sie lachte frohlockend. »Pavda wollte sich heute richtig austoben.« Sie tätschelte den Hals der Stute. »Außerdem war Selik zu langsam.«

»Wie merkwürdig, daß er euch doch noch eingeholt hat.« Galen preßte die Lippen zusammen. »Laß dir nie wieder einfallen, mir nicht zu gehorchen, Tess! Und erst recht nicht, wenn wir uns außerhalb der Stadtmauern befinden.«

»Es gab keine Gefahr. Wir sind diesen Weg seit einer Woche täglich geritten und nie jemandem begegnet.« Tess ließ den Blick über die karge Landschaft bis zu den grünen Hügeln in der Ferne wandern. »Meilenweit ist kein Mensch zu sehen. Ich sagte schon . . .« Sie unterbrach sich und deutete auf einen hohen runden Bau auf dem zweiten Hügel. Sie hatte dieses Gemäuer noch nie gesehen. »Was ist denn das?«

Er blickte zu dem Turm, und ein Ausdruck der Verschlossenheit legte sich über sein Gesicht. »Es ist ein Wachturm, den mein Großvater errichten ließ. Von dort aus wurden die Wagenladungen mit Gold beobachtet, die von den in den Hügeln gelegenen Minen nach Zalandan fuhren. Auf diese Weise wollte man Überfälle von Banditen verhindern. Jetzt wird der Turm schon seit längerer Zeit nicht mehr benutzt.«

»Warum nicht? Gibt es keine Banditen mehr?«

»Doch, Banditen gibt es reichlich. Manche Dinge ändern sich nie.«

»Warum wird dann nicht...«

»Zeit zur Umkehr.« Galen wendete sein Pferd mit einer Plötzlichkeit, die sie erschreckte. »Heute morgen habe ich schon genug Zeit vergeudet.«

Doch hatte er es nicht als Zeitvergeudung angesehen, bevor sie den Turm bemerkte. »Er sieht... einsam aus. Pauline hat mir einmal ein Märchen erzählt... von einer Hexe, die ihre heißgeliebte Tochter in einen Turm sperrte, um sie vor der rauhen Welt zu schützen und um zu verhindern, daß jemand sie ihr wegnähme.«

»Nicht zu fassen, daß ausgerechnet dieses Märchen das Interesse unserer lebenslustigen Pauline fand.«

Tess kicherte. »Gar nicht so abwegig. Die Tochter ließ ihr Haar ganz langsam wachsen und ihren Liebhaber daran hinaufklettern. Allnächtlich rief er: ›Rapunzel, Rapunzel, laß dein Haar herunter!‹ Dann löste sie ihre Zöpfe und ihr Geliebter erklomm den Turm, um die Nacht mit ihr zu verbringen. Genau jene Art von List, die Pauline gefallen hätte.«

»Und wie endet die Geschichte?«

»Ich weiß es nicht. Pauline interessierte sich nur für den Teil, den sie mir erzählte.« Sie warf über die Schulter einen neugierigen Blick zu dem Turm zurück. »Könnten wir morgen den Turm von innen sehen?«

»Nein!«

Die Barschheit seines Tons erstaunte sie. Ein Blick in sein Gesicht, und sie hielt den Atem an. Unwillkürlich faßte sie die Zügel fester.

»Tess, halte dich von dem Turm fern.«

»Warum?«

»*Merde*, reicht es nicht, daß ich es von dir verlange?« fragte er aufgebracht. »Mußt du jede Anweisung in Frage stellen? Halte dich vom Turm fern!«

»Es ist sehr unvernünftig von dir, wenn du mir den Grund nicht verrätst«, wandte sie gekränkt ein. »Wenn eine Gefahr damit verbunden ist, dann sag es mir.«

»Es ist eine Gefahr damit verbunden.« Er sprach jedes Wort überdeutlich aus.

»Banditen?«

»Nein.«

»Ist der Turm baufällig?«

»Ich weiß es nicht. Ich war seit Jahren nicht mehr dort.«

»Dann kann ich nicht einsehen ...«

»Du brauchst die Gründe nicht zu kennen.« Seine Augen funkelten in seinem angespannten Gesicht. »Es muß dir genügen, zu wissen, daß dort für dich Gefahr lauert.«

»Aber wenn dort keine Banditen sind... Ich verstehe nicht...«

»Gefahr von mir.« In seinen Worten schwang eine unmißverständliche Drohung mit. »Von mir, verdammt!«

Er gab Selik die Sporen und galoppierte davon, den Toren Zalandans entgegen.

»Sascha, gestern habe ich in den Hügeln einen Wachturm gesehen. Einen großen, unheimlichen Turm.« Tess sagte es betont gleichmütig, während sie ihren Blick auf das Schachbrett gerichtet hielt. »Galen sagte, sein Großvater hätte ihn errichten lassen.«

»Ach?« Sascha verschob eine der Spielfiguren.

»Warum wird er nicht mehr gebraucht?«

»Hast du Galen nicht gefragt?«

»Ja.«

»Er hätte es dir gesagt, wenn er gewollt hätte, daß du es weißt.«

»Du bist unmöglich.« Sie blickte auf und sah ihn finster an. »Warum sollte ich es nicht wissen dürfen?«

»Du brauchst nicht alles zu wissen, Kleines.« Sascha lehnte sich zurück. »Die ganze letzte Woche hast du mich in der Stadt umhergeschleppt und Sehenswürdigkeiten und Informationen gesammelt, so wie ein gieriges kleines Mädchen.«

»Zalandan interessiert mich.« Sie griff nach der Elfenbeindame. »Ich verstehe nicht, weshalb Galen um den Turm so viel Geheimniskrämerei betreibt.«

Saschas Lächeln verblaßte. »Halte dich vom Turm fern, Tess. Es würde dir nicht gefallen, was du dort findest.«

»Spinnweben und Mäuse.«

»Und Erinnerungen.«

»Erinnerungen?« Sie sah ihm in die Augen. »Du weißt etwas darüber. Los, erzähl schon.«

Er schüttelte den Kopf.

Sie stieß eine leise Verwünschung aus. »Erinnerungen sind keine Bedrohung.«

»Galens Erinnerungen könnten es sehr wohl sein.«

»Warum?«

»Weil Galens Erinnerungen bitterer und wilder sind als die der meisten anderen Menschen.«

»Was für Erinnerungen?«

Sascha schüttelte bedächtig den Kopf. »Hör auf zu bohren,

Kleines.« Nach einer Pause setzte er hinzu: »Galen hat immer schon aus zwei Menschen bestanden, und diese zwei Menschen befinden sich auch jetzt noch im Kampf miteinander. Solange er seine Erinnerungen im Zaum hält, stellt er für dich keine Gefahr dar.«

Sie schnitt eine Grimasse. »Du übertreibst. Galen hat seine Gefühle immer unter Kontrolle.«

Sascha lächelte neugierig. »Und du möchtest den Tiger reizen?«

»Gewiß nicht. Ich bin nur neugierig.«

»Und ungeduldig.«

Sie hatte nicht geahnt, wie leicht sie zu durchschauen war. Du lieber Himmel, sie konnte nur hoffen, daß Galen es nicht gemerkt hatte. In der vergangenen Woche hatte sie gespürt, wie er mit Absicht zwischen neckischer Tändelei und roher Sinnlichkeit pendelte und sie so stets zu überrumpeln suchte. Inmitten eines Scherzes oder einer Diskussion hatte es plötzlich einen Blick gegeben, eine Berührung, ein Wort, das sie hilflos in die Dunkelheit des Verlangens stürzte. Spannung baute sich in ihr auf. Sie wartete atemlos auf seine süßen, quälenden Worte und Blicke. Manchmal meinte sie, sie würde es nicht aushalten, bis er die Hand ausstreckte und …

Errötend erhob sie sich. »Ich weiß nicht, was du meinst. Und ich habe dieses alberne Spiel satt. Ich glaube, ich besuche Viane und gehe mit ihr ins Vogelhaus. Kommst du mit?«

Er blickte auf das Schachbrett nieder. »Ich glaube nicht. Ich breche noch heute nach Tamrovia auf.«

Sie drehte sich blitzschnell um. »Warum?«

»Galen möchte wissen, wann dein Vater erfährt, daß du

Frankreich verlassen hast. Ich bin wohl derjenige, dessen Anwesenheit unverdächtig und logisch erscheint, wenn es passiert.«

»Es ist doch erst drei Wochen her. Er kann es noch nicht erfahren haben, oder?«

»Nicht sehr wahrscheinlich.« Er schob den Stuhl zurück und stand auf. »Aber Galen möchte nicht hinterrücks überrascht werden.«

Sie lief unruhig auf der Terrasse auf und ab und hielt den Blick in die Ferne, zu den Hügeln, gerichtet. »Belajo erscheint mir wie eine andere Welt. Hier gefällt es mir viel besser.«

»Mir auch.«

»Anfangs hätte ich es nicht für möglich gehalten. Die Menschen hier kommen einem meist so ernst und streng vor, aber Viane habe ich sofort ins Herz geschlossen, und dann mag ich noch Yusef und Said und ...«

»Kalim?«

»Wie kann ich Kalim mögen? Sieht er mich an, dann habe ich das Gefühl, er wünsche sich, ich möge zu Stein erstarren.« Sie schnitt eine Grimasse. »Ich kann mir nicht vorstellen, daß Viane ihn heiraten wird.«

»Ich auch nicht.«

Die Bitterkeit, die aus seiner Antwort herauszuhören war, bewirkte, daß sie sich umdrehte und ihn erstaunt ansah. Sein Gesichtsausdruck machte ihr angst. »Sascha?«

Die Verletzlichkeit, die aus seinen Zügen sprach, wich leiser Wehmut. »Keine Sorge, Tess. Ich werde darüber hinwegkommen.«

»Viane?« Sie schüttelte verwirrt den Kopf. »Ich verstehe nicht. Ihr seid einander überhaupt nicht ähnlich.«

»Vielleicht ist das der Grund, weshalb sie mich nicht losläßt. Es scheint, daß Ähnlichkeit für große Leidenschaft nicht vonnöten ist.« Er zog die Schultern hoch. »Ich weiß nur, daß ein Blick in ihr Angesicht genügt, damit ich mich friedlicher, gelassener und einfach besser fühle als in meinem ganzen Leben.«

»Friedlicher? Du?«

»Vielleicht habe ich das immer gesucht.«

Aus ihrem Blick sprach Zweifel. Sascha und friedlich, das waren zwei Dinge, die nicht zusammengehörten. Aber es stand ihr nicht zu, über ihren ungestümen Cousin ein Urteil zu fällen. »Dann mußt du sie bekommen«, sagte Tess. »Eigentlich sollte das kein Problem sein. Du bist sehr viel liebenswerter als der finstere Kalim.«

Er lachte auf. »Das hört sich aus deinem Mund so einfach an.«

»Es ist einfach. Wir müssen nur einen Weg finden, es zu bewerkstelligen. Galen hat doch nichts dagegen?«

»Nein, aber Viane schon.«

Tess vollführte eine ungeduldige Handbewegung. »Wir werden sie zu einer Meinungsänderung bewegen.«

»Du kannst die Natur nicht ändern, nur weil du es möchtest.«

»Wir können es versuchen. Viane ist lieb und klug.« Sie runzelte die Stirn. »Es fehlt ihr an Unabhängigkeit und Unternehmungsgeist. Während du in Tamrovia weilst, werde ich versuchen, ihr etwas von diesen Eigenschaften einzuflößen.«

Er schüttelte den Kopf. »Mach dir lieber Gedanken über dich selbst.«

»Aber ich möchte helfen.« Sie spürte, wie ihr Tränen in die Augen stiegen. »Sascha, ich habe dich sehr lieb ...«

»Und deshalb möchtest du die Welt in Ordnung bringen, nur um mich glücklich zu machen?« Sascha streckte die Hand aus und berührte sacht ein helles Löckchen, das ihr in die Stirn fiel. »Viane gehört in diese Welt, Tess. Ihre Wurzeln liegen hier.«

»Und deine nicht?«

Er schüttelte bekümmert den Kopf. »Ich bin kein El Zalan, und Fremde werden hier nicht ohne weiteres akzeptiert. Ich gehöre nirgendwo hin ...«

Genausowenig wie sie selbst. Tess empfand einen sonderbaren Schmerz. »Du bist Prinz von Tamrovia.«

»Das bedeutet den El Zalan so gut wie gar nichts. Hier hat Kalim mehr Ansehen als ich.« Er beugte sich vor und hauchte ihr einen flüchtigen Kuß auf die Nase. »Ich breche in einer Stunde auf. Sobald ich in Belajo ankomme, sende ich dir Nachricht, Tess. Alles Gute!«

»Ich werde mich unten im Hof von dir verabschieden.«

In der Tür drehte er sich noch einmal um. »Tess, halte dich vom Turm fern.«

Ein Frösteln überlief sie. Sie hatte nicht die Absicht, der Faszination, die der dunkle, abweisende Turm auf sie ausübte, nachzugeben. Sollte Galen doch seine Geheimnisse und Erinnerungen für sich behalten. Sie würde nicht lange in diesem Land bleiben und hatte kein Verlangen, die Schranken niederzureißen, die er gegen sie errichtet hatte.

Trotzdem konnte es nicht schaden, Viane vor Augen zu führen, was für einen wunderbaren Ehemann Sascha abgeben würde.

Sascha. Ehemann. Sie lächelte, als ihr aufging, daß dies zwei Bilder waren, die sie niemals miteinander in Verbindung gebracht hatte.

Aber wenn Viane die Frau war, an die ihr Cousin sein Herz verloren hatte, dann empfand Tess es als Verpflichtung, ihm zu helfen, sie zu erobern.

6. Kapitel

Eine Stunde später vernahm Tess Hufschlag und Männerstimmen auf dem Pflaster des Hofes. Sascha kam aus dem Stall geritten, als Tess den Hof erreichte. Dreißig in Gewänder gehüllte Berittene warteten auf unruhig tänzelnden Pferden. Galen, der ebenfalls bereits im Sattel saß, lenkte Selik zu ihr hin.

»Du willst auch fort?« fragte sie, bemüht, ihre Überraschung und Enttäuschung zu verbergen. »Warum hast du mir nichts gesagt?«

»Abschiedsszenen sind mir aus tiefstem Herzen zuwider. Said wird mich begleiten, deshalb habe ich Kalim gebeten, dir später eine Nachricht zu überbringen.«

»Wie liebenswürdig.«

Galen kam eine halblaute Verwünschung über die Lippen. »Ich reite nur bis zur Grenze mit. Was mir Kalim von den Bergstämmen berichtete, hat mir nicht gefallen. Sascha reitet meinetwegen nach Tamrovia, deshalb habe ich dafür zu sorgen, daß er die Strecke durch Tamars Gebiet ungefährdet zurücklegen kann.«

»Du brauchst mir keine Erklärungen zu liefern. Ich werde mich nicht mit dir streiten. Im Grunde bin ich froh, wenn ich allein sein kann.« Sie schob ihr Kinn vor. »Ich bin nur der

Meinung, daß es viel höflicher gewesen wäre, wenn du es mir persönlich gesagt hättest.«

»Ich sagte schon, daß ich für Abschiedsszenen nichts übrig habe.«

»Für Anstand und Höflichkeit auch nicht.« Ihre Stimme bebte kaum wahrnehmbar, so daß sie sich zur Ruhe mahnte, ehe sie fortfuhr: »Wir sind alle gezwungen, Dinge zu tun, die uns zuwider sind. Warum wäre ich sonst in Zalandan?«

»Um mich zu quälen und zu plagen? Nun gut, ich habe mich nicht höflich betragen, aber kränken wollte ich dich nicht. Wirst du mir trotzdem eine gute Reise wünschen?«

»Aber sicher. Ich wünsche Euch eine gute und ungehinderte Reise, mein Herr.«

»Wenn du etwas brauchen solltest, dann wende dich an Kalim. Während meiner Abwesenheit ist er hier die oberste Instanz.«

»Sicher wird er diese Position sehr gut ausfüllen. Seine Hochnäsigkeit kann es mit der deinen gut aufnehmen.«

»Tess, verdammt, so glaube mir doch, daß es so am besten ist.« Seine dunklen Augen funkelten. Seine Miene verriet höchste Anspannung. »Ich bin mit meiner Geduld fast am Ende. Ich muß für eine Weile fort von dir.«

»Und wie immer bist du es, der die Entscheidungen trifft. Du bringst es fertig, daß ich mich wie eine Schachfigur fühle, die du nach deinen eigenen Regeln auf dem Brett hin und her schiebst.« Sie sah ihm offen in die Augen. »Ich glaube, es wird Zeit, daß wir eine neue Partie beginnen, mein Herr.«

»Tatsächlich?« Er verharrte reglos, dann huschte unvermittelt ein Ausdruck der Verwegenheit über seine Züge.

»Wenn ich in einer Woche zurückkehre, wollen wir darüber sprechen.«

Sie schüttelte den Kopf. »Eine Woche ... das ist von Tamrovia hierher ausgeschlossen. Wir haben allein von der Grenze bis nach Zalandan fünf Tage gebraucht.«

»Aber damals lockte mich kein starker Ansporn.« Sein Blick konzentrierte sich ganz auf ihr Gesicht. »Aber jetzt habe ich einen Grund, ganz rasch wieder zurückzukehren.«

Eine Glutwoge erfaßte Tess, sie konnte kaum atmen. »Wirklich?« kam es ihr im Flüsterton über die Lippen.

»Aber ja.« Er hielt ihren Blick fest. »Und weißt du auch, was dieser Grund ist?«

Ihr war klar, wovon er sprach. Die ihr mittlerweile so vertraute Spannung war wieder da und umhüllte beide mit ihrer Sinnlichkeit. Verwundert stellte sie fest, daß dies genau die Reaktion war, die sie bei ihm hatte bewirken wollen. Vielleicht hatte Sascha recht, und sie wollte den Tiger reizen. Sie schluckte, als sie spürte, daß dunkle Erregung sie erfaßte. »Sicher wirst du es mir verraten.«

»Sicher. Soll ich es mit deinen eigenen Worten sagen?« Er lächelte: »Ich habe dieses Katz-und-Maus-spielen satt.«

Gleich darauf ritten er und Sascha aus dem Hof hinaus, gefolgt von den Männern, die ihnen in loser Formation nachritten. Tess spürte ihr Herz bis zum Hals schlagen, die Vorfreude auf das bevorstehende Abenteuer wirkte auf sie geradezu schwindelerregend.

Impulsiv tat sie einen Schritt nach vorn und hielt wieder inne. Sie konnte ihm ja nicht nachlaufen. Er würde sie doch nur zurückschicken. Sie hatte auf seine Rückkehr zu warten.

Oh, Gott, wie sie es haßte, auf irgend etwas zu warten!

Nun, diesmal würde sie sich damit abfinden und sich eine Beschäftigung suchen, mit der die Zeit schneller verging.

Sie drehte sich um und lief die Treppe zum Portal hinauf, weiter durch die Korridore des Palastes, bis sie Vianes Räume erreichte.

Viane, die sich auf der Terrasse befand, blickte erstaunt auf, als Tess wie ein vom Wind verwehtes Blatt dahergefegt kam, mit glühenden Wangen und strahlenden Augen.

»Ich habe mich entschieden, daß wir uns mit Alexander und Roxanne viel zu wenig Mühe gegeben haben«, verlautbarte Tess und marschierte entschlossen auf das Vogelhaus zu. »Es wird höchste Zeit, daß wir sie mit ihren Pflichten vertraut machen.«

»Warum können Sie mich nicht verstehen? Ich sagte, daß ich den Hausherrn...« Tess spähte an der Dienerin, die ihr die Tür geöffnet hatte, vorbei und sah Yusef die Stufen zur Eingangshalle herunterkommen. »Schon gut«, sagte sie zu der Frau. »Da kommt er ja.« Sie stürmte an der Protestierenden vorüber auf Yusef zu, der wie angewurzelt auf der dritten Stufe stehengeblieben war. »Gut, daß du kommst. Ich konnte ihr nicht begreiflich machen, daß ich ins Haus mußte, um dich zu sprechen. Ich glaubte schon, ich müßte...«

»Majira!« Sein offener Mund klappte hörbar zu. »Man kann es der Frau nicht verübeln. In Zalandan statten tugendhafte Frauen Männern keine Besuche ab.«

»Nicht nur in Zalandan. Wo immer Frauen leben, werden sie von Eisengittern und albernen Regeln eingeengt.« Sie machte eine abschätzige Handbewegung. »Einerlei, ich habe mit der Zeit gelernt, die meisten Regeln zu umgehen. Man muß eben Entschlossenheit und Beharrlichkeit an den Tag legen.«

»Ich... verstehe.« Yusef verscheuchte die Dienerin mit einem lässigen Winken und kam die drei letzten Stufen herunter. Sein entsetzter Blick durchsuchte die Halle hinter Tess. »Allmächtiger, wo habt Ihr Eure Begleitung gelassen?«

»Mach dich nicht lächerlich. Wenn ich dich besuche, brauche ich keine Bewacher.«

»Nein?« fragte Yusef kläglich. »Aber ich werde vielleicht Bewacher brauchen, wenn der *Majiron* erfährt, daß Ihr mich allein und unbegleitet besucht habt. Es schickt sich nicht für...«

»Du redest wie Said.« Tess verzog ihr Gesicht zu einer Grimasse. »Heilige Maria, wie ich das hasse! Ich möchte nicht ständig von einem Schwarm von Gockelhähnen umgeben sein, die mich umgackern.«

Die Andeutung eines Lächelns siegte über Schock und Mißbilligung in Yusefs Gesicht. »Meines Wissens pflegen Hähne zu krähen und nicht zu gackern.«

»Dieser Unterschied ist unwesentlich. Du hast mich noch gar nicht gefragt, warum ich hier bin.«

»Der Schrecken hat mich sprachlos gemacht.«

Sie lachte auf.

Yusef beschränkte sich auf ein Kopfschütteln.

»Du scheinst ja ziemlich beunruhigt zu sein, deshalb komme ich sofort zu dem Grund meines Besuches«, sagte Tess. »Ich möchte dein Dach benutzen.«

»Wie bitte?«

»Als Galen und ich Kalim besuchten, ist mir aufgefallen, daß dieses Haus hier sehr hoch ist. Das Dach liegt höher als jedes andere in der Stadt. Ich möchte von deinem Dach aus Alexander fliegen lassen.«

»Alexander?«

»Meine Brieftaube. Na ja, mir gehört sie noch nicht richtig, aber das kommt noch, wenn wir sie richtig dressiert haben werden. Viane und ich haben eigentlich zwei Tauben, aber Roxanne fehlt es leider an natürlichen Instinkten, deswegen mußten wir uns auf Alexander konzentrieren.«

»Ihr könnt nicht einfach so in mein Haus kommen«, unterbrach Yusef sie hastig. »Es wäre nicht schicklich.«

»Du meinst also, ich sollte mir ein anderes Haus suchen? Schade, sicher finde ich kein Dach, das sich so gut eignet, zudem gibt es nichts Peinlicheres, als von Haus zu Haus zu gehen und wildfremde Menschen zu bitten...«

»Nein!« unterbrach Yusef sie. »Das könnt Ihr nicht machen...« Er hielt inne, als er ihre entschlossene Miene bemerkte, und stieß einen tiefen Steufzer aus. »Wie lange wollt Ihr das Dach benutzen?«

Ihre Miene erhellte sich. »Ach, nicht lange, glaube ich. Ein paar Tage vielleicht, wenn ich täglich kommen könnte.«

»Und wenn der *Majiron* wieder in der Stadt ist, müßt Ihr die Besuche sofort einstellen.«

Sie nickte. »Sicher ist Alexander so intelligent, daß er lange vor Ablauf der Woche begreift, was man von ihm verlangt.«

»Das will ich hoffen.« Wieder ließ Yusef einen Seufzer hören. »Ich werde die Dienerschaft fortschicken, damit kein

Klatsch entsteht. Dann kann ich nur hoffen, daß Euch sonst niemand bemerkt.« Sein Blick fiel auf ihr rotes Haar, das von der in die Eingangshalle einfallenden Sonne in Flammen versetzt schien. »Aber das ist vermutlich zuviel verlangt.«

»Ich bin sicher, daß alles klaglos vonstatten gehen wird.« Sie schenkte ihm ein Lächeln. »Yusef, ich danke dir. Ich wußte, daß ich mit deiner Hilfe rechnen kann.« Sie ging rasch zur Tür. »Ich komme morgen, kurz nach Mittag.«

Yusef nickte bedrückt. »Leider. Aber ich werde warten, *Majira.*«

Der Dünensand war in Bewegung, hob sich und wirbelte mit geisterhafter Anmut durch die mondhelle Nacht.

Die Wüste schien leer, ein Eindruck, der trügerisch sein konnte. Galen hielt seinen Blick hinaus in die Weite gerichtet.

»Glaubst du, Tamar lauert irgendwo da draußen?«

Galen wandte sich um. Sascha kam vom Zeltlager her auf ihn zugeschlendert. »Vermutlich. Wir befinden uns auf seinem Gebiet.«

»Wird er uns Schwierigkeiten machen?«

»Nein ... falls ihn nicht eine Laune überkommt.« Er ließ ein Achselzucken folgen. »Ich habe heute viel mehr Wachposten aufgestellt. Haben wir erst die Grenze nach Tamrovia überquert, besteht keine Gefahr mehr.«

»Bis auf die Gefahr totaler Erschöpfung.« Sascha blickte Galen mit einem kritischen Blick an. »Noch nie habe ich erlebt, daß du deine Leute so unbarmherzig angetrieben hast wie auf diesem Ritt.«

»Ich wollte dich sicher zur Grenze bringen. Gerüchte verbreiten sich unter den Stämmen sehr rasch. Es besteht die Möglichkeit, daß Tamar den wahren Hintergrund meiner Heirat ahnt und sich entschlossen hat, für Unruhe zu sorgen.«

Aus Saschas Blick sprach Skepsis.

Galen zog die Schultern hoch. »Na schön. Ich bin unruhig und möchte schleunigst zurück nach Zalandan.« Er drehte sich um und ging zu seiner Decke neben dem Lagerfeuer. »Ich war in den letzten Monaten zu häufig fort.«

Ein Lächeln umspielte Saschas Mundwinkel. »Ach, das Leben eines Herrschers ist wahrlich mit Verantwortung und der Last der Staatsgeschäfte befrachtet.« Er ließ sich auf seine Decke fallen und bettete sich zur Ruhe, dem Feuer den Rükken zuwendend. »Was für ein Glück, daß ich bloß ein eitler Geck bin, der nur tut, was ihm beliebt.«

Galen spürte nur zu gut, daß Sascha genau wußte, weshalb er die Rückkehr so vorantrieb. Sie waren zu lange zu vertraut gewesen. Sascha mußte gemerkt haben, daß es Lust war, die ihn zurück zu Tess trieb. Verwunderlich war nur, daß er ihm nicht in der sonst zwischen ihnen üblichen offenen Redeweise geantwortet hatte. Sascha wußte, daß Galen oft eine Frau brauchte, und er wußte wahrscheinlich auch, daß er seit seiner Ankunft in Zalandan keine der *kadines* aufgesucht hatte, die ihm sonst zu Diensten waren.

Daß er seinem Verlangen nicht nachgegeben hatte, lag nicht nur darin begründet, daß er Tess nicht blamieren wollte, versuchte er sich einzureden. Er war auch zu beschäftigt gewesen. Seine Zeit war zu ausgefüllt, um...

Verdammt, er belog sich selbst, so wie er auch Tess und

Sascha belog. Er wollte kein Freudenmädchen. Er wollte nur Tess.

Er begehrte sie seit jenem ersten Abend im Stall, und seine Glut und Leidenschaft waren so gewachsen, daß er sie nicht mehr ansehen konnte, ohne von seinem Verlangen fast überwältigt zu werden.

Und jetzt regte sich sein Verlangen schon, wenn er nur an sie dachte.

Mit einer Verwünschung auf den Lippen wandte er sich dem Feuer zu.

Die Flammen brannten so rot wie Tess' Locken. Nein, falsch. Tess' Haar erglühte in einem tieferen, weicheren Feuerton.

Er schloß die Augen ganz fest in dem Bemühen, jeden Gedanken an sie zu verdrängen. Wenn er sie in Besitz genommen hatte, würde alles anders sein. Die Macht, die sie über ihn hatte, würde geringer, die Lust gestillt, die Zärtlichkeit ...

Er wollte nicht an die Zärtlichkeit denken, die sie in ihm weckte, nicht daran, wie sie ihn erheiterte. Es war ganz natürlich, daß er sich nach nur einigen Stunden der Trennung wieder nach ihr sehnte. Sie glühte vor Lebenslust, und es war ganz selbstverständlich, daß ihn diese *joie de vivre* anzog. Dennoch war es am besten, wenn er sich in seinen Gedanken auf die körperliche Lust beschränken würde. Lust konnte befriedigt werden. Lust konnte ihm nicht weh tun.

Den Teufel konnte es nicht! Eben jetzt fühle ich mich verdammt unbehaglich, dachte er voller Bitterkeit. Aber die Wartezeit war fast abgelaufen. Kehrte er nach Zalandan zurück, würde er den Hunger befriedigen können, den er fast einen Monat lang im Zaum gehalten hatte.

Entschlossen verdrängte er jeden weiteren Gedanken an Tess. Morgen wollte er nach Zalandan aufbrechen, aber es würde lange dauern, bis er dort ankäme ... bevor er mit Tess zusammensein konnte ...

Jemand folgte ihr!

Tess beschleunigte ihren Schritt, als sie um eine Ecke bog. Es war die Zeit des Abendessens, die Straßen Zalandans waren verlassen. Auf beiden Seiten klafften die Ladeneingänge wie dunkle Höhlen. Tess erschauderte.

Vielleicht war es eine Täuschung, und die Schritte, die sich mit den ihren verlangsamten und beschleunigten, waren reine Einbildung ... Warum sollte sie jemand verfolgen? Instinktiv faßte sie nach dem goldenen Schmuckanhänger um ihren Hals. In den letzten Tagen hatte sie entdeckt, daß sie sich in Zalandan frei und unbehelligt bewegen konnte, obschon die Stadt nicht frei von lichtscheuem Gesindel war. Der Schmuckanhänger. Sie war überzeugt, daß er ihr diese Bewegungsfreiheit verlieh. Er wirkte wie eine unsichtbare eiserne Rüstung. Galens Rüstung.

Aber Galen war seit drei Tagen fort. Vermutlich war ihr Verfolger mehr an dem Gold der Halskette interessiert als an der Warnung, die diese ausschickte ...

»Stehenbleiben!« Die Stimme hinter ihr war barsch, männlich, befehlsgewohnt.

Ihr Herz tat einen Sprung, sie rannte los.

»Majira!«

Die Stimme kam ihr bekannt vor, wie sie mit Erleichterung merkte. Als sie sich umdrehte, sah sie eine hochgewachsene, von einem weiten Gewand umwallte Gestalt auf sich zukommen. Kalim!

»Kalim, du hast mich aber erschreckt. Ich habe nicht erwartet...« Sie atmete tief durch und reckte sich stolz, als sie seine abweisende Miene sah.

»Ihr sollt nicht einfach so durch die Straßen laufen.«

»Mir ist nichts geschehen.«

»Ich bin für Eure Sicherheit verantwortlich... und für Euer Betragen – während der *Majiron* abwesend ist.« Er preßte die Lippen zusammen. »Von nun an werdet Ihr den Palast nicht verlassen!«

Versengender Zorn durchzuckte Tess. »Ich werde gehen, wohin es mir beliebt.«

Sein Lächeln war ohne Heiterkeit. »Und es beliebt Euch, das Haus Yusef Benardons aufzusuchen?«

Ihre Augen weiteten sich erschrocken. »*Merde*, hast du mir nachspioniert, Kalim?«

»Ich habe nur meine Pflicht dem *Majiron* gegenüber erfüllt.« Er ließ eine Pause eintreten, ehe er fortfuhr: »Als die Stallknechte mir sagten, Ihr hättet Pavda nicht geritten, seit der *Majiron* die Stadt verließ, erwachte meine Neugierde.«

»Und deshalb bist du mir heute gefolgt.«

»Nur zu Eurem Schutz.« Er neigte den Kopf. »Ich nahm selbstverständlich an, Ihr wäret unterwegs, um in einem ganz bestimmten Laden oder auf dem Basar eine Kleinigkeit zu kaufen.«

»Warum hast du das geglaubt?«

»In Anbetracht Eurer Herkunft hätte ich es gleich wissen müssen. Frauen aus dem Westen haben nur selten harmlose Vergnügungen im Sinn, wenn sie die Sicherheit ihres Hauses verlassen.«

Sie starrte ihn fassungslos an, als sie fragte: »Was meinst du damit?«

»Ich glaube, das könnt Ihr Euch denken.«

»Sprich es aus.«

Er lächelte verschlagen. »Yusef ist jung und kräftig, ein Bulle von Mann. Das hat den Damen immer schon gefallen.«

»Weiter.«

»Der *Majiron* ist nicht da, und westliche Frauen sind ungeduldig, wenn es um ihr Vergnügen geht.«

»Ich glaube, du weißt herzlich wenig von westlichen Frauen«, sagte sie aufgebracht.

Sein Lächeln war wie weggeblasen. »Ich weiß genug, und ich werde nicht zulassen, daß mein Freund in den Augen der El Zalan entehrt wird. Ihr werdet nie wieder Yusefs Haus aufsuchen.«

»Ich werde gehen, wohin es mir beliebt.«

»Besucht ihn noch ein einziges Mal, und Ihr werdet ihn tot auffinden.«

Sie riß entsetzt die Augen auf. »Was?«

»Euch kann ich ohne Einverständnis des *Majiron* nicht anrühren, ansonsten aber ist meine Autorität absolut. Yusef kann ich ausschalten.« Er machte eine Pause. »So wie ich jede Bedrohung für den *Majiron* ausschalten werde.«

Sie schüttelte wie betäubt den Kopf. »Nur weil ich ihn besucht habe?«

»Weil Ihr die vergangenen drei Nachmittage allein mit ihm verbracht habt. Ich gebe zu, daß Ihr sehr diskret wart, aber wenn es so weitergeht, läßt es sich nicht mehr geheimhalten, und die Ehre des *Majiron* wird befleckt.«

»Und um das zu verhindern, muß ein Mensch sterben?«

»Eheliche Untreue genießt bei uns nicht die Duldung wie in Eurem Land.« In seinem ernsten, unbewegten Gesicht glitzerten die Augen. »Und Galen wird Untreue seiner Gemahlin nicht dulden. Räumt er Euch auch viel Freiheit ein, so wird er nicht zulassen, daß Ihr neben ihm einen anderen habt.«

Tief Atem holend versuchte sie ihrer Wut Herr zu werden. »Das ist eine Beleidigung.«

Er sah sie ausdruckslos an.

»Würdest du mir glauben, wenn ich dir sage, daß ich Galen nicht untreu war?«

»Lügen kommen westlichen Frauen leicht über die Lippen.«

»Was für eine unmögliche Situation!« Sie vollführte eine wegwerfende Geste. »Ich denke nicht daran, mich gegen deine schändlichen Anschuldigungen zur Wehr zu setzen.« Damit drehte sie sich um und eilte die Straße entlang.

»Ihr werdet nicht zu Yusefs Haus gehen«, rief er ihr nach.

»Ich werde tun, was mir beliebt.« Sie warf ihm einen abweisenden Blick über die Schulter zu. »Kalim, ich werde nicht zulassen, daß du in mein Leben eingreifst.«

»Noch ein einziger Besuch bei Yusef und ich präsentiere Euch seinen Kopf in einem Korb.«

Entsetzt starrte sie ihn an, während ihr ein Schauer über

den Rücken lief. Jetzt erst glaubte sie ihm, daß er seine Drohung wahrmachen würde. »Du bist ein Wilder, gewissenlos, unzivilisiert.«

»Mitunter.« Er lächelte. »Aber eines sei Euch zur Warnung gesagt – Galen war es, der mich von Kind an in allem lehrte und unterwies. Verglichen mit Galen, wenn er vor Zorn rast, bin ich noch zahm.«

»Ist er da?« Tess, die auf die Terrasse gelaufen kam, versuchte den Schatten unter dem Pfefferbaum mit den Augen zu durchdringen. »Ist er zurückgekommen?«

»Vor einer Stunde.« Viane strahlte, als sie aus dem Vogelhaus auf die Terrasse heraustrat. »Es ist schon das dritte Mal.«

»Und du hast ihm die Getreidekörner gegeben?«

Viane nickte. »Gleich nachdem er sich neben Roxanne niederließ.«

»Erst vor einer Stunde?« Tess runzelte die Stirn. »Das war keine gute Zeit. Ich habe ihn vor über zwei Stunden von Yusefs Dach aus losflattern lassen. Er muß Umwege geflogen sein.«

Viane lachte. »Was macht das schon aus? Es grenzt an ein Wunder, daß er überhaupt nach Hause gefunden hat.«

»Das ist kein Wunder, sondern Instinkt!« Tess ließ ein Achselzucken folgen. »Aber die Aussicht auf Futter wird ihn demnächst vielleicht schneller fliegen lassen. Der Comte sagte, dies sei das Geheimnis der ganzen Dressur.« Wieder furchte sie die Stirn. »Langsam glaube ich, daß Tauben sehr dumm sind. Yusefs Haus ist in einer Stunde zu Fuß zu erreichen. Fast wäre ich eher als Alexander zu Hause gewesen.«

»Wie ... du bist zu Fuß durch die Stadt gegangen?« Viane

fragte es mit großen Augen. »Du weißt, daß es sich nicht schickt. Ich hätte nie...«

»Ich habe mich nicht in Gefahr befunden.« Insgeheim verwünschte Tess ihre unbotmäßige Zunge. Eigentlich hatte sie Viane verschweigen wollen, daß sie nicht auf Pavda durch die Stadt geritten war. Viane war schon außer sich, weil Tess sich ohne Galens Erlaubnis überall frei und ungehindert bewegte, und jetzt würde sie womöglich völlig die Fassung verlieren. »Als ich Alexander beim erstenmal zu Pferd zu Yusefs Haus brachte, da hat ihn das ungewohnte Gerüttel ziemlich aufgeregt. Es dauerte sehr lange, bis ich ihn so weit beruhigt hatte, daß ich ihn losfliegen lassen konnte.«

Viane schüttelte den Kopf. »Nun ja, solange du den Reitknecht mitgenommen...«

»Ich glaube, Alexander kann man jetzt schon einen längeren Flug zumuten«, unterbrach Tess sie rasch.

»Was hast du dabei im Sinn?« fragte Viane wachsam. »Yusefs Haus befindet sich schon fast am Stadttor.«

»Dann steht fest, daß wir die Stadtmauer hinter uns lassen müssen«, antwortete Tess.

»Nein! Den Frauen des Palastes ist es verboten, sich außerhalb der Stadt aufzuhalten.«

»Galen hat mit mir oft Ausritte außerhalb der Stadt unternommen.«

Viane sah sie beunruhigt an. »Du weißt, daß er dir nie erlauben würde, ohne ihn auszureiten, auch nicht in Begleitung eines Reitknechts. Bis zu Galens Rückkehr werden wir uns mit Yusefs Haus begnügen müssen. Danach können wir ihn vielleicht überreden...«

»Überreden?« Tess verzog unwillig das Gesicht. »Das ist nur ein anderes Wort für ›Bitten‹ und hinterläßt einen fahlen Geschmack im Mund.«

»Galen war dir gegenüber bislang sehr nachsichtig. Keiner anderen Frau wird so viel Freiheit gewährt«, erklärte Viane nüchtern. »Du mußt wissen, daß es für Frauen unüblich ist, mit ihren Männern auszureiten, geschweige denn allein. Sicher hat Galen herbe Kritik zu hören bekommen, weil er dir so entgegenkommt.«

»Das scheint ihn nicht zu kümmern.«

»Er ist es gewohnt, Kämpfe auszufechten«, sagte Viane. »Seit dem Tod meines Vaters versucht er, Zalandan die Segnungen der westlichen Zivilisation zu bringen, aber es gibt bei uns sehr viele, die von den alten Sitten und Gebräuchen nicht lassen wollen.«

»Wie Kalim.«

»Und ich.«

»Du?«

Viane nickte. »In diesem Punkt sind Kalim und ich einander sehr ähnlich. Ich finde, die alten Sitten waren von Anstand und Vernunft getragen.«

»Ist es denn vernünftig, in diesen Räumen eingesperrt zu sein wie die Vögel in deinem Vogelhaus?«

»Ihr Zuhause ist sehr schön, und sie werden niemals Hunger kennenlernen.«

»Sie werden auch die Freiheit nie kennenlernen.«

Vianes Augen zwinkerten ihr lustig zu. »Alexander erlebt die Freiheit immer, wenn du ihn dem Wind überläßt.«

»Aber auch dann bestechen wir ihn mit Leckerbissen, damit er in seinen Käfig zurückkehrt.« Tess schüttelte den Kopf. »Wäre er nicht so dumm, würde er fortfliegen und für sich selbst sorgen.«

»Aber dann hättest du keinen Vogel für Botendienste.«

»Nein.« Tess' Miene verfinsterte sich, als sie an ihre letzte Begegnung mit Kalim dachte. »Du bist Kalim so gar nicht ähnlich. Er ist wie ein wildes Tier.«

Viane zog eine zarte Braue hoch. »Du scheinst ihm zu zürnen. Was hat er getan, um dich so gegen ihn aufzubringen?«

Tess wagte nicht, ihr von der Auseinandersetzung mit Kalim zu berichten. »Ach, ich kann ihn einfach nicht ausstehen«, sagte sie kläglich.

»Zuweilen wirkt er schroff und herrisch, aber das hat seine Gründe. Da er in einem der wilden Stämme an der Grenze aufwuchs, hat er sein Leben lang nur Krieg und Blutvergießen kennengelernt... Wenn er will, kann er sehr lieb sein.«

»Aber überhaupt nicht amüsant. Bei ihm gibt es nur mahnende Blicke, Strafpredigten und Pflichterfüllung.« Nach einer Pause setzte Tess hinzu: »Sascha würde dich nicht langweilen.«

Viane, die errötete, sah weg. »Nein, Sascha würde niemals jemanden langweilen.«

»Und er kann sehr lieb und nett sein..., wenn er daran denkt.«

»Du kennst ihn besser als ich.«

»Und hübsch und stattlich ist er obendrein. Die Damen sind allesamt der Meinung, daß Sascha fabelhaft aussieht.«

»Ja, fabelhaft.« Viane überquerte die Terrasse und trat an die Balustrade, um auf die Stadt und die dahinter liegenden Berge zu blicken. »Warum sprechen wir über Sascha, Tess?«

»Weil er dich sehr mag.«

»... ich weiß.«

»Und du magst ihn auch.«

»Er rührt etwas in mir an.« Viane umklammerte die Steinbalustrade. »Das ist höchst beunruhigend.«

»Du würdest mit Sascha um vieles glücklicher sein als mit Kalim. Er würde dir die Freiheit schenken.«

»Ich habe dir bereits gesagt, daß Freiheit für mich wenig Wert hat.«

»Das sollte sie aber«, sagte Tess ernst. »Wenn du wüßtest, wie herrlich es ist, wenn ...«

»Ich möchte darüber nicht mehr sprechen. Es beunruhigt mich.«

Überzeugt, bei Viane einen kleinen Fortschritt erzielt zu haben, war Tess versucht, in ihren Bemühungen fortzufahren, entschied dann aber, daß es für den Moment reichte. »Ach, schon gut. Ich will ja nur das Beste für dich.«

Vianes große Augen schimmerten wie blanker Onyx, als sie Tess ansah. »Und ich hoffe, du nimmst mir nicht übel, daß ich dem Gespräch ausgewichen bin. Ich habe dich sehr liebgewonnen.«

»Ach, wirklich?« Tess schien erstaunt. »Ich dachte, ich wäre für dich vielleicht zu ... nun, zu lästig. Daß ich dich hin und wieder ziemlich unsanft anschubse, ist mir klar.«

»Anschubsen?« Viane schüttelte lachend den Kopf. »Dein Anschubsen ist, als würde man von Selik in vollem Lauf hinterhergezogen.« Sie beeilte sich hinzuzufügen: »Aber das stört mich nicht. Seit du in Zalandan bist, ist das Leben viel interessanter!«

Tess konnte sich die Gelegenheit nicht entgehen lassen, noch etwas von ihrem bevorzugten Thema anzubringen. »Sascha ist viel interessanter, als ich es je sein könnte. Laß dir sagen ...« Sie hielt inne und lächelte verlegen unter Vianes tadelndem Blick. »Es ist die Wahrheit. Um es mit Sascha aufnehmen zu können, bin ich noch zu jung, aber ich kann es kaum erwarten, ihn einmal zu übertrumpfen.« Ihr Lächeln war verschwunden, als sie stockend fortfuhr: »Ich hatte noch nie eine Freundin, doch jetzt betrachte ich dich als solche.« Nach einer kleinen Pause fuhr sie rasch fort: »Das heißt ... wenn du möchtest ...«

»Selbstverständlich sind wir Freundinnen.« Viane strahlte sie an. »Freundinnen und Schwestern. Ich wußte auf den ersten Blick, daß es so kommen würde.«

»Wie ... klug.« Tess drehte sich um. Ihr Blick galt der hinter den Hügelkämmen untergehenden Sonne. Sie wußte, daß der Kloß in ihrer Kehle daran schuld war, wenn sie sich jetzt schroff anhörte. »Ich bin so unsicher, wenn es um Menschen geht. Ich hoffe nur ...« Sie räusperte sich, um mit betonter Munterkeit fortzufahren: »So, und jetzt wollen wir Alexanders nächsten Ausflug planen.«

Viane runzelte die Stirn. »Ich dachte, wir wären bereits übereingekommen, daß er wieder von Yusefs Haus aus fliegen sollte.«

»Nein, ich glaube, Yusef haben wir schon genug zugemutet.« Sie wich Vianes Blick aus. »Ich bin zu der Ansicht gelangt, daß es für ihn vielleicht peinlich sein könnte, wenn wir weiterhin sein Haus benutzen.«

»Peinlich?«

Tess sah als grausige Vision Yusefs Kopf in einem Weidenkorb vor sich. »Äußerst peinlich ... möglicherweise. Ich will ihm morgen Nachricht senden, daß wir sein Dach nicht wieder benutzen wollen.« Sie würde ihm in einem Nachsatz außerdem zu verstehen geben, daß es für ihn vielleicht vernünftiger sein könnte, Zalandan bis zu Galens Rückkehr zu verlassen. Tess warf einen Blick auf Alexander, der auf seiner Stange im Vogelhaus hockte. »Ein paar Tage wollen wir ihm Ruhe gönnen, bevor wir ihm eine größere Prüfung zumuten.«

»Was für eine Prüfung?« fragte Viane beunruhigt. »Und von wo aus soll er fliegen, wenn wir Yusefs Haus nicht mehr benutzen?«

»Das muß ich mir erst überlegen«, meinte Tess zögernd. Sie hatte nicht die Absicht, ihren neuen Plan jetzt schon preiszugeben. Viane konnte sehr eigensinnig sein, wenn ihr Gefühl für Schicklichkeit und Anstand verletzt wurde. Tess wollte die nächsten zwei Tage dazu nutzen, Andeutungen einzustreuen und Viane allmählich einzuweihen. Sie sah zum Horizont hin. Aus dieser Entfernung konnte man den Wachturm nicht sehen, aber das brauchte sie auch gar nicht. Sie konnte ihn sich vorstellen, wie er aufragte, hoch, stark, geheimnisvoll, und ihr zuwinkte, so wie beim erstenmal, als sie ihn gesehen hatte. »Sicher wird mir eine sehr interessante Lösung einfallen.«

Kalim traf mit Galen zusammen, just als dieser durch die Stadttore galoppiert war. »Das war aber schnell, *Majiron.*«

»Ja, ziemlich.« Galen blickte zum Palast und spürte, wie er es vorausgesehen hatte, eine Regung in seinen Lenden, zu der sich ein verwirrendes Aufflackern von Freude gesellte. Noch nicht. Beherrschung. Bald. »Wir sind sehr schnell geritten. Ist alles in Ordnung?«

Kalim gab keine Antwort, als er sein Pferd antrieb, neben Selik Schritt zu halten.

»Galen, der ihm einen Seitenblick zuwarf, erstarrte. »Also steht es nicht zum Besten?«

Kalim sah ihn nicht an. »Den El Zalan ist nichts widerfahren, was von Bedeutung wäre.«

Galens Blick huschte zum Palast.

»Viane ist auch wohlauf.« Dann setzte er stockend hinzu: »Es geht um die *Majira.*«

Galens Herz schien einen Augenblick stillzustehen, er stieß halblaut eine Verwünschung aus. »Verdammt... ich habe dir aufgetragen, dich um sie zu kümmern. Ist sie krank?«

»Ihre Gesundheit könnte nicht besser sein.« Kalims Wangen röteten sich vor Verlegenheit. Die Männer ringsum bereiteten ihm sichtlich Unbehagen. »Hier ist nicht der richtige Ort.«

Galen trieb Selik zu einem Tempo an, mit dem er die Spitze des Zuges gewann. Er hielt erst im Palasthof an. Dort zügelte er sein Pferd vor der Freitreppe, glitt aus dem Sattel und drehte sich mit einem Ruck zu Kalim um. »Warum muß es unter vier Augen sein, wenn du mir etwas sagen willst?«

Kalim schluckte, ehe er heiser hervorstieß: »Ich wollte Euch nicht vor den anderen Männern entehrt sehen.«

Galen stand reglos da. »Entehrt?«

»Die *Majira* suchte das Haus Yusef Benardons in dieser Woche dreimal auf und blieb jeweils mehrere Stunden dort.« Kalim machte eine Pause. »Allein.«

Galen hatte das Gefühl, als hätte ihm jemand einen Tritt in den Leib versetzt. »Bist du deiner Sache sicher?«

Kalim nickte. »Sie lief zu Fuß und nahm keinen Diener mit. Ich sprach mit Yusefs Nachbarn, die mir berichteten, daß er seine Dienerschaft wegschickte, während sie die Nachmittage mit ihm verbrachte.« Kalim fügte hastig hinzu: »Es wird keinen Klatsch und kein Gerede geben... Ich drohte, ich würde jeden dem Schwert überantworten, der die Kunde von dieser Schande verbreitet.«

Schande. Galen verspürte eine Aufwallung von primitivem Zorn. Tess in Yusefs Bett, sich auf den Kissen räkelnd, Yusef über ihr... Das Blut durchschoß heiß seine Adern. Dennoch war er bemüht, klar zu überlegen. »Zuweilen sind die Dinge anders, als es den Anschein hat.«

»Ich stellte sie zur Rede, und sie hat es nicht abgestritten. Sie war... keck.«

Ja, Tess würde mit Keckheit reagieren. Fast konnte er sie vor sich sehen, wie sie Kalim mit blitzenden Augen Rede und Antwort stand. »Du hast sie zur Rede gestellt?«

»Ich sagte ihr, es würde ihren Liebhaber den Kopf kosten, wenn sie ihre Besuche fortsetzte«, sagte Kalim hitzig. »Es wäre mir ein Vergnügen gewesen, ihn für Euch zu töten, *Majiron*.«

Galens Ton war ganz ruhig, als er fragte: »Und hat sie ihn weiterhin besucht?«

Kalim schüttelte den Kopf. »Yusefs Diener sagte mir, am nächsten Tag sei eine Nachricht aus dem Palast eingetroffen, worauf sein Herr die Stadt sofort verlassen hätte.«

»Wohin hat er sich begeben?«

»Er ist zu einem der Bergstämme geritten.« Kalim ließ einen Seufzer vernehmen. »Und ... das ist noch nicht alles ...«

Galen wandte sich ab, damit Kalim nicht in seiner Miene lesen konnte. »Was hast du mir noch zu berichten?«

Kalim antwortete mit sorgenvollem Gesicht. »Die *Majira* hat heute kurz nach Mittag die Stadt verlassen. Ich hielt es für meine Pflicht, ihr zu folgen.« Er hielt inne. »Ihr Ziel war der Turm.«

Galen drehte sich blitzschnell zu ihm um. »Der Turm?«

»Ich glaube nicht, daß sie weiß, welch zusätzliche Schmach es bedeutet, wenn ein heimliches Stelldichein dort stattfindet«, flüsterte Kalim. »Man hat es ihr bestimmt verschwiegen.«

»Wenn sie es nicht wußte, so hat Yusef es aber gewußt.« Galens Lippen verzogen sich grimmig. »Ebenso wie er wußte, daß der Turm vom Lager in den Bergen leicht zu erreichen ist.«

In Kalims Augen blinkten Tränen. »Glaubt mir, ich wollte es Euch nicht sagen. Ich wollte alles vor Eurer Rückkehr selbst regeln.«

»Ich weiß, Kalim.« Galen, der sehr wohl spürte, wie nahe all dies Kalim ging, war im Moment nicht imstande, ihn zu trösten oder zu beruhigen. Sein ganzes Wesen wurde von dem Bestreben beherrscht, den ungezügelten Haß, der in ihm wühlte, zu unterdrücken. Er mußte nachdenken, überlegen, er durfte seine wilde Natur nicht die Oberhand gewinnen lassen.

»Was soll ich tun? Soll ich zum Turm reiten und sie zurückbringen?«

»Nein.« Galen drehte sich um und erklomm Selik. »Es fällt nicht mehr in deine Verantwortung, Kalim.«

»Laßt mich mit Euch reiten. Angenommen, Yusef ist...«

»Hoffentlich ist er.« Galen lächelte frostig. »Dann brauche ich seine Fährte nicht aufzunehmen.«

Kalim ballte die Hände zu Fäusten. »Ich wußte ja, daß die Frau aus dem Westen Unglück über Euch bringen würde.«

»Ich habe es selbst über mich gebracht, Kalim. Ich weiß ja, wie leicht Frauen sich langweilen. Man muß sie ständig im Auge behalten.« Oh, Gott, er redete schon wie sein Vater. Aber warum auch nicht? Betrogen, wutentbrannt, nach Blut lechzend. »Ich hätte sie mitnehmen sollen.« Er wendete sein Pferd. »Sag Viane, daß ich heute abend nicht mehr komme.«

Er galoppierte vom Hof und weiter durch die Stadt auf die Stadttore zu.

Er war nicht sein Vater.

Doch das Blut war da, die Wildheit war vorhanden.

Tess war nicht ehrlos.

Sie hatte Yusef stattlich gefunden. Sie hatte mit ihm gelacht und gescherzt.

Sie war in mancher Hinsicht noch ein Kind.

Dennoch, in den Tagen vor seinem Aufbruch hatte er sie

bewußt gereizt, hatte sie darauf vorbereitet, ihn in ihr Bett zu nehmen. Am letzten Tag hatte sie ihn im Hof richtig herausgefordert. Sie war für einen Mann bereit gewesen.

Für jeden Mann?«

Galen faßte zähneknirschend die Zügel fester.

Er mußte seine Fassung wahren. Er würde ganz ruhig und vernünftig bleiben. Er würde ihr die Möglichkeit geben, ihm alles zu erklären.

Herr im Himmel, hoffentlich konnte er sich zurückhalten und würde sie nicht körperlich züchtigen.

Er durchritt das Stadtor und schlug die Richtung zu den Hügeln ein.

Tess hob Alexander behutsam aus seinem Käfig. »Also, mein Kleiner, das haben wir schon einmal probiert. Du mußt nur richtig wollen.« Sie reckte sich, beugte sich weit aus dem Fenster und schleuderte die Taube in die Luft.

Alexander schlug mit den grauen Flügeln, die winzigen, an seinem Bein befestigten Glöckchen klingelten fröhlich, als er sich in die Lüfte erhob, anmutig einen Kreis beschrieb ... und westwärts davonflog.

»Doch nicht nach Westen, du Dummkopf!« grollte Tess, die dem Vogel vom Turm aus nachsah. »Du fliegst nach Said Ababa. Wer wird dich dort mit Körnern füttern?«

Die Taube flatterte beschwingt davon, fort vom Turm ... und von Zalandan.

Tess stützte die Ellbogen auf den Fenstersims und schmiegte ihr Kinn in die Hand, während sie dem rasch kleiner werdenden Vogel enttäuscht nachblickte. »Na schön, du wirst es schon merken.« Aber man konnte nicht wissen, wie lange der dumme Vogel brauchen würde, um seinen Irrtum zu entdecken. In der Zwischenzeit mußte sie im Turm bleiben, für den Fall, daß er hierher zurückkehrte und nicht heim flog. Wer weiß ... vielleicht verlor das Tier überhaupt die Orientierung und würde es nie zum Palast zurück schaffen.

Sie begutachtete nachdenklich den Einfall der Sonnenstrahlen in den Raum. Ihrer Schätzung nach würden noch mindestens zwei Stunden vergehen, ehe die Sonne unterging und Viane anfing, sich Sorgen zu machen.

Sie würde dem verdammten Vogel bis zum Sonnenuntergang Zeit zur Rückkehr lassen. War er bis dahin nicht gekommen, wollte sie zurück in den Palast reiten und nachsehen, ob er sich vielleicht doch besonnen hatte und wie eine richtige Brieftaube nach Hause geflogen war.

In der Zwischenzeit aber stellte dieses Turmgemach eine recht angenehme Umgebung dar, in der es sich bequem warten ließ. Der Raum für die Wachen im Erdgeschoß befand sich in totalem Chaos, Tische und Stühle waren umgeworfen und zerbrochen, überall hingen dichte Spinnweben, aber hier im Turmgemach gab es sogar Spuren von Luxus. Die Offiziere, die diesen Vorposten befehligt hatten, mußten eine Vorliebe für die Annehmlichkeiten des Lebens gehabt haben. Das breite Bett an der Wand gegenüber wurde von schweren blauen Samtvorhängen verhüllt, die die Kühle der Wüstennacht abhielten. Der blaubeige Teppich, der den Steinboden bedeckte, war so weich und erlesen wie der in ihrem Palastzimmer. Doch die edle Einrichtung war von einer dicken

Staubschicht bedeckt, und überall sah man Spuren von Schimmel und Moder. Wenn sie Alexanders Intelligenz richtig einschätzte, dann stand ihr eine lange Wartezeit bevor. Sie hatte nicht die Absicht, sich auf das verrottete Bett zu legen oder gar auf dem Steinboden sitzend die Rückkehr des Vogels abzuwarten.

Tess schob den großen thronähnlichen Stuhl vor den riesigen Kamin. Sie nahm die fleckigen Kissen herunter und warf sie achtlos auf den Boden, ehe sie ihren Umhang abnahm und über den Stuhl drapierte. Dann ließ sie sich vorsichtig auf dem harten Sitz nieder und lehnte sich seufzend zurück.

Insgesamt hatte der Turm für sie eine Enttäuschung dargestellt. Sie hatte hier weder Geheimnisvolles noch Interessantes entdecken können und erst recht keinen Grund für Galens striktes Verbot, diesen Ort zu besuchen. Die einzigen Bewohner waren Mäuse und Spinnen.

Tess war klar, was sie hierhergeführt hatte. Sie wußte sehr gut, weshalb sie den Turm hatte kennenlernen wollen. Nicht der Turm selbst war es, der sie magnetisch angezogen hatte, sondern Galens Reaktion auf ihre Erwähnung des einsamen Wachturmes. Sie hatte gehofft, sie würde irgendeinen Hinweis auf einen neuen Aspekt von Galens Charakter entdekken. Er war so verschlossen, daß er freiwillig nie etwas preisgeben würde, und sie spürte, daß nach seiner Rückkehr eine Veränderung in ihrer beider Beziehung eintreten würde. Deshalb war sie der Meinung gewesen, es würde ihr eine gewisse Sicherheit verleihen, wenn sie …

Sicherheit? Wie merkwürdig, daß ihr dieses Wort in den Sinn kam. Vor Galen hatte sie nie Angst gehabt. Ihr war zwar immer bewußt gewesen, daß er für seine Umgebung zur Gefahr werden konnte, aber seine Beherrschung war so absolut, daß Tess überzeugt war, er würde sie ihr gegenüber nie verlieren.

Dieser Turm aber konnte ihr nichts über Galen verraten. Sie würde warten müssen, bis er zurückkam, um ihn dann selbst zu erkunden. In zwei, höchstens drei Tagen wurde in Zalandan mit seiner Rückkehr gerechnet. Dann konnte das neue Spiel beginnen. Sie unterdrückte das leise, erregte Flattern, das sich bei dieser Vorstellung in ihrem Inneren bemerkbar machte. Sich die Vereinigung mit Galen vorzustellen, war beunruhigend. Da wollte sie lieber an den dummen Vogel denken, der jetzt in Richtung Said Ababa flog.

Staubpartikel tanzten durch das Bündel Sonnenstrahlen, das von dem hohen, schmalen Fenster her in das Turmgemach einfiel. Der Ritt zum Turm war lang und heiß gewesen, nun aber ließ die Hitze allmählich nach. Eigentlich war es in diesem kreisrunden Raum recht angenehm, wenn man sich die Sonne ins Gesicht scheinen ließ . . .

Galen erblickte in der Ferne den Wachturm, dessen Umrisse sich dunkel von dem blutroten Sonnenuntergang abhoben. Pavda war an einen Baum angebunden, der neben der messingbeschlagenen Tür des Turmes wuchs. Nur ein einziges Pferd. Sie befand sich also allein im Turm.

Es konnte sich um einen Irrtum handeln. Kalim konnte sich irren.

Aber Kalim würde ihn nie anlügen.

Sie hatte vielleicht einen besonderen Grund, hier zu sein.

Natürlich hatte sie einen Grund. Ihr Geliebter hatte sich hier mit ihr verabredet.

Rapunzel, laß dein Haar herunter...

Das schmale Turmfenster war dunkel. Wartete sie auf das Kommen ihres Geliebten, ehe sie die Kerze anzündete?

Er spürte, wie die Schatten des Turmes mit eisernen Klauen nach ihm griffen, wie sie ihn in die Dunkelheit zogen.

Er war ein zivilisierter Mensch. Er mußte überlegen, er mußte versuchen, Gründe zu finden, die ihr Hiersein erklärten.

Doch je mehr er sich dem Turm näherte, desto wirrer wurden seine Gedanken. Die Zeit schien einen Sprung in die Vergangenheit zu tun. Der Mann, der er geworden war, der war nun verloren. Der wilde, ungestüme Junge, der er einmal gewesen war, war wieder aufgetaucht.

Flammengleich regte sich der Zorn in ihm, umgab ihn, verschlang ihn, wurde eins mit ihm...

7. Kapitel

Sie hätte Angst empfinden sollen, das war Tess trotz ihrer Benommenheit klar, als sie ihre Augen öffnete und die große dunkle Gestalt wie einen Schattenriß vor dem blutroten Himmel jenseits des Fensters sah. Sein hinter ihm wehender Umhang blähte sich im Wind und ließ ihn wie einen wilden, von Feuer umgebenen Falken aussehen. Galen!

Sie empfand keine Furcht. Aufzuwachen und Galen zu erblicken, der sie beobachtete, war etwas völlig Natürliches. Sie war froh, daß das Warten ein Ende hatte. Die Jahre waren so langsam vergangen, die Einsamkeit hatte so lange gedauert. »Galen . . .«

»Ja, es tut mir leid, dich enttäuschen zu müssen.« Die Schroffheit seines Tones riß sie vollends aus ihrem schlaftrunkenen Zustand. »Aber das Leben steckt voller Enttäuschungen, findest du nicht?«

Mit einem Kopfschütteln kämpfte sie sich auf dem Stuhl zu einer sitzenden Position hoch. »Du solltest noch gar nicht dasein! Ich habe dich erst in zwei Tagen erwartet.«

»Welcher Bräutigam würde nicht eilends zu seiner Liebe zurückkehren?« Die unüberhörbare Ironie seines Tones ließ sie zusammenfahren. Er trat durch den Raum und kniete sich vor dem Kamin auf den Boden. »Stelle dir meine Enttäuschung vor, als ich entdeckte, daß du dich meinen Armen entzogen hast.«

»Du weißt, daß ich nicht deine Liebe bin.« Sie sah zu, wie er das Holz im Kamin anzündete, und wünschte sich, im Raum würde es nicht so dunkel sein, damit sie besser in seinen Zügen lesen konnte. Sie hatte eine Veränderung in seinem Verhalten gespürt, in seiner Stimmlage. »Bist du mir böse?«

»Das war ich, aber das ist vorbei.«

Sie platzte heraus: »Ich weiß, du wolltest nicht, daß ich hierherkäme, aber es war notwendig.« Sie runzelte die Stirn, als ihr etwas einfiel. »Woher wußtest du, daß ich hier bin?«

»Kalim ist dir gefolgt.«

»Kalim...« Sie beugte sich auf dem Stuhl vor, bemüht, die schattenhaften Umrisse seiner Gestalt auszumachen. Nun erst ging ihr der wahre Grund für seinen Unmut auf. »Ich nehme an, er hat dir von der Dummheit erzählt, die er...«

»Über Kalim möchte ich nicht sprechen.« Der Funke fing sich im Holz, und sofort flammte der ganze Holzstoß auf. »Seine Rolle ist abgeschlossen.«

»Ich muß aber von Kalim sprechen, wenn ich...« Sie hielt den Atem an, als er ihr sein Gesicht zuwandte. Die Züge waren dieselben, doch sein Ausdruck hatte ihn für sie zu einem völlig Fremden werden lassen. Er sah jünger aus, härter, seine dunklen Augen glitzerten im Feuerschein, seine Lippen verzogen sich zu einem kühnen Lächeln, das eine Spur Grausamkeit enthielt. »Ich glaube, es ist am besten, wenn wir uns aussprechen«, murmelte sie.

»Das Herumreden habe ich satt.« Er streifte seinen Umhang ab und ließ ihn auf den Boden vor der Feuerstelle fallen. »Und ich habe das Warten satt.«

Warten. Dieses Wort rührte etwas in ihrer Erinnerung an, eine Erkenntnis, die ihr in ihrem halbwachen Zustand eben zuvor gekommen war. »Du bist nicht du selbst. Laß uns in den Palast zurückkehren und ...«

»Im Gegenteil, noch nie war ich so sehr ich selbst wie in diesem Moment.« Er knöpfte sein Hemd auf, zog es aus und ließ es achtlos zu Boden gleiten. Sein Ton war sanft, leicht, fast sorglos, und doch fühlte Tess eine innere Spannung, so als stünde sie einem wilden Tier gegenüber. Der Vergleich war treffend, da Galen in diesem Moment wie ein prachtvolles katzenähnliches Geschöpf wirkte, geschmeidig, seidig, ganz und gar sinnlich.

Er ging zum Fenstersims, auf dem er halb sitzend, halb lehnend erst die Stiefel auszog, dann die Hose. »Zieh dich aus.« Die Worte wurden lässig ausgesprochen. »Ich möchte, daß du für mich bereit bist.« Er blickte zu ihr auf und ließ die Andeutung eines Lächelns sehen, als er ihr Erstarren bemerkte. »So, wie du von nun an ständig für mich bereit sein sollst. Zu jeder Stunde und auf jede Weise, die ich möchte. Ich kann zwar nicht sicher sein, ob dein Kind von mir ist, aber ich werde mich nicht betrügen lassen. Es wird ein Kind für die El Zalan geben.«

»Nicht dein Kind?« Sie hätte mit ihm argumentieren sollen, sie hätte vielleicht sogar Angst empfinden sollen, doch sie stellte fest, daß sie nur Neugierde empfand, daß sie von dieser neuen Seite Galens fasziniert war.

»Meine Genugtuung wird das Ergebnis sein, wenn schon

nicht der Schöpfungsakt.« Er war jetzt nackt und kam auf sie zu. Wieder war sie sich der elastischen, tierhaften Anmut seiner Erscheinung bewußt, des Muskelspiels seiner Beine bei jedem Schritt, seiner erigierten Männlichkeit.

»Steh auf«, befahl er ihr.

Sie riß ihren Blick von seinem Körper los und stand ganz langsam auf. Sie spürte, wie sein Anblick sie erregte.

»Du solltest wirklich hören, was ich zu sagen habe.«

»Das hatte ich mir vorgenommen.« Er lächelte. »Aber dann sagte ich mir, daß Logik einen Mann blenden kann, daß sie ihm den Blick auf die Realität verstellt. Warum mühsam Entschuldigungen für etwas finden, das in der Natur einer Frau liegt? Du wurdest von einer liederlichen Person erzogen, deshalb war es unvernünftig von mir, von dir andere moralische Prinzipien zu erwarten.« Er machte sich daran, ihr Kleid aufzuknöpfen. »Du warst voller Verlangen, und ich war nicht zur Stelle, um es zu befriedigen.« Sein Lächeln wurde breiter, als er ihr Erbeben bemerkte, kaum daß er ihre Brüste gestreift hatte. »Diesen Fehler werde ich nie wieder begehen. Von nun an wirst du mich überall hin begleiten.« Er schob das Oberteil ihres Kleides auseinander und betrachtete ihre Brüste. Tiefe Röte stieg ihm in die Wangen, seine Stimme wurde rauh. »Du wirst lernen, allein mich mit deinem Körper zu ergötzen.« Er umfaßte ihre linke Brust mit seiner Hand.

Sie biß sich auf die Unterlippe, um einen Aufschrei zu unterdrücken. Seine Hand war hart und fest und rief eine eigenartige Hitze in ihrem Körper wach.

Sein Daumen glitt über ihrer Brustspitze hin und her,

während er genau beobachtete, wie diese hart wurde und sich vergrößerte. »Das gefällt dir doch, oder? Sag mir, war Yusef ein guter Liebhaber?«

»Yusef war nicht ...« Sie konnte nicht weitersprechen, als Daumen und Zeigefinger sich um ihre Brustspitze schlossen, nicht grob, aber mit so viel Druck, daß heiße Flammen sie durchzuckten. Hilflos wölbte sie sich ihm entgegen ... Nie hätte sie sich träumen lassen, daß ihr Fleisch auf eine bloße Berührung hin so empfindlich reagieren konnte. Sie bekam keine Luft mehr. Ihre Brüste hoben und senkten sich angestrengt, als sie sich bemühte, einen Atemzug zu tun.

»Ich dachte, wir wollten nicht von Yusef sprechen.«

»Ich war es nicht, der seinen Namen aufgebracht hat«, sagte sie ungehalten.

»Ich habe mich geirrt! Ich wußte nicht, wie wütend es mich machen würde, seinen Namen von deinen Lippen zu hören.« Er atmete tief durch, während seine Hand sich um ihre Brust öffnete und schloß. »Ich glaube nicht, daß es mir etwas ausmachen würde, dir Schmerz zuzufügen, aber sonderbarerweise finde ich diese Vorstellung abstoßend.«

Er tat nichts, als ihre Brust zu drücken, doch diese Liebkosung erzeugte eine unerklärliche, schmerzliche Leere zwischen ihren Schenkeln. Sie benetzte ihre Lippen mit der Zunge. »Ich würde nicht zulassen, daß du mir Schmerz zufügst.«

»Eine Frau ist in gewissen Stellungen hilflos ... und ich will, daß du jede einzelne kennenlernst.« Seine Hand glitt von ihr ab, er drehte ihr den Rücken zu. »Meine Ungeduld wächst. Zieh dich ganz aus, wenn du nicht möchtest, daß ich dir die Kleider vom Leib reiße. Denk daran, daß du etwas zum Anziehen für den Ritt zurück zum Palast brauchst.«

Sie zögerte und versuchte sich zu entscheiden. Ihr Instinkt riet ihr, mit den Erklärungsversuchen fortzufahren, aber er war gar nicht gewillt, ihr zuzuhören. Und außerdem... war es nicht das, was sie auch wollte? Die Erwartung, in die er sie mit Absicht versetzt hatte, war so groß, daß sie dieser neuen Erfahrung entgegenfieberte. Sie wollte es wissen. Warum sollte sie leugnen, daß sie es wollte? Nur, weil seine Worte sie verbittert hatten?

Sie ließ das nach Art eines Hosenrockes geschnittene Reitkleid von den Schultern gleiten und zu Boden sinken, wo es zu ihren Füßen liegenblieb.

»Wieso fühlt niemand Mitleid mit der Hexe?« fragte Galen mit leiser Stimme.

Sie sah ihn verständnislos an. »Was?«

»Die Hexe muß Rapunzel liebgehabt haben, weil sie sie vor den Kümmernissen der Welt bewahren wollte. Und gilt die Sympathie immer denen, die die Hexe betrogen.«

»Ich weiß nicht, was...«

»Einerlei. Es war nur so ein Gedanke.«

Sie tat einen Schritt über das zu Boden gesunkene Kleid, setzte sich auf den Stuhl und zog die Strümpfe und Wildlederstiefel aus. Dann erhob sie sich. Was sollte sie jetzt tun? Was wollte er von ihr? Sie trat zu ihm und machte sich an der Schleife zu schaffen, die sein Haar im Nacken zusammenhielt.

Seine Rückenmuskeln gerieten in Bewegung, als ihre Brüste sein Fleisch streiften. »Was machst du da?«

»Hast du mir nicht deswegen den Rücken zugewendet?«

»Nein.« Seine Stimme war belegt. »Ich habe mich umgedreht, um dich nicht einfach hochzuheben und in dich einzudringen, als du so vor mir standest.«

Ihr Interesse war sofort hellwach. »Ist das denn möglich?«

»Ja.« Sein Atem kam stoßweise. »Mehr noch. Wahrscheinlich.«

»Ich kann mich nicht erinnern, daß ich sah, wie Pauline ...« Sie sprach nicht weiter, als er sich umdrehte. »Wird es schmerzhaft sein?«

»Nicht, wenn du bereit für mich bist.«

»Und woher weiß ich, daß ich bereit bin?«

»Woher? Yusef muß ja höchst unzulänglich gewesen sein, wenn du nicht einmal weißt ...« Er unterbrach sich mit einem spöttischen Lachen. »Was soll's, es erbittert mich einfach, daß er es war, der dich alles lehrte.« Er trat näher und umfaßte ihre Weiblichkeit, streichelte und liebkoste sie. Zwei Finger drangen ein und gingen auf Erkundung. »Herrgott, wie eng du bist.«

Diese intime Berührung entlockte ihr ein atemloses Aufstöhnen. »Vielleicht sollten wir nicht ...«

»Den Teufel werden wir!« stieß er halblaut hervor. »Aber so nicht.« Er zog sie hinunter auf seinen Mantel, kniete sich hin und sah sie an. »Du bist zu klein.«

Da fiel ihr ein, was er ihr in der Hochzeitsnacht gesagt hatte. »Du hast gesagt, eine Frau sei dazu da, einen Mann aufzunehmen.«

»So allgemein hätte ich mich nicht ausdrücken sollen. Du bist dazu da, um mich aufzunehmen.« Seine Worte kamen in einem grollenden Ton, während er sie auf den Rücken zurücklegte und ihre Beine spreizte. »Sei ganz still und laß mich dich ansehen.«

Aber er beschränkte sich nicht aufs Ansehen. Seine Finger bewegten sich, drangen ein, sein Blick haftete an ihrem allerintimsten Teil. Ein jähes Aufwallen von Scham überwältigte sie, und sie schloß rasch die Augen. Sie hatte das Gefühl, in dem unter ihr liegenden Mantel zu versinken. Ihre Brüste hoben und senkten sich bei jedem Atemzug. So lag sie ausgeliefert und verletzlich vor ihm, während ein Schauer nach dem anderen sie überrannte.

Seine Handflächen glitten aufwärts, bis zu ihren Hüften, und umfaßten ihre schmale Taille. »Meine Güte, wie klein du bist. Ich kann mit den Händen beinahe deine Mitte umfassen.« Sein Griff wurde fester und ließ sie die harte Kraft seiner Hände spüren. »Wenn ich wollte, könnte ich dich zerbrechen.« Er ließ ihre Mitte los, um seine Hände über ihren Leib bis zu dem krausen Haar zwischen ihren Beinen gleiten zu lassen. »Aber ich müßte verrückt sein, um so etwas zu zerstören.« Seine Finger spielten mit den weichen Löckchen, strichen über sie. »Sieh mich an.«

Sie schlug die Augen auf. Er beugte sich über sie. Seine dunklen Augen glitzerten wild in seinem geröteten Gesicht, während seine Hand auf der Suche war. »Ich möchte sehen, wie du Wollust empfindest. Weißt du, wie oft ich mir dies vorgestellt habe?« Er fand das Gesuchte, Daumen und Zeigefinger umschlossen es.

Sie riß erschrocken die Augen auf, als eine heiße Woge der Lust sie wie ein Krampf erfaßte.

Er berührte sie sanft und geschickt, während er sie unverwandt anblickte und jede Nuance ihres Ausdrucks registrierte. »Glut, Tess?«

»Ja ...« Sie brachte das Wort in dem Wonnetaumel, den er ihr bereitete, kaum über die Lippen. Das Tempo seiner Liebkosungen steigerte sich, so daß sie alle Beherrschung aufbringen mußte, um nicht aufzuschreien. Sie spürte, wie sich in ihr alles verkrampfte, wie ihr Rücken sich hilflos hochwölbte, ihm entgegen. »Oh, Gott ... was ... was machst du mit mir.«

»Ich will dir nicht weh tun«, murmelte er, als er ihre Beine auseinanderschob und sich dazwischen legte. »Du mußt für mich bereit sein.«

Sie erstarrte, worauf sie sofort seine Hände auf ihrem Leib spürte, streichelnd, beruhigend, besänftigend. »Ruhig ...« raunte er ihr zu.

Er sagte es geistesabwesend und mit sinnlich-entrücktem Ausdruck, so daß sie bezweifelte, ob er es bewußt tat. Zorn und Wut mochten ihn noch so fest im Griff haben, er versuchte instinktiv, ihr dieses Erlebnis angenehmer zu machen. Diese Erkenntnis erzeugte in ihr ein Gefühl der Wärme und Zärtlichkeit. Ich darf mich nicht wie ein Feigling benehmen, schließlich ist es etwas, das allen Frauen widerfährt, dachte sie voller Ungeduld. Und sie hatte selbst gewollt, daß es geschähe. »Los«, flüsterte sie. »Jetzt. Ich bin bereit.« Als er eindrang, entrang sich ihm ein kehliger Aufschrei.

Und auch sie schrie auf, als er die Schranke durchdrang und sich ganz tief in ihr begrub.

Sie vernahm den Fluch, den er erschrocken und überrascht ausstieß, und spürte, wie er erstarrte, doch sie war vollauf davon in Anspruch genommen, sich dem Eindringling in ihrem Körper anzupassen. Der Schmerz ließ nach und wich einem Gefühl köstlichen Ausgefülltseins.

»Den Teufel warst du bereit«, keuchte er. »Warum hast du nicht...«

»Pst.« Sie genoß die Vereinigung, entdeckte aber rasch, daß es nicht genügte. Die schmerzende Leere forderte mehr. »Sprich nicht. Beweg dich. Ich möchte dich spüren.«

Er verharrte einen Moment in Reglosigkeit, ehe ein verhaltenes Lächeln über sein Gesicht glitt. »Du wirst mich spüren. Ganz recht, zum Sprechen ist es zu spät.« Er zog sich zurück, um dann zuzustoßen, langsam, schnell, flach, tief. »So?«

Sie nickte heftig, und ihr Kopf bewegte sich auf dem Mantel hin und her, während sich in ihr eine heiße Spannung aufbaute.

Er hielt kurz inne, um ihre Brüste zu umfassen. »Verdammt, wie eng du bist... du machst mich wahnsinnig.«

Hieß das, daß sie etwas falsch machte? Doch er sah nicht aus, als litte er. Er bewegte sich, über sie gebeugt, hinein und heraus, umflutet von seinem dunklen schulterlangen Haar, mit geschlossenen Augen und dem Ausdruck schmerzlicher Wonne im Gesicht.

Sie versuchte, sich zu bewegen, ihm zu helfen, doch er verlor die Beherrschung, stieß immer heftiger zu und hob sie bei jedem Stoß vom Boden. Verloren in einem Gefühlsdelirium, klammerte sie sich an ihn.

Er ließ sich auf den Rücken fallen, während er, wilde, unverständliche Worte hervorstoßend, Tess auf sich zog und wieder zustieß, nach oben, immer wieder. Noch immer nicht befriedigt, richtete er sich auf und legte ihre Beine um seine Hüften. »Du hast noch nicht genug.« Seine Backenknochen traten scharf hervor, seine Lippen wölbten sich sinnlich, während seine Hüften sich in fieberhaftem Rhythmus vor und zurück bewegten. »Ich möchte dich ganz nah, als Teil von mir …«

»Ich bemühe mich …« Sie wußte nicht, ob er sie hörte. An diesem ungezügelten, sinnlichen Mann, der sie durch einen erotischen Taumel führte, war keine Spur des beherrschten Galen zu entdecken, den sie kannte. Wieder veränderte er seine Stellung, und neue Gefühlswogen überrollten Tess.

Ihre Fingernägel gruben sich tief in seine Schultern, als das Tempo sich steigerte. Mehr vermochte sie nicht auszuhalten. Die Hitze wurde immer intensiver, und doch war eine Steigerung spürbar. Schönheit. Hunger. Verlangen.

Sein tiefes, kraftvolles Eindringen wurde von immer heftigeren Atemzügen begleitet. »So nah.« Er biß die Zähne zusammen. »So nah. Ich kann nicht …«

Von irgendwo, wie aus weiter Ferne, hörte sie die eigenen leisen, animalischen Laute, die sich ihr kehlig entrangen. Paarung. Herrlichkeit. Vollendung.

Sie hörte über sich Galens leises Ächzen, als er den Kopf zurückwarf und ein heftiges Schaudern seinen mächtigen Körper erschütterte.

Schön, dachte sie wie betäubt beim Anblick seines Gesichtes über ihr. Galens Ausdruck in diesem Moment war fast so schön wie die Erlösung, die sie am Höhepunkt erlebte. Sie war es, die ihm zu diesem Ausdruck höchster Wonne verholfen hatte, eine Erkenntnis, die sie mit großer Befriedigung erfüllte.

Er sank vornüber und stützte sich mit beiden Ellbogen auf. Seine Brust bewegte sich heftig, während er verzweifelt um Atem rang. Er rührte sich nicht, nur in ihrem Inneren spürte sie ein Zucken und dazu seinen Herzschlag schwer und erregt an ihrer Brust.

Nach einer Weile setzte er sich langsam und zögernd auf, noch immer um jeden Atemzug kämpfend. Mit einem leisen Fluch gab er sie frei und stand auf. Er tappte mit bloßen Füßen zum Kamin, nahm ihren Umhang vom Stuhl und kam zu Tess zurück, die noch immer auf dem Teppich lag. »Setz dich auf.«

»Noch nicht.« Sie wollte sich nicht rühren. Sie war sich nicht sicher, ob sie sich überhaupt jemals würde rühren wollen. Was für eine köstliche Trägheit, dachte sie benommen. Beinahe schöner als die Gefühle, die ihr vorangegangen waren. »Später...«

Er blickte stirnrunzelnd auf sie nieder. »Habe ich dir weh getan?«

Ihre Erinnerung versuchte, die Dunstreste des Gefühlssturmes zu durchdringen, den sie in den letzten Augenblicken erlebt hatte. »Ich glaube... ein wenig. Anfangs...«

»Es war deine Schuld. Was für eine Dummheit... weißt du nicht, was ich dir hätte antun können?« Sein rauher Ton wurde von der Sanftheit seiner Hände Lügen gestraft, als er neben ihr niederkniete und sie in den Mantel hüllte. »Du hättest mir sagen sollen, daß Yusef dich nicht angefaßt hat.«

»Du hast nicht hören wollen.«

»Du hättest mich zum Zuhören zwingen müssen.« Er ließ sich neben ihr auf dem Teppich nieder und schlang die Arme um die Knie, so daß Schulter- und Armmuskeln straff hervortraten. »Es ging um etwas sehr Wichtiges.«

»Hättest du mir denn geglaubt?«

Er schwieg nachdenklich, ehe er sagte: »Wahrscheinlich nicht. Ich ... ich war nicht ich selbst.«

Sie aber war der Meinung, daß die wilde Leidenschaft, die sie an Galen heute entdeckt hatte, ebenso Teil von ihm war wie die Beherrschung, die sie an ihm schon kannte. »Warum bist du dann böse?«

»Ich glaube, die Frage sollte eher lauten, warum du mir nicht böse bist, obwohl ich dich gezwungen habe.«

»Weil es kein Zwang war.« Sie setzte sich auf und zog seinen Mantel um sich. »Das sollst du wissen. *Merde*, du hast ja auch lange genug meine Neugierde auf den Akt geweckt.«

Er blickte sie eindringlich an. »Hoffentlich wurde nicht nur deine Neugierde befriedigt.«

Sie nickte mit Nachdruck. »Aber nein, ich habe es sehr genossen. Kein Wunder, daß Pauline von dieser Aktivität so angetan ist.«

Ein fast unmerkliches Lächeln umspielte seine Lippen. »Dann bist du also nicht mehr der Meinung, sie treibt es nur, weil sie nichts Besseres zu tun hat?«

Sie überlegte angestrengt. »Es ist sehr ...« Sie suchte nach dem passenden Wort – »stark. Ich wußte gar nicht ...«

»Man muß es erleben.« Er schwieg einen Moment still, dann fragte er: »Schmerzt es noch?«

»Ich bin ein wenig wund.« Sie rümpfte die Nase. »Aber

nicht mehr als nach dem ersten Tag im Herrensattel. Deine Stöße waren viel sanfter als die Pavdas.«

Verwunderung huschte über sein Gesicht, dann legte er den Kopf zurück und lachte schallend. »Gott im Himmel, wenn du mich nicht mit deinem Vater vergleichst, dann stellst du einen Vergleich mit deinem Pferd her.«

Sie grinste. »Das sollte dir nur recht sein. Ich hab schon gehört, wie Männer sich damit brüsten, Hengste zu sein.«

Sein Lächeln verflog. »Bei Dirnen kann ein Mann den Hengst spielen. Eine Jungfrau verdient Sanftheit.«

»Mir hat es nichts ausgemacht. Ich habe alles sehr interessant gefunden. Wahrscheinlich war ich keine richtige Jungfrau.«

In seinen Augen blitzte es lustig. »Eine Jungfrau kann gar nicht anders als richtig sein, sonst wäre sie keine.«

»Du weißt, was ich meine.« Sie wich seinem Blick aus. »Wie immer war ich zu wild. Aber ich fand es zu schön.«

»Zu meinem unendlichen Entzücken.«

Ihr Blick glitt zu ihm zurück. »Wirklich?«

»Wirklich«, gab er feierlich zur Antwort. »Aber etwas anderes habe ich von dir nicht erwartet.« Er berührte sanft ihr Haar mit den Fingerspitzen. »Leben, *kilen*.«

Freude durchschoß sie mit schwindelerregender Gewalt, die jede Trägheit vertrieb. Sie lächelte strahlend. »Bin ich aber froh, daß dich mein Mangel an Zurückhaltung nicht stört. Ich hätte höchst ungern ...« Sie unterbrach sich plötzlich, als sie ein vertrautes Geklingel und ein trockenes Rascheln vernahm. »Alexander!«

»Was?«

Sie warf den Umhang von sich, sprang auf und lief zum Fenster. »Es ist Alexander! Er ist zurückgekommen.«

»Wer zum Teufel ist Alexander?«

Sie ließ die Frage unbeachtet, da sie das Fenster erreicht hatte. »Komm herein, du Dummkopf. Ein Wunder, daß du dich in der Dunkelheit nicht verirrt hast.«

Alexander flatterte durch das Fenster herein und landete auf dem Kaminsims.

Galen starrte erstaunt den Vogel an, den den breiten Sims entlangtrippelte. »Ein Vogel?«

»Nicht nur ein Vogel. Er ist meine Brieftaube. Ich habe dir doch von ihm am Tag nach meiner Ankunft in Zalandan erzählt.«

»Ach ja ... wie hat eine so wichtige Mitteilung bei mir nur in Vergessenheit geraten können?« Er sah zu, wie sie den Vogel aufhob und zum Weidenkorb unter dem Fenster trug. »Ich muß gestehen, daß ich den Kopf mit ein paar Bagatellen voll hatte. Banditen, Stammesfehden, die Einheit des Landes ... ich nehme an, dieser Alexander hat mit dem Grund deines Hierseins zu tun?«

»Ja, natürlich.« Sie sah ihn erstaunt an. »Kalim wollte Yusef den Kopf abschlagen. Außerdem waren die Flüge von Yusefs Dach aus für Alexander keine richtige Herausforderung mehr.« Sie sah den Vogel streng an. »Nein, du bekommst keine Körnchen. Du verdienst es nicht. Du hättest nach Zalandan zurückfliegen sollen.« Sie schloß den Käfig. »Er strapaziert meine Geduld über Gebühr. Wahrscheinlich ist der dumme Vogel die ganze Strecke nach Said Ababa und zurück geflogen.«

»Du hast Yusefs Haus benutzt, um deine Taube abzurichten?«

»Es hat das höchste Dach in ganz Zalandan. Alexander ist nicht besonders klug, deshalb dachte ich mir, er würde eher zum Palast zurückfinden, wenn er ihn sehen könnte.« Sie blickte den leise gurrenden Täuberich mißbilligend an. »Hörst du, wie er mich umgurrt. Wahrscheinlich weiß er gar nicht, daß er etwas falsch gemacht hat.« Sie entnahm dem Lederbeutel neben dem Käfig drei Körnchen und steckte sie zwischen den Weidenstäben hindurch dem Vogel zu. »Das ist keine Belohnung, merk dir das. Ich will nur verhindern, daß du verhungerst.«

»Warum hast du das Kalim nicht gesagt?«

Sie sah ihn nicht an. »Er hätte es mir nicht geglaubt. Er mag mich nicht.« Sie drehte sich mit trotzig gerecktem Kinn um. »Und überhaupt – warum hätte ich ihm Erklärungen liefern sollen? Warum hätte ich mir von ihm sagen lassen sollen, was ich tun darf und was nicht?«

»Weil es dir Unannehmlichkeiten erspart hätte.«

»Ich habe keine Unannehmlichkeiten gehabt.« Sie furchte die Stirn. »Bis auf die Augenblicke, als ich bei deiner Ankunft erwachte, da war mir dein Benehmen nicht geheuer. Du hast dich höchst eigenartig benommen.«

Er drehte sich um und blickte ins Feuer. »Ich sagte schon, daß ich außer mir war. Dieser Ort ist mir verhaßt.«

»Warum?«

»Er erinnert mich an das, was einmal war.« Er verzog den Mund. »Und heute wurde ich kurz wieder das, was ich damals war.«

»Und du glaubst, das ist böse?«

»Du nicht?«

Einen Moment lang spürte sie Unsicherheit und Einsamkeit hinter der wachsamen Fassade, hinter der er sich immer abschirmte. Sie wollte ihm helfen, wollte ihn irgendwie trösten, und wußte doch, daß er es nicht zulassen würde. Aber sie hatte einen Trost entdeckt, den sie beide genossen und den er von ihr akzeptieren würde. »Nein.« Sie begegnete furchtlos seinem Blick. »Nein.« Sie durchquerte den Raum und trat vor Galen hin. »Nicht böse. Anders und ... interessant.«

Er schüttelte den Kopf. »Du findest ja die ganze Welt interessant.«

Sie nickte. »Aber ich kenne den Unterschied zwischen böse-interessant und reizvoll-interessant.«

»Und wie sieht dieser Unterschied aus?«

»Tamar ist böse-interessant. Ich möchte von ihm nicht angefaßt werden.« Sie legte die Hand auf das dunkle Haar auf seiner Brust. »Aber dich berühre ich gern.«

Er hielt still. »Was für ein Glück für mich.«

»Ich würde es gern wieder tun.«

»Jetzt?«

»Wenn es nicht zuviel Mühe macht.« Sie konnte seinem Blick nicht standhalten und warf sich in seine Arme, um ihre Wange an seine Brust zu schmiegen. »Ich stelle fest, daß sich in mir das Gefühl regt ... ich möchte es gern wieder tun, allein wenn ich dich ansehe.«

»Du bist nicht zu wund?«

»Nein.« Sie hob den Kopf und flüsterte: »Und ich möchte, daß du mich küßt. Das hast du noch nie getan.«

»Oh, ja.« Seine Lippen streiften die ihren, als er sie sanft auf den Teppich zwang. »Es gibt viele Arten von Küssen, es wird mir ein Vergnügen sein, dir alle zu zeigen.« Er teilte ihre Schenkel und legte sich zwischen sie. »Wir müssen das Leben für dich mit allen Mitteln interessant gestalten.«

Den Kopf auf ihren Arm gelegt, so sah Tess befriedigt zu Alexander in seinem Käfig hin. Seine kleinen dunklen Augen erwiderten den Blick, während er ein sanftes Gurren hören ließ. In diesem Moment fühlte sie sich dem Vogel merkwürdig verwandt. Sie hatte sich an diesem Abend wie er hoch in die Lüfte geschwungen. Als sie an diesem Nachmittag zum Turm gekommen war, hätte sie es sich nie träumen lassen, daß sie hier liegen würde, befriedigt und voller Verwunderung darüber, daß Berührung so viel Wonne bereiten konnte. Sie hatte nur etwas über das Rätsel, das Galen für sie darstellte, in Erfahrung bringen wollen. Das wollte sie immer noch, und es erschien ihr als günstige Gelegenheit, das Thema zur Sprache zu bringen.

»Was hat sich hier zugetragen?« Tess drehte sich auf die andere Seite, um Galen anzusehen. »Warum hast du nicht gewollt, daß ich zum Turm reite?«

Galen schwieg so lange, daß sie schon glaubte, er würde ihr keine Antwort geben. »Meine Mutter hat hier den Tod gefunden.«

»Hier im Turm? Du hast gesagt, sie sei bei einem Sturz vom Pferd ums Leben gekommen.«

»Sie starb, als sie vom Turm davonlief.« Er starrte in die zuckenden Flammen, die das Holz im Kamin umzüngelten.

»Mein Vater tötete ihren Liebhaber unten im Wachraum. Sie stürmte hinaus, sprang auf ihr Pferd und versuchte zu fliehen.« Er machte eine Pause. »Fünfzehn Minuten später fanden wir sie erdrückt von ihrem Pferd auf der Straße nach Said Ababa.«

»Wir?« Sie erstarrte vor Entsetzen. Galen hatte ihr gesagt, daß er beim Tod seiner Mutter erst ein Junge von zwölf Jahren gewesen wäre. »Du warst dabei?«

Er nickte ruckartig. »Als mein Vater erfuhr, daß sie sich in diesem Turm mit ihrem Liebhaber träfe, ließ er mich zu sich kommen. Er sagte mir, meine Mutter sei eine Hure, die uns beide betrogen hätte und bestraft werden müßte. Er sagte, sie hätte für keinen von uns jemals auch nur einen Funken Liebe empfunden und wolle mit ihrem Geliebten nach Said Ababa fliehen.«

»Harte Worte.«

»Wahre Worte. Ich wußte, daß sie mich nicht liebte.« Er machte eine Pause. »Aber daß sie sterben sollte, das wollte ich nicht. Ich glaubte, ich könne vielleicht eine Möglichkeit finden, sie zu retten, wenn ich mit meinem Vater zum Turm ritt.«

»Vielleicht hast du dich geirrt. Die meisten Mütter bringen ihren Kindern Zuneigung entgegen.«

»Meine nicht. Als ich alt genug war, um die Kinderstube zu verlassen, überließ sie mich sofort meinem Vater.«

»Das geschah vielleicht auf seinen Befehl hin.«

Er schüttelte den Kopf. »Sie hat mich gehaßt. Sie hat daraus kein Geheimnis gemacht.« Er zog die Schultern hoch. »Vielleicht hatte sie Grund dazu. Mein Vater hatte sie nur kurz in den Straßen von Diran erspäht, für ihn Grund genug, sie zu entführen und nach Zalandan zu schaffen, wo er sie zu seiner Konkubine machte.«

»Das war die Sünde deines Vaters, nicht die deine.«

»Sie hat in mir immer nur meinen Vater gesehen. Einmal sagte sie mir, ich würde zu demselben Barbaren heranwachsen wie er, und sie wünschte, ich wäre in ihrem Leib gestorben.«

Tess überlief ein Frösteln. »Sie scheint eine sehr lieblose Frau gewesen zu sein. Wahrscheinlich warst du mit deinem Vater besser dran.«

»Wie ... ein Barbar soll besser sein als eine Hure?«

»War er ein Barbar?«

»Ja, er war viel ärger als Tamar. Und er hat mich in seinem Sinn erzogen. Mit dreizehn war ich der Wilde, als den meine Mutter mich bezeichnet hat.« Er riß seinen Blick von den Flammen los und sah Tess an. »Ich weiß noch, wie ich an meinem sechzehnten Geburtstag hier ein wüstes Gelage feierte, mit ein paar Freunden, die ich hierher einlud. Natürlich durften Dirnen dabei nicht fehlen.« Ihm entging ihr entsetzter Blick nicht. »Du findest das häßlich? Nun, so war ich eben. Tamar und ich, wir praßten und hurten drei Tage lang. Dieser Ort hatte etwas an sich, das mich schier in den Wahnsinn trieb.«

Verzweiflung. Raserei. Tess ließ diese Worte unausgesprochen. Sie rückte näher zu ihm hin.

»In einem Anfall von trunkener Raserei tötete Tamar eine der Huren, indem er sie erdrosselte.« Galen blickte ins Feuer.

»Und du hast ihn nicht daran hindern können?«

»Ich war betrunken wie er. Beim Erwachen am nächsten Morgen lag sie zwischen uns auf dem Bett. Für einen Augenblick glaubte ich, daß ich es getan hätte. Mir wurde ganz elend vor Entsetzen und Abscheu. Dann sah ich Tamar an, und mir ging auf, was einmal aus mir werden würde, nein, was bereits aus mir geworden war. Damals erkannte ich, daß es einen anderen Weg geben mußte, daß Blutvergießen und Gesetzlosigkeit ein Ende finden mußten.« Er richtete sich auf die Knie um das Feuer zu schüren. »Es war das letzte Mal, daß ich im Turm war.«

Schaudernd ließ Tess den Blick durch das Turmgemach wandern. Da sie nun wußte, was sich hier an Gewalt und Zügellosigkeit zugetragen hatte, war ihr plötzlich, als strömten die kahlen Mauern etwas Unheilvolles, Bedrohliches aus. Was Galen in diesem Turm an Schmerz und Enttäuschung erlebt hatte, hätte einen Schwächeren zerbrochen. Er aber war gestählt daraus hervorgegangen und hatte an Kraft gewonnen. Dennoch merkte sie ihm an, wie sehr ihn dieser Ort bedrückte.

Tess setzte sich auf und warf den Mantel von sich. »Mir reicht es, ich habe genug von diesem Turm.« Sie stand auf, griff nach ihrem Kleid und zog es über. »Er interessiert mich nicht mehr. Ich möchte zurück in den Palast.«

»Jetzt?« Galen drehte sich zu ihr um. »Ich dachte, wir sollten bis zum Tagesanbruch warten.«

Sie schüttelte den Kopf. »Ich könnte hier keinen Schlaf finden.« Sie ließ sich auf den großen Stuhl fallen und zog ihre Stiefel an. »Es ist kein guter Ort.«

Galen, der auf dem Boden hockte, ließ die Andeutung eines Lächelns sehen. »Ich glaube, ich könnte dich davon ablenken, wenn du bis Tagesanbruch bleiben würdest.«

Sie lächelte ihn an. »Davon bin ich überzeugt. Ich finde an Bettspielen großen Gefallen, und du bist darin besonders versiert, stimmt's?«

»Ich bemühe mich, Lust zu bereiten.« Er senkte die Stimme, und richtete den Blick auf ihre Brüste. »Während ich mir selbst Lust bereite.«

»Nun, das alles können wir auch im Palast haben.« Sie stand auf, sammelte seine Kleider zusammen und warf sie ihm zu. »Ich bin sicher, daß wir uns dort viel wohler fühlen werden. Auch Alexander wird in seinem Vogelhaus glücklicher sein.«

»Ach ja, der weitgereiste Alexander!« Er lächelte. »Den dürfen wir natürlich nicht vergessen.«

»Von weitgereist kann nicht die Rede sein.« Tess schnitt eine Grimasse. »Dazu ist er zu dumm. Aber er wird es schon noch lernen. Ich habe drei Jahre Zeit, ihm alles beizubringen.«

Er hielt beim Stiefelanziehen mitten in der Bewegung inne. »Du hast dir eine bestimmte Frist gesetzt?«

»Natürlich. Ich habe Viane sehr liebgewonnen, und wenn ich Alexander richtig dressiert habe, wüßte ich nicht, warum wir nicht Nachrichten austauschen könnten, nachdem ich Sedikhan verlassen habe.«

»Ach?« Er zog den Stiefel mit einem energischen Ruck hoch und stand auf. »Du planst also bereits deinen Abschied? Darf ich dich daran erinnern, daß noch bestimmte Ziele zu erreichen sind, ehe du daran denken darfst, Sedikhan zu verlassen?«

»Das Kind?« Sie trat ans Fenster und bückte sich nach dem Weidenkäfig. »Das dürfte nicht lange auf sich warten lassen, nachdem wir einen so guten Anfang gemacht haben. Ich bin jung und gesund, und so Gott will, müßte ich im Herbst hochschwanger sein.« Sie blickte ihn an. »Wenn ich den Turm nicht mehr benutzen kann, müssen wir einen anderen Ort finden, um Alexander fliegen zu lassen. Kennst du eine geeignete Stelle?«

»Möglich.« Er stand auf und ging zur Tür. »Ich will es mir durch den Kopf gehen lassen.«

Er ist ja wütend, stellte sie verwundert fest. Trotz der Entfernung, die nun zwischen ihnen lag, konnte sie die Anspannung und den Unwillen spüren, die von ihm ausgingen. »Du brauchst nicht mitzukommen. Sag mir nur wo...«

Er drehte sich abrupt um. »Hör zu«, setzte er an. »Von nun an werde ich hinter dir sein, neben dir, oder in dir. Wenn du in den Palast zurückkehrst, wirst du mein Bett und mein Gemach teilen. Du wirst nicht allein über Land reiten, auch nicht unter dem Schutz eines anderen. Auch wenn ich nur drei Jahre habe, es werden *meine* drei Jahre sein.«

Ehe sie antworten konnte, hatte er die Tür aufgerissen, und im nächsten Moment hörte sie seine Stiefel auf den Steinstufen.

Tess zögerte und sah ihm verwirrt nach. Alexander ließ ein leises Gurren hören. »Sei still, wir gehen«, sagte sie mit geistesabwesendem Blick.

Mit einem Achselzucken machte sie sich daran, die Wendeltreppe hinunterzulaufen. Galens Haltung war zwar ziemlich verwirrend und undurchschaubar, aber diese Nacht hatte viel Gutes gebracht, nicht zuletzt die Lust, die er sie gelehrt hatte. Und sie hatte jetzt eine Ahnung von den Umständen, die ihn geformt hatten, von den Kämpfen, die er ständig ausfocht.

Nein, sie bedauerte nicht, den Turm aufgesucht zu haben.

8. Kapitel

Murmelnde Stimmen, Wärme, die ihr plötzlich entzogen wurde.

Tess ließ protestierende Laute hören, als sie spürte, wie Galen sich aufsetzte. »Schon gut. Schlaf weiter.«

Tess öffnete ein Auge und sah Said vor dem Diwan dastehen, wacker bemüht, sie nicht anzusehen. »Was ist denn?«

»Said sagt, daß Kalim mich sprechen möchte.« Galen schwang die Füße auf den Boden.

Tess blickte zu dem kunstvoll vergitterten Fenster hin. Die ersten rosigen Strahlen des Sonnenaufgangs fielen in den Raum. Sie und Galen waren erst nach Mitternacht in den Palast zurückgekehrt und hatten nur wenige Stunden geschlafen. »Jetzt?« fragte sie verwundert.

»Kalim sagt, daß es wichtig sei.«

Sie stützte sich auf einen Ellbogen. »Wo ist er?«

»Im Vorzimmer.« Er hielt inne. »Keine Angst, ich werde nicht zulassen, daß er vor dir erscheint. Ich gehe zu ihm.«

Tess sah ihn erstaunt an. »Warum? Der Mann gefällt mir zwar nicht, aber ich bin nicht so zimperlich, daß ich mein Gesicht verhüllen müßte, wenn er vor mich hintritt.«

Sein Blick fiel auf die Umrisse ihrer nackten Brüste unter der Seidendecke. »Es war nicht dein Gesicht, das ich verstekken wollte. Ich dachte vielmehr, du würdest dich ... verwundbar fühlen.«

»Besiegt, willst du wohl sagen.« Sie schüttelte den Kopf. »Du bist unvernünftig. Niemand hat mich besiegt. Du nicht, und Kalim schon gar nicht. Ich habe mich nur an unsere Abmachung gehalten, daran ist nichts Unehrenhaftes.« Sie ließ eine gezierte Handbewegung folgen. »Said, sage ihm, er möge eintreten.«

»Wie gut, daß du mir meine falsche Denkweise vor Augen geführt hast«, sagte Galen ernst. Er nickte Said zu, legte sich wieder hin und zog die Decke hoch, nicht ohne Tess' nackten Arm zuzudecken, indem er auch ihr die Decke bis zum Kinn hochschob. »Du hast hoffentlich nichts dagegen, wenn ich verhindere, daß du vor einem anderen Mann entblößt daliegst. Ich entdecke in mir ein gewisses primitives Besitzdenken.«

Sie runzelte erstaunt die Stirn. »Ich habe nichts dagegen, aber ich verstehe es nicht. Es erscheint mir unvernünftig, daß du ...«

»Ihr müßt die Störung entschuldigen, *Majiron*.« Kalim war eingetreten und kam auf die beiden zu. »In den Bergen hat es Überfälle und Plünderungen gegeben! Ein Bote ist vom Lager El Sabir eingetroffen.«

»El Sabir!« Galen fuhr auf. »Wer steckt dahinter?«

»Das steht nicht mit Sicherheit fest.« Kalim zögerte. »Es könnte Tamar gewesen sein.«

»So weit im Süden?« Galen schüttelte den Kopf. »Er hat die El Zalan noch nie zuvor überfallen.«

Kalim zog die Schultern hoch. »Auf den Anführer der Banditen paßt Tamars Beschreibung. Er hat Frauen und Pferde geraubt und Gold dazu! Bei der Auswahl der Pferde ging er sehr wählerisch vor. Ihr wißt ja, daß Tamar ein Freund edler Pferde ist.«

»Wer hat die Nachricht überbracht?«

»Yusef.« Kalim vermied es geflissentlich, Tess anzusehen. »Zur Zeit des Überfalls befand er sich zwar nicht im Lager, doch traf er unmittelbar danach dort ein. Er war es, der berichtete, daß die Beschreibung des Anführers auf Tamar schließen läßt.«

Galen lächelte mit einer Andeutung von Spott. »Kalim, deine übertriebene Diskretion kannst du dir sparen. Sei versichert, daß Yusef gestern nicht mit der *Majira* zusammen war.«

Kalim nickte ausdruckslos. »Wenn es der Fall gewesen wäre, hätte er sich heute nicht mehr so ausgezeichneter Gesundheit erfreut, dessen bin ich sicher.«

»Ganz recht.« Galen erhob sich und griff nach dem Morgenmantel, den Said ihm hastig hinhielt. »Und es sieht ganz danach aus, als hätte meine Gemahlin nicht Sympathien für Yusef gehabt, sondern für sein Haus. Sie hat ein hohes Dach gebraucht, von dem aus sie ihre Taube losfliegen lassen konnte.«

Kalim zwinkerte ratlos. »Ihre Taube?«

»Eigentlich Vianes Taube. Wir bringen dem Vogel bei...« Tess sprach nicht weiter. Warum sollte sie vor Kalim Erklärungen abgeben? »Wo liegt dieses El Sabir?«

»Es ist eines der Lager, die zum Schutz der Goldminen in den Bergen errichtet wurden. Die El Sabir sind ein Vasallenstamm der El Zalan.« Galen griff nach dem Weinpokal, den

Said ihm reichte. »Bis zum Lager ist es ein Ritt von vier Stunden.« Er trank einen Schluck, ehe er Kalim fragte: »Wie steht es um den angerichteten Schaden?«

»Er ist beträchtlich. Das Lager wurde in Brand gesetzt, es sind sechs Tote zu beklagen.« Kalim machte eine Pause, ehe er fortfuhr: »Darunter ein Kind. Hanals Söhnchen.«

Galen stieß einen Fluch aus. »Wann wird dieses Morden endlich ein Ende haben?« Mit einer jähen Bewegung gab er Said den Pokal zurück, drehte sich um und eilte zu der Tür, die ins Ankleidezimmer führte. »Wir brechen in einer halben Stunde auf. Weckt unsere Leute.« Er verschwand, gefolgt von Said, im Ankleidezimmer.

Kalim, der sich zum Gehen wandte, hielt kurz inne und drehte sich zu Tess um. »Ich habe mich also geirrt?« fragte er stockend.

Tess sah ihn an, ohne eine Antwort zu geben.

»Ihr hättet Euch verteidigen sollen. Ihr hättet mir sagen sollen . . .«

»Daß ich keine Dirne bin? Warum hätte ich mich vor dir verteidigen sollen? Warum hätte mir an deiner Meinung etwas liegen sollen?« Sie schob energisch ihr Kinn vor. »Ich wußte ja, daß du nicht mein Freund bist.«

Er errötete. »Euer Freund vielleicht nicht, aber ich würde einer Unschuldigen nie Schaden zufügen wollen.« Er verneigte sich zu einer förmlichen Verbeugung. »Ich bedaure es, wenn mein Vorgehen Euch Ungemach gebracht hat. Ich stehe in Eurer Schuld.«

Tess starrte ihn erstaunt an. Kalim war ein stolzer Mann. Eine Entschuldigung hatte sie nicht erwartet. Für sie stand jetzt fest, daß er vielschichtiger und wahrscheinlich auch weniger arrogant war, als sie geglaubt hatte. Sie sah ihn mit schräggeneigtem Kopf und voller Neugierde an. »Es geht nicht nur darum, daß ich eine Frau aus dem Westen bin, nicht wahr? Du kannst mich nicht ausstehen.«

»Dazu habe ich kein Recht. Ihr seid die *Majira*. Ich sollte ...«

»Um Himmels willen, laß das.« Sie sah ihn unwillig an. »Sage mir die Wahrheit!«

Er machte den Mund auf und zu, ohne daß ein Wort herausgekommen wäre. Schließlich brachte er unsicher hervor: »Es ist nicht so, daß ich Euch nicht leiden könnte. Ich fürchte Euch.«

Noch ehe sie sich von dem Schock erholt hatte, den ihr seine Worte bereiteten, hatte er sich umgedreht und war hinausgeeilt.

Tess starrte verdutzt die Tür an. Nicht nur der Inhalt seiner Worte hatte sie in Erstaunen versetzt, sondern auch das Eingeständnis an sich. Für sie repräsentierte Kalim alles, was fremd und unheimlich in Zalandan war, und doch hatte sie ganz kurz hinter seiner stolzen, kalten Fassade etwas Verletzliches und Empfindsames entdeckt.

Wahrscheinlich war sie ebenso anmaßend gewesen. Sie hatte erwartet, die Menschen würden sie hier herzlich willkommen heißen, obschon sie nichts getan hatte, um Herzlichkeit zu verdienen. Seit ihrer Ankunft in Zalandan hatte sie nicht ernsthaft versucht, die El Zalan kennenzulernen. Wie ein Kind hatte sie mit den Tauben herumgespielt, war auf Pavda ausgeritten und hatte ihre Zerstreuung gesucht.

»Wenn alles gutgeht, bin ich morgen abend wieder da. Aber ich kann dessen weiß Gott nicht sicher sein.« Galen kam voll angezogen aus dem Ankleidezimmer. »Vermutlich werde ich viele Stunden im Beratungszelt verbringen und den Männern ausreden, sich in neuerliche Stammesfehden zu stürzen. Tess, bleibe lieber innerhalb der Stadtmauern, obschon ich bezweifle, daß Tamar sich hier in der Nähe aufhält. Meist schlägt er zu und schleppt dann die Beute in sein Lager, aber es wäre sehr unvernünftig, ein Risiko einzugehen.« Er wollte zur Tür.

»Warte«, entfuhr es ihr. »Ich möchte mitkommen.«

Galen schüttelte den Kopf. »Das ist kein Ausflug nur so zum Vergnügen. Keine Zelte und keine Seidenkissen. Wir reiten schnell und schlafen auf dem blanken Boden.«

»Das weiß ich. Trotzdem möchte ich mitkommen.«

Er sah sie eindringlich an. »Warum?«

»Das kann ich nicht mit Sicherheit sagen.« Sie fuhr sich mit der Zunge über die Lippen. »Ich dachte, ich könnte vielleicht lernen . . .« Mit einem Kopfschütteln wiederholte sie hilflos: »Ich weiß es nicht.«

»Du wirst Dinge zu sehen bekommen, die dir nicht gefallen werden.«

Sie nickte und hielt die Decke, die sie umhüllte, krampfhaft fest. Das Material war seidenweich, so wie ihr ganzes Leben es bis zu ihrer Ankunft gewesen war. Doch es gab daneben andere, rauhere Stoffe und Muster in diesem Land, und es gab vor allem Menschen, von denen sie bis jetzt nichts erfahren hatte. »Darf ich mitkommen?«

Er nickte knapp. »Du hast ein Recht darauf, mit eigenen

Augen zu sehen, weshalb ich dich nach Sedikhan brachte. Zieh dich an. Wir treffen uns in einer halben Stunde unten im Hof.«

Im Lager der El Sabir waren die Feuer niedergebrannt und hatten große Zerstörung hinterlassen.

Tess roch den Rauch schon aus zwei Meilen Entfernung. Als sie an Galens Seite durch das Lager ritt, brannten ihr die Augen, und sie wußte nicht, ob es vom Qualm oder von ihren Tränen kam. Die meisten Zelte waren ein Raub der Flammen geworden. Es war ein herzzerreißender Anblick zu sehen, wie ganze Familien unter den verkohlten Resten ihrer Habe nach Besitztümern suchten, einem Kochtopf etwa, nach Bettzeug oder einer Puppe.

»Mußte er die Zelte verbrennen?« fragte sie heiser.

»Nein.« Galens Miene verriet Haß und Ingrimm. »Aber er hat es vermutlich genossen.« Vor einem angesengten und zerfetzten Zelt zügelte er sein Pferd. »Dies ist das Zelt Dalas, der Mutter des getöteten Kindes. Du brauchst nicht mit mir hineinzukommen.«

»Ich komme mit.«

Galen saß ab, trat um sein Pferd herum und half ihr aus Pavdas Sattel. »Es wird dir vielleicht leid tun.«

Tess tat es leid. Kaum hatte sie das kleine Zelt betreten, als sie das Kind erblickte.

Der kleine Junge, der auf dem Strohsack lag, war höchstens drei Jahre alt. Lange Wimpern ruhten friedlich auf gebräunten Wangen, die seidenweich und blühend waren wie die eines Babys. Der Kleine hätte ebensogut schlafend daliegen können, doch gab es keinen Schlummer, der von so trauriger Reglosigkeit war.

Die schmale junge Frau, die neben dem Kind kniete, war selbst kaum den Kinderschuhen entwachsen, doch als sie beim Eintreten von Galen und Tess aufblickte, sah man, daß ihre Augen uralt vor Schmerz waren.

»Ich trauere mit dir, Dala«, sagte Galen sanft. »Kann ich etwas tun, das deinen Schmerz lindert?«

Die Frau schüttelte den Kopf. »Sie haben ihn zerbrochen, *Majiron*«, flüsterte sie tonlos. »Sie haben ihn über den Haufen geritten wie einen Straßenköter, der ihnen im Weg stand.«

Galen umfaßte die Schultern der Frau.

»Sie haben ihn gesehen.« Die Frau schüttelte wie benommen den Kopf. »Sie haben ihn gesehen und sind trotzdem nicht ausgewichen. Er war noch nicht drei!«

»Wo ist dein Mann?«

»Bei den anderen im Ratszelt.« Ihre Augen flossen über vor Tränen. »Er kann seinen Anblick nicht ertragen.« Sie streckte die Hand aus, um dem Kleinen über die widerspenstigen Locken zu streichen. »Und ich ertrage es nicht, ihn wegzugeben.«

Tess spürte, wie ihre Kehle eng wurde, als sie die Frau ansah. Am liebsten hätte sie diesem Ort des Kummers und des Todes den Rücken gekehrt und wäre auf und davon geritten. Oh, Gott, der Schmerz schien sie zu durchdringen.

»Ich werde ihn zu dir schicken«, sagte Galen.

Die Frau schüttelte den Kopf. »Ich muß meinen Sohn für die Beerdigung vorbereiten. Mein Mann fühlt meinen Schmerz wie den seinen. Er kann beide Lasten nicht tragen.«

»Die Frauen aus dem Dorf?«

»Sie müssen sich um ihre eigenen Familien kümmern. Dies ist eine schwere Zeit.«

»Ich bleibe hier.« Tess merkte gar nicht, daß sie sprach, ehe die Worte ihr entschlüpft waren. Sie trat einen Schritt vor und kniete neben der Frau nieder. »Wenn Ihr erlaubt?« Herrgott, wieso hatte sie dieses Angebot gemacht? Sie wollte nicht hier bleiben.

»Es ist mir einerlei«, sagte die Frau dumpf. Sie hielt den Blick unverwandt auf das Kind gerichtet. »Was immer der *Majiron* wünscht.«

»Du möchtest bleiben?« fragte Galen Tess leise.

»Nein.« Ihre Stimme bebte. »Aber ich muß bleiben.«

Galens Blick suchte ihr Gesicht, dann nickte er langsam. »Ich werde Said vor dem Zelt Posten beziehen lassen. Wenn du etwas brauchst, dann schicke ihn zum Ratszelt, damit er mich holt.«

Sie konnte ihren Blick nicht vom Gesicht des Kindes losreißen. Gott im Himmel, er war ja noch fast ein Baby. Was hätte sie wohl empfunden, wenn der Kleine ihr gehört hätte?

Galen zögerte. Sie spürte seinen Blick auf sich ruhen.

»Geh schon«, flüsterte sie. »Du kannst hier nichts mehr tun.«

Sie hörte, daß er sich bewegte, dann spürte sie einen Lufthauch, als die Zeltklappe gehoben wurde. Danach herrschte Stille. Was sollte sie jetzt tun? Dala schien vor Trauer erstarrt, und Tess war im Umgang mit Menschen nie sehr geschickt gewesen. Und doch mußte sie jetzt etwas tun, mußte von sich aus etwas unternehmen.

Nun gut. Mit Menschen konnte sie zwar nicht gut umgehen, aber bei Pferden kannte sie sich aus. Sie wollte bei Dala anwenden, was sie von Tieren wußte. Dala war vom Schicksal geschlagen worden und wollte nichts weiter als daliegen und sich ihrem Kummer hingeben. Erlaubte man aber einem kranken Pferd, sich hinzulegen, so war das oft gleichbedeutend mit dem Ende. Deshalb muß ich die Frau in Bewegung halten, dachte Tess bei sich.

Sie umfaßte Dalas schmale Schultern und schüttelte sie. »Ich weiß, daß es hart ist, aber Ihr müßt mich anleiten.«

Dala sah sie mit stumpfem Blick an. »Was?«

»Ich möchte Euch helfen, weiß aber nicht, wie ich es anfangen soll. Was müssen wir als erstes tun?«

Von Tess' Aufforderung vorübergehend aus ihrer Betäubung gerissen, rührte sich die Frau. Sie strich sich über die Schläfen und sagte: »Als erstes sollten wir ihn baden.«

Tess nickte zustimmend. »Dann werden wir es tun. Said soll Wasser holen.« Sie stand auf und ging zum Zelteingang. »Ja, das hört sich vernünftig an.«

Aber was war schon Vernunft in einer Welt, in der unschuldige Kinder getötet wurden?

Erst bei Sonnenuntergang verließ sie Dalas Zelt.

Said war sofort auf den Beinen, als sie aus dem Zelt heraustrat. »Ihr habt nicht gegessen«, mahnte er. »Wir haben unser Lager unweit des Baches aufgeschlagen. Es ist ausreichend Wild für ein Abendessen erlegt. Darf ich Euch etwas holen?«

»Jetzt nicht.« Sie war zu erschöpft und von Trauer erfüllt, um an Essen zu denken. »Wo ist mein Gemahl?«

Said deutete mit einer Kopfbewegung auf das große Zelt in einigen hundert Meter Entfernung. »Noch immer im Ratszelt.«

»Bring mich zu ihm.«

»Für eine Frau schickt es sich nicht, die Versammlung zu stören ...«

Tess fuhr mit geballten Fäusten herum. »Verdammt, ich habe keineswegs die Absicht, die geheiligte Versammlung dieser Männer zu stören ... obwohl Gott allein weiß, warum eine Frau in diesen Dingen nicht mitzureden hat, wenn ihre Kinder abgeschlachtet werden wie ...« Sie wandte sich ab. Es war ja nicht Saids Schuld, daß das Leben unfair zu den Frauen war. Aber vielleicht war es doch seine Schuld, und Galens Schuld, und die ihres Vaters und aller Männer, die bestimmten, daß Frauen Kinder gebären sollten, ohne ihnen eine sichere Welt zu verschaffen. »Ich will warten, bis die Versammlung beendet wird, aber ich muß den *Majiron* trotzdem so schnell als möglich sprechen.«

Zu ihrer großen Verwunderung befand Kalim sich nicht im Ratszelt, sondern saß im Schneidersitz davor auf dem Boden. »Warum nimmst du nicht an der Versammlung teil? Ich hätte gedacht, Galen bedarf deiner Unterstützung.«

Kalim schüttelte den Kopf. »Ich wurde in den Bergen geboren und bin unter diesen Menschen aufgewachsen. Galen weiß, daß ich nicht kühlen Kopf bewahren könnte.«

Tess ließ ihren Blick über die Verwüstung ringsum wandern. »Kann Galen denn kühl bleiben?«

»Leicht fällt es ihm nicht.« Kalims Miene verfinsterte sich. »Aber er ist stärker als wir anderen.«

»Das arme Kind.« Zorn flammte in ihr auf. »*Canaille*! Am liebsten würde ich Tamars Verfolgung selbst aufnehmen.«

»Welche Wildheit!« Er ließ ein fast unmerkliches Lächeln sehen, das sofort wieder verschwand. »Warum seid Ihr hier? Wie könnte ich Euch helfen?«

»Du könntest Dalas Mann aus dem Zelt holen und ihn zu ihr schicken.« Tess fuhr sich mit der Hand matt durch die Haare. »Ich habe alles getan, was ich konnte. Jetzt braucht sie ihn.«

»Hanal möchte nicht...«

»Allmächtiger«, explodierte Tess. »Was kümmert es mich, was er möchte! Sie wird morgen ihren Sohn begraben, und sie braucht ihn. Muß ich selbst ins Zelt und ihn holen?«

Er starrte sie einen Moment ausdruckslos an, ehe er sich umdrehte und auf den Zelteingang zuging. »Nein, das ist nicht nötig. Ich werde ihn holen und dafür sorgen, daß er zu ihr geht.«

»Das wirst du tun?«

»Warum so erstaunt? Wie könnte ein Wilder wie ich die Weisheit einer Frau aus dem Westen anzweifeln?«

Sie beachtete seinen Spott nicht weiter. »Warum tust du das?«

Kalim warf ihr über die Schulter einen Blick zu. »Weil Ihr recht habt«, sagte er schlicht. »Hanal darf sich nicht seinem eigenen Kummer hingeben und nach Rache rufen, ohne seine Lieben zu trösten.«

Wenn Kalim sich einmal zum Handeln entschloß, dann bewies er große Tatkraft. Wenig später sah sie einen finster dreinblickenden Kalim mit einem widerspenstig wirkenden jungen Mann aus dem Zelt kommen, den er den Weg zu Dalas Zelt halb schob und halb führte.

»Was ist los?«

Sie drehte sich um und sah Galen, der aus dem Zelt gekommen war.

»Warum hat Kalim Hanal geholt?«

»Weil ich ihm sagte, ich würde ihn eigenhändig herausholen, wenn er es nicht täte«, erwiderte Tess. »Dala braucht ihn.«

»Wie geht es ihr?« fragte Galen besorgt.

»Schon etwas besser, glaube ich. Ich habe sie wie ein Pferd behandelt, und das schien zu klappen, aber...«

Er sah sie verständnislos an. »Wie ein Pferd?«

»Du weißt schon, ich mußte sie in ständiger Bewegung halten.«

Für einen Moment wichen Anspannung und Müdigkeit aus seinem Gesicht, und er lächelte. »Sehr klug.«

»Ich weiß nicht, ob es klug war. Aber etwas anderes wollte mir nicht einfallen.«

»In Situationen wie diesen behält der Instinkt meist recht.«

»Ach?« Sie schüttelte den Kopf. »Ich weiß es nicht. Ich war noch nie in einer Situation wie dieser.« Hastig setzte sie hinzu: »Aber ich finde mich gut hinein. Nur Hanal kann Dala im Moment mehr helfen als ich. Du hättest die Versammlung nicht verlassen brauchen.«

»Du findest dich fabelhaft hinein«, sagte er darauf sanft. »Und was die Versammlung betrifft, so überlasse ich sie ihren Zwistigkeiten.« Aus seinen Worten sprachen Mattigkeit und Überdruß. »Später gehe ich wieder hinein.« Er faßte nach ihrem Arm und drängte sie in Richtung der Zelte, die die El Zalan am Rande des Lagers der El Sabir aufgeschlagen hatten. »Hier steht es schlimmer, als ich dachte. Ich werde Essen zubereiten lassen und dich mit Kalim zurück nach Zalandan schicken.«

»Said hat bereits etwas gekocht.« Sie schüttelte den Kopf. »Und ich werde nicht zurückgehen. Ich habe Dala versprochen, dazusein und ihrem Sohn Lebewohl zu sagen.« Sie ließ ihren Blick über die verbrannten Zelte des Lagers wandern. »Hier gibt es weiß Gott genug Arbeit zu tun.«

»Deine Arbeit?«

»Ich bin zur Stelle. Warum sollte ich mich nicht nützlich machen? Wir müssen aus Zalandan Lebensmittel und andere Vorräte heranschaffen lassen. Ich werde jede Familie aufsuchen und feststellen, was und wieviel gebraucht wird.« Sie zog die Schultern hoch. »Außerdem glaube ich, daß es Dala guttäte, wenn sie nach der Beerdigung eine Aufgabe bekäme. Ich kann nicht damit rechnen, daß ihr Mann sie in Bewegung hält, aber wenn ich ihr zeige, daß ich auf ihre Hilfe angewiesen bin, wird sie sich rascher erholen.«

»Du hast alles ganz genau geplant.« Galen sah sie erstaunt an. »Aber es ist doch gar nicht dein Problem. Du brauchst dich nicht hineinziehen zu lassen.«

»Man braucht mich.«

Galen nickte. »Ja, hier braucht man so viel Hilfe, wie nur geleistet werden kann.«

»Dann wollen wir nicht mehr darüber diskutieren. Ich werde bleiben, bis du nach Zalanda zurückkehrst. Glaubst du, du kannst die Männer überreden, Tamar nicht zu verfolgen?«

»Wenn ich über Luzifers Beredsamkeit und die Geduld Hiobs verfügte.«

»Sie haben viel verloren.«

»Und sie werden noch mehr verlieren, wenn sie an Tamar Rache nehmen wollen. Er ist ein Bandit und in Kampf und Verfolgung erfahren.«

»Du könntest ihnen ja helfen«, riet sie zögernd.

»Ja, aber ich werde es nicht tun. Das Blutvergießen muß ein Ende haben.« Er ließ ihren Arm los, als sie im Lager ankamen. »Es muß einen anderen Weg geben.« Er kniff die Lippen zusammen. »Verdammter Tamar!«

Seit einem einzigen Tag erst war sie Augenzeugin von Schmerz und Gewalt, und fühlte sich selbst schon verwundet und vernarbt. Um wieviel schlimmer mußte dies alles für Galen sein, der inmitten von Gemetzel und Blutvergießen aufgewachsen war. »Was wirst du jetzt unternehmen?«

Er schüttelte den Kopf. »Ich weiß es nicht. Vermutlich werde ich zurückgehen und mit ihnen weiterstreiten.« Er strich mit dem Zeigefinger die Schatten unter ihren Augen entlang. »Für dich war der Tag auch nicht leicht.«

»Leichter als für die El Sabir.« Und sie bereute nicht, daß sie gekommen war. Die hinter ihr liegenden traurigen Stunden hatten ihr auf rätselhafte Weise Erfahrung und Bereicherung gebracht. Sie hatte das Gefühl, einen Pfad beschritten zu haben, auf dem sie nicht mehr umkehren konnte. »... und auch leichter als für dich.«

Auch diese Erkenntnis lag klar vor ihr. Die Tragik, die

heute auf sie eingestürmt war, hatte sie vorübergehend blind für Galens Seelenqualen gemacht, doch jetzt wurden sie ihr um so deutlicher bewußt.

Er ist stärker als wir anderen, hatte Kalim gesagt.

Aber welchen Preis bezahlte er für Beherrschung und Stärke?

»Geh heute nicht mehr zur Versammlung«, bat sie ihn. »Du bist zu erschöpft. Warte bis morgen.«

»Deine Besorgnis rührt mich.«

Sie schnitt eine Grimasse. »Aber deine Absicht änderst du nicht?«

Sein Ausdruck wurde weich, doch sein Kopfschütteln verriet Unnachgiebigkeit. »Die Gemüter sind erhitzt. Ich muß sie beruhigen.« Er warf einen Blick zurück zum Ratszelt. »Ich sollte in diesem Moment bei ihnen sein.«

»Unsinn. Du kannst zumindest bis nach dem Essen damit warten. Setz dich!« Sie drückte ihn auf einen Baumstamm am Lagerfeuer nieder und trat zu einem großen Topf, der über dem Feuer hing. »Ich bringe dir einen Teller Ragout und eine Tasse Tee.«

»Ich habe keine Zeit, um . . .«

»Natürlich hast du Zeit.« Sie warf ihm einen tadelnden Blick zu. »Ruh dich aus.«

Die Andeutung von Belustigung, mit einem Hauch Zärtlichkeit versetzt, huschte über sein Gesicht. »Wie Ihr befehlt, *Majira*.«

Die Morgendämmerung war nahe. Tess erwachte, als Galen neben ihr unter die Decke schlüpfte und sie an sich zog.

»Ist alles gut verlaufen?« fragte sie verschlafen.

»Nein.« Er streckte die langen Beine aus und begrub sein Gesicht in ihrem Haar. »Schlaf weiter.«

»Wo denkst du hin.« Gähnend drehte sie sich zu ihm um. »Wenn du willst, daß ich weiterschlafe, hättest du mich belügen sollen. Man will also die Verfolgung Tamars aufnehmen?«

»Man ist übereingekommen, drei Monate zu warten. Ist es mir bis dahin nicht geglückt, Tamar vor ein Tribunal zu bringen, dann ist ein Überfall auf sein Lager geplant.«

»Wie soll dieses Tribunal aussehen?«

Er hielt inne. »Es soll ein Tribunal der Vereinigten Stämme von Sedikhan sein.«

Sie machte große Augen. »In drei Monaten? Du hast gesagt, das könnte noch Jahre dauern.«

Um Galens Lippen zuckte es spöttisch. »Nur deshalb glaubten sie, sich auf einen Kompromiß einlassen zu können. Auf diese Weise stellen sie mich zufrieden und brauchen sich ihr Blutbad trotzdem nicht entgehen zu lassen.«

»Was wirst du nun tun?«

»Was kann ich tun?« Ein kühnes Lächeln erhellte sein Gesicht. »Ich werde das ganze verdammte Land in drei Monaten einigen.«

Von seiner unerschütterlichen Zuversicht wie gebannt, starrte sie ihn fasziniert an. »Du bist also nicht entmutigt?«

»Wie könnte ich entmutigt sein? Die Situation ist weit mehr als lächerlich, sie ist einfach völlig unmöglich!«

Trotzdem reagierte er auf die Herausforderung mit einer Hochstimmung und einem Elan, die sie nie an ihm erlebt hatte. Und alles nur, weil das Warten ein Ende hatte, wie ihr plötzlich klar wurde... Mochten die Erfolgschancen auch ganz gering sein, jetzt hatte er freie Hand und konnte aktiv werden. »Willst du gegen Windmühlenflügel kämpfen?«

Er schüttelte den Kopf. »Ich will sie überreden, dem Drehen der Flügel Einhalt zu gebieten.«

Galen hatte einen Funken in ihr entfacht. Mit leuchtenden Augen beugte sie sich vor. »Wie denn?«

»Als erstes werde ich die Scheichs der neun bedeutendsten Stämme von Sedikhan aufsuchen und versuchen, sie zur Teilnahme an einer Zusammenkunft zu bewegen, auf der die Einheit zur Debatte gestellt werden soll.«

»Werden sie kommen?«

»Ja, sie werden kommen. Ich werde ein *carobel* veranstalten.«

Obwohl ihr das Wort vertraut in den Ohren klang, wollte ihr die Bedeutung nicht einfallen. »Was ist das?«

»Ein Fest. Essen, Musik, Tanz und das *carobel*-Rennen. Einigen Scheichs liegt nichts an den Beratungen über die Einheit, aber sie werden kommen, wenn ein Fest winkt. Und wenn ich sie beisammen habe, dann habe ich die Chance, sie nach meinem Willen zu lenken.«

»Wo wird dieses Fest stattfinden?«

»Im Vorgebirge unweit Zalandan. Das ist sozusagen neutraler Boden.« Er furchte nachdenklich die Stirn. »Wenn ich bei den Besuchen, die ich den Stämmen abstatte, schon kleine Fortschritte erziele, habe ich eine echte Chance. Es besteht sogar die Möglichkeit, daß ich Tamars Überfälle zu meinem Vorteil nutzen kann. Den meisten Scheichs ist er zu mächtig geworden, und seine Überfälle haben große Verbitterung ausgelöst. Die Bedrohung, die Tamar darstellt, und mein Prestigezuwachs durch die Vermählung mit einer Fürstentochter aus Tamrovia könnten bewirken, daß ich sie soweit bekomme, wie ich möchte.«

»Warum nimmst du dann die Fürstentochter aus Tamrovia nicht mit und präsentierst sie ihnen?«

Er war entsetzt. »Was?!«

Sie stützte sich auf einen Ellbogen auf. »Ist das nicht der eigentliche Grund meines Hierseins?« Ihr Gesicht rötete sich vor Eifer. »Nimm mich mit.«

»Du möchtest mitkommen?«

Sie nickte eifrig. »Wir benötigen ein paar Tage, um diesen armen Menschen zu helfen, aber dann bin ich frei und kann mit dir kommen.« Sie runzelte die Stirn. »Natürlich muß ich Viane Bescheid geben, daß sie Alexanders Dressur weiter betreiben soll. Er darf nicht aus der Übung kommen.«

»Aber natürlich, für Alexander muß vorgesorgt werden.« Er sah sie an. »Du bist ja Feuer und Flamme. Warum?«

Sie war ihrer Sache nicht sicher. Gut möglich, daß sie an seinen Problemen und Aufgaben teilhaben wollte, ebenso möglich aber war, daß sie Teil dieses großen Abenteuers sein wollte. Jede dieser Erklärungen hätte eine Verletzlichkeit verraten, die sie lieber noch nicht eingestehen wollte. Sie senkte den Blick, damit er sie nicht verriet. »Wir haben ein Abkommen getroffen. Da ist es nur ehrenhaft, wenn ich meinen Teil so rasch als möglich erfülle.«

Er erstarrte. »Damit es dir um so eher freisteht, Sedikhan zu verlassen?«

Verlassen? Nichts lag ihr nun ferner als dies. Obwohl sie diese Frage fast als Kränkung empfand, faßte sie sich sofort und sagte kühl: »Genauso ist es.«

»Dann ist es für mich keine Frage mehr, dich mitzunehmen.« Er zog sie an sich und drückte ihre Wange an seine Schulter. »Ich möchte deine Gegenwart voll ausnützen, solange es mir möglich ist.«

9. Kapitel

Tess, die den alten Scheich mit einem höflichen Lächeln bedachte, erntete dafür einen hochmütigen Blick.

Nach nur zwei Minuten wußte sie, daß ihr Besuch bei Scheich Sadrum Hakim vom Stamm der El Kabbar alles andere als angenehm werden würde. Sie behielt ihr Lächeln eisern bei, während sie sich allen Ernstes fragte, wie dieser alte Griesgram reagieren würde, wenn sie vorträte und ihn an seinem langen weißen Bart zöge.

Diese Vorstellung belustigte sie dermaßen, daß sie Müdigkeit und Mutlosigkeit fast vergessen hätte, doch der Alte kehrte ihr mit beabsichtigter Unhöflichkeit den Rücken zu und richtete das Wort an Galen. »In einer Stunde speisen wir mit den Ältesten, und zuvor möchte ich mit dir sprechen.« Auf sein Fingerschnalzen hin eilte eine verschleierte, schwarzverhüllte Frau herbei. »Führe die *Majira* in das Besucherzelt.«

»Wir haben ein eigenes kleines Zelt mitgebracht«, sagte Galen. »Wir möchten dich nicht behelligen.«

»Du lehnst meine Gastfreundschaft ab?«

Galen reagierte mit einem Achselzucken. »Das war nicht meine Absicht. Ich wollte dir nur Umstände ersparen.« Er lächelte. »Natürlich fügen wir uns allen Anordnungen, die du für uns getroffen hast.« Galen nickte Said zu, der hinter ihnen stand. »Sorge dafür, daß die *Majira* hat, was sie braucht.«

Der alte Scheich ließ ein hämischen Lächeln sehen. »Du verwöhnst sie? Die El Zalan sind verweichlicht, seitdem sie eine schöne Stadt erbaut haben und nicht mehr frei durchs Land ziehen. Die Frauen der El Kabbar kennen ihren Platz und erweisen ihren Männern den gebührenden Respekt. Wir lehren sie mit der Peitsche Fügsamkeit.« Er deutete mit ausgestreckter Hand auf Tess. »Sieh sie dir an, sie trägt keinen Schleier.«

»Sie kommt aus Tamrovia, einem Land, in dem die Frauen ihre Gesichter nicht verhüllen müssen.«

»Wie ich hörte, verlangst du es in Zalandan auch nicht. Welch eine Schwäche!«

»Du hast ein Recht auf eigene Ansichten.« Galen sagte es mit undeutbarer Miene. »Aber ihr habt vor zwei Monaten fünf Frauen und sechs der besten Pferde an Tamar verloren. Das konnte selbst eure Stärke nicht verhindern.«

Hakim starrte ihn an und blieb ihm eine Antwort schuldig.

»Vielleicht bedarf es anderer Maßnahmen, um Vorfälle dieser Art in Zukunft zu verhindern«, sagte Galen leise.

»Du fängst wieder an, für die Einheit zu werben?« Der Scheich zögerte, ehe er sich abrupt abwandte, stocksteif und aufrecht, was ihn noch größer und dünner aussehen ließ. »Nun, davon zu sprechen, kann nicht schaden. Komm.«

Galen hielt mit dem alten Scheich Schritt, während beide dem großen Zelt zustrebten.

»Kommt, *Majira*.« Saids Ton war sanft. »Es können Stunden vergehen, ehe...«

»Das weiß ich.« Tess ließ eine ungeduldige Handbewegung folgen. »Ich bezweifle, daß ich Galen noch vor dem Morgen zu Gesicht bekomme.« Sie wandte sich um und folgte der verschleierten Frau durchs Lager, wobei sie die Hitze der Sonnenstrahlen auf ihrem eigenen, unverhüllten Gesicht besonders schmerzhaft spürte. Die Frauen, an denen sie vorübergingen, waren alle in Schwarz gehüllt und starrten Tess und Said über dichte Schleier aus schwarzumrandeten Augen voller Angst an. Noch nie hatte sie sich so fremd gefühlt wie in diesem Moment. Zalandan war ein wahres Paradies an Freiheit, verglichen mit diesem Stammeslager. Aber ich habe ausreichend Gelegenheit gehabt, mich daran zu gewöhnen, dachte sie ermattet. Die El Kabbar waren bereits das siebente Lager, das sie besuchten, und der Empfang war überall ähnlich verlaufen. Nun, nicht ganz, meist war man ihr mit Zurückhaltung und Neugierde begegnet, nie aber mit dieser Feindseligkeit.

Saids Blick hing voller Mitgefühl an ihrem Gesicht. »Der *Majiron* sagt, daß wir nur eine Nacht hier bleiben werden. Tamars Überfall hat den Scheich für Argumente zugänglich gemacht. Und der nächste Stamm, den wir besuchen, hält seine Frauen nicht so streng.«

»Du meinst, man gestattet ihnen, unverschleiert zu gehen, und verlangt nicht, daß sie sich vor ihren Herren verbeugen und auf den Knien liegen? Wie großmütig!« Tess' Blick folgte der Frau, die ihnen vorauslief. »Oh, Gott, wie leid sie mir tun. Am liebsten möchte ich losschlagen, oder ...«

»Nein!« Saids Blick verriet seine Angst. »Das dürft Ihr nicht. Das würde die Aufgabe des *Majiron* sehr erschweren.«

»Keine Angst.« Sie fuhr sich mit den Fingern durchs Haar. »Es würde nichts bringen. Man würde mich mit großen Augen anstarren und ...« Sie schüttelte den Kopf. »Meine eigene Mutter ist nicht anders. Würde mein Vater in Sedikhan leben, dann würde er sie zwingen, einen Schleier zu tragen, das steht für mich fest.«

Die Frau war stehengeblieben und zog die Klappe vor dem Eingang eines kleinen Zeltes zurück, so daß sie eintreten konnten.

»Danke«, sagte Tess.

Die Frau beschränkte sich auf ein Nicken und senkte rasch die Augen.

Du lieber Gott, die Frau hatte sogar Angst vor ihr! Tess spürte, wie das Gefühl der Hilflosigkeit sie zu überwältigen drohte. Ein Schritt ins Innere des Zeltes, und sie erstarrte.

Hitze, Dunkelheit, Räucherwerk.

Sie konnte undeutlich verschiedene auf dem Boden verstreute Gegenstände ausmachen, ein Durcheinander von Kissen, alles sonderbar und fremdartig. Wie in einem Käfig...

Sie bekam keine Luft.

Panik erfaßte sie, ihr Herz pochte wie wild.

Das Gefühl des Eingeengtseins war überwältigend.

»Nein!« Sie machte auf dem Absatz kehrt und stürzte aus dem Zelt, eine überstürzte Flucht, die sie beinahe mit Said zusammenstoßen ließ. Im Freien war die Luft zwar heiß, aber nicht bedrückend und schwül. Verzweifelt rang sie um Atem.

»Ihr seid bleich.« Said war an ihrer Seite. »Ist Euch nicht wohl?«

Tess schüttelte den Kopf, verzweifelt gegen das Schaudern

ankämpfend, das sie immer wieder überfiel. »Im Zelt kann ich nicht bleiben. Wohin wurde Pavda gebracht?«

Said deutete auf einen Pferch, der sich in einiger Entfernung befand. »Soll ich den *Majiron* holen?«

»Nein, natürlich nicht.« Die Blicke der Frauen, die ihr nachstarrten, nicht beachtend, ging sie rasch weiter, fort vom Zelt. »Es wird sofort besser. Ich muß nur fort. Wenn ich ein Stück reite und ...«

»Ich werde die Pferde holen.«

»Kein Widerspruch deinerseits, Said? Möchtest du nicht sagen, ein solches Verhalten schicke sich nicht?«

Er schüttelte den Kopf. »Mitunter ist es notwendig, mit alten Gepflogenheiten zu brechen. Ich weiß, daß die letzten Tage für Euch nicht leicht waren.«

Sie sah ihn erstaunt an.

»Ich kenne eine kleine Oase, keine zwei Meilen von hier. Dort könnt Ihr sitzen und zur Ruhe kommen, während ich meine Flöte spiele.« Er machte eine Pause. »Wenn Ihr gestattet?«

Als sie seine besorgte Miene sah, verspürte sie so etwas wie Zuneigung für Said. Im Laufe der letzten Wochen hatte sich zwischen ihnen ein gewisses Maß an Verständnis entwickelt, so daß sie imstande waren, einander zu akzeptieren, obgleich er noch immer vieles von dem, was sie unternahm, nicht billigte. »Said, ich werde deine Gesellschaft sehr zu schätzen wissen.«

Der Mond stand hoch am Himmel, als Tess einen einsamen Reiter sah, der auf die Oase zuhielt. Galen.

Sie blickte hinüber zu Said, der unter einer Palme saß, unweit des Baumes, an dem sie lehnte. »Ich nehme an, du hast ihm ausrichten lassen, wohin wir geritten sind?«

»Das war reine Höflichkeit, *Majira.*« Er begann wieder mit seinem Flötenspiel.

Sie hätte selbst daran denken sollen, aber sie hatte es so eilig gehabt, von dem Zelt fortzukommen ... von den mitleiderregenden Augen der Frauen. Außerdem war sie sicher gewesen, daß Galens Unterredung mit dem Scheich wie üblich bis tief in die Nacht dauern würde.

Galen hielt neben Pavda an und glitt aus dem Sattel. War er ungehalten? Sie konnte es nicht erkennen, denn sein Gesicht blieb im Dunkel der Palmen.

»Nun, ist das Gespräch gut verlaufen?«

»So einigermaßen.« Er kam näher und kniete neben ihr nieder. »Was ist mit dir? Warum hältst du dich hier auf?«

»Mir fehlt nichts. Ich wollte nur fort vom ...« Sie unterbrach sich. »Jetzt geht es mir schon viel besser. Wir können zurück ins Lager.«

»Bist du sicher?« Er setzte sich zu ihr und befahl Said: »Reite zurück und übermittle dem Scheich meine Entschuldigung. Sag ihm, die *Majira* sei krank. Ich werde mich erst morgen wieder mit ihm treffen können.«

»Nein! Ich sagte schon, daß mir nichts fehlt. Ich werde ...«

Aber Said beachtete ihren Protest nicht und ging zu seinem Pferd. Da wandte Tess sich an Galen. »Sei nicht töricht. Der Scheich hält dich ohnehin schon für einen Schwächling, der mich über die Maßen verwöhnt. Das ist kein kluger Schachzug.«

»Es kümmert mich nicht, was der Scheich von mir denkt. Mein Wohl und Wehe hängt nicht von der Meinung eines anderen ab.«

»Aber die Einheit Sedikhans könnte davon abhängen. Nach allem, was ich in den letzten zwei Monaten durchgemacht habe, lasse ich nicht zu, daß du am Ende durch eine Dummheit dein Ziel nicht erreichst.« Sie ließ sich auf die Decke nieder. »Und jetzt rufe Said zurück und sage ihm ...«

»Warum? Ich komme ohne ihn aus.« Galen streckte sich auf der Decke aus und legte den Kopf auf die verschränkten Arme. »Ich glaube, wir bleiben eine Weile hier. Es ist seit Antritt unserer Reise das erste Mal, daß ich mich frei und unbeschwert fühle.«

»Aber der Scheich ...«

»Der Scheich wird glauben, daß Frauen mein schwacher Punkt sind.« Er lächelte träge. »Aber ich werde ihn mühelos überzeugen, daß ich auf anderen Gebieten alles andere als ein Schwächling bin. Wahrscheinlich verleiht es ihm ein Gefühl der Sicherheit, wenn er sich mir überlegen fühlt.«

Sie schüttelte den Kopf. »Das ist nicht nötig.«

»Es war auch nicht nötig, daß du meinetwegen Einsamkeit und Mühsal auf dich genommen hast«, sagte er leise. »Es war nicht nötig, daß du dagestanden und dich beleidigen lassen hast, während ich fortging, ohne dich zu verteidigen.«

Sie sah ihn verblüfft an. »Ich wußte doch, daß du mich nicht verteidigen konntest, ohne deine Position zu schwächen.«

»Ich war nicht sicher, ob du Verständnis dafür haben würdest.« Er streckte die Arme aus und zog sie an sich, so daß ihr

Kopf auf seine Schulter zu liegen kam. »Ich kann nur einen Kampf zur gleichen Zeit ausfechten. Sobald ich die Einheit gesichert habe, kann ich mich mit anderen Problemen befassen.«

Sie spürte, wie sie sich in seiner Nähe entspannte, wie Mattigkeit und Mutlosigkeit auf wunderbare Weise von ihr wichen. Sie schmiegte sich noch enger an ihn, so als wolle sie an seiner Kraft teilhaben. »Die Frauen waren es«, entfuhr es ihr plötzlich und ganz unwillkürlich.

Er schwieg abwartend.

»Sie waren wie Sklavinnen, eingesperrt und bis zur Unterwürfigkeit geängstigt. Dann ging ich ins Zelt, und wieder war es wie in einem Käfig.« Sie lachte unsicher. »Ich glaube, das hat mir Angst eingejagt.«

»Angst?«

»Ja, ich bekam es mit der Angst zu tun ... befürchtete, daß es auch mir so ergehen könnte. Mein Leben lang habe ich mir gewünscht, frei zu sein, dabei wußte ich, daß Frauen Freiheit verwehrt ist ... Eine unglückliche Schicksalswendung, und ich würde in einem Käfig landen wie sie ...« Sie sprach nicht weiter, um dann mit plötzlicher Heftigkeit fortzufahren: »Es ist nicht recht! Frauen dürften nicht wie das Hab und Gut eines Mannes behandelt werden. Diese armen Frauen, die durchs Lager schleichen, die Angst haben, auch nur den Blick zu erheben ... und Dala, die ihren Sohn verlor, aber nichts zu sagen hat, wenn es um das Schicksal des Mörders geht. Es ist nicht fair, Galen.«

»Nein.«

»Ich wußte immer schon, daß es nicht fair ist, aber ich

nahm es hin. Das ist der Lauf der Welt, dachte ich mir. Du lieber Himmel, sogar die Priester predigen uns, daß wir demütig und pflichteifrig sein sollen.« Sie sah geradeaus in die Dunkelheit. »Aber ich habe dagesessen und nachgedacht und bin zu der Auffassung gelangt, daß es nicht allein eure Schuld ist. Wir sind selbst schuld, wenn wir das alles zulassen. Wir hatten bislang nicht den Mut zu kämpfen und unseren Wert zu beweisen. Das muß sich ändern, Galen.«

»Für meine eigenen Sünden stehe ich gerade, aber ich weigere mich, die Sünden aller Männer auf mich zu nehmen.«

»Du bist ohnehin besser als die anderen.«

Er neigte lächelnd den Kopf. »Für dieses ungewöhnliche Lob bin ich überaus dankbar.« Sein Lächeln verschwand. »Ich sagte schon, ich kann nicht...«

»Du hörst mir nicht zu. Ich erbitte nichts von dir. Weil wir uns darauf verlassen, daß Männer unsere Kämpfe austragen, haben wir nicht verdient, daß wir sie gewinnen.«

»Und du willst diesen Kampf nun selbst ausfechten?« Er strich ihr behutsam eine Haarsträhne aus dem Gesicht. »Gott steh uns bei.«

»Gott hat den Männern auf dieser Welt bereits geholfen. Es wird Zeit, daß er uns hilft.«

»Und wann wirst du zum Angriff übergehen?«

»Das weiß ich noch nicht. Es ist eine schwierige Aufgabe.«

»Eine Aufgabe, die mehr Zeit in Anspruch nehmen wird, als du glaubst.« Er hörte nicht auf, ihre Schläfe zu streicheln, sah Tess dabei aber nicht an. »Besonders, wenn es die Frauen von Sedikhan sind, deren Rettung du dir vorgenommen hast.«

Seine Worte waren für sie schmerzlich. Sie wußte, daß Galen die Wonnen, die ihr Körper ihm bot, sehr genoß, doch er kannte sie auch gut genug, um zu ahnen, daß sie ihm wahrscheinlich noch große Schwierigkeiten bereiten würde. Sie war in seinem Land eine Fremde, und sie hatte in den letzten Wochen zu spüren bekommen, mit welchem Argwohn man hier Fremden begegnete.

»Es sieht so aus, als hätten sie Hilfe dringend nötig.« Sie schlug mit Absicht einen gelassenen Ton an und wechselte das Thema. »Wird Hakim an dem *carobel* in zwei Wochen teilnehmen?«

Galen nickte. »Und er wird wahrscheinlich für die Einheit stimmen. Er hat zuviel erdulden müssen, um nicht nach einem Heilmittel für seine Leiden zu greifen.«

»Wir müssen nur noch zwei Scheichs besuchen. Es sei denn, du beabsichtigst, Tamar zum Fest ebenfalls einzuladen.«

»Ich bin doch nicht verrückt. Es gäbe Krieg, ehe wir beim Ratszelt ankämen.«

»Wird er nicht aus Wut darüber, daß er nicht eingeladen wurde, die Zusammenkunft stören?«

»Das werde ich nicht zulassen.«

»Wie willst du ...«

»Ich möchte jetzt nicht mehr reden.« Er begann, ihr Reitkleid aufzuknöpfen. »Ich werde weiß Gott noch genug reden müssen, wenn ich zu Hakim zurückgehe.« Er senkte den Kopf und streifte ihre Brustspitzen mit den Lippen. »Hakim hat mir heute eine *kadine* angeboten, um mich zu ergötzen«, raunte er ihr zu.

Sie erstarrte. »Was hast du ihm geantwortet?«

»Was hätte ich schon sagen sollen? Ich sagte, daß du eine Göttin der Liebe seiest, und daß ich dich deswegen so über die Maßen verwöhne, weil du mir ein wahres Paradies bereitest, wenn ich mich zwischen deine Schenkel lege.«

Sie spürte den vertrauten Schmerz im Zentrum ihrer Weiblichkeit, als seine Zähne sanft an ihrer Brustwarze zogen. Tess schluckte. »Du hättest ihn nicht zu belügen brauchen.«

Er schob sich über sie, zog ihr Kleid herunter und teilte ihre Schenkel. »Ich habe nicht gelogen ...«

»Es sieht aus wie ein kleines Dorf«, sagte Tess halblaut zu Galen, als sie von einer Anhöhe auf das Gelände hinunterblickte, wo die Festlichkeiten stattfinden sollten.

In dem Lager, das aus mehr als hundert Zelten bestand, herrschte rege Betriebsamkeit. Frauen rührten in riesigen Kesseln, die über Feuern vor ihren Zelten hingen; Männer schlenderten umher, lachend und schwatzend; edle Pferde, deren Fell seidig in der Sonne glänzte, tummelten sich auf der Koppel am anderen Ende des Lagers.

»Ich sehe keine Kinder«, bemerkte Tess. »Wenn dies ein Fest sein soll ... wo stecken die Kinder?«

»An einem *carobel* darf nur teilnehmen, wer den dreizehnten Geburtstag hinter sich hat.« Galen trieb sein Pferd an. »Die Kinder bleiben zu Hause und werden von den Alten betreut.«

»Warum?«

»Das Rennen und die Preise sind nur für Erwachsene, beides wird sehr ernst genommen.« Galen zeigte auf eine freie Stelle am westlichen Ende des Lagers. »Dort ist Viane.«

»Ach, wo denn?« Doch Tess hatte Vianes zierliche Gestalt bereits erspäht. Sie bewegte sich anmutig und gemessen durch die Menge. Tess trieb Pavda zu einem Galopp an, so daß die Stute vor Galen auf das Zeltlager zusprengte. »Viane!« rief Tess schon von weitem.

Viane drehte sich um, ein Lächeln erhellte ihre Züge. Sie blieb stehen, bis Tess ihr Pferd zügelte und absaß. »Wie schön, dich wiederzusehen. Du siehst gut aus.«

Tess umarmte sie liebevoll. »Hast du Alexander mitgebracht?«

Viane lacht auf. »Wußte ich's nicht, daß dies deine erste Frage sein würde? Natürlich habe ich ihn mitgebracht. Hast du mich nicht in drei Briefen ermahnt, ihn nicht zu vergessen? Er ist in meinem Zelt, wir können ihn fliegen lassen, wenn du möchtest. Ich habe meiner Zofe Anweisung gegeben, ihn zu füttern, wenn er in den Palast zurückkehrt.« Sie hob abwehrend die Hand, als Tess etwas sagen wollte. »Ja, ich habe mit ihm geübt. Kalim hat mir dabei geholfen.«

»Kalim?« fragte Tess verwundert.

Viane nickte. »Allabendlich brachte er ihn zu Yusefs Haus und ließ ihn fliegen.« Sie hielt inne. »Und in der letzten Woche hat er ihn von verschiedenen Stellen in der Stadt aus fliegen lassen. Alexander bekommt allmählich Übung, den Weg nach Hause zu finden.«

»Kalim hat in seinen Nachrichten an Galen nichts von seiner Mithilfe erwähnt.«

»Das läßt sich denken. Es ist ja auch keine Staatsaffäre.«

»Das stimmt.« Es war erstaunlich, daß Kalim Zeit und Mühe für ihr Projekt opferte, aber Tess war nicht sicher, ob es ihr genehm war. »Wäre Sascha zur Stelle gewesen, er hätte es ähnlich gemacht.«

Viane unterdrückte ein Lächeln. »Möglich.«

»Sogar ganz sicher«, beharrte Tess. »Ist Kalim hier?«

»Natürlich. Zu einem *carobel* kommt alle Welt. Für alle Männer von Rang ist die Teilnahme Tradition.«

»Auch für Galen?«

Viane nickte. »Er sagt, es sei sehr wichtig, kleine Traditionen zu beachten, wenn man die großen abschaffen möchte. Er hat die letzten vier *carobels* gewonnen.« Ihr Lächeln verflüchtigte sich. »Ich darf nicht herumstehen und schwatzen. Es gibt noch viel zu tun, ehe das Fest übermorgen beginnt. Das Essen muß vorbereitet werden.« Sie deutete auf ein großes Zelt. »Und die Unterkunft für die *kadines*.«

»*Kadines*? Hier?«

»Aber natürlich. Wußtest du nicht, daß es Brauch ist, den Gewinner jedes Wettkampfes mit einer Nacht bei der Frau seiner Wahl zu belohnen? Anfangs gab es immer viel Blutvergießen, wenn ein Sieger sich für die Frau oder Tochter eines Mitbewerbers entschied, deshalb ist man dazu übergegangen, die schönsten *kadines* herzuschaffen. So werden Konflikte vermieden.« Sie zog die Schultern hoch. »Außerdem haben die Frauen noch vor Ende der Festlichkeiten meistens jeden Mann im Lager bedient. Es sind nicht nur die Gelage und Wettspiele, die die Stammesführer samt Gefolgsleuten anlokken, es ist die Tradition, daß jeder Mann sich während der Festtage mindestens einmal mit einer *kadine* vergnügt.«

»Ich . . . verstehe.« Sie hätte sich ihre Verwunderung sparen können, da sie inzwischen entdeckt hatte, daß *kadines* sogar von Ehefrauen und Konkubinen akzeptiert wurden. »Sind sie schon aus Zalandan eingetroffen?«

Viane schüttelte den Kopf. »Morgen. Aber ich muß dafür sorgen, daß ihr Zelt entsprechend vorbereitet ist. Sie empfangen viele Besucher.«

»Das läßt sich denken.«

»Ich habe einen Koffer mit passender Kleidung für dich mitgebracht, und dazu deine Schmuckschatulle«, sagte Viane. »Du wirst Galens Anliegen sicher durch eine passende Aufmachung unterstützen wollen.« Ihr mißbilligender Blick galt Tess' Reitkleid. »Ich schlage vor, du ziehst dich sofort um. Die meisten Scheichs sind bereits eingetroffen.«

»Das hat Zeit.« Tess sah nachdenklich zum Zelt der *kadines*. »Sind sie sehr schön?«

»Natürlich, ich habe sie selbst ausgesucht.« Viane schien erstaunt. »Warum sollten sie wohl sonst als Preis gelten?«

»Ich weiß nicht ... es ist so ...«

»Viane, sei gegrüßt.« Galen zügelte sein Pferd neben ihnen, während er mit einem Blick prüfte, wie es im Lager um Ordnung und Sauberkeit bestellt war. »Du hast ganze Arbeit geleistet.«

Viane errötete vor Freude. »Es gibt noch viel zu tun ... ich sagte es eben zu Tess ... aber morgen wird alles fertig sein.« Sie blickte Tess mit strengem Stirnrunzeln an. »Du mußt dich umziehen.«

»Ach, schon gut.« Tess verzog das Gesicht. »Aber ich weigere mich, mein Gesicht mit einem Schleier zu verhüllen, und zwar ohne Rücksicht auf die Folgen, die es für Galen haben mag.«

»Wie schade.« In Galens Augen blitzte es lustig. »Sicher würde der alte Hakim diese Konzession als großen Sieg für mich ansehen.«

»Kein Schleier.« Tess blieb stur. Wieder fiel ihr Blick auf das Zelt der Freudenmädchen, und sie setzte ganz nebenbei hinzu: »Aber ich sehe keinen Grund, warum ich nicht ein schönes Gewand anziehen soll.«

»Ich bin dir zu Dank verpflichtet«, sagte Galen ernst.

»Schließlich habe ich dieses Reitkleid satt, nachdem ich zwei Monate nichts anderes getragen habe. Zudem bin ich Vernunftgründen durchaus zugänglich.«

Der einzige Schmuck ihres schlichten Goldbrokatkleides mit der hohen Taille war eine Perleneinfassung des tiefen quadratischen Ausschnittes.

Leider besaß sie nicht viel, um das Mieder zu füllen, wie Tess mit einem Blick in den blanken Bronzespiegel wehmütig feststellte. Aber das Gold hob den Glanz ihres Haares vorteilhaft hervor.

Galen rückte sich bequem auf dem Divan zurecht und stützte das Kinn in die Hand. »Großartig«, bemerkte er anerkennend.

»Dazu gehörten eigentlich ein passender fransenbesetzter Umhang und ein alberner Sonnenschirm.« Sie faßte nach ihrem Dekolleté. »Sehr züchtig ist das Kleid nicht. Vielleicht sollte ich den Umhang dazu tragen. Hakim wird mich wieder mit seinen Blicken durchbohren.«

Galen zog die Brauen hoch. »Und das stört dich?«

»Nun... Viane meinte, ich dürfe deinem Ansehen nicht

schaden.« Sie betrachtete ihr Spiegelbild und fügte beiläufig hinzu: »Sie scheint der Meinung zu sein, du würdest die Tradition des Festes achten.«

»Wenn es sich einrichten läßt.«

»Sie sagte, die meisten Männer besuchten die *kadines* in ihrem Zelt.«

»Das stimmt.«

»Du auch?« Noch immer vermied sie es, ihn anzusehen. »Nicht, daß es mir etwas ausmachen würde. Ich möchte es nur wissen.«

»Wenn es dir nichts ausmacht, warum interessiert es dich dann?«

Sie sah ihn unwillig an. »Mir gefällt es nicht... es stört mich.«

»Warum?«

»Woher soll ich das wissen?« fragte sie ganz außer sich. »Die Vorstellung behagt mir nicht...« Sie sprach nicht weiter. »Also wirst du zu ihnen gehen?«

»Wenn ich es nicht tue, dann verstoße ich gegen die Tradition.« Er stand auf und trat zu ihr hin. »Die anderen Männer würden meine Männlichkeit anzweifeln.«

»Unsinn.«

»Hakim könnte glauben, ich hätte den Verstand verloren.«

»Hör auf, mich zu necken. Wirst du hingehen?«

Er fuhr mit dem Zeigefinger die Perleneinfassung an ihrem Ausschnitt entlang. »Hast du das angezogen, um mich von einem Besuch abzuhalten?«

»Bestimmt nicht.«

»Das ist gut. Weil es ein Irrtum gewesen wäre.«

Sie wurde unsicher. »Wieso?«

»Um mich davon abzuhalten, hättest du dich ganz ausziehen müssen. Ganz ohne bist du mir lieber.« Er lächelte. »Aber es freut mich, daß es dir mißfällt, wenn ich mich der Lust mit anderen Frauen hingebe. Es ist nur fair, wenn du dich besonders bemühst, mir zu gefallen. Würde ich verzichten, so brächte ich ein großes Opfer. Den *kadines* hat man viele köstlich-verderbte Dinge beigebracht, mit denen sie einem Mann höchste Lust bereiten können.« Er ließ einen Finger in ihr Mieder gleiten und fuhr über ihre Brustspitze. »Möchtest du diese Raffinessen kennenlernen?«

Sie spürte, wie ihr Körper unter seiner Berührung dahinschmolz. »Meinst du denn, daß sie mich interessieren könnten?«

»Das kann ich dir garantieren.«

Sie fuhr sich mit der Zunge über die Lippen. »Dann sehe ich keinen Grund, nicht ...«

»Galen, Tamar ist da!«

Kalim war ins Zelt gestürzt und stieß diese Meldung atemlos hervor.

»Tamar?« Galen ließ Tess los. Sofort war er ganz Spannung und Interesse. »Bist du sicher?«

Kalim nickte. »Ich habe ihn selbst ins Lager reiten sehen.«

»Wie viele sind mit ihm gekommen?«

»Er ist allein.«

Galens Anspannung ließ nach. »Gut. Dann besteht keine unmittelbare Gefahr. Bring ihn zu mir.«

Kalim nickte und verließ das Zelt.

»Tamar...«, flüsterte Tess. »Und das Fest hat noch nicht einmal begonnen.«

»Ich habe erwartet, daß er irgendwann auftauchen würde. Besser früher als später.« Galen sah sie an. »Geh in Vianes Zelt. Ich möchte nicht, daß er sieht...«

»Galen, wie kannst du so ungastlich sein?« Tamar betrat ungeniert das Zelt. »Würde ich denn ein *carobel* feiern und dich nicht einladen?«

Galens Miene verriet keine Regung, als er gleichmütig sagte: »Deine Überfälle haben dich bei den meisten meiner Gäste höchst unbeliebt gemacht. Daß man dich willkommen heißt, kannst du kaum erwarten.«

»Daß mich diese elenden Bastarde willkommen heißen, habe ich allerdings nicht erwartet.« Tamar ließ ein Achselzucken folgen, als er aus einer großen Holzschüssel eine Feige wählte. »Aber du freust dich doch immer, wenn du mich siehst, oder?« Seine kräftigen weißen Zähne bissen in die Feige, während sein Blick zu Tess wanderte. »Prächtig seht Ihr aus. Wie eine echte Prinzessin, die Ihr ja seid.« Seine Stimme war leise und seidenweich. »Es war sehr raffiniert von Galen, daß er mir nicht verriet, welche Pläne er mit Euch hatte. Wie ich höre, habt Ihr mit meinem alten Freund das ganze Land bereist. Nun, konntet Ihr diese Narren mit Eurer Prachtentfaltung gebührend beeindrucken?«

»Ich glaube, wir haben einen gewissen Erfolg erzielen können«, antwortete Tess kühl. »Meine Anwesenheit könnte dazu beigetragen haben.«

Tamar biß wieder in die saftige Frucht. »Wie hochmütig.« Seine weißen Zähne blitzten aus dem bärtigen Gesicht. »Galen, ich glaube, die Prinzessin gefällt mir besser als die Dirne. Soll ich dir sagen warum?«

»Nein, sag mir lieber, weshalb du gekommen bist.«

Tamars Blick hing an Galen. »Um dir noch eine Chance zu geben, von dieser Narrheit Abstand zu nehmen. Schicke diese Schafe in ihre Lager zurück und hör endlich auf, ihnen eine Einheit einzureden, die außer dir niemand wünscht.«

»Die vor allem du nicht wünschst.«

»Ich gebe zu, daß sie mir ganz und gar nicht paßt. Meiner Natur sind die Fesseln zuwider, die einem die Einheit auferlegt.« Sein Lächeln wurde breiter. »Und deiner Natur sind sie ebenso zuwider. Jede Wette, daß du ein halbes Jahr nach der Einigung deine eigenen feinen Gesetze brechen würdest.«

»Tamar, du irrst dich.«

Tamar schüttelte den Kopf. »Oh, nein, ich kenne dich sehr gut, mein Freund. Deine dummen Ideale halten nur so lange stand, als der Anlaß, gegen sie zu verstoßen, nicht zu verlockend ist.« Sein Lächeln verschwand. »Und ich versichere dir, daß ich dir diesen Anreiz liefern werde. Schicke sie fort, Galen.«

Galen hielt weiter Tamars Blick stand. »Sie werden gehen, aber dann wird es ein vereintes Sedikhan geben.«

Tamar stieß halblaut einen Fluch aus. »Und mich wird man als Gesetzlosen ausstoßen?«

Galen nickte.

Tamar bedachte ihn mit einem finsteren Blick. »Da hört der Spaß für mich auf. Du gehst zu weit. Ich warne dich ...« Er kämpfte gegen seine Wut an. Schließlich brachte er ein verkniffenes Lächeln zustande. »Eine unglückliche Entscheidung, Galen.« Er drehte sich um und ging auf die Zeltöffnung zu. Im Eingang blieb er stehen und warf Tess einen Blick zu. »Ihr habt es nicht wissen wollen, aber ich sage Euch jetzt, warum mir eine Prinzessin besser gefällt als eine Dirne. Weil ich es noch nie mit einer Prinzessin getrieben habe.« Er machte eine Pause. »Noch nicht.«

Im nächsten Moment war er verschwunden.

Tess versuchte das Schaudern zu unterdrücken, das sie erfaßte. Diesmal war kein Messer gezogen worden, doch war diese Begegnung um vieles bedrohlicher gewesen als jene letzte, die sie mit Tamar gehabt hatte.

»Ich schicke dich zurück nach Zalandan«, sagte Galen tonlos.

Sie drehte sich wie der Blitz zu ihm um. »Weil Tamar so widerwärtig ist?« Sie schüttelte den Kopf. »Ich werde nicht gehen. Ich habe hier eine Aufgabe. Ob die Scheichs meine Anwesenheit billigen oder nicht, mein Anblick erinnert sie ständig an deinen Bund mit Tamrovia.«

»Du wirst am Morgen losreiten. Kalim wird dich begleiten.«

»Und wenn er mich in Zalandan wieder verläßt, reite ich ihm im Abstand von zehn Minuten bis hierher nach. Ist es dir lieber, wenn ich allein und unbegleitet reite, anstatt unter deinem Schutz?«

Er ballte die Hände zu Fäusten. »Du kennst Tamar nicht. Er wird nicht ...« Als er den entschlossenen Zug um ihren Mund und ihr trotzig vorgerecktes Kinn sah, ließ er einen leisen Fluch hören. »Herrgott, wie bist du eigensinnig! Begreifst du denn nicht? Tamar äußert keine leeren Drohungen, und er hat dich bedroht.«

»Dich ebenso.«

»Es ist mein Kampf und nicht deiner.« Er hob in einer hilflosen Geste die Hände und stieß wieder eine Verwünschung aus, ehe er auf dem Absatz kehrtmachte und aus dem Zelt stürmte.

Er irrte sich, dachte sie bei sich. Wußte er denn nicht, daß seine Kämpfe immer auch die ihren sein würden? Solange sie lebte, würde sie …

Solange sie lebte.

Starr vor Entsetzen hing ihr Blick an der Zeltöffnung, durch die er eben verschwunden war. Verdammt, was für ein Gedanke war ihr eben durch den Kopf gegangen? Sie wollte an keinen Mann gebunden sein.

Und doch war sie an Galen Ben Raschid gebunden, nicht allein durch ein Gelöbnis oder durch Fleischeslust, sondern durch ein tieferes Band.

»Nein!« Sie wollte keine Fesseln, die sie an Galen oder an Sedikhan binden würden. Sie wollte frei sein. Liebe war es nicht. Was sie empfand war nur Lust und die Achtung für einen Menschen mit ungewöhnlichen Eigenschaften. Ihre Vereinbarung und das gemeinsame Ziel hatten sie einander nähergebracht als gemeinhin üblich war, aber es konnte nicht sein, daß …

Und er liebte sie nicht.

Der Schmerz überfiel sie und überrumpelte sie. Aber warum schmerzte diese Erkenntnis sie, wenn sie ihn ja doch nicht liebte?

Sie sah an sich hinunter, sah das Brokatkleid, das sie angezogen hatte, um ihn abzuhalten, zu einer anderen zu gehen. Ihr hätte eigentlich klar sein müssen, was für eine gefährliche Reaktion das war.

Sie ließ sich nur von der Wonne blenden, die er ihr bereitete. Pauline hatte volle zwei Wochen lang nach einem ihrer Anbeter geschmachtet, ehe sie wieder bei Sinnen gewesen war.

Aber Tess war nicht Pauline und konnte nicht so einfach vergessen.

Sie wollte nicht daran denken. Sie würde sich so eifrig betätigen, daß ihr keine Zeit bleiben würde, über Galen und die rätselhafte Beziehung, die sich zwischen ihnen entwickelt hatte, nachzudenken. Sie wollte sich von ihm distanzieren.

Ja, genau das wollte sie tun. So wie sie Dala in der Zeit ihrer tiefsten Trauer durch Aktivität abgelenkt hatte, wollte sie bei sich selbst verfahren.

Es war nach Mitternacht, als Tess Galen das Zelt betreten und sich ausziehen hörte. Sie atmete ganz flach in der Hoffnung, er würde glauben, sie schliefe.

Es dauerte nicht lange, und er legte sich neben sie auf das Lager. Zunächst sagte er gar nichts.

»Du schläfst nicht.« Galen drehte sich um und blickte sie in der Dunkelheit an.

»Nein.«

»Ich wäre schon früher gekommen, aber Hakim wollte unbedingt über die Gesetze...«

»Es macht nichts.«

Er schwieg einen Augenblick, ehe er zögernd vorbrachte: »Ich wollte in deiner Gegenwart nicht fluchen, aber ich ... ich war sehr in Sorge.«

»Meine Gefühle sind nicht so zart, daß barsche Worte ihnen etwas anhaben könnten.«

»Nein?« Er streckte die Hand aus und berührte ihre Wangen. »Ich glaube, sie sind es, *kilen*.«

Sie machte die Augen ganz fest zu, um die Tränen zurückzuhalten. Was für eine Torheit. Diese Gefühlswoge, die sie erfaßt hatte, war Wahnsinn. Nur weil er sie zärtlich berührte, war kein Grund zu heulen wie ein kleines Kind. Ja, der Entschluß, zu ihm auf Distanz zu gehen, war sogar noch klüger gewesen, als sie geglaubt hatte. »Du irrst dich. Ich bin nur wach, weil es zum Schlafen zu heiß ist.«

»Sonderbar. Mir kam die Nacht kühl vor.« Er umfaßte ihre Brust. »Du fühlst dich kalt an.« Er lachte auf, als er spürte, wie ihre Brustwarze unter seiner Hand hart wurde. »Aber eine gewisse Glut ist trotz allem vorhanden.«

»Du hast mich gut abgerichtet. Darauf kannst du dir etwas einbilden.« Sie schob seine Hand weg und rückte von ihm ab. »Ich bezweifle sehr, daß Daphne sich so gelehrig zeigte und ihre Pflicht so rasch lernte.«

»Pflicht?«

»Dir zu Gefallen zu sein, dein Kind zu gebären. Ist das nicht meine Pflicht?« Ihre Stimme verriet, wie aufgewühlt sie war, deshalb bemühte sie sich um einen gelasseneren Ton. »Ich habe nachgedacht und bin zu der Meinung gekommen, daß ich momentan meine Willfährigkeit ausreichend bewiesen habe.«

Er erstarrte. »Ach?«

»Ich möchte nicht, daß du mich berührst.«

Er stieß einen Fluch aus. »Verdammt, Tess, ich sagte schon, es täte mir leid ...«

»Deine Worte haben nichts mit meinem Entschluß zu tun ... Die Bettspiele waren amüsant, aber mittlerweile habe ich die Liebkosungen satt.«

Er stieß ein ungläubiges Lachen aus. »Aber heute morgen hattest du das alles noch nicht satt. Du hast mich geritten wie ein Winddämon auf ...«

»Ich möchte nicht davon sprechen.« Und sie wollte an diese Szene nicht denken. Die Erinnerung reichte aus, ein Prickeln am ganzen Körper zu erzeugen. »Ich werde es dir sagen, wenn meine Gefühle sich ändern sollten.«

»Danke.« Die Ironie seines Tones grenzte an Sarkasmus. »Ich bin dankbar für jedes Krümelchen, das du mir zuzuwerfen geruhst. Irgendwie müssen wir zu einer Verständigung gelangen. Ich habe nicht die Absicht ...« Er unterbrach sich jäh und als er wieder zu sprechen anfing, schlug er einen schmeichelnden Ton an. »Tess, sprich dich aus. Sag mir, was los ist.«

»Nichts.« Sie schloß die Augen und rückte ein kleines Stück von ihm ab. »Ich bin erschöpft. Ich möchte jetzt schlafen.«

»Jetzt willst du schlafen?« Entrüstung und Enttäuschung hatten die Sanftheit in seiner Stimme verdrängt. »Du stürzt mich in diesen Aufruhr, und dann willst du einfach schlafen?«

»Ja.«

»Aber das ist nicht ...«

Sie spürte, wie er seine Gefühle unterdrückte und um Fassung rang.

»Gut, dann schlafe eben.« Er drehte sich um und präsentierte ihr seinen Rücken. »Ich kann warten.«

Sein Leben lang hatte er warten müssen. Warten auf Zuneigung, die nie kam, warten auf das Ende der Kriege, warten auf die Erfüllung seiner Aufgabe. Oh, Gott, wie gern hätte sie ihn berührt und getröstet. Sie wünschte sich, ihn fest an sich zu drücken, ihn in den Armen zu wiegen und ihm zu sagen ...

Sie ballte die Hände zu Fäusten, um ihn nicht anzufassen. Sie durfte ihn nicht berühren. Wenn sie diese Nacht aushielt, würde es morgen besser sein.

Sie durfte ihn nur nicht berühren ...

10. Kapitel

Seit Tagesanbruch hatte sie keine Pause gefunden. Galen, der im Eingang von Hakims Zelt innehielt, beobachtete verdrossen, wie Tess mit Viane hin und her lief, mit ihr plauderte und dabei gestikulierte. Sie war fort gewesen, als er erwachte, und während des ganzen Vormittags hatte er nur hin und wieder einen Blick auf sie erhaschen können. Wie ein energiestrotzender Wirbelwind war sie hinter Viane einhergefegt, hatte ihr geholfen, das Einrichten der Zelte sowie das Aufstellen der Tische mit den Erfrischungen zu überwachen. Ihm war auch nicht ihr ernsthaftes Stirnrunzeln entgangen, als sie aus einem der über den Holzfeuern hängenden Kessel von der Speise kostete.

Tess und kochen, um Himmels willen! Tess hatte sich geweigert auch nur die Aufsicht über die Palastküche zu übernehmen, weil sie das Drumherum anödete. Wenn sie sich über einen Kochtopf beugte, dann mußte bei ihr etwas nicht stimmen. Aber was, verdammt noch mal?

Sie hatte sich verändert und begegnete ihm kühl und ausweichend, obschon Kühle ihr wesensfremd war und niemand unverblümter sein konnte als Tess. Als sie sich letzte Nacht von ihm abgewendet hatte, war er sich betrogen vorgekommen.

Zorn hatte sich in ihm geregt, so als hätte ihn ihre Verweigerung einer Kostbarkeit beraubt.

Wonne. Sie hatte ihn der Wonne ihres Körpers beraubt. Sie hatte ein Abkommen mit ihm getroffen und besaß kein Recht, ihn zu betrügen. Seine momentane Empfindlichkeit war kein Schmerz, sondern Enttäuschung, weil er sich an ihren Körper gewöhnt hatte und keine andere ihn so wie sie zu befriedigen vermochte. Er hätte ihr sagen sollen, daß er eine Zurückweisung wie die der letzten Nacht nicht mehr dulden würde. Er hätte sie zwingen sollen, ihm zu geben, was ...

»Stimmt etwas nicht?«

Galen war so tief in seine Gedanken versunken, daß er Kalim nicht kommen gehört hatte. »Was sollte nicht stimmen? Alle Scheichs der neun Stämme sind eingetroffen, und sie hören sogar auf das, was ich zu sagen habe.«

»Nun, dein Stirnrunzeln ließ auf Besorgnis schließen.« Kalim zog die Schultern hoch. »Ich bin gekommen, um dir zu sagen, daß von einem der Bergstämme Nachricht gekommen ist.«

Galen erstarrte. »Tamar?«

Kalim schüttelte den Kopf. »Tamar scheint sich in Luft aufgelöst zu haben, seit er fortritt. Nein, es geht um Sascha Rubinoff. Er wurde eine halbe Tagesreise von hier gesichtet.«

»Sascha.« Vermutlich handelte es sich um eine schlechte Nachricht, wenn Sascha sich entschlossen hatte, Belajo zu verlassen und nach Sedikhan zurückzukommen. Der trockene Humor seines Freundes hatte ihm in letzter Zeit sehr gefehlt. »Schicke ihm eine Eskorte entgegen. Ich bezweifle sehr, daß Tamar wirklich vom Erdboden verschwunden ist.«

»Die Eskorte ist bereits unterwegs.« Kalim lächelte. »Ich bin kein Dummkopf, Galen.«

»Nein.« Galens Blick wanderte wieder zu Tess. Er selbst war der Dummkopf, der seine Frau wie ein liebeskranker Anbeter nicht aus den Augen ließ, obwohl weitaus wichtigere Dinge seine Aufmerksamkeit erforderten. »Den Rest des Nachmittags verbringe ich mit Lomed und Hakim. Verständige mich, wenn Sascha eintrifft.«

»Soll ich ihn zu dir bringen?«

»Nein.« Wieder galt sein Blick Tess. »Schicke ihn zu der *Majira*.« Vielleicht würde Tess Sascha anvertrauen, auf welche Weise er sie gekränkt hatte. Lange konnte er diesen Zustand weiß Gott nicht aushalten.

Die Ironie, die diesem Gedanken innewohnte, entlockte ihm ein spöttisches Lächeln. Fast zwanzig Jahre hatte er sich in Geduld gefaßt und gewartet, bis sein Traum von einem vereinigten Sedikhan Gestalt annahm, und jetzt hatte eine einzige Nacht der Zurückweisung durch eine zierliche rothaarige Person genügt, daß er vor Wut mit den Zähnen knirschte und nahe daran war, sich mit Gewalt zu holen, was sie ihm verweigert hatte. »Sag ihm, er möge heute abend in mein Zelt kommen. Wir wollen zusammen speisen und alles besprechen.«

»Sascha!«

Tess stürzte aus Vianes Zelt und warf sich in Saschas Arme, nur um sofort mit gerümpfter Nase auf Abstand zu gehen. »Herrjeh, du stinkst nach Schweiß und Pferd!«

»Was für eine Beleidigung!« Er spielte den Gekränkten und

wich seinerseits zurück. »Kaum eile ich an deine Seite, um dich als erste zu begrüßen, und schon höre ich aus deinem Mund nur Beleidigungen.«

»Ich hätte mit der Begrüßung warten können, bis du gebadet hast. Macht nichts, ich halte eben den Atem an.« Sie warf sich Sascha wieder in die Arme und drückte ihn zärtlich. »Was gibt es an Neuigkeiten?«

»Nichts Gutes.« Saschas Lächeln erstarb. »Die Mutter Oberin fragte in einem Brief bei deinem Vater an, ob deine Heimreise gut verlaufen sei und ob Captain Braxgan sich als vertrauenswürdig erwiesen hätte.«

Tess riß erschrocken die Augen auf. »In der Tat keine gute Nachricht.«

»So schlecht aber auch wieder nicht, Kleines.« Sascha tippte mit dem Zeigefinger auf ihre Nase. »Am Tag nach meinem Aufbruch beabsichtigte dein Vater nach Dinar zu reisen, den Kapitän ausfindig zu machen und ihn zu befragen. Vielleicht ist der gute Kapitän längst in See gestochen.«

»Oder auch nicht.« Sie nagte an ihrer Unterlippe. »Mein Vater weiß nicht, daß du die Hände dabei im Spiel hattest?«

»Noch nicht.«

»Und er hat auch nicht Verdacht geschöpft, als du so plötzlich wieder aufgebrochen bist?«

»Mein erhabener Vater und sein Bruder hatten einen Angelausflug an den Zandar geplant, und ich machte deinem Vater weis, ich wolle dort zu ihnen stoßen.« Er verzog das Gesicht. »Angesichts meiner Einstellung zu königlichen Extravaganzen eine fadenscheinige Ausrede, aber sie hat ihren Zweck erfüllt.«

»Aber nicht für lange. Die Zahl der Schenken in Dinar ist

gering, und man wird sich mit Leichtigkeit an dich erinnern.« Sie furchte die Stirn. »Und Galen prägt sich noch deutlicher ins Gedächtnis ein.«

»Wieder eine Beleidigung meiner Person«, äußerte Sascha bekümmert. »Galen erscheint nur dir so eindrucksvoll, du Gör.«

»Entschuldige.« Sie war in Gedanken. »Mein Vater ist nicht auf den Kopf gefallen. Er wird in Dinar Erkundigungen einziehen und von der Heirat erfahren. Daraufhin wird er sich sofort auf den Weg nach Zalandan machen und ...« Sie hielt inne und rechnete nach. »Wieviel Zeit bleibt uns?«

Sascha ließ davon ab, sie zu trösten, und entschied sich für die Wahrheit. »Eine Woche. Vielleicht sogar weniger.«

Sie atmete erleichtert auf. »Ich befürchtete schon, er sei dir dicht auf den Fersen. Die Frist könnte reichen. Das *carobel*-Rennen findet morgen statt, und die letzte Ratsversammlung folgt unmittelbar danach. Galen könnte die Einigung der Stämme durchgesetzt haben, ehe mein Vater eintrifft.«

»Seit ich Sedikhan verließ, haben sich die Ereignisse überstürzt. Was steckt dahinter?«

»Tamar.«

Sascha nickte. »Jeder Stamm, dem wir begegneten, wußte von Tamars Überfällen.« Er drehte sich um und ging auf den Zelteingang zu. »Ich muß wohl deinem gutgemeinten, wenn auch rüde geäußerten Vorschlag folgen, ein Bad nehmen und mich umziehen, ehe ich mit Galen zu Abend esse. Du wirst uns Gesellschaft leisten, nehme ich an?«

»Nein.«

Erstaunt wandte er sich um.

Sie brachte mit Mühe ein Lächeln zustande. »Ich habe noch viel zu tun. Ich werde mit Viane essen und vielleicht später zu euch kommen.«

Sein Blick ruhte nachdenklich auf ihr, ehe er gleichmütig die Schultern hochzog. »Wie du willst.« Wieder trat eine Pause ein. »Wie geht es Viane?« fragte er schließlich.

»Gut.« Sie runzelte die Stirn. »Aber es wurde Zeit, daß du wieder da bist. Kalim hat sich mit den Tauben allzu bereitwillig abgegeben.«

»Ich nehme an, daß diese Bemerkung einen tieferen Sinn enthält, glaube aber nicht, daß ich mir jetzt die Mühe machen werde, ihn auszuloten.« Er hob die Zeltklappe. »Reitet Kalim beim *carobel* mit?«

»Ja. Und du?«

»Wahrscheinlich. Meist ist es sehr amüsant.«

»Amüsant? Um was geht es eigentlich bei diesem Rennen?«

Er zog die Brauen hoch. »Das weißt du nicht?«

»Ich habe mich mehr mit der Festlichkeit insgesamt beschäftigt. Galen hat mir nur gesagt, es handle sich um irgendein Rennen.«

»Ein ganz besonderes Rennen. Die Strecke führt über sechs Meilen Wüste und unwirtliches Hügelland.«

»Mit Hindernissen?«

Er nickte. »Es gibt fünf Hindernisse. Beim Überspringen gehen die meisten *carobel* zu Bruch.«

»Was?«

»Ein *carobel* ist ein Tongefäß von etwa zwei Fuß Höhe, das mit stark parfümiertem Wasser gefüllt, verkorkt und jedem Reiter auf den Rücken geschnallt wird. Die Gefäße sind hauchdünn, und nur die besten Reiter mit dem sichersten Sitz schaffen es, die Gefäße unversehrt ins Lager zurückzubringen und nicht mit Parfüm getränkt zu werden.«

»Das nenne ich eine echte Herausforderung.« Tess war ganz Ohr. »Das muß ja hochinteressant sein.«

Saschas Lächeln verschwand. »Das ist nichts für dich, Tess.«

»Ich habe nicht gesagt, daß ich teilnehmen möchte. Ich habe nur gesagt, daß es sehr interessant sein muß.«

Sascha sah sie voller Skepsis an. »Die anderen Teilnehmer wären außer sich, wenn eine Frau mitritte.«

Sie schob ihr Kinn vor. »Ich möchte wetten, daß ich sie alle schlage. Vielleicht wäre es ganz gut, wenn sie merken, daß eine Frau ebensogut reitet wie sie.«

»Du bist die *Majira* der El Zalan. Dein Verhalten würde die Scheichs in wilden Aufruhr versetzen und womöglich die Versammlung sprengen.«

Ihr Eifer machte Enttäuschung Platz. »Du hast recht. Es war ja nur so ein Gedanke. Nun, da kann man eben nichts machen.«

Mit einem erleichterten Aufseufzen wandte Sascha sich zum Gehen. »Reifliche Überlegung zeitigt meist die besten Ergebnisse.«

»Woher willst ausgerechnet du das wissen?« fragte Tess trocken.

Er warf ihr einen augenzwinkernden Blick zu. »Nicht aus eigener Erfahrung. Auf diese Binsenweisheit stieß ich in einem der langweiligen Wälzer, die ich auf Geheiß meines Lehrers lesen mußte.«

Als Tess spätabends ins Zelt zurückkam, war Sascha schon fort, aber die Laterne brannte noch. Galen saß komplett angezogen auf dem Diwan.

Tess war auf einiges gefaßt, als er von einem Stapel Papiere aufblickte, die vor ihm auf einem niedrigen Tischchen lagen. Sein Gesicht war ausdruckslos. »Ich fragte mich schon, ob du heute überhaupt zurückkommen würdest.«

»Ich würde dich niemals in diese peinliche Situation bringen.« Sie trat näher. »Sascha hat dir gesagt, was mein Vater vorhat?«

Galen nickte. »Es spielt keine Rolle mehr. Bis er hier eintrifft, habe ich die Einheit Sedikhans durchgesetzt und kann ihn damit beeindrucken oder ...«

»Oder?«

»Oder wir werden zu einem Rudel beutegieriger Wölfe zerfallen sein.« Er lächelte grimmig. »So oder so, die Aussicht wird für ihn hier in Sedikhan nicht angenehm sein.«

Sie wich seinem Blick aus. »Du wirst mich nicht an ihn ausliefern?«

»Ich habe dir versprochen, daß du nicht mehr zu ihm zurück mußt. Wie oft muß ich dir noch sagen, daß ich nicht wie dein Vater bin?«

»Ich dachte ... wenn Sedikhan geeint ist, dann ist meine Aufgabe beendet?«

»Sie ist beendet, wenn ich es sage.«

»Du meinst also, daß du mich noch brauchst?«

Er richtete den Blick auf die vor ihm liegenden Papiere. »Wir haben ein Abkommen getroffen. Du hast mir ein Kind versprochen, und darauf will ich nicht verzichten.«

Sie mußte ihn noch nicht verlassen. Die Erleichterung, die sie deshalb empfand, war so groß, daß sie erschrak. Eilig wandte sie sich ab und ging auf den durch einen Vorhang abgeteilten Alkoven zu. »Du wirst jetzt kein Kind mehr brauchen.«

»Was ich brauche, entscheide ich.« Ein Anflug von Zügellosigkeit färbte seinen Ton. »Ebenso wie ich entscheide, was ich mir nehme.«

Unverhüllte Wut und Enttäuschung erfüllten das Zelt mit spürbarer Spannung, und zum erstenmal nahm Tess Galens unterdrückte Gewalttätigkeit bewußt wahr. »Du wirst dir nichts nehmen, was ...«

Ein Schrei durchschnitt die nächtliche Stille.

Tess erstarrte zur Salzsäule.

Noch ein Schrei. Der Schmerzensschrei einer Frau!

»Bleib hier!« Galen war schon auf den Beinen und lief zum Zelteingang.

Sie sollte im Zelt bleiben und sich die Schreie der Ärmsten tatenlos anhören?

Oh, Gott, was, wenn es Viane war?

Galen war schon ein gutes Stück gelaufen, als Tess den Zelteingang erreichte.

Wieder ein schrecklicher Schrei!

Halbbekleidete Männer kamen aus den Zelten gelaufen, Laternen wurden angezündet.

Tess rannte über die freie Fläche zu Vianes Zelt.

»Tess, was ist denn?« Viane, hinter der ihre Zofe stand, hielt die Zeltklappe hoch und sah ihr erschrocken entgegen. »Dieser Schrei ...«

»Ich weiß nicht, wer geschrien hat.«

Galen freilich schien es zu wissen. Er ging zwischen den Zelten hindurch auf die nördliche Begrenzung des Lagers zu.

Tess lief ihm eilends nach. Sie durchschritten nun den Bereich der El Kabbar, aber aus diesen Zelten kamen keine Neugierigen gelaufen.

Wieder ein Schrei, nun schon viel näher.

Sie bog um eine Ecke und stieß beinahe mit Galen zusammen, der stehengeblieben war und etwas beobachtete, das sich vor Hakims Zelt abspielte. »Was geht da vor?«

Galen sah sie nicht an. »Ich sagte dir, du solltest im Zelt bleiben.«

Eine zierliche, schwarzgekleidete Gestalt kniete auf der freien Fläche. Die Frau war verschleiert, aber ihr Rücken war bloß und mit roten Striemen und blutenden Rissen gezeichnet. Hakim stand über ihr, eine blutbefleckte Peitsche in der Hand. Wieder holte er zu einem Peitschenschlag aus.

»Nicht!« rief Tess aus und wollte auf die beiden zueilen. Doch Galen packte Tess am Handgelenk und hielt sie mit einem Ruck auf. »Misch dich nicht ein.«

»Ja, siehst du denn nicht, was hier vorgeht? Sie kann nicht ...«

»Galen!« Hakim sah auf. Sein Blick verfinsterte sich. »Gewiß haben die Schreie meiner Frau dich geweckt. Ich muß für die Störung entschuldigen, aber das Mädchen ist nicht nur ungeschickt, sie ist auch feige.« Er zog die Schultern hoch. »Schließlich ist sie erst dreizehn. Da hat sie noch genug Zeit, Gehorsam zu lernen.«

Galen vermied es, die Kniende anzusehen. »Wir alle benötigen unsere Ruhe, wenn wir morgen beim Rennen eine anständige Leistung zeigen wollen. Vielleicht sollte man die Züchtigung bis nach dem Rennen verschieben?«

Hakim schüttelte den zerzausten weißen Kopf. »Sie hat mein bestes *carobel* zerbrochen und muß noch drei Hiebe hinnehmen. Frauen müssen sofort nach dem Vergehen bestraft werden, wenn die Strafe wirken soll. Sie sind wie Hunde oder Pferde, zu dumm, um etwas länger im Gedächtnis zu behalten.« Sein Blick glitt zu Tess. »Denk an meine Worte und Taten, und du wirst aus dieser da vielleicht noch eine richtige Frau machen.«

Jähzorn erfaßte Tess, so stark, daß sie unwillkürlich einen Schritt auf den Alten zutrat. »Würdest du sie nicht schlagen, dann würde sie nicht aus Angst Ungeschicklichkeit zeigen...«

»Still!« Galens Hand legte sich auf ihren Mund.

Sie wollte sich zur Wehr setzen, er aber hob sie einfach hoch und warf sie sich über die Schulter. Dann trug er sie durch das Lager zu seinem Zelt.

»So ist es recht!« rief Hakim ihnen nach. »Gut gemacht, Galen. Kein Wort ohne deine Erlaubnis.«

Tess trommelte auf Galens Rücken. »Laß mich hinunter!«

Als sie sich dem Bereich der El Zalan näherten, hörte sie Hakims Stimme nur noch schwach: »Keine Angst, Galen, sie wird dich nicht mehr stören. Ich werde ihr einen Knebel verpassen.«

Galen ließ Tess nicht los, ehe sie ihr Zelt erreicht hatten. Dort ließ er sie auf den Diwan fallen und schloß die Zeltklappen.

Tess sprang sofort auf und lief zum Ausgang.

»Nein!« Galen fuhr herum. »Untersteh dich, hinauszulaufen, und ich binde dich bis zum Morgen fest.« Er packte sie an den Schultern und schüttelte sie. »Hör gut zu ... wenn du dich hier einmischst, dann bin ich gezwungen, dich zu züchtigen, wie Hakim dieses arme Kind züchtigt. Er würde es als schwere Beleidigung ansehen, die nur durch Bestrafung getilgt werden kann.«

»Mit einer Peitsche?«

»Besser von meiner Hand als aus der Hakims. Ich kann jetzt keine Mißstimmung im Lager gebrauchen.«

»Er ist eine Bestie, ein Tier!« Ihre Stimme bebte vor Zorn. »Oh, Gott, wegen eines Tongefäßes!«

»Hakim ist auf seine Reitkünste und auf seine Teilnahme am Rennen sehr stolz.«

»Du verteidigst ihn noch?«

»Nein, ich erkläre nur, daß ein *carobel* mehr ist als ein Tongefäß.«

»Du hättest einschreiten können.«

»Ja, wenn ich meine Einheitsbestrebungen ein für allemal hätte aufgeben wollen. Ich brauche Hakim, damit er seinen Einfluß bei den Wüstenstämmen geltend macht.«

»Du hast zu mir gesagt, in deinem Volk würden Frauen nicht geschlagen.«

»Ich habe damit die El Zalan gemeint. Hakims Stamm hat andere Sitten und andere Gesetze.«

»Du kannst gar nichts tun?«

»Nicht ohne die Einheit, nicht, ehe wir einheitliche Gesetze haben.«

»Und bis dahin wird man Frauen schlagen und wie Tiere mit Füßen treten?«

»Glaubst du, ich habe gern mit angesehen, was mit dem Mädchen geschah?« entgegnete Galen heftig. »Weißt du, wie oft ich dabeistehen mußte und nichts tun konnte?« Er hielt nach Fassung ringend inne. »Ich will dir nichts vormachen. Auch nach der Einigung kann es Jahre dauern, bis sich die Gesetze ändern, die die Behandlung der Frauen festschreiben. Ich kann nicht an einem Tag ändern, was seit Jahrhunderten praktiziert wird.«

»Wir sind keine Tiere.« Tess ballte die Hände zu Fäusten. »Eigentlich sollte er bestraft werden. Jemand müßte ihn zur Einsicht bringen.«

»Ja.« Galen drehte sich ermattet um. »Hör auf, um Himmels willen. Ich sagte schon, daß ich nichts in dieser Sache tun kann. Noch nicht. Wahrscheinlich noch sehr lange nicht.« Er machte sich daran, die Papiere aufzusammeln, die zu Boden gefallen waren, als er hinausgelaufen war. »Geh zu Bett.«

»Wie soll ich jetzt einschlafen können? Er hat sie geknebelt, damit wir ihre Schreie nicht hören!»

Er ließ einen Fluch hören und bedachte sie mit einem finsteren Blick. »Warum regst du dich dermaßen auf? Dein eigener Vater hat dich blutig geprügelt, und du hast es widerspruchslos hingenommen, wie du mir selbst erzählt hast.«

»Weil ich ein Kind war, weil ich verängstigt war und glaubte, ich hätte keine andere Wahl. Ich habe mich geändert, und zwar gründlich.«

»Aber die Welt kannst du nicht ändern.«

»Warum nicht? Du versuchst es ja auch.«

»Das ist etwas anderes. Ich bin . . .«

»Ein Mann? Und ich nur eine Frau, die man schlagen und einsperren kann wie ein Stück Vieh.« Sie warf in einer Geste der Resignation die Hände hoch. »Du bist ein ähnlicher Barbar wie Hakim.« Doch ihr Zorn verebbte jäh, als sie den Ausdruck sah, der über seine Züge glitt. Sie hatte ihn verletzt. Sie hatte das einzige Wort benutzt, das ihn treffen konnte.

Die Verletzlichkeit schwand, sein Ausdruck verhärtete sich. »Wäre ich ein Barbar, dann hättest du die Frau nicht schreien gehört.« Er lächelte verwegen, als er auf sie zuging und vor ihr stehenblieb. »Du hättest nämlich selbst geschrien, während ich in dich eingedrungen wäre, immer wieder.« Er faßte in ihr Haar. »Ich hätte dich niederwerfen sollen, als du heute abend das Zelt betreten hast, und ich hätte dich so in Atem halten sollen, daß du an nichts anderes hättest denken können als an Lust.«

»Ich hätte mich gewehrt.«

»Glaubst du, das kümmert einen Barbaren?« Er riß ihren Kopf an den Haaren zurück und sah ihr lächelnd in die Augen. »Würde ein Barbar den Kampf nicht genießen?« Er strich über ihre zurückgewölbte Kehle. »Es gab Momente, da hätte ich es genossen, dich auf den Knien zu sehen. Vielleicht hat Hakim recht, und ich sollte . . .« Er holte tief Luft. Dann ließ er Tess los und trat zurück. »Nein.« Er drehte sich um und ging durchs Zelt. Mit unsicheren Händen öffnete er die Zeltklappe und wollte hinaustreten.

»Wohin gehst du?« flüsterte sie.

»Was kümmert es dich?« Aus seinem Blick sprach Bitterkeit. »Vielleicht zum Zelt der Freudenmädchen. Möchtest du mitkommen und den Barbaren bei seinem Vergnügen beobachten?«

»Meine Worte waren unbedacht«, sagte sie zögernd. »Ich habe es nicht so gemeint.«

»Ich glaube schon. Es erklärt sehr viel. Heute lasse ich dich unbehelligt, weil ich der Gewalt überdrüssig bin.« Er machte eine Pause. »Aber das heißt nicht, daß ich morgen ebenso denke.«

Noch ehe sie etwas darauf erwidern konnte, hatte er das Zelt verlassen.

Tess starrte ihm nach. Suchte er das Zelt der *kadines* auf, oder hatte er das nur gesagt, um sie zu kränken?

Was ging es sie an, wenn er die *kadines* besuchte?

Es ging sie etwas an!

Ein wildes Durcheinander von Wut, Empörung, Schmerz ... und Bedauern machte ihr zu schaffen.

Sie hatte ihn verletzt. Sie hatte ihm eine Anschuldigung entgegengeschleudert, mit der ihn bereits seine Mutter zutiefst getroffen hatte. Sein Leben lang hatte er gegen die ihm innewohnende Wildheit angekämpft, und sie hatte ihm nun gesagt, daß der Kampf vergebens gewesen war.

Es war die Schuld dieses alten Teufels Hakim. Wäre sie nicht so aufgebracht gewesen, sie hätte Galen niemals dieses Wort entgegengeschleudert. Jetzt hatte sie mit Hakim eine doppelte Rechnung zu begleichen.

Sie trat an den Zelteingang und spähte hinaus. Hakim mußte bestraft werden ... Nicht nur weil er dieses arme Mädchen geschlagen hatte, sondern auch weil Galen gekränkt worden war. Doch Galen hatte gesagt, daß er nichts unternehmen könne ...

Das sollte nicht bedeuten, daß Tess die Hände ähnlich gebunden waren. In Anbetracht der heiklen Situation würde eine Bestrafung Hakims nicht ganz einfach sein, aber sie war ja nicht dumm. Es mußte einen Weg geben, wenn man nur lange genug überlegte und sämtliche Aspekte des Problems in Betracht zog ...

Galen zog die Lederriemen des burgunderroten *carobels* um seine Mitte fester, ehe er sich mit einer gewissen Vorsicht in den Sattel schwang. Am anderen Ende des Zeltlagers hatten bereits sechsundzwanzig Reiter vor dem quergespannten Seil, das den Start markierte, Aufstellung genommen. Die *carobel*-Gefäße wirkten wie leuchtende Farbflecken auf den Rücken der bis auf Hose und Hemd entkleideten Männer. Einem der Stammesältesten der El Zalan, der in jüngeren Jahren manch ein Rennen gewonnen hatte, war die ehrenvolle Aufgabe übertragen worden, das *camosa,* ein gelbes Seidentuch, als Zeichen des Rennstarts fallen zu lassen. Der Alte stolzierte vor dem gespannten Seil mit feierlichem Ernst auf und ab.

Hakim nickte Galen ohne die Spur eines Lächelns zu, als er an ihm vorüber zur Absperrung ritt. Dieser alte Bastard hat offensichtlich doch noch ein *carobel* gefunden, das ihm zusagt, dachte Galen verbittert, als er das himmelblaue Tongefäß sah, das der Alte auf dem Rücken trug.

»Viel Glück, Galen.«

Galen, der seinen Blick von Hakim losriß, sah nun Sascha auf sich zuschlendern. »Ach, du reitest nicht mit?« fragte er verdutzt. »Hast du nicht gestern zu mir gesagt, du wolltest teilnehmen?«

Sascha tätschelte Seliks Hals, ohne Galen anzusehen. »Heute ist mir nicht danach. Ich fühle mich zu erschöpft. Mir stecken die Strapazen der Reise noch in den Knochen.« Seine Miene sprach Bände. »Außerdem schaffe ich es immer nur bis zum vierten Hindernis, ehe mein *carobel* zerbricht und ich in Parfüm schwimme. Ich habe keine Lust, den ganzen Tag im Bad zu sitzen und den Duft abzuwaschen.« Zurücktretend deutete er auf die Menge der Schaulustigen, die sich hinter den Seilabsperrungen drängten und gespannt auf den Start warteten. »Ich bleibe lieber hier und spiele den Zuschauer.«

Tess hingegen hatte weder Warten noch Zuschauen im Sinn. Als Galens Blick auf ihr Zelt fiel, wurde der Griff, mit dem er seine Zügel hielt, unwillkürlich fester. Nach ihrer Auseinandersetzung vom Abend zuvor hatte er nicht erwartet, daß sie ihm für das Rennen viel Glück wünschen würde, dennoch überkam ihn Enttäuschung und Ärger.

»Sind die Hindernisse gefährlich?« fragte Sascha, der unverwandt zum Publikum blickte.

»Nicht gefährlicher als bei jedem anderen *carobel.*«

»Na, das reicht«, gab Sascha halblaut von sich.

Galen zog spöttisch die Brauen hoch. »Wirklich rührend, deine Besorgnis.«

Saschas Lächeln wirkte gezwungen. »Gleich wird die *camosa* zu Boden flattern. Du tust gut daran, in Startposition zu gehen.«

Galen nickte und gab Selik die Sporen. Er mußte jetzt alle Gefühle verdrängen und sich nur auf das Rennen konzentrieren. Daß er als Sieger durchs Ziel ging, war nicht nötig, wichtig war, daß er vor den anderen Scheichs eine gute Figur machte und sein *carobel* unversehrt blieb. Er wandte den Blick von seinem Zelt ab, als er sich zu den anderen Reitern gesellte, die vor der Seilsperre Aufstellung genommen hatten.

Schweigen senkte sich auf die Zuschauer hinter den Absperrungen.

Das gelbe *camosa* fiel zu Boden.

Als zweites Hindernis hatte man einen umgestürzten Baum mit weit hervorstehenden, knorrigen Ästen quer über den Weg gelegt.

Selik, der willig zum Sprung ansetzte, landete unsicher, lief aber ohne Sturz weiter. Galen, dem Kalim dicht auf den Fersen war, hörte wie dieser fluchte, als sein *carobel* sich auf dem Rücken verschob. Vorsichtig zog er seine eigenen Halteriemen zurecht und ritt weiter, anders als viele Reiter hinter ihm. Ein Pferd war bereits gestürzt und schlug in dem Bemühen, wieder auf die Beine zu kommen, wild um sich. Das Pferd Ladars, des jungen Scheichs der El Zabor, scheute, so daß der Reiter gegen einen Baum am Wegesrand geschleudert wurde und sein *carobel* zerbrach. Ein schwerer süßer Duft vermengte sich mit der staubgeschwängerten Luft.

»Ladar, wenn eine Dirne so röche wie du, dann würde ich sie meiden«, rief Hakim frohlockend, als sein Pferd den umgestürzten Baum übersprang und sein *carobel* unversehrt blieb. »Jetzt hast du gesehen, wie ein echter Krieger es schafft.«

Galen beugte sich im Sattel vor und raunte Selik etwas ins Ohr.

»Was ist denn los?« Hakims Ausruf kam so empört, daß Galen einen Blick über die Schulter nach hinten warf.

Er sah gerade noch, wie der nächste Reiter mühelos über das Hindernis setzte und Hakim überholte.

Mit einem feuerroten *carobel* auf dem Rücken hing Tess weit vornübergebeugt im Sattel und trieb Pavda zu noch schnellerem Galopp an. Nachdem sie Hakim überholt hatte, war sie gleichauf mit Kalim und kam immer näher an Galen heran.

»Was zum Teufel bildest du dir ein?« rief er ihr zu, als sie auf Hörweite herangekommen war.

Ein Lachen war die Antwort. Ihr rotes Haar strahlte in der Sonne, als sie sich noch tiefer über den Pferdenacken beugte.

Man hörte Hakims wütenden Fluch, als Pavdas Hufe dicht vor ihm den Staub aufwirbelten.

Beim Sprung über den Wasserlauf war Tess schon unmittelbar hinter Galen. Zwei Reiter stürzten, ihre Gefäße zerbrachen, und die stark parfümierte Flüssigkeit ergoß sich in den Bach. Kalim hatte an Geschwindigkeit verloren und fiel zurück. Hakim schaffte den Sprung über das Wasser und kam hinter ihnen dahergesprengt.

Eine Meile weiter wartete ein vier Fuß hohes, aus Gestrüpp gebildetes Hindernis auf die Reiter. Galen lag mit Selik noch immer in Führung, aber Pavda war ihm dicht auf den Fersen, als sie sich dem hohen Hindernis näherten. »Das ist zu gefährlich für Pavda! Weiche seitlich aus, verdammt«, rief Galen Tess über die Schulter zu.

Sie schüttelte nur den Kopf. Ihre Wangen glühten, ihre Augen blitzten.

Galen stieß eine Verwünschung aus, den Blick wieder nach vorne richtend, da Selik bereits zum Sprung ansetzte. Das Pferd schaffte das Hindernis, wenngleich unter Schwierigkeiten. Galen wandte sich sofort wieder um und sah Pavda knapp über den Reisighaufen hinwegsetzen.

Sein erleichtertes Aufatmen kam aus tiefstem Herzen. Als er sah, wie Tess sich im Sattel zu tadelloser Haltung aufrichtete und ihr *carobel* intakt war, da mischte sich Stolz in seinen Ärger über ihre Tollkühnheit.

Herrgott, er mußte sich jetzt in acht nehmen, damit diese kleine Draufgängerin ihn nicht überholte und ihn Staub schlucken ließ wie Hakim!

Er ließ seine Peitsche leicht über den Rücken des Hengstes tanzen, und das Pferd reagierte spontan mit mehr Kraft und Elan. Selik und Pavda schafften den letzten Sprung, der über ein mit Nesseln bewehrtes Hindernis führte, fast gleichzeitig, doch auf der zum Zeltlager führenden Zielgeraden übernahm Selik wieder die Führung.

Galen warf einen Blick hinter sich. Hakim, Kalim und einige andere waren noch im Rennen. Gleich darauf überquerte er mit einigen Längen Vorsprung vor Tess die Ziellinie. Den Jubel der Zuschauer hörte er zwar, schenkte ihm aber keine Beachtung. Er blickte zurück, um Pavdas Zieleinlauf zu beobachten.

Pavda lief reiterlos ins Ziel ein.

Tess lag knapp vor der Ziellinie im Sand, reglos, inmitten der roten Scherben ihres zerbrochenen *carobels.*

Panik drohte Tess zu überwältigen, als sie hilflos nach Luft schnappte. Daß sie so hart auf dem Boden aufschlagen würde, hatte sie nicht erwartet. Die Wucht des Aufpralls hatte ihr den Atem geraubt.

Sie hörte Galen mit sonderbar heiserer Stimme etwas rufen, sie war aber viel zu benommen, um die Worte unterscheiden zu können. Undeutlich nahm sie wahr, wie er die Trägerriemen des Tongefäßes lockerte und sie davon befreite. Dann tasteten seine Hände ihre Glieder ab.

»Ist sie verletzt?« Saschas Stimme, Saschas besorgtes Gesicht, das hinter Galen sichtbar wurde.

»Ich weiß es nicht«, hörte sie Galens rauhe Stimme. »Sie hat sich noch nicht gerührt.«

»Nicht ... verletzt«, stieß sie mühsam hervor. »Ich ... kann nicht atmen.«

»Gottlob«, kam es Sascha erleichtert über die Lippen. »Ich habe dich ja gewarnt, daß es gefährlich ist, Kleines.«

Galen warf ihm einen zornigen Blick zu. »Trotzdem hast du ihr bei diesem Irrsinn Hilfestellung geleistet, oder etwa nicht? Allein kann sie es kaum geschafft haben.«

»Da unterschätzt du sie aber sehr«, sagte Sascha. »Ich glaube, sie hätte es auch ohne mich zuwegegebracht.« Er ließ ein Nicken folgen. »Ja, es stimmt, ich gab ihr mein *carobel* und zeigte ihr, wie sie sich im Gebüsch verstecken und warten konnte, bis die Reiter vorübergaloppierten.«

»Dabei wäre sie fast ums Leben gekommen«, hielt Galen ihm barsch entgegen. »Warum hast du es getan?«

»Sie hat mich überredet. Und du weißt ja, daß ich Hakim schon immer verabscheut habe.«

»Nicht ... Saschas Schuld.« Tess kämpfte sich mühsam zu einer sitzenden Position hoch. »Ich mußte ...«

»Dich umbringen?« sagte Galen. »Beim letzten Rennen sind zwei Reiter ums Leben gekommen.«

»Ich mußte ... es Hakim zeigen.« Endlich konnte Tess wieder tief durchatmen. Sie bereute es sofort, als der Parfümgeruch ihr überwältigend in die Nase stieg. Himmel, wie sie stank! »Bin ... kein Tier.« Sie erstarrte, als sie Hakim hoch zu Roß näherkommen sah.

Der Alte hielt vor ihr an und sah mit einem Lächeln, aus dem boshafte Befriedigung sprach, auf sie herunter. »Siehst du, was passiert, wenn Frauen ihre angestammte Stellung vergessen und versuchen, die Männer nachzuahmen? Sie enden demütig im Staub.« Dann wandte er sich an Galen. »Wirst du sie bestrafen?«

»Sei versichert, daß du sie schreien hören wirst«, äußerte Galen voller Bitterkeit. »Ehe wir uns heute zur endgültigen Abstimmung zusammenfinden, habe ich ausreichend Zeit dafür.«

»Gut.« Der Alte wendete sein Pferd und ritt auf die Zelte der El Kabbar zu.

Sascha trat vor. »Galen, ich weiß, daß du vor Zorn außer dir bist, aber du mußt zugeben, daß ihre Vorgangsweise irgendwie gerechtfertigt war. Es war nicht ungezügelte Abenteuerlust, die ...«

»Mach dich auf die Suche nach Viane. Sie soll Wasser für ein Bad wärmen.« Galen rümpfte die Nase. »Oh, Gott, wie sie stinkt.« Er drehte sich zu Tess und fragte eiskalt: »Kannst du laufen?«

»Natürlich.« Sie kämpfte sich hoch, erst auf die Knie, dann auf die Füße. »Ich sagte ja, daß ich unverletzt bin.«

»Dann geh zum Zelt und warte auf mich.« Er faßte nach den Zügeln Pavdas und Seliks, um die Pferde auf die Koppel zu führen. »Pavda bedarf größerer Fürsorge als du. Beim vierten Hindernis hättest du sie töten können.«

»Ich wußte, daß sie es schaffen würde. Nie würde ich etwas tun, das Pavda gefährden könnte.«

Ohne ein Wort oder einen Blick zu Tess ging er zur umfriedeten Weidefläche.

Sascha ließ einen leisen Pfiff hören. »Jetzt heißt es auf der Hut sein, Kleines. So habe ich ihn noch nie gesehen.«

Tess war eben aus dem Bad gestiegen und ließ sich von Viane in ein großes Tuch hüllen, als Galen das Zelt betrat. In der Hand hielt er eine kurze Reitgerte.

»Viane, laß uns allein.«

Vianes entsetzter Blick galt der Peitsche. »Würde ein kleiner Stock nicht reichen?«

»Die Peitsche wurde mir von Hakim als Zeichen guten Willens geschickt ... und als Erinnerung daran, wie eine Frau gezüchtigt werden soll. Nett von ihm, nicht?«

Viane zögerte unschlüssig. »Ich bin sicher, daß sie dir keinen Verdruß bereiten wollte. Könntest du nicht ...«

»Sie hat den Tumult beabsichtigt, den sie verursachte«, sagte Galen schroff. »Laß uns allein und sag deiner Zofe, sie möge mit dem Packen beginnen. Kalim wird eine Eskorte zusammenstellen und euch nachmittags nach Zalandan bringen.«

»Wirklich, Galen, sie hat es nicht böse gemeint. Könntest du ihr nicht verzeihen?«

»Nein, sie ist zu weit gegangen. Bestrafe ich sie nicht entsprechend, dann geht mir Hakims Stimme für die Einheit verloren.«

»Dieser böse alte Mann. Was kümmert es dich...«

»Viane, er hat recht«, meldete Tess sich leise zu Wort. »Es gibt keine andere Möglichkeit. Geh jetzt.«

Viane, die ihr einen letzten besorgten Blick zuwarf, verließ widerstrebend das Zelt.

»Ich hätte nicht erwartet, daß du dich so verständnisvoll zeigst«, sagte Galen tonlos. »War die Demütigung Hakims beim Rennen dir so viel wert?«

Sie schob trotzig ihr Kinn vor. »Ja.«

»Ich muß dir widersprechen.« Er trat auf sie zu. »Sie war es nicht wert, daß ich dich im Sand liegen sehen mußte und glaubte...« Er sprach nicht weiter und blieb dicht vor ihr stehen. »Ich dachte, der Sturz vom Pferd hätte dich das Leben gekostet.«

»Ich bin nicht vom Pferd gefallen«, erwiderte sie entrüstet. »Ich stürze beim Reiten nicht.«

Er verharrte regungslos. »Wie bitte?«

»Nun, ich bin zwar heruntergefallen, aber nur, weil ich es wollte.« Sie furchte die Stirn. »Ich wußte ja nicht, daß ich so hart aufprallen würde. Seit meiner Kindheit bin ich nicht mehr vom Pferd gefallen, und ich dachte, der Sand würde etwas weicher sein.«

»Würdest du mir die Sache näher erklären?« fragte Galen einigermaßen fassungslos.

»Ich sagte schon, daß ich absichtlich fiel.« Sie zog die Schultern hoch. »Ich wollte Hakim und die anderen Scheichs durch einen totalen Sieg nicht aufs äußerste reizen. Damit wäre die Ratsversammlung zum Scheitern verurteilt und ebenso die Chancen einer Einigung. Ich dachte mir, wenn ich einen Sturz riskiere und das *carobel* zerbricht, dann würde ihr Stolz nicht zu sehr leiden müssen.« Sie begegnete trotzig seinem Blick. »Aber die Strafe hat ihm gebührt. Jemand mußte ihm zeigen, daß eine Frau ihn schlagen kann.«

»Aber du hat ihn nicht geschlagen. Du hast auf den Sieg verzichtet, als er in Reichweite war.«

»Das hat genügt.« Sie sah ihn finster an. »Nein, es hat nicht genügt. Es war gräßlich, so im Sand zu liegen und seinen Hohn erdulden zu müssen. Nächstes Mal werde ich . . .« Sie atmete tief durch. »Aber im Moment genügt es.« Ihr Blick fiel auf die Peitsche. »Soll ich mich hinknien?«

»Nein, dreh dich nur um.«

Sie kehrte ihm den Rücken zu.

»Und jetzt laß das Handtuch fallen.«

Sie ließ das Handtuch auf den Teppich fallen und wappnete sich für den ersten Peitschenhieb.

Aber es war kein Hieb, den sie zu spüren bekam, sondern ganz unglaublich, eine leichte Berührung in der Wölbung ihres Rückgrats.

Ein Blick über die Schulter zeigte ihr, daß Galen auf dem Teppich kniend seine Lippen über ihre Kehrseite gleiten ließ. Die Peitsche lag auf dem Teppich neben ihm. Ungestüme Freude erfaßte sie.

»Du willst mich nicht bestrafen?« flüsterte sie ihm zu.

»Ich habe nicht gesagt, daß ich dich bestrafen werde. Ich habe nur gesagt, daß ich dich zum Schreien bringen würde.« Er umfaßte ihre Hinterbacken und drückte sie leicht. »Und ich habe die Absicht, mein Wort zu halten.«

Nun umspannten seine Hände ihre Mitte, und er zog Tess auf die Knie hinunter.

»Und ich dachte, du zürnst mir.«

»Das tue ich auch«, sagte er mit belegter Stimme. Er drückte sie sanft auf den Teppich, während seine Hände tasteten, liebkosten und sie erregten. »Meine Güte, was hast du mich mit deinem Sturz erschreckt. Dir gebührt eine Strafe ... aber nicht mit der Peitsche.«

Ich sollte mich wehren, dachte sie wie benommen, während Wonneschauer sie durchliefen. Sie war auf Hiebe gefaßt gewesen, aber nicht auf diese Lustgefühle, denen sie sich völlig unvorbereitet ausgesetzt sah.

Er teilte ihre Schenkel, drang mit drei Fingern ein, und entlockte ihr einen leisen Schrei. Lustvoll wölbte sich ihr Körper nach oben.

Sie spürte, wie er ihr seine Hand entzog und sich tiefer über sie beugte, bis sie seinen warmen Atem an der Innenseite ihres Schenkels spürte. »Es gibt andere, raffiniertere Foltern.« Seine Zunge zuckte über sie hinweg, ein Schauer erfaßte Tess. »Siehst du?«

Seine Hände glitten unter ihre Gesäßbacken, hoben sie an, und wieder kam er näher. »Nichts ist leichter, als dir Schreie zu entlocken, die alle hören können.«

Kurz darauf erfüllte sich seine Voraussage.

Sein Mund ...

Sie wimmerte, schrie, und verfiel wieder in ein Wimmern. Er jagte sie von Gipfel zu Gipfel und gab sie nicht frei. Galen erlaubte ihr nur einen Moment der Ruhe, ehe wieder die Lust einsetzte. Ihr war nicht bewußt, wie lange es dauerte. Sie spürte nur Höhepunkt und Erlösung, immer wieder. Als er schließlich den Kopf hob und sich zwischen ihre Schenkel legte, zitterte sie so heftig, daß sie sich hilflos an ihn klammerte.

Seine dunklen Augen leuchteten, seine Brust hob und senkte sich unter angestrengten Atemzügen. »Nie wieder«, keuchte er. »Nie wieder wirst du ein solches Risiko eingehen.« Jedes seiner Worte war von einem heftigen Stoß begleitet. »Ich – kann – es – nicht – ertragen.«

Er drang ganz tief ein, stieß rasch und heftig zu und erreichte Sekunden später den Gipfel.

Durch den Nebel totaler Erschöpfung, der sie umgab, drang eine hoffnungsvolle Regung, ganz schwach nur, aber spürbar. »Es war notwendig, und es bestand keine Gefahr. Du weißt, daß ich gut reiten kann.«

Sie spürte in sich, wie er zuckte. »Auf mir noch besser als auf Pavda.«

»Gib zu, daß ich mich gut gehalten habe.«

Galen, der lächelnd auf sie niederblickte, strich ihr sachte eine Locke aus dem Gesicht. »Wenn ich nicht gerade versucht war, dich aufzuhalten und zu verprügeln, war ich sehr stolz auf dich.«

»Wirklich?«

»Wirklich.« Er gab sie frei und griff nach dem Handtuch,

das sie auf sein Geheiß hin fallen gelassen hatte. »Und jetzt haben wir hinter uns gebracht, was von uns erwartet wurde. Es ist Zeit, daß ich in die Versammlung gehe.«

Tess stieg heiß die Röte in die Wangen. »Glaubst du, man hat mich gehört?«

»Zweifellos... einmal hast du geschrien, daß man dich vermutlich bis Zalandan hat hören können.«

Ihre Röte vertiefte sich. »Ich war... nicht darauf gefaßt.«

Galen brachte seine Kleidung in Ordnung. »In Zukunft wird es dich nicht mehr so überraschend treffen, oder?« Er trat zum Zelteingang. »Bleib hier, bis die Versammlung auseinandergeht.« Als er die Zeltklappe hob, warf er einen Blick zurück zu Tess, die noch immer auf dem Teppich lag. »Du siehst eindeutig befriedigt aus und kannst keine Striemen vorweisen. Ich werde Anweisung geben, daß außer Said niemand ins Zelt darf.«

»Ich kann sehr wohl etwas vorweisen.« Sie deutete auf eine verfärbte Stelle, dort wo sein Daumen ihre Hüfte fest gedrückt hatte. Sie lachte auf. »Aber das zählt wohl nicht?« Auf einen Ellbogen gestützt, sah sie ihn an. »Du glaubst, man wird für die Einheit stimmen?«

»Ich weiß nicht, was ich glauben soll. Ich bin dem Ziel so nahe...« Seine Hand umschloß die Zeltklappe. »Vielleicht wage ich es nicht zu hoffen.«

Sie wußte, daß sie eigentlich wieder auf Distanz zu ihm hätte gehen sollen, doch dazu war sie nicht imstande, jetzt, wo er so einsam und allein gelassen wirkte. »Dann will ich es sein, die an deiner Stelle hofft«, sagte sie sanft.

»Wirklich, *kilen?*« Ein strahlendes Lächeln erhellte seine

Züge. »Dann wird alles sicher so kommen, wie es kommen sollte. Wie könnte das Schicksal auch anders entscheiden?«

Kaum hatte er das Zelt betreten, als sie auch schon wußte, wie die Entscheidung ausgefallen war.

»Die Einheit!« Sie lief ihm entgegen und warf sich in seine Arme. »Und wer wurde zum Herrscher bestimmt?«

»Meine Wenigkeit.« Er hob sie hoch und wirbelte sie im Kreis. »Aber von unserem eigentlichen Ziel sind wir noch weit entfernt. Jetzt gilt es, Gesetze auszuarbeiten, ein Vorhaben, das auf großen Widerstand stoßen wird. Nun, da die Einheit da ist, muß ich einen Weg finden, das Bündnis zusammenzuhalten.«

»Du wirst es schaffen. Wer sonst hätte so viel erreichen können wie du? Du wirst nicht zulassen, daß alles wieder in die Brüche geht.«

»Nein.« Er zog sie hinunter auf die Kissen und hielt sie in den Armen. »Gottlob, endlich die Einheit!« Aus seinem Gesicht strahlte jungenhafter Eifer. »Es ist soweit, Tess!« Er wiegte sie hin und her.

»Wie hat Hakim gestimmt?«

»Wie die anderen ... für die Einheit.«

»Und was ist der nächste Schritt?«

»Wir kehren nach Zalandan zurück. Nun heißt es, die Gesetze so auszuarbeiten, daß sie meinen Vorstellungen entsprechen und nicht jenen Hakims. In einem Monat wollen die Scheiche wieder zusammenkommen.«

»Viane ist heute mit ihrer Eskorte nach Zalandan aufgebrochen. Sie hat mich gebeten, dir ihre Abschiedsgrüße zu übermitteln.« Sie deutete mit einer Kopfbewegung auf den Käfig in der Ecke. »Sie hat mir Alexander überlassen. Ich wußte ja nicht, wohin wir nach der Ratsversammlung gehen würden, und da dachte ich mir, Viane und ich könnten auf diese Weise Nachrichten austauschen.«

»Und wenn sie dir jeden Vogel aus ihrem Vogelhaus überließe, es wäre mir einerlei. Dergleichen kümmert mich nicht.« Er schenkte dem Vogel in seinem Weidenkäfig nur einen flüchtigen Blick und drückte Tess fester an sich. »Die Einheit ... endlich!« wiederholte er glückselig.

Sie liebte ihn.

Keine inneren Kämpfe, keine Selbsttäuschung. Die Gewißheit stand vor ihr, deutlich und unausweichlich wie von Anbeginn an. Es war ein Mann, den zu lieben sich lohnte, und sie liebte ihn. Ganz einfach.

Nein, nicht ganz so einfach. Sie sehnte sich verzweifelt nach Freiheit, und das in einem Land, in dem für Frauen Freiheit nicht vorgesehen war. Und die Freude, die sie jetzt mit ihm teilen durfte, war vielleicht ein Vorbote des Endes für sie beide. Vielleicht bedeutete die Einheit, daß er nur noch wenig oder gar keinen Bedarf mehr für sie hatte.

Ein Kind. Er wünschte sich immer noch ein Kind. Verzweifelt klammerte sie sich an diese Hoffnung. Ein Kind, das sein Ebenbild war, und das sie lieben konnte ...

»Du bist so still.« Seine Lippen liebkosten ihr Ohr.

Sie war ja nicht dumm. Sie würde einen Weg finden, diese Schwierigkeiten zu überwinden. Sie neigte den Kopf und sah ihn liebevoll an. »Ich glaube, wir sollten feiern.«

»Ach?«

Sie nickte und machte sich daran, das Band zu lösen, das sein Haar zusammenhielt. Als sie es herausgezogen hatte, warf sie es auf die Kissen. »Eine ganz besondere Feier. Du hast versprochen, mir beizubringen, wie die *kadines* die Männer ergötzen.«

»Dann muß ich mein Versprechen wohl halten.« Er bettete sie auf die Kissen des Diwans. »Du hast recht, das ist eine herrliche Art zu feiern.«

Sie fuhr mit den Fingern durch seine dunkle, offene Mähne. Sein Gesichtsausdruck verriet Zärtlichkeit und wilde Sinnlichkeit zugleich. »Dachte ich mir doch, daß du einverstanden sein würdest«, flüsterte sie ihm zu.

Ein Kind ...

11. Kapitel

In der Nacht wurde Tess mehrmals durch Hufschlag und quietschende Wagenräder aus dem Schlaf gerissen. Als der Tag dämmerte, war das für das Fest errichtete Zeltlager so gut wie verlassen. Die einzigen noch verbliebenen Zelte waren jene der El Zalan.

Sascha zog spöttisch die Brauen hoch, als Tess vor ihr Zelt trat. »Welch federnder Schritt, was für glühende Wangen! In Anbetracht der ausgestandenen Qualen scheinst du in bemerkenswert guter Verfassung zu sein.«

Sie schenkte ihm ein gelassenes Lächeln. »Ich erhole mich sehr rasch.«

»Aber du mußt doch Nachwirkungen der Bestrafung spüren.« Er faßte sich in gespieltem Entsetzen an die Stirn. »Diese Schreie, diese Verzweiflung!«

Tess stieg die Röte in die Wangen. »Du hast mich schreien gehört?«

»Wie hätte ich es überhören können? Ich wollte dir schon zu Hilfe eilen, als mir klar wurde...«

»Was denn?«

Er grinste sie an. »Daß ich diese Art Schreie schon gehört habe und daß ich sie hoffentlich noch oft hören werde, ehe ich alt und senil werde.«

Tess wechselte rasch das Thema. »Was machst du hier?«

»Galen hat mich geschickt. Ich soll dafür sorgen, daß du bald reisefertig bist. Eben ist ein Bote von den Bergstämmen eingetroffen, mit dem er jetzt spricht.«

Sie sah ihn erschrocken an. »Gibt es schlechte Nachrichten?«

Sascha zog die Schultern hoch. »Das müssen wir Galen fragen.« Er wies mit einer Kopfbewegung auf Galen, der sich ihnen näherte. »Sehr erfreut sieht er nicht aus.«

»Nein.« Ganz im Gegenteil, Galens Miene kündete von Ingrimm. »Tamar?«

Galen schüttelte den Kopf. »Ein Trupp bewaffneter Tamrovianer wurde im Anmarsch auf Zalandan gesichtet.«

»Mein Vater?«

»Vermutlich. Wer sonst?«

»Wie nah?«

»Noch etwa zwei Tagesmärsche entfernt.«

Ein Angstschauer überlief sie. Plötzlich war sie wieder ein Kind, das vor dem väterlichen Zorn zittert. »Dann müssen wir losreiten und ihm entgegentreten.« Sie straffte ihre Schultern. »Ich bin bereit.«

Galen schüttelte den Kopf. »Du nicht.« Er wandte sich an Sascha. »Würdest du mit mir kommen? Deine Gegenwart könnte sehr nützlich sein, sie bedeutet aber, daß du dich öffentlich gegen die königliche Familie stellst.«

»Glaubst du, ich würde mir eine Gelegenheit entgehen lassen, meinen teuren Onkel an der Nase zu ziehen?«

»Ich habe keine Angst, ihm entgegenzureiten«, behauptete Tess tapfer.

»Dein Erscheinen würde nur alles komplizieren und Öl ins Feuer gießen«, sagte Galen. »Du bleibst unter Yusefs Schutz hier, bis ich nach dir schicke. Dein Vater wäre sehr dumm, mit dieser symbolischen Streitmacht Zalandan anzugreifen. Ich vermute eher eine Drohgebärde als echten Kampfgeist dahinter.«

»Warum muß ich mich dann hier versteckt halten? Ich kann nicht...«

»Nein«, erwiderte er mit Schärfe. »Ich werde nicht riskieren, daß du mir genommen wirst.«

Ihr Glück kannte keine Grenzen. Sein besitzergreifendes Verhalten ließ keinen Zweifel zu. »Also gut, ich bleibe hier.«

Sascha ließ ein leichtes Auflachen hören. »Diese Fügsamkeit. Die Züchtigung, die du ihr angedeihen ließest, muß Tess ihren Dickkopf geraubt haben. Vielleicht hat der alte Hakim doch recht.«

Galen schenkte ihm keine Beachtung. Er trat zu Tess und strich ihr liebevoll eine Strähne aus dem Gesicht. »Ich werde dich nachkommen lassen, sobald ich es für sicher halte. Deinem Vater werde ich einen Empfang bereiten, der die militärische Stärke und den Reichtum Zalandans gleichermaßen demonstriert.« Er lächelte. »Keine Angst, Tess, Verhandlungen mit dem regierenden Herrscher eines Landes sind etwas ganz anderes als die Konfrontation mit Scheichs einzelner Stämme. Wir werden zu einer Übereinkunft gelangen.«

»Indem du Axels Heimweg nach Tamrovia mit Gold pflasterst?« fragte Sascha trocken.

»Ohne Zweifel... aber es ist die Sache wert.« Galen drückte Tess einen Kuß auf die Stirn. »Ich lasse Yusef eine ganze Abteilung zu deinem Schutz da. Versprich mir, daß du keinen Unsinn machen wirst.«

»Ich mache nie Unsinn.« Sein Ausdruck aber war so ernst und besorgt, daß Tess wieder eine Aufwallung goldener Glückseligkeit verspürte. »Ich verspreche es.«

Sascha schüttelte bekümmert den Kopf. »Sie ist wie ein geknicktes Blümchen, ein Schatten der Tess, die ich kannte.«

»Sascha, sei still«, erwiderte Tess, ohne ihn anzusehen. »Ich bin nur vernünftig.«

»Ach, das ist es also? Und ich dachte schon ...«

»Komm jetzt, Sascha.« Galen drehte sich um und ging zur Koppel, wo Said bereits die Pferde sattelte.

Sascha hob die Hand zu einem Abschiedsgruß. »Gott beschütze dich, Kleines.« Sein Lächeln war einem ernsten Gesicht gewichen. »Wir werden weiß Gott das Unsrige tun, damit deine Sicherheit gewährleistet ist.«

»Wenn alles vorüber ist, wird eine Rückkehr nach Tamrovia für dich sehr schwierig werden«, überlegte Tess.

Sascha reagierte mit einem Achselzucken. »Für mich nicht weiter tragisch. Das Leben bei Hof hat mir nur selten Amüsement geboten. Mein außergewöhnlicher Verstand und mein scharfer Witz erfreuten sich dort keiner besonderen Wertschätzung.«

Ein paar Stunden waren vergangen, als Kalim ins Lager geritten kam.

Seine Ankunft löste Entsetzen aus, die Tess aus dem Zelt lockte. Nun war es an ihr, zu erschrecken. Ein notdürftiger, völlig blutdurchtränkter Verband umgab Kalims Kopf, frisches Blut färbte eine Schulter seines weißen Hemdes rot. Man sah ihm an, daß er sich kaum im Sattel halten konnte.

Sie entdeckte Yusef neben Kalims Pferd einherlaufen und auf ihn einreden, aber Kalim schüttelte nur den Kopf und ritt weiter, bis er vor Tess anhielt.

»Kalim«, kam es ihr tonlos über die Lippen. »Viane?«

»Laß uns allein«, befahl Kalim Yusef, als er aus dem Sattel stieg. Kaum hatten seine Füße den Boden berührt, als seine Knie nachgaben und er sich am Sattel festhalten mußte.

Yusef trat vor. »Kalim du bist verletzt. Laß mich dir ...«

»Laß uns allein.« Kalim, richtete sich auf und ließ den Sattel los. »Ich muß mit der *Majira* sprechen.«

Yusef ließ ein unwilliges Gemurmel hören, ehe er sich widerstrebend umdrehte und davonging.

»Was ist passiert?« fragte nun Tess beklommen.

»Tamar ... er griff unsere Eskorte mit einer uns zahlenmäßig überlegenen Truppe an, als wir erst vier Meilen ins Hügelland eingedrungen waren. Wir hatten keine Chance. Sie waren uns in der Zahl doppelt überlegen.«

»Viane?«

»Eine Gefangene. Alle sind sie tot oder gefangengenommen worden.«

Tess mußte tief durchatmen. »Und wie bist du entkommen?«

»Ich bin nicht entkommen.« Kalim lächelte voller Bitterkeit. »Tamar schickt mich los, damit ich eine Botschaft ins Lager bringe.«

»Für Galen? Er ist bereits fort. Heute morgen ist er nach Zalandan geritten.«

»Ich weiß. Und auch Tamar weiß es. Er hat das Lager beobachten lassen.« Kalim ließ eine Pause eintreten. »Die Botschaft ist für Euch bestimmt.«

»Für mich?«

Er nickte. »Tamar wollte Viane gar nicht. Er will Euch ... Er ist der Meinung, Ihr seid die einzige wirksame Waffe, die man gegen Galen wenden könnte.« Kalim starrte mit unbewegter Miene geradeaus. »Er ist bereit, Viane gegen Euch einzutauschen. Ich soll Euch zu ihm bringen. Er hat versprochen, Viane freizulassen. Ich soll sie nach Zalandan begleiten.«

»Heilige Muttergottes«, flüsterte Tess fassungslos.

»Wenn Ihr nicht kommt, wird er Viane seinen Männern überlassen und sie nachher töten.« Kalims Stimme war noch immer unbewegt. »Er sagt, ich solle Euch dies melden.«

Tess schüttelte wie betäubt den Kopf. »Wo ist er?«

»Im Hügelland.«

»Vielleicht könntest du nach Zalandan reiten und Galen verständigen, einen Überraschungsangriff zu unternehmen.«

»Tamar ist ein erfahrener Räuber und Bandit und kein Narr. Er wird sein Lager allnächtlich verlegen. Galen wird ihn nicht finden können.« Er blickte über ihre Schulter ins Leere. »Er fordert, der Austausch solle zu Mittag stattfinden ... oder gar nicht.«

Tess atmete tief und bebend durch. »Damit willst du sagen, daß ich gehen muß.«

Er schloß kurz die Augen, und als er sie wieder öffnete, sprach so viel Schmerz aus ihnen, daß es Tess wie ein Schlag traf. »Damit will ich sagen, daß Tamar sein Wort halten wird.«

»Es muß doch etwas geben, das wir unternehmen können.«

Sie fuhr sich geistesabwesend durchs Haar, während sie krampfhaft nachdachte. Tamar hatte gedroht, Galen zum Bruch des Bündnisses zu zwingen. Auch wenn Galen sie nicht liebte, so war sein Besitzdenken doch so ausgeprägt, daß er ihr nachreiten und sie holen würde. Nachdem er die El Sabir überredet hatte, nicht gegen Tamar vorzugehen, würde er seine eigene Position sehr schwächen, wenn er selbst einen Rachefeldzug begänne. »Es geht nicht nur um mich, es geht um das Bündnis. Galen darf sich jetzt nicht in eine Stammesfehde verwickeln lassen.«

Kalim schwieg still.

»Hilf mir«, stieß Tess in ihrer Verzweiflung hervor. »Was kann ich tun?«

»Ich kann Euch nicht helfen. Ihr müßt Eure Entscheidung allein treffen.«

»Wie kann ich das, wenn ich...«

»Ich kann Euch nicht helfen. »Kalim sagte es in streitbarem Ton. »Begreift Ihr nicht? Er wird sie töten, und es ist meine Schuld. Ich hatte nicht vermocht, sie zu schützen. Tamar hat sie mir entrissen, als sei ich ein schwacher Greis. Sie wird sterben. Ich werde Euch nicht abhalten zu gehen, auch wenn dies einen Treuebruch meinem Herrn gegenüber bedeutet.«

»Nein.« Der Anblick seiner gequälten Miene rief Mitleid in ihr hervor, das sich zu ihrem Gefühl der Hilflosigkeit gesellte. Nie hätte sie sich träumen lassen, daß der steife und strenge Kalim so tiefer Gefühle fähig war. »Du kannst mir nicht raten, nicht zu gehen.« Sie ließ ein mattes Achselzucken folgen. »Für mich ist es gar keine Frage, daß ich gehen werde. Viane ist Tamar, dieser heimtückischen Natter, nicht gewachsen.«

»Nein. Sie ... sie war völlig außer sich vor Angst. Sie weiß genau, was sie von ihm zu erwarten hat. Tamar ist ihr seit Kindertagen ein Begriff.«

Auch Tess war verängstigt, aber sie durfte nicht zulassen, daß Furcht ihr Denkvermögen beeinträchtigte. »Dann müssen wir sie unverzüglich befreien.« Sie drehte sich um. »Komm ins Zelt, damit ich mich um deine Verwundung kümmern kann, während ich überlege, wie ...«

»Nein!«

Sie blickte ihn an. »Was ist?«

»Ich kann nicht zulassen, daß Ihr Euch meiner annehmt. Ich habe kein Recht auf Eure Güte.«

Sie sah ihn entrüstet an. »Ja, willst du denn dastehen und verbluten? Wie willst du Viane als Toter beistehen?« Sie griff nach seinem Arm und zog ihn ins Zelt. Sie legte nachdenklich die Stirn in Falten, als sie ihn zum Diwan hin schob. »Ich glaube, als erstes müssen wir uns vergewissern, daß der Austausch ohne faule Tricks stattfindet. Wir nehmen Yusef und die übrigen Männer mit, damit sie Viane nach dem Austausch schützen. Dann kannst du sie zurück nach Zalandan geleiten und Galen berichten ...«

»Er wird mir nicht vergeben.« Kalims Worte waren fast unhörbar. »Er steht mir näher als jeder andere, von Viane abgesehen, und ich habe gehandelt, ohne ...«

»Wirst du wohl ruhig sein?« Sie zwang ihn auf die Liegestatt. »Du konntest gar nicht anders handeln. Du mußtest etwas zu ihrer Rettung unternehmen.«

»Und was wird aus Euch?«

»Ich bin nicht wie Viane.« Tess löste seinen Kopfverband. »Dir liegt wohl sehr viel an ihr?«

»Ich würde mein Leben für sie hingeben«, sagte er schlicht. »Meine Ehre habe ich durch mein Vorgehen bereits verloren.«

»Ich wußte nicht...«

»Seit meiner Knabenzeit habe ich sie geliebt... seit ich als wilder Junge aus den Bergen kam«, sagte er. »Mir stehen keine schönen Worte zu Gebote. Ich habe nicht das gewinnende Wesen Eures Cousins. Ich bin nur ein Krieger mit...« Er sprach nicht weiter und ballte die Hände zu Fäusten. »Sie darf nicht sterben.«

»Nein, sie wird nicht sterben.« Tess untersuchte die Schnittwunde an seiner Schläfe. »Sieht gar nicht so schlimm aus. Bereitet die Schulterwunde dir Schmerzen?«

»Ach was, nur ein Kratzer.«

»Gut. Obwohl du mich höchstwahrscheinlich anlügst.« Sie ging auf den Zelteingang zu. »Ich hole Yusef, damit er deine Wunden verbindet und dir ein wenig Laudanum gibt. Beim Kurieren von Pferden kenne ich mich besser aus als bei menschlichen Leiden.« Sie hielt im Eingang inne. »Und ich wünschte, du würdest nicht so dreinschauen, als stünde ich im Begriff, mir mein eigenes Grab zu schaufeln. Ich habe nicht die Absicht zuzulassen, daß Tamar über Galen triumphiert. Ich muß mir nur einen Weg ausdenken, wie ich es verhindern kann. So schwierig dürfte das gar nicht sein.«

Schöne, mutige Worte, dachte sie abgekämpft beim Verlassen des Zeltes, aber wie sollte sie sich tatsächlich vor Tamar schützen und Galen vor einer Stammesfehde bewahren? Wenn Tamars Streitmacht so stark war, wie Kalim behauptete, dann würde sie ihm auf eigene Faust nur schwer entkommen können. Daher mußte sie auf Galen bauen. Wenn aber Tamar sein Lager täglich an einem anderen Ort aufschlug, wie sollte Galen ihn dann aufspüren?

Waffen. Es mußte eine Waffe geben, die sie gegen Tamar anwenden konnte. Aber vielleicht verfügte sie über einen Vorteil, der sich in diesem ungleichen Kampf einsetzen ließ. Ihr war klar, daß Tamar ähnlich wie Hakim in ihr nur eine hirnlose, hochwohlgeborene Schachfigur in Galens Spiel sah. Vielleicht würde sie imstande sein ... Sie hielt in ihren Überlegungen inne und riß die Augen auf. »Heilige Maria, ob ich das wohl schaffe?«

Sie drehte sich um und lief zu Kalim ins Zelt. »Ich glaube, ich habe es!«

Tamar warf einen Blick auf die aufrecht und stolz im Sattel sitzende Tess und lachte schallend und mit zurückgelegtem Kopf. »Allah steh mir bei, was haben wir denn da? Habt Ihr die gesamte Einrichtung des Lagers mitgebracht?«

»Ich kann nichts Erheiterndes sehen.« Tess hob trotzig ihr Kinn, während sie den Blick von Tamar über seine grinsenden Stammesbrüder gleiten ließ, die hinter ihm auf ihren Pferden saßen. »Ich kann doch wohl nicht ohne das Allernötigste auf Reisen gehen. Wer weiß, an wen Ihr mich gegen Lösegeld verhökert oder wie lange das alles dauern wird?«

»Das Allernötigste?« Tamars Blick glitt von dem Smaragdhalsband, das Tess angelegt hatte, zu ihrem Sonnenschirm aus

Goldstoff, den sie in der Linken hielt. Die Mähne ihres Pferdes war mit passenden Goldbändern durchflochten, während ein anderes Pferd, das sie als Lasttier mit sich führte, schwer mit Koffern, Taschen und einem bändergeschmückten Vogelkäfig beladen war. »Eitel wie eine Pfauenhenne! Ja, Galen hat eine Pfauenhenne geheiratet!«

»Er hat sich mit einer Prinzessin aus Tamrovia vermählt«, erklärte Tess von oben herab. »Das wäre ihm nie gelungen, hätte ich geahnt, welcher Barbarei ich in diesem Land begegnen würde.« Sie verzog schmollend ihren Mund. »In Belajo hätte ich niemals eine so unwürdige Behandlung über mich ergehen lassen müssen.« Zu Kalim gewandt äußerte sie voller Ungeduld: »Bringen wir es hinter uns. Hol das Mädchen und reite mit ihr los, damit ich von diesem schrecklichen Pferd herunter kann. Die Hitze ist unerträglich.«

Kalim sah Tamar fragend an.

Tamars Blick ruhte noch immer nachdenklich auf Tess. »Euch gefällt unser Land nicht?«

»Zalandan geht gerade noch, aber die Wüstengegenden sind unerträglich.« Sie fuhr sich mit einem parfümgetränkten Taschentuch über die Stirn und sagte vorwurfsvoll: »Ihr laßt mich warten!«

»Verzeiht, Euer Hoheit.« Tamar vollführte eine spottgeladene Verbeugung. Auf sein Fingerschnalzen hin wichen die Reiter beiseite und gaben den Blick auf eine kleine Gestalt am Ende der Reihe frei. »Viane!«

Viane kam auf Tess zugeritten. Das Gesicht des jungen Mädchens war bleich und starr, die Augen von Schmerz verdunkelt. Eine Welle des Jähzorns erfaßte Tess, Zorn auf

Tamar, ein Gefühl, das ihr deutlich anzusehen war. Sie wandte ihr Gesicht deshalb mit Absicht Viane zu. »Du dummes Ding, du hast uns großen Ärger bereitet.«

»Das bedauere ich sehr«, gab Viane im Flüsterton von sich.

Tess reagierte mit einem Achselzucken. »Vielleicht ist es so am besten. Wenn er vernünftig ist und dazu noch Verstand hat, dann könnten dieser Wegelagerer und ich zu einer Übereinkunft gelangen. Vielleicht war es eine günstige Wendung des Schicksals, die uns zusammenführte.«

Tamar zog erstaunt die Brauen hoch. »Ach?«

»Später.« Tess bedeutete Kalim mit einer hochmütigen Geste: »Nimm sie und verschwinde.«

»Tess!« Viane zügelte ihr Pferd knapp vor Pavda. »Es tut mir leid. Ich hätte nie...«

»Wenn es dir so leid tut, dann sieh zu, daß du endlich fortkommst, damit ich von diesem Biest herunterkomme. Du weißt ja, wie sehr ich Pferde verabscheue.«

Viane sah sie mit großen Augen an. »Aber Tess, ich habe nicht...«

»Komm, Viane.« Kalim ergriff rasch die Zügel von Vianes Pferd und führte sie fort.

Würde Tamar sie ziehen lassen? Tess beobachtete mit angehaltenem Atem, wie der Blick des Scheichs Kalim und Viane nachdenklich folgte. Sie war überzeugt davon, daß er sich nicht an die Abmachung halten würde, wenn es ihm nicht beliebte. Galen hatte ihn als Menschen beschrieben, der spontanen Eingebungen folgte.

Ablenkung tat not. Sie trieb Pavda an, so daß Tamar der

Blick auf Kalim und Viane genommen wurde. »So, und jetzt habe ich einen Vorschlag für Euch.«

Sein Blick heftete sich auf Tess. »Einen Vorschlag?«

Sie nickte. »Warum hätte ich mich sonst wohl auf diesen Austausch eingelassen? Damit bietet sich mir eine Gelegenheit, dieses schreckliche Land zu verlassen. Wenn Ihr für mich Lösegeld möchtet, dann bietet mich doch meinem Vater in Tamrovia an.« Sie wischte sich über die Stirn und sagte im Jammerton: »Warum laßt Ihr mich hier in der Hitze schmachten? Gibt es denn in diesem elenden Land keinen Schatten? Los, wir wollen zurück in Euer Lager.«

»Ins Lager?« Tamar schmunzelte. »Nein, dorthin gehen wir nicht, Euer Hoheit. Wir haben unsere Zelte abgebrochen. Vor der nächsten Rast liegt eine lange Wegstrecke.« Er blickte Kalim und Viane nach, die schon fast außer Sichtweite waren, dann wandte er sich sichtlich unschlüssig wieder Tess zu. »Und wann Ihr rasten werdet, entscheide alleine ich. Ihr werdet bald merken, daß ich nicht Galen Ben Raschid bin. Er war immer sehr weichherzig, was Frauen betraf. Dieses Luder von Mutter hat ihn verdorben, so daß er...« Er riß plötzlich die Augen auf und fing wieder schallend zu lachen an. »Verdammt!« Er klatschte sich auf den Schenkel. »Warum eigentlich nicht?« Tamar wendete sein Pferd. »Kommt, Königliche Hoheit. Eben ist mir etwas Köstliches eingefallen. Wir wollen uns auf den Weg machen.«

»He, was ist mit meinem Vorschlag?« rief Tess ihm zu, nicht ohne einen Seitenblick zur Wegbiegung zu werfen. Als sie sah, daß Kalim und Viane um die Biegung verschwunden waren und zu Yusef und der wartenden Eskorte gestoßen sein mußten, stieß sie einen aus tiefstem Herzen kommenden Seufzer der Erleichterung aus.

»Ich bin ganz Ohr«, rief Tamar ihr lachend zu. »Ihr seid viel amüsanter, als ich zunächst dachte. Ihr könnt daherplappern, was Euch beliebt, wenn Ihr mich nur amüsiert. Schließlich müssen wir ja etwas zu tun haben... so zwischendurch«, schloß er mit einem boshaften Blick.

Tess behielt ihren verdrießlichen Ausdruck bei. »Ihr seid so ungehobelt wie mein Gemahl. Diese Behandlung lasse ich mir nicht mehr gefallen. Ich kann es kaum erwarten, wieder nach Hause zu kommen, in ein zivilisiertes Land, wo die Kavaliere mit höflichen und artigen Worten nicht sparen.«

Tamar sah sie so verdutzt an, als gehöre sie einer wundersamen, fremden Tiergattung an. »Versteht Ihr denn nicht, was ich zu tun gedenke, um...« Er sprach nicht weiter, weil er wieder lachen mußte. »Nicht zu fassen!« Er lachte noch immer, als er seinem Pferd die Sporen gab. »Fast könnte einem Galen leid tun. Was muß er ausgestanden haben, als er Euch in diesen letzten zwei Monaten von einem Stamm zum anderen zerrte. Belohnen sollte er mich, weil ich ihn vor Euch rette.«

»Allmächtiger, du hast sie bei ihm gelassen?!« Galen erlebte das merkwürdige Gefühl, innerlich auseinanderzubrechen. »Du hast sie ihm überlassen?«

Kalim zuckte merklich zusammen. »Es war nicht richtig, aber ich wußte nicht, was ich sonst hätte tun sollen. Viane war...«

Sascha trat einen Schritt vor. »Wie steht es um Viane? Hat er ihr etwas angetan?«

»Nein, sie ist nur übermüdet und total verängstigt. Auf dem Weg zurück nach Zalandan hat sie kaum ein Wort mit mir gesprochen«, sagte Kalim heiser. »Im Palast angekommen hat sie sich unverzüglich in ihre Gemächer begeben, und ich eilte hierher.«

Galen durchquerte den Raum und ging zur Tür. »Wo hat der Austausch stattgefunden?«

»Im Hügelland oberhalb des *carobel*-Festlagers.«

»Trommele die Leute zusammen. Wir brechen sofort auf!«

»Galen, er ist doch verwundet«, mahnte Sascha halblaut.

Galen fuhr wie der Blitz herum, wutentbrannt und zornbebend. Er spürte, wie es in ihm tobte und ihn zu verschlingen drohte. »Glaubst du, das kümmert mich? Wenn er reiten kann, kommt er mit. Alle kommen mit. Er kann von Glück reden, wenn ich ihn nicht erwürge. Wir werden sie uns zurückholen!«

Sascha schüttelte zweifelnd den Kopf. »Wir können doch nicht einfach aufs Geratewohl losreiten. Du kennst Tamar. Er ist unstet wie ein Schatten. Es könnte sein, daß wir die Hügel tagelang vergebens durchstreifen.«

»Nun, dann werden wir es eben tun.«

»Nein«, sagte Kalim.

»Nein?« Galen sagte es seidenweich, mit einem Blick spitz wie ein Schwert. Er drehte sich zu Kalim um. »Es ist wohl in deinem Sinn, wenn sie bei Tamar bliebe? Gewiß hast du sie mit großer Bereitwilligkeit in seiner fürsorglichen Obhut zurückgelassen.«

Kalim erbleichte. »Ich konnte nicht...« Er schluckte

krampfhaft. »Ich verdiene Euren Zorn, aber es war die *Majira,* die sagte, Ihr solltet hier warten.«

»Warten? Sie weiß ja nicht, was Tamar ...«

»Sie weiß es«, unterbrach Kalim ihn. »Sie hat gesagt, sie würde Euch Nachricht zukommen lassen, wo sie sich befindet.«

»Und wie will sie das bewerkstelligen?«

»Mit Alexander, dem Täuberich. Sie hat ihn bei sich. Sie hat gesagt, sie würde Euch wissen lassen, wo sie sich aufhält. Außerdem hat sie sich einen Plan ausgedacht, wie sie Tamar und seine Leute unschädlich machen kann.«

Erst starrte Galen ihn verblüfft an, dann aber regte sich Hoffnung in ihm. Wie Tess, eine hilflose, ganz allein auf sich gestellte Frau, Tamars Räuberbande ausschalten wollte, konnte er sich nicht vorstellen, aber die Taube konnte sich tatsächlich als Werkzeug zu ihrer Rettung entpuppen. »Wann hast du sie verlassen?«

»Zu Mittag.«

Galen warf einen Blick zum Himmel. »Die Sonne wird bald untergehen. Bei Einbruch der Dunkelheit werden sie ihr Lager aufschlagen.« Er drehte sich um und ging zur Tür. »Sascha, laß die Pferde satteln und die Männer zusammenrufen. Kalim, du kommst mit mir und erklärst mir diesen Plan. Ich will in Vianes Gemach auf Alexanders Ankunft warten.«

Die Angst hielt ihn mit eisernem Griff fest. Er spürte, wie ihm übel wurde, wie eisige Kälte von ihm Besitz ergriff. Der Hoffnungsschimmer war so winzig. Doch war es die einzige Chance, die sie hatten.

Gott im Himmel, Tess hatte den Vogel selbst als nicht über

alle Maßen klug bezeichnet. Selbst wenn sich ihr eine Gelegenheit bot, den Vogel fliegen zu lassen, blieb immer noch die Möglichkeit, daß er den Heimweg nach Zalandan nicht fand.

Lieber Gott, laß ihn nicht wieder nach Said Ababa fliegen!

Tess sah Alexander nach, der mit ausgebreiteten Flügeln vom Turm losflog und sich in westliche Richtung aufmachte. Nach Said Ababa?

Als sie einen Schritt auf der steinernen Wendeltreppe hörte, drehte sie dem Fenster eilig den Rücken zu und schleuderte Alexanders leeren Käfig in den verschatteten Teil des Raumes. Sie lief auf ihren geöffneten Koffer zu, als Tamar die Tür aufriß und das Turmgemach betrat.

»Ich kann meine Schmuckschatulle nicht finden«, jammerte sie. »Ich wußte ja, daß diese Tölpel sie verlegen würden.«

»Ganz im Gegenteil, sie haben sie genau dorthin getan, wo ich sie haben wollte, nämlich in meine Satteltasche.« Er grinste hämisch.

»Ihr könnt doch nicht einfach meinen Schmuck stehlen!« Tess funkelte ihn empört an. »Was hat mir denn meine Ehe sonst eingebracht? Sand, Hitze, Zwistigkeiten, Beleidigungen und ... und Sommersprossen.« Sie ließ den Blick durch den Raum wandern. »Und jetzt bin ich in diesem halbzerfallenen, verwahrlosten Turm gelandet. Warum sind wir hier?«

»Ich war vor langer Zeit einmal mit Galen hier.« Tamars Blick suchte das Himmelbett. »Ich dachte mir, der Turm wäre für unsere Zwecke sehr gut geeignet.«

Tamar hat eines der Freudenmädchen in trunkener Raserei getötet ...

Tess verbarg ihr Entsetzen, als ihr Galens Schilderung jener schrecklichen Nacht wieder einfiel, die sein ganzes Leben verändert hatte.

Tamar starrte noch immer das Bett an. »Außerdem würde es Galen nie einfallen, hier zu suchen. Seine Erinnerungen an den Turm sind nicht so angenehm wie meine.«

»Mein Vorschlag«, setzte Tess von neuem an. »Ich möchte ... :«

»Nicht jetzt«, wehrte Tamar zerstreut ab. Seine Augen glitzerten aus seinem bärtigen Gesicht. »Laß mich jetzt damit in Frieden. Zuweilen tut es gut, die Vergangenheit wieder aufleben zu lassen.«

Ganz plötzlich erschien ihr die Luft schwer, getränkt mit Bösem, mit Feindseligkeit.

»Ich habe Hunger. Bekomme ich nichts zu essen?« wollte Tess wissen.

Er riß seinen Blick vom Bett los und sah nun sie an. »Herrgott, was für ein lästiges Frauenzimmer!«

»Und wo ist die Kiste mit den Weinflaschen, die ich mit mir führte? Es war ein edler Wein.« Sie runzelte nachdenklich die Stirn. »Eigentlich erstaunlich, daß ein so unzivilisiertes Volk wie die El Zalan einen so edlen Tropfen hervorzubringen vermag.«

»Meine Männer sagen ebenfalls, daß es ein köstliches Gesöff sei, obwohl ihr Geschmack nicht so verfeinert ist, daß sie die Qualität voll auskosten könnten.« Er ließ wieder ein Grinsen sehen. »Mein Geschmack ist natürlich raffinierter, und ich werde Euch genau sagen können, ob ich ihnen recht gebe oder nicht.«

»Die Flaschen gehören mir! Die Kiste hätte mir in Belajo jahrelang gereicht.«

»Mal sehen, ob wir ihnen ein Fläschchen für Euch entreißen können. Das heißt... besser nicht. Ich möchte Euch hellwach und voller Energie für unser kleines Handgemenge.« Er lächelte spöttisch. »Werdet Ihr mir Eure Gunst schenken, Prinzessin?«

»Ich weiß gar nicht, was Ihr meint, aber ich bin sicher, daß es etwas Abscheuliches ist.« Sie funkelte ihn an. »Jetzt bin ich hungrig und möchte essen.«

Er drehte sich um. »Ich schicke Euch jemanden mit einer Schüssel Eintopf.«

»In meiner eigenen Silberschüssel!« forderte sie rasch.

Er warf ihr einen Blick über die Schulter zu. »Ihr könnt von Glück reden, wenn Ihr überhaupt etwas bekommt.«

»In meiner Schüssel!«

Tamar schlug die Tür hinter sich zu. Sie hörte noch immer sein Lachen, als er die Treppe hinunterlief.

Nachdem die ärgste Anspannung von ihr wich, schwindelte ihr vor Erleichterung. Heilige Maria, was hatte sie Ängste ausgestanden! Tamars Blick, mit dem er das Bett bedachte, hatte in ihr beinahe Übelkeit hervorgerufen. Wie hatte Galen glauben können, er und Tamar seien einander auch nur annähernd ähnlich? Tamar war ein Ungeheuer.

Sie drehte sich um und trat wieder ans Fenster. Sie konnte nur darum beten, daß der Wein, den sie mit Absicht hatte einpacken lassen, Tamar und seine Leute eine Zeitlang beschäftigen würde, ehe er auf die Idee kam, weitere Freuden von ihr zu fordern. Daß sie so große Angst haben würde, hatte sie nicht geahnt. Tess war auch nicht sicher, wie lange sie diese idiotische Rolle noch durchhalten würde, da ihre Knie zu zittern anfingen, wenn er nur in ihre Nähe kam.

Sie suchte den Himmel ab, konnte Alexander aber nirgends entdecken. Hatte er den Westkurs aufgegeben und war statt dessen ostwärts geflogen?

»Nicht nach Said Ababa«, flüsterte sie vor sich hin. »Bitte, Alexander, nicht nach Said Ababa. Nach Zalandan.«

Im Verlauf der letzten zwei Stunden war das Gejohle und Gelächter in der Wachstube immer leiser geworden, bis es vollends verstummte.

Tess umklammerte krampfhaft die Armlehnen des Sessels, während sie angestrengt lauschte. Nichts zu hören. Hatte Tamar vom Wein getrunken? War sie gerettet?

Da hörte sie schlurfende Schritte auf den Steinstufen. Nein, sie war noch nicht sicher. Verzweifelt ließ sie den Blick durch den Raum wandern.

Der Silberkrug auf dem Tisch schien ihr schwer genug, um als Waffe zu dienen.

Tamar riß die Tür auf und taumelte ins Turmzimmer.

»Ihr habt nicht angeklopft«, sagte Tess, während sie sich zwang, die Armlehnen des Sessels loszulassen. »Dieses ungehobelte Benehmen lasse ich mir nicht bieten.« Sie stand auf und bewegte sich rasch auf den Tisch zu, auf dem der Silberkrug stand. »Und mein Essen habt Ihr auch vergessen.«

»Alles weg. Auch der Wein.« Tamar konnte nur noch

lallen. Sein Blick verriet Feindseligkeit und Argwohn. »Meine Männer mußten feststellen, daß ihnen das Gesöff erstaunlich rasch zu Kopf stieg. Und ich frage mich, wieso...« Er tat unsicher einen Schritt auf sie zu. »Ich frage mich, wieso sie so rasch betrunken wurden und einen schweren Kopf bekamen, wenn sie doch sonst viel stärkere Getränke gewohnt sind?«

Tess, die mit dem Rücken zu ihm stand, straffte die Schultern. Wenn es ihr nur gelänge, nach dem Krug zu fassen... »Der Wein war sehr gut. Es war ganz klar, daß...« Sie verstummte, als Tamars Hand sich schwer auf ihre Schulter legte. Er drehte sie mit einem Ruck um und starrte ihr ins Gesicht.

»Was war im Wein?«

»Ich weiß nicht, was Ihr meint. Bitte, laßt mich...«

Sie schnappte nach Luft, als Tamar plötzlich fester zupackte.

»Nun, was war es? Gift?«

Sein Druck wurde stärker, so sehr, daß sie sich auf die Unterlippe beißen mußte, um nicht laut aufzuschreien.

»Was?«

»Laudanum.«

»Viel?«

»Ich weiß es nicht. So viel ich im Lager auftreiben konnte.«

»Und Ihr habt die vornehme dumme Gans gespielt, um mich glauben zu machen, Ihr wärt zu dämlich, um mir etwas anhaben zu können!« Sein Gesicht war wutverzerrt, als seine Hände von ihren Schultern zur Kehle glitten. »Hure!«

Tamar tötete eine der Huren in trunkener Raserei. Er erdrosselte sie …

Einen Moment glaubte Tess den Schrei dieses armen Mädchens als Echo von den Wändern widerhallen zu hören. War es auch ihr selbst bestimmt, hier den Tod zu finden?

»Glaubt Ihr, ich brauche Euch wirklich?« fragte Tamar listig, während sein Griff um ihre Kehle fester wurde. »Euer Tod kann mir ebensoviel nützen. Galen kann den Tod seiner Gemahlin nicht ungesühnt hinnehmen, auch wenn ihm an Euch nichts liegt. Ich wollte eigentlich ein wenig mit Euch spielen, aber Ihr wart zu schlau.«

Sein Griff schnitt ihr die Luft ab. Tess griff blindlings hinter sich, in der Hoffnung, den Silberkrug zu erreichen, doch ehe es dazu kam, riß er sie vom Tisch fort. Verzweifelt faßte sie nach ihrer Kehle, bemüht, seinen Griff zu lockern.

Schmerz!

Sie spürte das Blut in den Ohren dröhnen, in den Schläfen sausen.

Ihre Knie gaben nach, sie sackte zusammen. Aber Tamar hielt sie durch seinen erbarmungslosen Griff um ihre Kehle aufrecht.

Sie hörte nicht, wie die Tür aufsprang, hörte auch nicht Galens Ausruf. Aber Tamar hörte ihn!

Sein Griff ließ nach, aber noch immer hielt er sie fest, während er sich zur Tür umdrehte und Tess mit sich zerrte.

Galen. Sascha.

»Tamar, laß sie los!« Galens Augen glühten im Schein der Kerzen, ähnlich haßerfüllt wie die Tamars.

Er ist mein Spiegelbild. Er ist, was ich sein könnte …

Tamar stieß einen gräßlichen Fluch aus und ließ ihre Kehle los, nicht ohne ihr einen so heftigen Schlag ins Gesicht zu versetzen, daß sie taumelte. Er griff nach dem Dolch in seinem Gürtel.

»Nein!« Galen durchmaß den Raum mit einem Satz.

Galens Miene ... Tess sah in ihr etwas, auf das sie gewartet hatte. Sie sah etwas ...

Aber seine Bewegungen waren zu langsam. Tamar hielt schon den Dolch in der Hand und richtete ihn gegen sie.

Galen würde zu spät kommen!

Sie war des Todes.

Nein, nicht jetzt. Nicht jetzt, da sie wußte, daß Galen ... Die erhobene Klinge blitzte im Kerzenschein. Sie spürte, wie sie in tiefe Dunkelheit stürzte.

12. Kapitel

Galens starke Arme trugen sie. Sie hörte die Schritte seiner Stiefelabsätze auf Stein.

»Laß ... mich ... nicht sterben ...« Nur mit großer Mühe entrangen sich diese Worte ihrer schmerzenden Kehle.

»Pst, Tess.« Galens Stimme gehorchte ihm kaum. »Sprich nicht.«

Sie schlug die Augen auf und sah über sich sein bleiches Antlitz. Hatte er nicht verstanden? Sie mußte ihm unbedingt sagen, wie wichtig es war, daß sie am Leben blieb, daß sie zusammenblieben. »Es ist wichtig ...«

Kühle Luft an ihrem Gesicht, der Schein von hundert Fackeln der El Zalan, die hoch zu Roß vor dem Turm warteten.

»Du wirst nicht sterben«, ließ Galen sich heiser vernehmen.

Sie wanderte in die Arme eines anderen, als Galen in Seliks Sattel stieg.

Saschas Arme, stellte sie fest, als sie in seine wohlbekannten blauen Augen sah. »Sag ihm ...«

»Sei nicht so stur, Kleines«, unterbrach Sascha sie voller Ungeduld. »Du hast uns schon genug zugemutet, also verschone uns mit deinem Froschquaken.«

Ein tröstliches Gefühl durchflutete sie. Sascha hätte nie gewagt, sie mit einem Frosch zu vergleichen, wenn ihr Leben tatsächlich auf dem Spiel gestanden hätte. »Nicht meine Schuld«, sagte sie mit soviel Entrüstung, wie ihre Stimme noch zuließ. »Ich... konnte ja nicht alles allein machen.«

Da konnte Sascha sich ein Lächeln nicht verkneifen. »Versucht hast du es immerhin. Du hast Tamars Leute betäubt und eine Botschaft an uns geschickt. Wirklich, du hast uns verdammt wenig Spielraum für Heldentum gelassen. Vermutlich sollten wir uns bei dir bedanken, daß du uns Tamar überlassen hast.«

»... konnte den Krug nicht rechtzeitig zu fassen bekommen.«

»Gib sie mir«, hörte sie Galen sagen.

Sie wurde wieder in Galens Arme gelegt, in einen Mantel gewickelt und festgehalten. »Ich habe mich gut behauptet...«

»Hervorragend.« Galen zog den Mantel enger um sie und rückte sie bequemer auf dem Sattel zurecht. »Und jetzt schläfst du dich aus, während wir alles übrige machen.«

»Tamar?«

Sie spürte, wie Galens Muskeln sich spannten. »Er ist tot.«

Ein zerbrochener Spiegel... Nein, das war nicht richtig. Sie mußte Galen sagen, wie sehr er sich geirrt hatte. »Verzerrt. Dir gar nicht ähnlich.«

»Pst.« Er drückte ihre Wange an seine Schulter, dann wendete er Selik und gab seinen Leuten mit erhobenem Arm ein Zeichen. »Sprechen kannst du später.«

Gleich darauf wiegte der Rhythmus von Seliks Ritt sie an die Grenze des Schlafes. Sie roch den Duft von taufeuchtem

Gras, von Leder und von Zitrone. »Wir sollten miteinander... reden. Es gibt vieles zu sagen.«

»Später.«

Ja, das alles hatte Zeit. Seit sie in jenem Augenblick der Wahrheit in sein Gesicht geblickt hatte, konnte sie auf alles andere warten.

Sie schmiegte sich an ihn. »Später.«

Die Sonne strahlte in ihr Gemach des Palastes. Viane saß in einem Sessel neben dem Diwan, als Tess viele Stunden später erwachte.

Vianes Züge zeigten äußerste Anspannung, als sie sich über Tess beugte und nach deren Hand griff. »Versuch nicht zu sprechen.«

Tess faßte an ihre Kehle. Sie zuckte zusammen, als sie die Druckstelle berührte. »Tut weh.«

»Dein Hals sieht schrecklich aus«, flüsterte Viane ihr zu. »Es tut mit ja so leid. Es ist meine Schuld...«

»Unsinn.« Tess, die sich aufsetzte, schob die Decke von sich. Himmel, sie hörte sich ja an wie eine krächzende alte Krähe. »Wie kann es deine Schuld sein? Tamar war es, der mich würgte. Wo ist Galen?«

»Er ist eben gegangen. Die ganze Nacht hat er hier gesessen.«

Tess hielt dies für ein sehr gutes Zeichen, und wenn sie an seinen Gesichtsausdruck am Abend zuvor dachte...

»Ich möchte ihn sehen.« Sie stand auf und verharrte unsicher, bis sie ihr Gleichgewicht gefunden hatte. »Hilfst du mir beim Anziehen?«

»Du solltest noch ruhen.« Viane blickte sie voller Zweifel an. »Außerdem hat er jetzt keine Zeit. Eben ist Nachricht gekommen, daß die Abordnung aus Tamrovia eine Meile vor den Toren der Stadt gesichtet wurde.«

Ihr Vater! Heilige Maria, sie hatte diese Bedrohung fast vergessen. Zu ihrer Verwunderung aber mußte sie feststellen, daß die Nachricht von seinem Kommen sie nicht mehr so entsetzte wie damals, als sie zum erstenmal davon gehört hatte. Nach der Konfrontation mit Tamar erschien ihr die Bedrohung, die ihr Vater für sie darstellte, nicht mehr so arg. »Ist Galen in seinen Räumen?«

Viane nickte. »Warum kannst du nicht warten? Kalim harrt draußen auf dem Korridor. Du kannst eine Nachricht ...«

»Ich warte höchst ungern. Ich möchte selbst zu Galen gehen.« Tess zog die Brauen hoch. »Kalim hat auch die ganze Nacht draußen gesessen?«

Viane nickte errötend. »Er war sehr besorgt und will mich nicht alleinlassen. Seiner Meinung nach hat er etwas Unverzeihliches getan.«

Ich würde für sie mein Leben geben, hatte Kalim gesagt.

»Sicher wäre Sascha ebenso ...« Tess hielt kopfschüttelnd inne. Irgendwie waren die Worte unpassend. Sie wollte zu einem späteren Zeitpunkt darüber nachdenken.

»Und Galen zeigt sich unversöhnlich. Er zürnt Kalim noch immer, weil dieser zuließ, daß du in Tamars Hände gefallen bist.«

»Das war nicht Kalims Schuld. Ich will mit Galen später darüber sprechen.« Aber nicht jetzt, denn sie konnte es kaum erwarten, ihre eigenes Leben in Ordnung zu bringen.

»Komm, ich muß schnell mit Galen sprechen, bevor mein Vater eintrifft.« Sie ging zur Tür des Ankleidezimmers. »Ich ziehe das smaragdgrüne Kleid an. Während ich mich wasche und ankleide, könntest du mir ein schönes Halstuch aussuchen, mit dem ich diese schrecklichen Druckspuren verbergen kann.«

Ebenso mußte sie sich bemühen, ganz normal zu sprechen. Galen durfte sich nicht von Mitgefühl leiten lassen. Wie immer seine Entscheidung ausfallen würde, was immer er ihr sagen würde, es mußte aus tiefstem Herzen kommen.

»Geh wieder auf dein Zimmer.« Galen sah sie mißbilligend an, als sie eintrat. »Noch besser, du gehst zu Bett.«

»Warum? Ich gehöre hierher.« Tess schloß hinter sich die Tür und sah ihn an. »Ich finde das Bett langweilig, wenn sich anderswo interessante Dinge tun.«

Momentan wurde sein grimmiger Ausdruck von einem Anflug von Humor aufgelockert. »Mir ist nicht entgangen, daß du dich ebenfalls nicht langweilst, wenn die interessanten Dinge sich im Bett tun.« Dann war sein Lächeln verschwunden. »Ich möchte nicht, daß du beim Eintreffen deines Vaters zugegen bist. Du hast schon genug Kämpfe hinter dir.«

»Aber es ist auch mein Kampf! Wo ist mein Vater jetzt?«

»Er müßte bald hier sein. Sascha ist ihm entgegengeritten und wird ihn zum Palast geleiten.«

»Dann warten wir gemeinsam.« Sie lächelte ihm zu. »Ich muß zur Stelle sein, um mich zu verteidigen. Schließlich bin ich nur eine hilflose Frau. Woher soll ich wissen, ob du mich ihm nicht einfach auslieferst?«

»Eine hilflose Frau? Du beliebst zu scherzen. Unter den El Zalan ist es Tagesgespräch, wie du es bewerkstelligt hast, daß wir Tamar fassen konnten.« Er legte die Stirn in Falten. »Und ich sagte dir, ich würde nie... warum lachst du?«

»Mir ist eben nach Lachen zumute. Ich bin sehr glücklich.« Sie ging auf ihn zu und blieb dicht vor ihm stehen. »Sag mir, Galen, jetzt ist Tamar tot und die Bedrohung für das Bündnis viel geringer, oder etwa nicht?«

»Ja.«

»Und du brauchst mich eigentlich zur Absicherung des Bündnisses nicht mehr?«

Er erstarrte. »Das habe ich nicht gesagt.«

»Dann sage es jetzt. Sag mir die Wahrheit.«

Ein verkniffener Zug erschien um seine Lippen. »Nein.«

Sie lächelte. »Dann bin ich frei. Wenn mein Vater wieder fort ist, möchte ich nach Frankreich. Du wirst mich doch sicher nicht ohne Erskorte ziehen lassen?«

»Nein!« Galen umfaßte ihre Schultern. Sein Blick ruhte eindringlich auf ihr. »Du hast mir versprochen...«

»Ein Kind? Aber jetzt brauchst du kein Kind mehr.«

»Ich brauche sehr wohl ein Kind.«

»Aber nicht für die Einheit.«

»Nein, aber ich... brauche das Kind.«

»Du hast versprochen, du würdest mich freigeben, wenn ich für die Einheit nicht mehr vonnöten sei. Würdest du ein Versprechen nicht einhalten?«

»Ich sagte schon... ich brauche dich!«

»Ein Wortbruch ist Barbarensitte«, sagte Tess leise. »Du wirst dich doch in dieser Sache zivilisiert verhalten, Galen?«

Aus seiner Miene sprach Qual, sein Griff an ihren Schultern wurde fester. »Nein! Es ist mir egal, aber du bleibst.«

»Wie lange?«

»Für immer!« brach es aus ihm mit solcher Heftigkeit hervor, daß die Worte im Raum zu widerhallen schienen.

Sie blickte strahlend zu ihm auf. »Ausgezeichnet!« Sie warf sich ihm in die Arme. »Ich fürchtete schon, du würdest es so weit kommen lassen, daß ich dich darum bitte, bleiben zu dürfen, was für mich sehr demütigend gewesen wäre.«

Galen, der seinen Ohren nicht trauen wollte, schob sie von sich. »Was... du willst bleiben? Oh, Gott, hoffentlich weißt du, was du da sagst.« Mit unsicheren Händen berührte er ihr Gesicht und hob es an, so daß er ihr in die Augen schauen konnte. »Ich kann dich nicht gehen lassen«, stieß er rauh hervor. »Auch wenn es bedeutet hätte, daß ich dich gewaltsam festhalten hätte müssen, so wie mein Vater meine Mutter.« Er schloß die Augen. »Lieber Gott, wie stehe ich nun da?«

»Als der Mann, den ich liebe«, sagte sie schlicht. »Und wenn Gott es gut mit mir meint, als der Mann, der mich liebt.«

Er öffnete seine Augen, in denen es blitzte. »Oh, ja«, sagte er mit belegter Stimme. »Ich glaube, ich habe dich von dem Augenblick an geliebt, als ich dich an Apollo geklammert im Morast stecken sah.«

»Sehr ermutigend, wenn man bedenkt, daß grüner Schleim von mir tropfte und daß ich gräßlich stank.« Sie warf sich wieder in seine Arme und begrub ihr Gesicht an seiner Brust. »Gut, daß wir das Schlimmste gleich zu Anfang hinter uns brachten. Nachdem du mich so gesehen hattest, muß ich in jeder anderen Situation vorteilhafter ausgesehen haben.«

»Die vergangene Nacht hat dich nicht vorteilhafter aussehen lassen.« Seine Umarmung wurde fester. »Weiß und leblos... und dein Hals...« Er drückte sein Gesicht in ihr Haar. »Ich habe mir geschworen, dich ziehen zu lassen, falls Gott dich am Leben ließe, aber als ich dich vorhin eintreten sah...« Er raunte ihr ins Ohr: »Meine Seele hätte ich verkauft, um dich zu halten. Ich bin durch und durch ein Barbar. So wie mein Vater es war.«

»Nein.« Sie wich zurück und blickte zu ihm auf. »Du bist nicht dein Vater, und du bist auch nicht Tamar. Du magst ein Barbar sein, aber wenn du einer bist, dann liebe ich das an dir wie alle anderen Eigenschaften auch.« Mit nachdenklich gerunzelter Stirn suchte sie nach Worten. »Begreifst du nicht? Wir sind, was wir sind. Ich bin impulsiv und geradeheraus, und ich möchte nicht anders sein. Liebst du mich deshalb weniger?«

»Nein.« Ein fast unmerkliches Lächeln zuckte um seine Lippen. »Obwohl ich ernsthaft hoffe, in Zukunft deine Impulsivität zu zügeln.«

»Das wird vielleicht nie der Fall sein, so wie du vielleicht bis ans Lebensende ein paar barbarische Eigenschaften bewahren wirst. Der Kampf um Besserung ist es, der eigentlich zählt, und den wollen wir ein Leben lang gemeinsam führen.« Sie umarmte ihn mit aller Kraft, die ihr zu Gebote stand. »Ich glaube, es wird sehr interessant werden.«

»Auch wenn ich dir hier in Sedikhan nicht die gewünschte Freiheit versprechen kann?«

»Du wirst mir geben, was dir möglich ist, und alles andere muß ich mir erkämpfen.« Sie reckte entschlossen ihr Kinn. »Und auch das dürfte interessant werden, meinst du nicht auch?«

Er tat, als überliefe ihn ein Angstschauer. »Du lieber Gott, welches Schicksal steht uns da bevor? Armer Hakim.«

»Er verdient es!« Sie ließ eine gezierte Handbewegung folgen. »Und ihr anderen ebenso.«

Er warf den Kopf zurück und lachte so herzlich, daß er plötzlich ganz unbekümmert und jungenhaft wirkte. »Armer Galen.«

»Nein.« Auf Zehenspitzen stehend berührte sie seine Lippen mit einem zärtlichen Kuß. »Ich werde dich immer und ewig lieben und beschützen. Du wirst gar nicht die Chance bekommen, dich selbst zu bemitleiden.«

»Immer und ewig«, wiederholte er, ihren Blick festhaltend.

Das war wie ein Gelöbnis, und diese Erkenntnis versetzte sie in Hochstimmung. Sie vermeinte, in Millionen von blitzenden Freudensplittern zerspringen zu müssen. »Eigentlich bin ich Tamar zu Dank verpflichtet, wenn er dir zu Bewußtsein brachte, daß du mich liebst.«

»Das war mir schon vorher bewußt, ich wußte es, als du beim Rennen gestürzt bist und ich glaubte, du seist tot.«

»Ich bin nicht gestürzt. Du weißt, daß ich mit Absicht ...« Sie sah ihn verdutzt an. »Du hast es gewußt? Warum hast du es mir nicht gesagt?«

»Warum hast du mir nicht gesagt, daß du gar nicht die Absicht hattest, mich zu verlassen?«

»Unser Abkommen. Ich befürchtete, daß ...«

»Bei mir war es ähnlich.« Als er sah, daß sich ihre Augen vor Staunen weiteten, fuhr er leise fort: »In meinem ganzen Leben hatte ich noch nie so große Angst. Ich hielt es für ausgeschlossen, daß du freiwillig bei mir bleiben würdest, und ich war gewillt, dich zum Bleiben zu zwingen.«

Er hatte geglaubt, sie würde ihn verlassen, wie seine Mutter versucht hatte, ihn zu verlassen.

»Ich werde dich nie verlassen.« Sie gab ihm noch einen Kuß und rückte dann von ihm ab. »Mehr wollte ich nicht sagen. Und jetzt setze ich mich dort drüben in den Sessel und werde ganz fügsam sein und zuhören, wie du mit meinem Vater über... hör auf zu lachen!« Doch schon lachte auch sie. »Also, ich werde mich redlich bemühen, den Mund zu halten.«

Sie wurden unterbrochen, als Sascha ohne anzuklopfen eintrat.

»Was zum Teufel ist passiert, Sascha?«

Tess drehte sich zu ihrem Cousin um und erkannte sofort, was Galen zu dieser Frage bewogen hatte. Saschas Gesicht war bleich, sein Ausdruck verstört. »Was hat er gesagt? Hat er dich seinen Zorn sehr spüren lassen?« fragte sie hastig.

»Wer?«

Sie sah ihn verwirrt an. »Nun, mein Vater natürlich.«

»Axel?« Sascha schüttelte den Kopf. »Ich weiß nicht, wie es um seinen Zorn bestellt ist. Er ist nicht da.«

Sie sah ihn verständnislos an. »Nicht da? Hat er denn einen Unterhändler geschickt?«

»Ja, einen Unterhändler. Axel kann Tamrovia im Moment nicht verlassen.«

»Sascha, was ist denn mit dir los?« fragte Galen drängend.

Galens Ton riß Sascha aus seiner Verwirrung. »Sie sind tot. Beide sind sie tot.«

»Wer ist tot?«

»Mein Vater und mein Bruder. Sie sind ertrunken. Ihr Boot kenterte auf dem Fluß Zandar, sie wurden gegen die Wasserfälle getrieben, ehe ihnen jemand zu Hilfe eilen konnte. Es geschah zwei Tage, nachdem ich Tamrovia verließ. Axel fungiert jetzt als Regent.« Er hob den Kopf und sah beide an. »Er führt die Regierungsgeschäfte in meiner Abwesenheit. Ich bin jetzt König von Tamrovia.« Er brach plötzlich in schallendes Gelächter aus. »Oh, Gott, ist das nicht lachhaft? Ich!«

»Bist du sicher?« fragte Galen.

»Graf Mazlek versicherte mir, daß Hof und Volk meiner Rückkehr nach Belajo gleichermaßen mit Ungeduld entgegensehen.« Er lächelte nicht ohne Bitterkeit. »Es ist das erste Mal, daß mein Erscheinen bei Hof begrüßt wird.« Er machte eine Pause. »Vermutlich sollte ich den Tod von Vater und Bruder betrauern ... aber ich bin kein Heuchler.« Er ließ ein Achselzucken folgen. »Ich habe sie während ihres Lebens weder gemocht noch respektiert und trauere nicht um sie.«

»Was nun?« fragte Tess.

Sascha sah sie ratlos an. »Vermutlich muß ich unverzüglich nach Tamrovia.« Er stand auf und trat zur Tür. »Ich muß packen lassen.« Er sah Tess nicht an, als er die Tür öffnete. »Ich werde auch deiner Zofe Anweisung geben, daß sie deine Koffer packt, Tess. Wir treffen uns in vier Stunden im Hof.«

Sie erschrak. »Meine Koffer?«

Seine Miene war ernst, als er ihr einen Blick über die

Schulter zuwarf. »Nun, als König von Tamrovia sehe ich es als meine Pflicht an, dich mit einem Edlen unseres Landes zu vermählen.«

Ihre Augen wurden groß. »Sascha!«

Seine hellen Augen waren so eisig wie sein Ton, als er sagte: »Es tut mir leid, aber die Todesfälle, von denen die königliche Familie betroffen wurde, erfordern eine Absicherung der Thronfolge. Eure Ehe wird annulliert, und vor Ablauf eines Jahres wirst du mit einem Edlen des Reiches vermählt werden.«

»Was?« Tess spürte, wie Galen schützend den Arm um ihre Mitte legte.

»Nun ja, es geht nicht an, daß eine königliche Prinzessin unseres Landes mit einem barbarischen Scheich wie...« Sascha unterbrach sich jäh und lachte schallend. »Oh, Gott, dein Gesicht, Kleines!« Er ließ sich noch immer lachend gegen die Tür fallen. »Du hast mir doch tatsächlich geglaubt!«

»Scheusal!« Sie lächelte grollend. »Du hast mich für einen Moment wirklich erschreckt.«

»Ich habe meinen Vater gut nachgeahmt, glaube ich.« Sascha überlief ein Frösteln. »Was für ein gräßlicher Gedanke.« Er lächelte verschmitzt. »Und Galen habe ich beinahe dazu gebracht, nach seinem Dolch zu greifen, nur damit du an seiner Seite bleiben kannst.«

»Ich fand es gar nicht amüsant«, gestand Galen, der Tess noch fester im Arm hielt. »Deine erste Handlung als Monarch hätte Tamrovia in einen Krieg gestürzt.«

Sascha erschrak. »*Merde*, ich vergaß, daß ich von nun an sämtliche Folgen meiner Taten bedenken muß. Eine schreckliche Vorstellung.« Seine verlegene Schulterbewegung verriet Unbehagen. »Ich glaube nicht, daß mir meine neue Position zusagen wird. Ich bin für ein Leben als Majestät nicht geschaffen.«

Vier Stunden später stand Tess mit Galen auf der Treppe des Palastes und sah Sascha im Hof sein Pferd besteigen.

»Er wird mir fehlen«, ließ sie sich bekümmert vernehmen.

»Es ist kein Abschied für immer«, sagte Galen.

Aber beide wußten, daß Saschas Lebensweg nun in eine neue Richtung führen würde, fort von ihnen. Trotz Saschas Befürchtungen gegenüber seiner neuen Stellung, glaubte sie bereits Anzeichen von Machtgefühl und Autorität in seinem Gehabe zu entdecken, als er sich an Graf Mazlek wandte und ihm ungeduldig bedeutete, er solle aufsitzen. »Er wird sich sehr ändern.«

»Wir alle ändern uns.« Galen streifte mit den Lippen zärtlich ihre Schläfe. »Das Leben wäre sehr öde, wenn wir immer dieselben blieben. Es würde auch dir nicht gefallen, meine Liebe.« Er ließ sie los und drängte sie vor. »Jetzt geh und sag ihm Lebewohl.«

Sie ging die Stufen hinunter. »Kommst du nicht mit?«

»Ich bin zu ihm auf sein Zimmer gegangen und habe mich von ihm verabschiedet. Ausgedehnte Abschiedsszenen sind nicht nach meinem Geschmack.«

Sascha sah Tess lächelnd entgegen, als diese den Hof überquerte. »Mach kein so trauriges Gesicht, Kleines. Zalandan ist ja von Belajo nicht allzuweit entfernt, und ich kenne den Weg.«

»Hast du dich von Viane verabschiedet?«

»Ja.« Sein Lächeln erlosch. »So gut es eben ging, während Kalim im Hintergrund Posten bezogen hatte. Sie war sehr ... höflich.« Er seufzte. »Mich überkamen ganz melancholische Anwandlungen.«

»Unsinn.«

Er machte große Augen. »Ich dachte, du hättest mehr Verständnis für meine Gefühle.«

»Anfangs war ich der Meinung, du solltest Viane bekommen, weil du sie haben wolltest.« Sie begegnete seinem Blick. »Aber jetzt ist mir klar, daß sie dir überhaupt nicht genügen würde. Du und ich, wir sind einander sehr ähnlich. Du hast sie nur gewollt, weil sie eine Sicherheit und eine Zuflucht darstellte, die wir beide nie gehabt haben. Sie hätte dich spätestens in drei Monaten wahnsinnig gemacht. Viane ist mit Kalim viel besser dran. Er sagte mir einmal, er würde sein Leben für sie hingeben.«

Er furchte die Stirn. »Auch mir kann man Tapferkeit nicht absprechen.«

»Tapferkeit hat damit nichts zu tun.« Sie vollführte eine Geste der Ungeduld. »Deshalb ist sie für dich die Falsche. Du würdest es genießen, für sie dein Leben zu riskieren, aber was dann? Du würdest ausziehen und dir eine neue Herausforderung suchen. Sag mir, warum verläßt du Sedikhan nach sechs Jahren so eilig?«

»Vielleicht, weil man mir noch nie zuvor einen Thron angeboten hat«, gab er trocken zurück.

Sie schüttelte den Kopf.

»Nein?« Er zog die Brauen hoch. »Sicher werde ich es jetzt gleich von dir erfahren.«

»Du hast keine Lust, König zu werden. Du gehst fort, weil mit der Einheit Unruhe und Gefahren gebannt sind, auch wenn noch nicht alle Kämpfe ausgestanden sind. Verstehst du denn nicht? Du brauchst keine Zuflucht. Du brauchst ein Abenteuer, ein ganz großes! Viane aber war nicht dein großes Abenteuer, Sascha.«

Seine Miene war weich, als er in ihr ernstes Gesicht hinuntersah. »Und ist Galen dein großes Abenteuer, Kleines?«

»Ja, das ist er«, sagte sie leise.

»Und du wirst nicht Marco Polos Spuren folgen?«

»Eines schönen Tages vielleicht.« Sie lächelte schalkhaft. »Aber du kannst sicher sein, daß ich dann Galen mitnehme. *Kadines* spielen in Sedikhan für meinen Geschmack eine viel zu große und bereitwillig akzeptierte Rolle.« Sie drückte liebevoll seine Hand, ehe sie zurücktrat. »Geh mit Gott, Sascha, und komme wieder, wenn du kannst.«

»Das werde ich.« Er lächelte ihr zu. »Und wenn du in ein, zwei Jahren nach Belajo kommst, werden dir bei Hof ein paar Veränderungen auffallen.« Er wendete sein Pferd und gesellte sich zu Graf Mazlek und seiner Begleitung. »Ich war immer schon der Meinung, eine Belebung könnte nicht schaden.«

Tess ließ ein Kichern hören, als sie dastand und ihm nachblickte, wie er davonritt, mit schimmerndem Haar und in untadeliger, wenn auch unbekümmerter Haltung. Sie stellte sich Sascha vor, auf dem Thron Tamrovias lümmelnd, die juwelenbesetzte Krone leicht schräg auf dem rötlichen Lokkenhaar, mit Augen, aus denen der Übermut blitzt.

»Gott steh ihnen bei«, kam es ihr unwillkürlich über die Lippen.

»Tess?« rief Galen.

Sie wandte sich um. Galen wartete auf der Treppe. Der Wind zauste sein dunkles Haar, und er sah ihr ungeduldig, aber sehr liebevoll entgegen. Galen war ein sehr komplizierter Mensch, einer, den sie vielleicht nie ganz durchschauen würde. Ein Mensch, der sich täglich veränderte und der nie aufhören würde zu wachsen. Sie freute sich schon auf die nächste interessante Herausforderung, die er ihr präsentieren würde, ja, sie konnte sie kaum erwarten.

»Ich komme schon«, rief sie lächelnd.

Und dann ging sie über den Hof auf ihr eigenes, ganz großes Abenteuer zu.

bücher bruckmann
65843 sulzbach mtz
tel:069/316755

ST.NR.003 808 30711

- - - - - - - - - - - - - - -

BUCH 7%

2.95

- - - - - - - - - - - - - - -

B A R 2.95

UMWST 2 2.76

MWST 7% .19

18-MAR-2003 13:00

0115 BED.1

vielen dank für
ihren besuch

bücher bruckmann
65843 sulzbach mtz
tel:069/3.6755

ST.NR.003 808 30711

- - - - - - - - - - - - - - - -

BUCH 7%
2.95

- - - - - - - - - - - - - - - -

B A R 2.95
UMWST 7 2.76
MWST 7% .19
18-MAR-2003 3:00
0115 BED.1

vielen dank für
ihren besuch